JAMES LEE BURKE
Sumpffieber

Buch

Vor mehr als vierzig Jahren ist Jack Flynn als »aufrührerischer Nigger" von vermummten Gestalten brutal erschlagen worden. Die Geschichte wird wieder aufgewühlt, als sich ein neuer Mord ereignet: Zwei Schwarze sind regelrecht liquidiert worden. Offenbar ist der mittlerweile vom Dienst suspendierte Polizist und Gefängnisverwalter Alex Guidry, der schon damals unter Verdacht geraten war, erneut in den Fall verwickelt. Kurz bevor er von einem Komplizen erschossen wird, gibt er Detective Dave Robicheaux einen Hinweis auf eine vergrabene Blechkassette mit Fotodokumenten des damaligen Mordes. Daraus ergibt sich eine Spur, die zu dem mächtigen Filmproduzenten Terrebonne führt. Der dreht gerade mit Flynns Sohn Cisco, einem Hollywood-Regisseur, einen Film über soziale Konflikte in den Südstaaten der USA. Doch Interventionen von höchsten Stellen sorgen schnell dafür, daß die Verdachtsmomente gegen Terrebonne nicht weiter verfolgt werden dürfen. Da wird Robicheaux neues Beweismaterial zugespielt …

Autor

James Lee Burke, 1938 in Louisiana geboren, wurde bereits Ende der 60er Jahre von der amerikanischen Literaturkritik als neue Stimme aus dem Süden gefeiert. Nach drei erfolgreichen Romanen zog er sich zunächst zurück. Erst Mitte der 80er Jahre meldete er sich mit Kriminalromanen zurück, in denen er die unvergleichliche Atmosphäre von New Orleans mit packenden Stories verband. Burke, der inzwischen zum zweiten Mal mit dem Edgar-Allan-Poe-Preis ausgezeichnet wurde, gilt heute als »einer der brillantesten Kriminalautoren in Amerika« (Los Angeles Times).

Bereits erschienen:

Flamingo. Roman (41317), Weißes Leuchten. Roman (41544), Im Schatten der Mangroven. Roman (42577), Im Dunkel des Deltas. Roman (43531), Nacht über dem Bayou. Roman (44041), Dunkler Strom. Roman (44376)

Weitere Bände sind in Vorbereitung.

James Lee Burke

Sumpffieber

Roman

Aus dem Amerikanischen
von Christine Frauendorf-Mössel

GOLDMANN

Die amerikanische Originalausgabe erschien 1998
unter dem Titel »Sunset Limited« bei Doubleday, New York

Umwelthinweis:
Alle bedruckten Materialien dieses Taschenbuches
sind chlorfrei und umweltschonend.

Deutsche Erstveröffentlichung 2/2000
Copyright © der Originalausgabe 1998 by James Lee Burke
Copyright © der deutschsprachigen Ausgabe 2000
by Wilhelm Goldmann Verlag, München,
in der Verlagsgruppe Bertelsmann GmbH
Umschlaggestaltung: Design Team München
Umschlagfoto: Pictor
Satz: deutsch-türkischer fotosatz, Berlin
Druck: Elsnerdruck, Berlin
Verlagsnummer: 44509
Redaktion: Alexander Groß
V. B. · Herstellung: Sebastian Strohmaier
Printed in Germany
ISBN 3-442-44509-4

1 3 5 7 9 10 8 6 4 2

*Für
Bill und Susan Nelson*

1

Nur zweimal in meinem Leben hatte ich eine solche Morgen-
dämmerung erlebt: einmal in Vietnam, als auf einer Nachtpa-
trouille eine Mine vor mir detoniert war und ihre Leuchttenta-
kel um meine Oberschenkel geschlungen hatte, und das andere Mal, Jahre davor, draußen vor Franklin, Louisiana, als mein
Vater und ich die Leiche eines Gewerkschaftlers entdeckt hatten, den man mit Sechzehn-Penny-Nägeln an Fuß- und Handgelenken an eine Scheunentür genagelt hatte.

Kurz bevor die Sonne über dem Golf von Mexiko aus dem
Wasser stieg, legte sich der Wind urplötzlich, der die ganze
Nacht hindurch schäumend die Wellenkämme aufgepeitscht
hatte, und der Himmel war mit einem Mal blank und bleich
wie ein polierter Knochen, als habe man die Atmosphäre zur
Ader gelassen und jeder Farbe beraubt, und die Möwen, die
sich über meinem Kielwasser in der Luft getummelt hatten,
schraubten sich in den Morgendunst, und die Dünung verwan-
delte sich in eine wellenförmig bewegte Fläche aus flüssigem
Aluminium, die sich um die ledernen Rücken der Stachelro-
chen kräuselte.

Am östlichen Horizont ballten sich Regenwolken zusammen, und die Sonne hätte eigentlich wie ein nebelumflortes Ei-
gelb aus dem Wasser tauchen müssen. Statt dessen breitete sich
ihr rotes Leuchtfeuer pilzartig entlang des Horizonts aus, erhob sich dann wie ein flammendes Kreuz an den Himmel, und
das Wasser nahm die träge, dunkle Farbe von Blut an.

Vielleicht waren die seltsamen Lichtverhältnisse im Morgengrauen nur Zufall und hatten nichts mit der Rückkehr von Megan Flynn nach New Iberia zu tun, die auf unserem Gewissen lastete wie eine im Beichtstuhl preisgegebene Sünde, oder schlimmer noch, die unseren Neid neu entfachte.

Tief im Herzen allerdings wußte ich, daß es kein Zufall war – nicht mehr jedenfalls als die Tatsache, daß der Mann, den man an der Scheunenwand gekreuzigt hatte, Megans Vater gewesen war –, als Megan persönlich an meiner Bootsvermietung mit Köderladen, fünfzehn Meilen südlich von New Iberia, auf mich wartete. Ich hatte gerade den Motor meines Kabinenboots abgestellt und glitt, mit Clete Purcel an Bord, meinem alten Partner von der Mordkommission beim First District von New Orleans, durch die Wasserhyazinthenkissen, während grell gelbe Schlammwolken in unserem Kielwasser aufwirbelten.

Mittlerweile hatte es zu nieseln begonnen. Sie trug ein orangerotes Seidenhemd, Khakihose und Sandalen, ihr lustiger Strohhut vom Regen mit einem Sprenkelmuster überzogen, ihr Haar rostrot gegen die düstere Kulisse des Tages, ihr Gesicht von einem Lächeln erhitzt, das wie ein Dorn im Herzen brannte.

Clete stand am Schandeckel, sah sie an und schürzte die Lippen. »Wow!« sagte er atemlos.

Sie gehörte zu jener raren Sorte von Frauen, die mit Augen gesegnet waren, deren Blick zu recht oder zu unrecht die verlockende Aufforderung vermittelte, in das Geheimnis ihres Lebens einzutauchen.

»Die kenne ich doch von irgendwoher«, murmelte Clete, als er sich bereit machte, über den Bug an Land zu springen.

»Letzte Ausgabe von *Newsweek*-Magazin«, sagte ich.

»Genau. Sie hat den Pulitzer-Preis gewonnen oder so ähnlich. War ein Hochglanzfoto von ihr abgedruckt«, sagte er. Er kaute schmatzend auf seinem Kaugummi.

Megan war auf dem Cover gewesen, in Tarnanzughose und T-Shirt, mit Erkennungsmarken um den Hals, das Haar zerzaust, die Kleider vom Luftsog des britischen Helikopters an den Leib gepreßt, das Lederband der Kamera um ein Handgelenk gewickelt, während unter ihr serbische Panzer in schwarzrote Rauchsäulen aufgingen.

Ich allerdings hatte noch eine andere Megan in Erinnerung: die schwer erziehbare Waise von einst, die, zusammen mit ihrem Bruder, ständig aus Kinderheimen in Louisiana und Colorado weggelaufen war, bis beide das Alter erreicht hatten, um schließlich in jener Armee von Wanderarbeitern bei Obst- und Weizenernten unterzutauchen, die ihr Vater, ein unbelehrbarer radikaler Gewerkschaftler, ein Leben lang versucht hatte zu organisieren.

Ich stieg vom Bug auf den Kai und ging auf meinen Pickup zu, den ich hinter dem Caravan am Ende der Anlegestelle geparkt hatte. Ich wollte nicht unhöflich sein. Ich bewunderte die Flynns. Aber man bezahlte einen Preis für ihre Freundschaft und ihre Hingabe an den sozialen Haß, der die Triebkraft ihres Lebens geworden war.

»Gar nicht erfreut, mich zu sehen, Streak?« fragte sie.

»Stets erfreut. Wie geht's, Megan?«

Sie sah über meine Schulter hinweg zu Clete Purcel, der das Boot längsseits an die Fender aus Gummireifen gelegt hatte und jetzt Kühlbox und Ruten aus dem Heck lud. Die Haut über Cletes muskulösen Armen und seinem kräftigen Nacken war flammend rot und schälte sich vom ersten Sonnenbrand. Als er sich über die Kühlbox beugte, platzte sein Tropenhemd entlang der Wirbelsäule über dem Rücken. Er sah grinsend zu uns herüber und zuckte mit den Schultern.

»Der scheint ja direkt aus dem Irish Channel aufgetaucht zu sein«, bemerkte sie.

»Mit Angeln hast du nichts am Hut, Meg. Bist du geschäftlich hier?«

»Ist dir Cool Breeze Broussard ein Begriff?« fragte sie.

»Der kleine Einbrecher und Dieb?«

»Er sagt, dein Kittchen sei eine Kloake. Er sagt, dein Gefängnisverwalter sei ein Sadist.«

»Unser ehemaliger Verwalter hat ins Gras gebissen. Da war ich gerade im Urlaub. Über den neuen weiß ich nicht viel.«

»Cool Breeze sagt, es werden Gefangene geknebelt und an einen Anstaltsstuhl gefesselt. Sie lassen sie in ihrem eigenen Saft schmoren. Das Justizministerium glaubt ihm.«

»Gefängnisse sind keine Luxushotels. Rede mit dem Sheriff, Megan. Bin gerade nicht im Dienst.«

»Typisch New Iberia. Auf Menschlichkeit ist geschissen.«

»Man sieht sich«, sagte ich und ging zu meinem Pickup. Regen prasselte in großen, kalten Tropfen auf das Blechdach des Angelladens.

»Cool Breeze sagt, du seist anständig und integer. Er sitzt jetzt in Einzelhaft, weil er dem Wärter eins übergebraten hat. Werd ihm ausrichten, daß du nicht im Dienst bist.«

»Diese Stadt hat deinen Vater nicht umgebracht.«

»Nein, sie haben mich und meinen Bruder nur in ein Waisenhaus gesteckt, wo wir die Fußböden mit den Knien polieren mußten. Sag deinem irischen Freund, daß er verdammt gut aussieht. Komm mal zu uns raus und besuch uns, Streak«, sagte sie und ging über die unbefestigte Straße, wo sie ihren Wagen unter den Bäumen meiner Auffahrt geparkt hatte.

Oben an der Anlegestelle schüttete Clete das Eis und die Getränkebüchsen mitsamt den gefleckten Forellen aus der Kühlbox. Die Fische blieben steif und kalt auf den Planken liegen.

»Je was davon gehört, daß Gefangene im Iberia-Bezirksge-
fängnis geknebelt und an Stühle gefesselt werden?« fragte ich.

»Ging's darum? Vielleicht sollte sie mal nachfragen, was die
Kerle angestellt haben, daß man sie dort eingelocht hat.«

»Sie hat gesagt, du siehst verdammt gut aus.«

»Hat sie?« Er sah den Weg hinunter, wo der Wagen unter dem
Dach der Eichen verschwand, die entlang des Bayou wuchsen.
Dann öffnete er eine Dose Budweiser und warf mir eine Dose
Dr. Pepper Light zu. Die Narbe über seiner linken Augenbraue
schmiegte sich eng an seinen Schädel, als er versonnen grinste.

Der Schlüsselknecht war ein berüchtigter Schleifer beim Marine Corps gewesen, trug sein Haar noch immer messerkurz am
Schädel und hatte den Nacken penibel ausrasiert. Sein Körper
war schlank und mit Muskelsträngen durchzogen, sein Schritt
gemessen und aufrecht wie auf dem Exerzierplatz. Er schloß
die Zelle am hintersten Ende des Korridors auf, legte Willie
Cool Breeze Broussard Hüft- und Fußketten an und geleitete
ihn zum Vernehmungszimmer, wo ich wartete.

»Angst, daß er dir wegläuft, Top?« fragte ich.

»Bei ihm läuft der Mund, das ist das Problem.«

Der Schließer machte die Tür hinter uns zu. Cool Breeze sah
aus wie zweihundert Pfund Nougat in Anstaltskleidung gegossen. Sein Schädel war kahl, eingewachst und glänzte wie Horn,
die Augenwinkel waren nach unten gezogen wie bei einem
Preisboxer. Einen mehrfach vorbestraften Fassadenkletterer
stellte man sich anders vor.

»Wenn sie dich mißhandeln, Cool Breeze, dann steht das jedenfalls nicht auf deinem Zettel.«

»Wie würden Sie Einzelhaft nennen?«

»Der Knecht sagt, du hättest die Einzelhaft provoziert.«

Cool Breeze konnte die Handgelenke in den an der Hüftkette befestigten Handschellen nicht bewegen. Er rutschte auf seinem Stuhl hin und her und warf einen Seitenblick zur Tür.

»Ich bin im Camp J droben in Angola gewesen. Das war dagegen ein Zuckerlecken. Ein Wärter hat einen Jungen mit vorgehaltener Waffe gezwungen, ihm einen zu blasen«, sagte er.

»Ich will dir nicht zu nahetreten, Breeze, aber das ist nicht dein Stil.«

»Was is nich mein Stil?«

»Andere zu verpfeifen ... nicht mal einen schäbigen Schlüsselknecht.«

Er rollte die Augen in den Höhlen vor und zurück und wischte sich die Nase an der Schulter ab.

»Ich sitze wegen dieser Scheiße mit den Videorecordern im Bau. War 'ne ganze Wagenladung voll. Was die Sache noch beschissener macht, ist, daß ich die Ladung aus einem Lagerhaus der Giacanos in Lake Charles geholt hab. Ich muß Distanz zu meinen Problemen gewinnen. Vielleicht sogar bis zu den Islands, begriffen?«

»Klingt logisch.«

»Nein, Sie kapieren's nich. Die Giacanos sind mit Jungs in New York verbandelt, die Raubkopien von Filmen machen, vielleicht hunderttausend pro Woche. Also kaufen sie Massen von Videorecordern zu Vorzugspreisen ... Cool Breeze' Mitternachts-Lieferservice, geschnallt?«

»Du hast den Giacanos ihr eigenes Zeug angedreht? Du setzt völlig neue Maßstäbe, Breeze.«

Er lächelte flüchtig, aber die hängenden Augenwinkel gaben ihm den melancholischen Ausdruck eines Bluthundes. Er schüttelte den Kopf.

»Sie sind noch immer nicht auf dem laufenden, Robicheaux. Von denen ist keiner so schlau. Sie haben mit Raubkopien von Kung-Fu-Filmen aus Hongkong angefangen. Das Geld für die

Produktion der Kung-Fus kommt von verdammt üblen Typen. Schon mal von den Triaden gehört?«

»Reden wir über China-Weiß?«

»So wird's gewaschen, Mann.«

Ich zückte meine Visitenkarte und schrieb die Telefonnummer meines Köderladens auf die Rückseite. Dann beugte ich mich über den Tisch und steckte sie ihm in die Hemdtasche.

»Bring hier drinnen bloß deinen Arsch in Sicherheit, Breeze. Besonders vor diesem Ex-Marine.«

»Reden Sie mit dem Gefängnisboss. Ist leicht, ihn nach fünf Uhr zu erwischen. Er schiebt gern Überstunden, wenn keine Besucher mehr da sind.«

Megans Bruder Cisco besaß ein Anwesen oben am Bayou Teche, gleich südlich von Loreauville. Es war im Stil der Westindischen Inseln erbaut, einstöckig und weitläufig, von Eichen beschattet. Von den Dachsparren hingen große Körbe mit Farnen. Cisco und seine Freunde, Filmleute wie er, kamen und gingen mit den Jahreszeiten, jagten Enten im Röhricht, angelten Tarpone und gefleckte Forellen im Golf. Die Bande benahm sich wie Menschen, die geographisches Terrain und ihre Soziokulturen lediglich als Spielwiese für ihren Freizeitspaß mißbrauchten. Ihre glamourösen Gartenpartys, die wir nur von der Straße aus und durch die Lorbeer- und Azaleenbüsche und Bananenstauden sehen konnten, die das Grundstück umgaben, waren in unserer kleinen Zuckerrohrstadt am Teche der Stoff, aus dem Legenden entstehen.

Ich habe Cisco nie verstanden. Er war tough, wie seine Schwester, und er hatte dasselbe gute Aussehen, das beide von ihrem Vater geerbt hatten, doch wenn man in seine bohrenden rotbraunen Augen sah, schien er unter deiner Haut nach etwas zu suchen, das er haben, vielleicht sogar dringend besitzen wollte, jedoch nicht definieren konnte. Im nächsten Moment allerdings war der Eindruck wieder verflogen, und seine Aufmerksamkeit schweifte ab wie ein Ballon im Abendwind.

Er hatte Entwässerungsgräben gegraben und in den Obstplantagen im San-Joaquin-Becken geschuftet und war in Hollywood als straßenerprobter, stadtbibliotheken-gebildeter Gassenjunge gelandet, der völlig perplex feststellen mußte, daß seine hübsche Larve und seine Kreativität ihm sämtliche Türen zur Filmindustrie öffneten, wo er zuerst als Komparse und später als Stuntman arbeitete.

Es dauerte nicht lange, bis er begriff, daß er nicht nur mutiger war als die meisten Schauspieler, die er doubelte, sondern auch intelligenter. Er verfaßte fünf Jahre als Co-Autor Drehbücher, gründete zusammen mit zwei Vietnam-Veteranen eine unabhängige Produktionsfirma und stellte einen Low-budget-Film über das Leben von Wanderarbeitern auf die Beine, der Preise in Frankreich und Italien einheimste.

Sein nächster Film wurde in Kinos überall in den Staaten gezeigt.

Mittlerweile besaß Cisco ein Büro am Sunset Boulevard, ein Haus in Pacific Palisades und war fester Bestandteil einer Glitzerwelt, in der Bougainvilleen, der Ozean und die Sonne die selbstverständlichen Symbole für Gesundheit und all jene Reichtümer waren, die Süd-Kalifonien den Seinen gab.

Am späten Sonntagabend bog ich von der Bundesstraße ab und in die Kiesauffahrt ein, die direkt zu seiner Veranda hinaufführte. Sein Rasen aus St.-Augustin-Gras leuchtete blaugrün, verbreitete den Geruch von Kunstdünger, und Wassersprenger kreiselten zwischen Eichen und Pinien. Ich entdeckte ihn auf seinem Hometrainer strampelnd im seitlichen Gartenteil, seine nackten Arme und Schultern von Muskelsträngen und Adern durchzogen, die Haut in die rötliche Glut der spätnachmittäglichen Sonne getaucht, die durch die Sumpfzypressen am Bayou fiel.

Wie stets war Cisco höflich und gastfreundlich, das jedoch auf eine gestelzte Art und Weise, die man eher als abweisend denn als einladend empfand.

»Megan? Nein, die mußte nach New Orleans. Kann ich Ihnen irgendwie behilflich sein?« fragte er. Und bevor ich antworten konnte, fuhr er fort: »Kommen Sie rein. Ich brauche jetzt was Kaltes. Wie übersteht ihr Eingeborenen hier bloß den Sommer?«

Sämtliche Möbel im Wohnzimmer waren weiß, der Fußboden mit weizenfarbenen Strohmatten ausgelegt, an der Decke drehten sich die hölzernen Rotorblätter der Ventilatoren. Cisco stand ohne Hemd und barfuß an einer Bar und füllte ein Glas mit zerstoßenem Eis, Wodka-Collins und Kirschen. Das Haar auf seinem Bauch quoll wie plattgewalzter Kupferdraht über den Taillenbund seiner gelben Hose.

»Es geht um einen Insassen des Bezirksgefängnisses ... einen Typ namens Cool Breeze Broussard«, sagte ich.

Er trank aus seinem Glas, den Blick leer in die Ferne gerichtet. »Soll ich ihr was ausrichten?« wollte er wissen.

»Der Bursche ist im Gefängnis möglicherweise ziemlich hart angefaßt worden. Aber sein eigentliches Problem sind wohl ein paar böse Buben vom Mob in New Orleans. Sie kann mich ja mal anrufen.«

»Cool Breeze Broussard. Mann, den Namen muß man sich auf der Zunge zergehen lassen!«

»Wär was für einen Film, was?«

»Man kann nie wissen«, erwiderte er und lächelte.

An einer Wand hingen gerahmte Szenenfotos aus Ciscos Filmen, und seitlich daneben erkannte ich jene Bilder, die allesamt Meilensteine in Megans Karriere darstellten: ein tiefer

Graben, in dem sich Leichen von Zivilisten in Guatemala stapelten, afrikanische Kinder, in deren ausgemergelten Gesichtern Schmeißfliegen saßen. Legionäre der Fremdenlegion hinter Sandsäcken kauernd, während einschlagende Granaten Dreckfontänen über ihre Köpfe rieseln ließen.

Seltsamerweise jedoch hing jenes Foto, das Megans Karriere mit der Veröffentlichung im *Life*-Magazin begründet hatte, abseits in der untersten Ecke der Serie. Es zeigte, wie ein Überlaufrohr der Straßenkanalisation geöffnet wurde und wie in dem Augenblick, da sich sein Inhalt in den Mississippi ergoß, ein riesiger Schwarzer, in der mit Klärschlamm getränkten Anstaltskleidung des Gefängnisses von New Orleans, aus dem Dunkel ins Freie brach, die Hände der Sonne entgegengestreckt, wie ein Sonnenanbeter, den Nacken von der Kugel eines Scharfschützen durchbohrt, die in einem blutigen Sprühnebel an seiner Kehle wieder ausgetreten war, den Mund aufgerissen, die Lippen zu einem orgiastischen Schrei verzerrt.

Ein zweites gerahmtes Foto zeigte fünf Polizisten in Uniform, die auf die Leiche des Schwarzen hinabsahen, der im Tod jeder Persönlichkeit beraubt und seltsam geschrumpft wirkte, wie ein Ballon, aus dem man die Luft herausgelassen hatte. Direkt im Vordergrund starrte ein Mann in Zivil mit Bürstenhaarschnitt grinsend in das Kameraobjektiv, einen rotbackigen Apfel in der Hand, aus dem ein großes Stück weißen Fleisches herausgebissen war.

»Woran denken Sie?« fragte Cisco.

»Der Platz da scheint mir reichlich unangemessen, um die hier zu präsentieren«, erwiderte ich.

»Der Typ hat einen hohen Preis bezahlt. Für Megan und mich ... für uns beide«, sagte er.

»Für beide?«

»Ich bin bei dieser Aufnahme ihr Assistent gewesen, drin-

nen im Abflußrohr, als diese Cops beschlossen haben, Hunde-
futter aus ihm zu machen. Mann, wo leben Sie? Meinen Sie,
Hollywood sei der einzige Fleischmarkt dort draußen? Die
Cops konnten eine Belobigung einstecken. Der Schwarze hatte eine sechzehnjährige Weiße vergewaltigt, bevor er ins Gras
gebissen hat. Ich konnte mir das Bild an die Wand eines Sie-
benhunderttausenddollar-Hauses hängen. Die einzige Person,
die leer ausgegangen ist, war die Schülerin.«

»Verstehe. Tja, dann gehe ich jetzt lieber.«

Durch die gläserne Flügeltür sah ich einen ungefähr fünfzig-
jährigen Mann in Khakishorts und Sandalen, mit offenem
Hemd über der Hühnerbrust, die Veranda entlanggehen. Er
setzte sich mit einer Illustrierten in einen Liegestuhl und zündete eine Zigarre an.

»Das ist Billy Holtzner. Möchten Sie ihn kennenlernen?« erkundigte sich Cisco.

»Wer?«

»Beim Papstbesuch im Studio vor ungefähr sieben Jahren
hat Billy ihn gefragt, ob er ein Drehbuch für ihn hat. Warten
Sie 'ne Minute.«

Ich versuchte ihn zurückzuhalten, doch es war zu spät. Offensichtlich kam es ihm nicht in den Sinn, daß ich es als Affront
auffassen könnte, daß er sich erst die Erlaubnis einholen mußte, um mich vorstellen zu dürfen. Ich sah, wie er sich zu dem
Mann namens Holtzner hinunterbeugte und leise mit ihm
sprach, während Holtzner seine Zigarre paffte und ins Leere
starrte. Schließlich richtete sich Cisco auf, kehrte ins Haus
zurück, drehte in verlegener Geste die Handflächen nach oben
und wandte peinlich berührt den Blick ab.«

»Billy geht völlig in seinem Projekt auf. Wenn eine Produktion läuft, ist er wie auf einem anderen Stern.« Er lachte gekün-
stelt.

17

»Sie haben sich gut gehalten, Cisco.«

»Orangensaft, Weizenkeime und täglich drei Meilen joggen am Strand entlang. Man hat nur ein Leben.«

»Sagen Sie Megan, es täte mir leid, daß ich sie verpaßt habe.«

»Muß mich wegen Billy entschuldigen. Ist ein prima Kerl. Aber ein Exzentriker.«

»Wissen Sie was über Raubkopien von Spielfilmen?«

»Schon. Die kosten der Filmindustrie eine hübsche Stange Geld. Hat das was mit diesem Broussard zu tun?«

»Sie sagen es.«

Als ich durch die Vordertür ins Freie trat, hatte der Mann im Liegestuhl die Außenlaterne ausgeknipst und rauchte versonnen seine Zigarre, ein Bein über das andere geschlagen. Ich fühlte seinen Blick taxierend auf mir ruhen. Ich nickte ihm zu. Eine Reaktion blieb er mir schuldig. Die Asche seiner Zigarre glühte wie heiße Kohle im Dunkeln.

2

Der Gefängnisverwalter, Alex Guidry, lebte außerhalb der Stadt auf einer fünfundzwanzig Hektar großen Pferdefarm, ohne einen Baum oder Schatten. Brütende Sommerhitze knallte auf die Blechdächer, und ein Gemisch aus Sand und getrocknetem Pferdemist wehte aus den Pferdeboxen. Das langgestreckte rote Backsteinhaus aus den Sechzigern, vor dessen rückwärtigem Fenster die Motoren der Klimaanlage täglich vierundzwanzig Stunden wummerten, wirkte wie eine Festung, die dem alleinigen Zweck dienen sollte, den Elementen zu trotzen.

Guidrys Familie hatte in einer Zuckermühle unten bei New Orleans gearbeitet. Der Vater seiner Frau hatte den Schwarzen Sterbeversicherungen verkauft. Ansonsten wußte ich wenig über ihn. Er gehörte zu jenen alternden, sich prächtig haltenden Männern, mit denen man ein Foto beim Golfen auf der Sportseite der Lokalzeitung, die Mitgliedschaft in einem Club selbstzufriedener Wohlstandsbürger und einen Wohltätigkeitsdrang ohne jede praktische Konsequenz in Verbindung bringt.

Oder war da noch was? War da nicht irgendeine schmutzige, Jahre zurückliegende Geschichte gewesen? Einzelheiten waren mir entfallen.

Am Sonntagnachmittag stellte ich meinen Pickup vor seinem Stall ab und ging an einem Hundezwinger aus Maschendraht vorbei zur Reitkoppel. Der Hundezwinger explodierte förmlich vom Gekläffe von zwei deutschen Schäferhunden, die sich gegen den Maschendraht warfen, während sie mit gefletschten Zähnen die Fäkalien auf dem heißen Betonboden unter ihren Pfoten zerstäubten.

Alex Guidry drehte in leichtem Galopp auf einem schwarzen Wallach in der Koppel seine Runden, englische Sporen an den Reitstiefeln. Der Hals des Wallachs und seine Flanken schillerten schweißnaß.

»Was gibt's?« fragte er.

»Ich bin Dave Robicheaux. Wir haben telefoniert.«

Er trug eine braune Reithose und ein enganliegendes weißes Polohemd. Er stieg ab, wischte sich den Schweiß mit einem Handtuch vom Gesicht und warf es einem Schwarzen zu, der aus dem Stall gekommen war, um ihm das Pferd abzunehmen.

»Sie wollen wissen, ob dieser Broussard auf einem Anstaltsstuhl festgeschnallt wurde? Tagelang? Die Antwort lautet nein«, erklärte er.

»Er sagt, sie hätten auch andere Insassen auf diese Weise festgehalten. Tagelang.«

»Dann lügt er.«

»Aber ihr habt dort einen Anstaltsstuhl, oder?«

»Für Insassen, die durchdrehen, bei denen die Einzelhaft nichts bringt.«

»Sie knebeln sie?«

»Nein.«

Ich rieb mir den Nacken und sah in Richtung Hundezwinger. Die Wasserschüssel war umgestoßen, und im Eingang der kleinen Hundehütte, dem einzigen Schutz vor der Sonne, brodelte die Luft vor Fliegen.

»Sie haben hier 'ne Menge Platz. Können Sie die Hunde nicht frei rumlaufen lassen?« fragte ich. Ich versuchte zu lächeln.

»Sonst noch was, Mr. Robicheaux?«

»Ja. Cool Breeze sollte lieber nichts passieren, solange er in Ihrer Obhut ist.«

»Werd's mir merken, Sir. Machen Sie beim Rausgehen das Gatter zu ... wenn ich bitten darf.«

Ich stieg in meinen Pickup und fuhr die mit Muschelbruch aufgeschüttete Straße entlang zum Weidegatter. Ein halbes Dutzend roter Angus-Rinder graste auf Guidrys Weide, während flaumige Silberreiher auf ihren Rücken saßen.

Dann fiel es mir ein. Es lag zehn oder elf Jahre zurück. Damals war Alex Guidry beschuldigt worden, den Hund eines Nachbarn erschossen zu haben. Guidry hatte behauptet, der Hund habe eines seiner Kälber gerissen und die Eingeweide gefressen. Der Nachbar dagegen hatte eine andere Geschichte erzählt, nämlich daß Guidry eine Stahlfalle mit Köder für das Tier ausgelegt und es aus purer Gemeinheit getötet hätte.

Ich blickte in den Rückspiegel und sah, daß er mich vom

Ende der Muschelschalenstraße aus beobachtete, die Beine leicht gespreizt, eine lederne Reitpeitsche am Handgelenk baumelnd.

Montag morgen kehrte ich an meinen Schreibtisch in der Sheriffdienststelle des Bezirks Iberia zurück, nahm meine Post aus dem Fach und klopfte ans Büro des Sheriffs.

Er lehnte sich auf seinem Drehstuhl zurück und lächelte, als er mich sah. Seine Backen waren mit feinen blauen und roten Äderchen durchzogen, die wie frische Tintenlinien auf einer Karte aussahen, wenn sein aufbrausendes Temperament mit ihm durchging. Er hatte sich zu hastig rasiert, und ein Stück blutiges Kleenex klebte an seinem Kinngrübchen. Unbewußt stopfte er sein Hemd wiederholt über dem Bauch in den Hosenbund.

»Was dagegen, wenn ich früher wieder zu arbeiten anfange als geplant?« fragte ich.

»Hat das was mit Cool Breeze Broussards Beschwerde beim Justizministerium zu tun?«

»Ich bin gestern draußen bei Alex Guidry gewesen. Wie sind wir bloß an einen solchen Kerl als Gefängnisverwalter geraten?«

»Ist nicht gerade ein Job, für den die Leute Schlange stehen«, sagte der Sheriff. Er kratzte sich an der Stirn. »Im Augenblick sitzt eine FBI-Agentin in Ihrem Büro. Eine Frau namens Adrien Glazier. Kennen Sie sie?«

»Ne. Woher wußte sie, daß ich hier sein würde?«

»Sie hat zuerst bei Ihnen zu Hause angerufen. Ihre Frau hat's ihr gesagt. Egal, bin froh, daß Sie wieder da sind. Ich will diesen Mist im Gefängnis aufgeklärt haben. Wir haben gerade einen komischen Fall, den uns der Bezirk St. Mary zum Fraß vorgeworfen hat.«

Er öffnete einen braunen Umschlag, setzte die Brille auf und starrte auf das Fax in seinen Händen. Das ist die Geschichte, die er mir erzählt hat.

Vor drei Monaten, unter einem Mond mit Halo, der Regen verhieß, und einem Himmel, in dem der Staub aus den Zuckerrohrfeldern hing, war ein siebzehnjähriges schwarzes Mädchen namens Sunshine Labiche angeblich von zwei weißen Jungen mit ihrem Wagen von einer unbefestigten Straße in den Straßengraben abgedrängt worden. Die beiden hatten sie hinter dem Steuer hervorgezerrt, sie rechts und links untergehakt und waren mit ihr tief im Zuckerrohrfeld verschwunden, wo sie sie vergewaltigt und zum Oralverkehr gezwungen hatten.

Am nächsten Morgen indentifizierte das Mädchen die beiden Jungen anhand einer Verbrecherkartei. Die beiden waren Brüder aus dem Bezirk St. Mary und vier Monate zuvor wegen des Überfalls auf einen Lebensmittelladen in New Iberia verhaftet und mangels Beweisen wieder freigelassen worden.

Diesmal hätten sie ins Loch gemußt.

Irrtum.

Beide hatten Alibis, und das Mädchen gab zu, daß sie mit ihrem Freund Dope geraucht hatte, bevor sie vergewaltigt worden war. Sie zog die Anzeige zurück.

Am späten Sonntagnachmittag tauchte ein Privatwagen vor der Farm der zwei Brüder drüben in der Gemeinde St. Mary auf. Der Vater, bettlägerig, war im Vorderzimmer, beobachtete die ungebetenen Besucher, ohne daß diese das merkten, durch die Ritzen in der Jalousie. Der Fahrer des Wagens trug die grüne Uniform eines Deputys aus dem Bezirk Iberia und eine Sonnenbrille und blieb hinter dem Steuer sitzen, während ein zweiter Mann, in Zivil und mit Panamahut, auf die Veranda trat und den beiden Brüdern erklärte, man müsse noch ein paar Fragen in New Iberia klären, dann würden sie wieder nach Hause gefahren.

»Dauert keine fünf Minuten. Wir wissen, daß ihr Jungs nicht den ganzen Weg nach Iberia kommen mußtet, um euer Glück zu versuchen«, sagte er.

Den Brüdern wurden keine Handschellen angelegt, und sie durften sogar einen Zwölferpack Bier mitnehmen und auf dem Rücksitz trinken.

Eine halbe Stunde später, bei Sonnenuntergang, sah ein Student der University of Southern Louisiana, der draußen in den Atchafalaya-Sümpfen campierte, durch die halb im Wasser stehenden Weiden und Gummibäume, die sein Hausboot umgaben, einen Wagen oben auf dem Damm anhalten. Zwei ältere Männer und zwei Jungen stiegen aus. Einer der Männer trug Uniform. Alle hielten Bierbüchsen in der Hand; alle urinierten vom Damm aus ins Schilf.

Dann schien den beiden Jungen, sie trugen Jeans und fleckige bunte Hemden, deren Ärmel herausgetrennt waren, offenbar zu dämmern, daß etwas faul sein mußte. Sie drehten sich um und starrten begriffsstutzig auf ihre Begleiter, die jetzt wieder oben auf dem Damm standen und plötzlich Pistolen in den Händen hielten.

Die Jungen versuchten offenbar zu verhandeln, hielten die Hände von sich gestreckt, als wollten sie einen unsichtbaren Feind abwehren. Die olivenfarbene Haut ihrer Arme war von Tätowierungen übersät, das Haar hatten sie mit Wachs zu Spitzen hochgezwirbelt. Der Mann in Uniform hob seine Waffe, rief ein unverständliches Kommando und deutete auf den Boden. Als die Jungen nicht reagierten, drehte der Mann mit dem Panamahut die Jungen beinahe sanft mit der Hand in Richtung Wasser, trat mit der Schuhspitze gegen die Wade des einen, dann des anderen, zwang sie damit in die Knie, als dekoriere er Puppen in einem Schaufenster. Dann kehrte er zu dem Mann in Uniform oben auf dem Damm zurück. Einer der Jungen starrte immerfort ängstlich zurück über die Schulter. Der andere schluchzte haltlos, das Kinn gereckt, die Arme starr an den Körper gepreßt, die Augen fest geschlossen.

Die Umrisse der Männer hoben sich deutlich vor der glühend roten Sonne ab, die hinter dem Damm versank. Gerade als ein Schwarm Vögel vor der Sonne vorbeizog, umfaßten die beiden Schützen ihre Waffen mit beiden Händen und begannen zu schießen. Ob das fahler werdende Licht oder die Art ihrer Tat schuld war, jedenfalls zielten sie schlecht.

Beide Opfer versuchten, auf die Beine zu kommen, die Körper im Kugelhagel in grotesken, simultanen Zuckungen verrenkt.

Der Zeuge sagte später: »Das Mündungsfeuer ratterte unaufhörlich. Sah fast so aus, als würde jemand Stücke aus einer Wassermelone schießen.«

Nachdem es vorbei war, trieben Qualmschwaden über das Wasser, und der Schütze mit dem Panamahut machte Nahaufnahmen mit einer Sofortbildkamera.

»Der Zeuge hatte ein Fernglas. Er behauptet, der Kerl in der grünen Uniform habe das Zeichen unserer Abteilung am Ärmel getragen«, sagte der Sheriff.

»Kriminelle weiße Bullen rächen die Vergewaltigung eines schwarzen Mädchens?«

»Einspruch stattgegeben, Dave. Aber schaffen Sie mir diese FBI-Agentin vom Hals, ja.«

Er sah in mein fragendes Gesicht.

»Die Frau geht mir mit ihrem Übereifer auf den Keks.« Er fuhr sich mit dem Finger über die Lippen. »Habe ich's Ihnen eigentlich schon gesagt? Ich spiele mit dem Gedanken, wieder ins Wäschereigeschäft zu gehen. Beschissen war ein Tag da nur, wenn du die Golfsocken von einem Kunden waschen mußtest.«

Ich sah durch mein Bürofenster auf die FBI-Agentin namens Adrien Glazier. Sie saß in einem taubenblauen Kostüm und weißer Bluse mit übereinandergeschlagenen Beinen mit dem Rücken zur Tür und kritzelte etwas auf einen Notizblock. Ihre Handschrift war voller energischer Kringel und Schlenker, mit spitzen Auf- und Abbewegungen, die an ein Raubtiergebiß erinnerten.

Als ich die Tür aufmachte, sah sie mich aus gletscherblauen Augen an, die von einem Wikinger hätten stammen können.

»Ich bin gestern abend bei William Broussard gewesen. Er scheint anzunehmen, Sie könnten ihn aus dem Bezirksgefängnis holen«, sagte sie.

»Cool Breeze? So blöd ist der nicht.«

»Wirklich nicht?«

Ich wartete. Sie hatte aschblondes Haar, strohig und an den Enden gespalten. Ihr Gesicht war grobknochig, der Ausdruck feindselig. Sie gehörte zu jenen Menschen, von denen man instinktiv ahnt, welches sorgsam gehegte, jederzeit mobilisierbare Aggressionspotential in ihnen schlummert. Ich wandte den Blick ab.

»Entschuldigung. Darf ich das als Frage verstehen?«

»Sie haben kein Recht, diesem Mann vorzugaukeln, Sie könnten einen Kuhhandel für ihn abschließen«, sagte sie.

Ich setzte mich hinter meinen Schreibtisch, schaute aus dem Fenster und wünschte, ich könnte mich zurück in die Kühle des Morgens flüchten, zurück auf die regenfeuchten Straßen, unter die Palmwedel, die sich im Wind bewegten.

Ich griff nach einer herumliegenden Büroklammer, warf sie

in meine Schreibtischschublade und schob diese zu. Ihre Augen wichen keinen Millimeter von meinem Gesicht, und sie verloren auch nicht ihren vorwurfsvollen Ausdruck.

»Was, wenn ihn der Staatsanwalt freiläßt? Was geht Sie das dann an?« fragte ich.

»Sie mischen sich in eine Bundesangelegenheit ein. Dafür sind Sie offenbar bekannt.«

»Mein Eindruck ist, daß Sie ihm Daumenschrauben anlegen wollen. Und sobald er die Burschen verpfiffen hat, gegen die Sie so brennend gern was in der Hand hätten, werfen Sie ihn den Wölfen zum Fraß vor.«

Sie spreizte die Beine und beugte sich vor. Dann stützte sie einen Ellbogen auf meinen Schreibtisch und zeigte mit dem Finger auf mich.

»Megan Flynn prostituiert sich für alles, was ihr zum Vorteil gereicht. Und was sie nicht auf dem Rücken liegend kriegen kann, holt sie sich, indem sie die Jeanne d'Arc der Unterdrückten spielt. Wenn Sie sich von ihr beim Schwanz packen lassen, dann sind Sie noch dämlicher, als die Leute in meinem Büro behaupten«, erklärte sie.

»Das muß ein Witz sein. Wollen Sie mich verarschen?«

Sie zog einen braunen Umschlag hervor und knallte ihn auf meinen Schreibtisch.

»Diese Fotos zeigen einen Kerl namens Swede Boxleiter. Sind im Hof des Staatsgefängnisses von Colorado in Canon City aufgenommen worden. Was sie nicht zeigen, ist der Mord, den er am hellichten Tag begangen hat, während ihm eine Kamera über den ganzen Gefängnishof gefolgt ist. So gut ist das Schwein«, sagte sie.

Kopf und Gesicht des Mannes erinnerten an einen häßlichen marxistischen Intellektuellen, das gelbliche Haar war kurz geschoren, Stirn und Schädeldecke waren überproportional

groß, und er hatte eine konturlose Backenpartie, die übergangslos in einen Mund mündete, der so klein war, daß er
schon beinahe obszön wirkte. Er trug eine Nickelbrille auf seiner Hakennase und ein zerfetztes, löchriges Unterhemd mit
tiefen Armausschnitten über einem muskulös aufgeblähten
Oberkörper.

Die Aufnahmen waren von einem oberen Stockwerk oder
von einem Wachturm aus mit einem Teleobjektiv geschossen
worden. Sie zeigten, wie er sich durch die grüppchenweise auf
dem Hof zusammenstehenden Gefangenen schlängelte, sich
Gesichter in seine Richtung wandten, so wie Köderfische das
Licht reflektieren, wenn ein Barrakuda in ihrer unmittelbaren
Umgebung auftaucht. Ein fetter Mann stand gegen eine Mauer
gelehnt, eine Hand an seinen Hoden, während er den im Halb-
kreis Herumstehenden eine Geschichte erzählte. Seine Lippen
waren von einem Wort verzerrt, das sie formten, blutrot von
einem Lutscher, den er gelutscht hatte. Der Mann namens Boxleiter ging an einem Insassen vorbei, der einen mit Isolierband
umwickelten Silberstreifen hinter dem Rücken hielt. Nachdem
Boxleiter ihn passiert hatte, hatte der Mann die Hände in die
Taschen gesteckt.

Das vor-vorletzte Foto zeigte die Häftlinge, die sich an der
Mauer zusammengerottet hatten wie Männer aus grauer Vor-
zeit, die sich am Rand einer Grube versammelten, um dem To-
deskampf eines gefangenen Mammuts beizuwohnen.

Dann war der Hof plötzlich wie leergefegt. Übriggeblieben
war nur der Fettsack mit einer klaffenden Schnittwunde quer
über der Luftröhre, aus der Schleim und Blut blubberten, das
mit Isolierband umwickelte Schlächterwerkzeug in der roten
Suppe auf seiner Brust versunken.

»Boxleiter ist ein Kumpan von Cisco Flynn. Sie waren zusammen im Waisenheim in Denver. Kann sein, daß Sie bald das

Vergnügen haben. Er ist vor drei Tagen aus dem Knast entlassen worden«, sagte sie.

»Miss Glazier, ich würde gern …«

»Spezial Agent Glazier, wenn ich bitten darf.«

»Sehr wohl. Ich plaudere ja gern mit Ihnen, aber … Warum kümmern wir uns nicht jeder um seinen eigenen Mist?«

»Sie sind vielleicht ein Komiker!« Sie stand auf und starrte auf mich herab. »Jetzt hören Sie mir mal gut zu. Hongkong gehört in Kürze zum Mutterland China. Und es gibt gewisse Leute, die wir gern aus dem Verkehr ziehen würden, bevor der Weg dorthin über Peking führt. Geht das in Ihren Dickschädel?«

»Nicht wirklich. Sie wissen doch, wie das hier bei uns in der Provinz so läuft … man schlägt Moskitos tot, kümmert sich um Diebstähle von Schweinemist … und so weiter.«

Sie lachte in sich hinein und ließ ihre Visitenkarte auf meinen Schreibtisch flattern. Dann verließ sie mein Büro, ohne die Tür hinter sich zuzumachen, so als wolle sie jede unnötige Berührung in dieser Umgebung vermeiden.

Gegen Mittag fuhr ich die unbefestigte Straße am Bayou entlang zu meinem Bootsverleih und Köderladen. Durch die Eichen entlang der Böschung konnte ich die breite Veranda und das rotgestreifte Blechdach meines Hauses oben am Hang sehen. Am Morgen hatte es erneut geregnet, die Sumpfzypressenbretter an den Hauswänden hatten sich teebraun verfärbt, und der Wind blies einen feinen Tropfennebel aus den Hängekörben mit Blumengewächs. Meine Adoptivtochter Alafair, die ich als kleines Mädchen aus einem über dem Meer abgestürzten Flugzeugwrack gerettet hatte, war auf der anderen Seite des Bayou in ihrem Flachboot beim Fliegenfischen.

Ich ging auf den Anlegesteg hinaus und lehnte mich gegen

die Reling. Der salzige Geruch von Humus, Fischschwärmen und Brackwasser wehte draußen von den Sümpfen zu mir herüber. Auf Alafairs Haut lag der Laubschatten einer Weide. Ihr Haar hatte sie mit einem blauen Tuch zurückgebunden. Es war so schwarz, daß es blinkte und blitzte, sobald sie es bürstete. Sie war in einem einfachen Dorf in El Salvador geboren, und ihre Familie war den Todesschwadronen zum Opfer gefallen, weil sie eine Kiste Pepsi-Cola an die Rebellen verkauft hatten. Jetzt war sie knapp sechzehn, ihr Spanisch und die frühe Kindheit waren fast vergessen. Nur gelegentlich schrie sie nachts im Schlaf und mußte aus Träumen wachgerüttelt werden, die vom Klang marschierender Soldatenstiefel, von Bauern, denen man die Daumen auf dem Rücken zusammengebunden hatte, und vom trockenen Knacken des zurückschlagenden Sicherungshebels einer Automatik-Waffe beherrscht wurden.

»Falsche Tageszeit und zuviel Regen«, sagte ich.

»Ach wirklich?« erwiderte sie.

Sie hob die Fliegenrute in die Luft, ließ den tanzenden Köder über ihren Kopf zischen und plazierte ihn dann am Rand der Wasserlilien. Ihr Handgelenk zuckte leicht, und der Köder hüpfte hörbar im Wasser auf und ab, bis sich plötzlich ein glupschäugiger Flußbarsch wie eine grüngoldene Luftblase aus dem Schlick erhob und die Wasserfläche teilte, die Rückenflossen steif, gezackt und glänzend im Sonnenlicht, den Haken und den gefiederten Balsaholz-Köder im Maulwinkel.

Alafair hielt die Fliegenrute hoch, während diese vibrierte und sich zur Wasserfläche bog, rollte die Schnur mit ihrer linken Hand ein, lenkte den Glotzäugigen zwischen den Inseln schwimmender Wasserhyazinthen hindurch, bis sie ihn naß und zappelnd in ihr Boot holen konnte

»Nicht schlecht«, bemerkte ich.

»Du hättest noch eine Woche frei gehabt. Warum bist du wieder arbeiten gegangen?« fragte sie.

»Lange Geschichte. Wir sehen uns drinnen.«

»Nein, warte«, hielt sie mich zurück, legte ihre Rute ins Boot und paddelte über den Bayou zur Bootsrampe aus Zement. Sie stieg ins Wasser, eine Hakenschnur voller Welse und Barsche um das Handgelenk gewickelt, und kletterte die Holztreppe zum Anleger hoch. In den vergangenen beiden Jahren hatte sie ihren Babyspeck gänzlich verloren, und Gesicht und Figur hatten sehr weibliche Konturen angenommen. Wenn sie mit mir im Köderladen arbeitete, richteten die meisten Kunden ihre Aufmerksamkeit ostentativ auf alles andere als auf Alafair.

»Eine Lady namens Flynn ist hier gewesen. Bootsie hat mir erzählt, was mit ihrem Vater passiert ist. Du hast ihn gefunden, Dave?« sagte sie.

»Mein Vater und ich«, verbesserte ich sie.

»Man hatte ihn gekreuzigt?«

»Ist vor langer Zeit passiert, Alf.«

»Und die Leute, die das gemacht haben, sind nie erwischt worden? Ist ja zum Kotzen.«

»Vielleicht haben sie trotzdem irgendwann ihre Strafe gekriegt. Wie alle … auf die eine oder andere Weise.«

»Das ist nicht genug.« Ihr Gesicht war plötzlich erhitzt, als sei eine alte Erinnerung zurückgekehrt.

»Soll ich dir helfen, die Fische sauberzumachen?« fragte ich.

Ihre Augen richteten sich auf mich. »Was, wenn ich jetzt ja sagte?« wollte sie wissen. Dann schwang sie die Hakenschnur so, daß diese über meine blank geputzte Schuhspitze schleifte.

»Megan will, daß ich ihr Zugang zum Gefängnis verschaffe, damit sie Fotos schießen kann?« sagte ich zu Bootsie in der Küche.

»Sie scheint dich eben für einen wichtigen Mann zu halten«, erwiderte sie.

Bootsie stand über den Spülstein gebeugt und kratzte angebranntes Fett von einem Backblech, die Armmuskeln gespannt von der Anstrengung; ihr Polohemd war über die Jeans hochgezogen, so daß die weichen Rundungen ihrer Hüften sichtbar waren. Sie hatte das schönste Haar, das ich je bei einer Frau gesehen hatte. Es hatte die Farbe von Honig mit karamellfarbenen Schlieren darin, und seine Masse und die Art, wie sie es aufgesteckt trug, verliehen ihr einen besonders schönen und frischen Teint.

»Kann ich sonst noch was arrangieren? Vielleicht eine Audienz beim Papst?« sagte ich.

Sie wandte sich von der Spüle ab und trocknete sich die Hände an einem Handtuch.

»Die Frau hat's auf was abgesehen. Ich weiß nur nicht, auf was«, sagte sie.

»Die Flynns sind komplizierte Leute.«

»Sie haben eine Nase dafür, Kriegsschauplätze auszugraben und sie zu ihren Tummelplätzen zu machen. Laß dich von ihr nicht vorführen, Streak.«

Ich schlug ihr mit der flachen Hand aufs Hinterteil. Sie griff sich das Geschirrhandtuch und schleuderte es knapp an meinem Kopf vorbei.

Wir aßen am Redwood-Tisch unter dem Mimosenbaum im Garten zu Mittag. Hinter dem Ententeich am Ende unseres Grundstücks stand das Zuckerrohr meines Nachbarn hoch und grün, die Blätter von Wolkenschatten marmoriert. Die Bambus- und Immergrünsträucher, die entlang unseres Entwässerungsgrabens wuchsen, raschelten im Wind, und von Süden wehte mit Regen und Elektrizität aufgeladene Luft zu uns herüber.

»Was ist in dem braunen Umschlag, den du mitgebracht hast?« wollte Bootsie wissen.

»Fotos von einem Mega-Soziopathen aus dem Knast von Colorado.«

»Warum bringst du so was mit nach Hause?«

»Ich hab den Kerl irgendwo schon mal gesehen. Da bin ich sicher. Kann mich nur nicht erinnern, wo.«

»Hier in der Gegend?«

»Nein. Nicht hier. Er hat einen Schädel wie ein Eierkuchen. Eine Nervensäge von einer FBI-Agentin hat mir gesagt, er sei ein Freund von Cisco Flynn.«

»Ein Kopf wie ein Eierkuchen? Ein hartgesottener Soziopath? Freund von Cisco Flynn?«

»Yeah.«

»Na wunderbar.«

In jener Nacht träumte ich von Swede Boxleiter. Er hockte in Kauerstellung in einem dunklen Gefängnishof, rauchte eine Zigarette, seine Nickelbrille glitzerte im feuchten Schein der Lichter auf den Wachtürmen. Die frühen Morgenstunden waren kühl und erfüllt vom Duft nach Salbei, vom plätschernden Wasser eines Wildbachs, von einem Waldteppich aus Kiefernnadeln. Die Luft war durchsetzt von nassem, rotem Staub, und inmitten von alldem schien der Mond über dem Saum der Berge aufzugehen, wie von einem roten Fadennetz überzogenes Elfenbein.

Doch der Mann namens Swede Boxleiter war nicht der Typ, der sich in den Details jener Gebirgslandschaft verlor, in der er sich plötzlich wiedergefunden hatte. Das Maß seines Lebens und seiner selbst war das Spiegelbild, das er in den Augen der anderen sah, die Angst, die ihre Gesichter verzerrte, die unerträgliche Spannung, die er in einer Zelle oder an einem Eßtisch entstehen lassen konnte, indem er einfach nichts sagte.

Er brauchte weder einen Handlanger noch Hofschranzen oder auch nur das narzißtische Vergnügen von Kettengerassel im Hof oder die Masturbation, um Energien freizusetzen, die, unbefriedigt geblieben, ihn veranlassen konnten, mitten in der Nacht aufzuwachen und sich in einen Flecken Mondlicht zu setzen, wie in einen luftleeren Raum, der von den Schreien der Tieren widerhallte. Gelegentlich lächelte er in sich hinein und stellte sich vor, wie er dem Gefängnispsychologen erzählte, wie er sich tief im Inneren tatsächlich fühlte, von jener genußvollen Euphorie, die durch die Sehnen seines Arms strömte, wenn er eine stilettartige Waffe umklammert hielt, die aus einem Stück Winkeleisen auf einer Schleifscheibe in der Gefängniswerkstatt scharf gemacht worden war, von dem intimen Glücksgefühl jenes letzten Moments, wenn er in die Augen des Opfers sah, von dem Damm der Gefühle, der in seinen Lenden brach, wie Wasser, das durch den Boden einer Papiertüte platzt.

Aber die Gefängnisseelenklempner waren keine vertrauensvollen Leute, zumindest nicht, wenn man wie Swede Boxleiter veranlagt war und unbedingt wieder freikommen wollte.

In meinem Traum erhob er sich aus seiner Kauerstellung, griff hoch und berührte den Mond, als wolle er ihn rauben, doch statt dessen wischte er nur das rote Fadengespinst mit der Fingerspitze von einer Ecke und förderte einen gleißenden weißen Lichtfleck zu Tage.

Ich setzte mich im Bett auf, der Ventilator über dem Fenster sandte flackernde Schatten über meine Haut, und dann erinnerte ich mich plötzlich, wo ich ihn schon einmal gesehen hatte.

Früh am nächsten Morgen ging ich in die Stadtbibliothek an der East Main Street und grub die alte Ausgabe vom *Life*-Magazin

aus, in der Megans Fotos vom Tod des schwarzen Vergewalti-
gers vor der Mündung eines Straßenentwässerungsrohrs ihre
Karriere begründet hatte. Gegenüber dem ganzseitigen Foto
mit dem Schwarzen, der vergeblich nach der Sonne gegriffen
hatte, war das Gruppenfoto von fünf Polizisten in Uniform abgedruckt, die auf seine Leiche herabstarrten. Im Vordergrund
stand Swede Boxleiter, einen roten Delicious-Apfel in der
Hand, das Gesicht erstarrt in einem Lächeln intimster Freude.

Ich will mich weder mit den Problemen der Flynns auseinandersetzen, redete ich mir ein, noch mir über eine genetische
Mißgeburt aus dem Knast von Colorado Gedanken machen.

Ich sagte mir das noch immer, als spät in jener Nacht Mout'
Broussard, New Iberias legendärer Schuhputzer und Cool
Breezes Vater, im Köderladen anrief und mir offenbarte, sein
Sohn sei gerade aus dem Bezirksgefängnis entflohen.

3

Die Cajuns haben häufig mit dem *th* im Englischen Schwierigkeiten. Infolgedessen lassen sie das *h* einfach aus oder sprechen
das *t* als *d*. Also wurde der kollektiv vereinnahmte Schuhputzer der Stadt, Mouth Broussard, allgemein Mout' genannt. Seit
Jahrzehnten unterhielt er seinen Schuhputzstand unter der Ko-
lonnade vor dem alten Frederic-Hotel, einem schönen, zwei-
geschossigen, stuckverzierten Gebäude mit italienischen Mar-
morsäulen im Inneren, einem Ballsaal, einer Bar mit messing-
beschlagener Mahagonitheke, Palmen in Töpfen und Spielau-
tomaten in der Lobby und einem Lift, der wie ein Vogelkäfig
aus poliertem Messing aussah.

34

Mout' war gebaut wie ein Heuschober und arbeitete nie ohne Zigarrenstummel im Mundwinkel. Er trug einen übergroßen grauen Kittel, die Taschen vollgestopft mit Bürsten und Polierlumpen voller schwarzer und ochsenblutfarbener Flekken und Striemen. In den Schubladen unter den beiden erhöhten Stühlen auf dem Podest steckten Flaschen mit flüssiger Schuhwichse, Wachsdosen und Sattelseife, Zahnbürsten und stählerne Zahnstocher, die Mout' benutzte, um die Nähte entlang der Sohlen zu reinigen. Er bewegte seine Polierlumpen mit einer Geschwindigkeit und einem Rhythmus, der unweigerlich jedem Beobachter stummen Respekt abverlangte.

Mout' machte das Geschäft auf der ganzen Strecke vom Southern-Pacific-Bahnhof bis zum Hotel, putzte alle Schuhe, die nachts in die Korridore gestellt wurden, und garantierte, daß man sein Gesicht in den Spitzen der Schuhe oder Stiefel sehen konnte, anderenfalls bekam man sein Geld zurück. Er hatte die Schuhe der gesamten Filmcrew von *Evangeline* im Jahr 1929, die Schuhe vom Harry-James-Orchester und von U. S. Senator Huey Long poliert, kurz bevor Long einem Attentat zum Opfer gefallen war.

»Wo ist Cool Breeze jetzt, Mout'?« fragte ich am Telefon.

»Wofür halten Sie mich? Das sag ich Ihnen doch nich.«

»Warum rufen Sie dann an?«

»Cool Breeze sagt, daß sie ihn umbringen.«

»Wer ›sie‹?«

»Der Weiße, der im Gefängnis das Sagen hat. Er hat einen Nigger geschickt, der ihm einen Draht ins Ohr bohren wollte.«

»Bin am Morgen bei euch.«

»Am Morgen? Also … besten Dank.«

»Breeze geht schon lange eigene Wege, Mout'.«

Keine Antwort. Ich fühlte die Spätsommerhitze und die stickige Luft unter dem elektrischen Licht.

»Mout'?« sagte ich.

»Ham ja recht. Macht's auch nich leichter. Nee, wirklich nich.«

Bei Sonnenaufgang am nächsten Morgen fuhr ich die East Main hinunter, unter dem Baldachin der immergrünen Eichen hindurch, der die Straße überspannte, an der City Hall, der Bibliothek und der Felsgrotte mit der Statue der Mutter Maria vorbei. Der Asphaltbelag der Bürgersteige war von Baumwurzeln aufgebrochen. Blaugrüne Rasenflächen voller Hortensien und Philodendron und dichte Bambussträucher säumten den Weg. Schließlich erreichte ich das Geschäftsviertel. Dann war ich auf der Westseite der Stadt, in Gassen mit offenen Abflußgräben, Bahnschienen, die Hinterhöfe und Asphalt durchschnitten, und schmalen Häusern aus rohem Holz, die wie eine Reihe schlechter Zähne dastanden und früher Puffs gewesen waren, in denen im neunzehnten Jahrhundert Eisenbahner Bier aus Eimern mit den Nutten getrunken hatten und ihre roten Laternen auf den Verandatreppen abstellten, bevor sie drinnen verschwanden.

Mout' war hinter seinem Haus und streute Vogelfutter für die Tauben aus, die in Scharen von den Telefonleitungen auf seinen Hof herunterflatterten. Er hinkte, die Augen waren von tiefen Hautwulsten umgeben, eine Backe war rosa und weiß marmoriert von einer seltsamen Hautkrankheit, die speziell Farbige befällt. Aber seine hängenden Schultern waren noch breit wie bei einem Stier und seine Oberarme dick wie Abflußrohre.

»War ein schlechter Zeitpunkt für Breeze, sich davonzumachen. Der Staatsanwalt hätte ihn vielleicht sowieso laufenlassen«, sagte ich.

Mout' wischte sich mit einem blauen Tankstellenlappen übers Gesicht, nahm den Sack Vogelfutter von der Schulter und setzte

36

sich schwerfällig auf einen alten Rasierstuhl, an dem ein aufge-
klappter Schirm befestigt war. Er griff nach einem Marmeladenglas mit Milchkaffee und trank. Sein breiter Mund schien sich um
die Glasöffnung zu legen wie das Maul eines Welses.

»Is mit mir und seiner Mutter in die Kirche gegangen, als er
noch ein Hosenscheißer war«, sagte er. »Hat Ball gespielt im
Park, hat Zeitungen ausgetragen, hat Pins beim Bowling aufgestellt neben weißen Jungs und nie Schwierigkeiten gehabt.
New Orleans hat das aus ihm gemacht. Hat mit seiner Mutter
in den Projects gelebt. Hat beschlossen, kein Schuhputzer zu
werden und sich nicht von den Weißen die Zigarrenasche auf
den Kopf tippen zu lassen … hat er mir gesagt.«

»Sie haben Ihr Bestes getan. Vielleicht ändert er sich eines
Tages, wer weiß.«

»Jetzt knallen sie ihn ab, was?« murmelte er.

»Nein. Das will niemand, Mout'.«

»Und dieser Beschließer, Alex Guidry? Ist hier verkehrt, als
er im College war. Schwarze Mädels waren für drei Dollar drüben in der Hopkins zu haben. Dann isser zum Schuhputzstand
gekommen, wenn Schwarze da waren, hat sich einen raus-
gepickt und ihn unverwandt fixiert, ihm mit Blicken den Skalp
vom Knochen gepellt, bis derjenige den Kopf hat sinken lassen
und die Augen nicht mehr vom Pflaster gehoben hat. So isses
damals gewesen. Und jetzt habt ihr euch denselben Kerl als Ge-
fängnishäuptling gekauft.«

Dann beschrieb er den letzten Tag seines Sohnes im Bezirksgefängnis.

Der Schlüsselknecht, ehemaliger Aufseher im Bau beim Marine Corps, ging den Korridor in der Isolierstation hinunter und
öffnete die Eisengittertür zu Cool Breezes Zelle. Er schwenkte
einen Knüppel, den er an einem Riemen ums Handgelenk trug.

»Mr. Alex sagt, du kannst in den Haupttrakt zurück. Wenn du willst, heißt das«, erklärte er.

»Nichts dagegen.«

»Heute scheint Weihnachten und Geburtstag für dich zusammenzufallen.«

»Wie kommt's?« fragte Cool Breeze.

»Wirst schon sehen.«

»Ich werd's schon sehen?«

»Mann, und dann fragt ihr Typen euch, warum ihr im Knast sitzt. Wo ihr das Nachäffen für 'n Zeichen von Grips haltet?«

Der Wärter führte ihn durch zahllose hydraulisch betriebene Sicherheitsschleusen, befahl ihm, sich auszuziehen und sich zu duschen, überreichte ihm einen orangeroten Overall und schloß ihn in eine Wartezelle ein.

»Sie werden Mr. Alex suspendieren. Aber bevor er geht, will er dir Gerechtigkeit widerfahren lassen. Deshalb hab ich gesagt, muß dein Geburtstag sein«, meinte der Schlüsselknecht. Er schwenkte den Knüppel an der Schlaufe und zwinkerte. »Wenn er weg ist, bin ich Gefängnisverwalter. Denk mal über den tieferen Sinn nach.«

Um vier Uhr an diesem Nachmittag blieb Alex Guidry vor Cool Breezes Zelle stehen. Er trug einen Leinenanzug mit roter Krawatte und glänzende schwarze Cowboystiefel. Seinen Stetson hielt er in der Hand an der Hosennaht.

»Willst du saubermachen in der Werkstatt ... aufwischen und so?« fragte er.

»Kann ich machen.«

»Machst du Schwierigkeiten?«

»Is nicht mein Stil, klar?«

»Kannst jede verdammte Lüge erzählen, wenn du hier rauskommst. Aber wenn ich unfair bin zu dir, dann sag's mir jetzt ins Gesicht«, sagte er.

»Die Leute sehen nur, was sie sehen wollen.«

Alex Guidry drehte seine Handinnenfläche nach oben und pulte mit den Fingern an den Daumenschwielen. Er wollte etwas sagen, schüttelte angewidert den Kopf und ging den Korridor entlang; die Ledersohlen seiner Stiefel hallten hohl über den Zementboden.

Cool Breeze verbrachte den nächsten Tag damit, Steinwände und Fußsteige mit einer Drahtbürste und Ajax zu bearbeiten und meldete sich um fünf Uhr in der Anstaltswerkstatt zum Aufkehren. Er benutzte einen langen Besen, um Stahlspäne, Sägemehl und Holzspäne zu ordentlichen Haufen zusammenzufegen, die er dann auf eine Kehrichtschaufel schob und im Mülleimer entsorgte. Hinter ihm schnitt ein Mulatte, dessen goldbraune Haut von dollargroßen Sommersprossen übersät war, an einer elektrischen Stichsäge Formen aus einem Stück Sperrholz. Jedesmal, wenn sich die Sägezähne ins Holz gruben, ertönte eine Art elektronischer Dauerkreischton.

Cool Breeze beachtete ihn nicht, bis er hörte, wie das Sperrholz von der Säge fiel. Er wandte aus purer Neugier gerade in dem Moment den Kopf, als der Mulatte die Faust ballte und versuchte, einen Drahtkleiderbügel mit scharf gespitztem Ende, den er vertikal durch den Holzgriff eines Rasenmäherstarterseils gesteckt hatte, mitten durch Cool Breezes Ohr und in sein Gehirn zu stoßen.

Die Drahtspitze spaltete Cool Breezes Backe vom Backenknochen bis zum Mundwinkel.

Er umschloß den Unterarm seines Angreifers mit beiden Händen, drehte sich mit ihm im Kreis und dirigierte ihn in Richtung der jetzt sanft surrenden Stichsäge.

»Zwing mich nicht zum Äußersten, Nigger«, sagte er.

Doch sein Angreifer ließ seine Waffe nicht los, und Cool Breeze schob zuerst den Kleiderbügel und dann die geballte

Faust mitsamt dem Holzgriff in das Sägeblatt, so daß ihm Knochen, Metall, Fingernägel und Holzsplitter gleichzeitig ins Gesicht flogen.

Er versteckte sich in der Mischtrommel eines Betonmixers, wo er eigentlich mit großer Sicherheit hätte umkommen müssen. Er fühlte, wie der Laster am Gefängnistor langsamer wurde, hörte die Wärter draußen reden, während sie mit Spiegeln den Unterboden des Lasters prüften.

»Drinnen fehlt uns einer. Hast ihn nicht zufällig in deiner Trommel, was?« fragte einer der Wärter.

»Das haben wir gleich raus«, sagte der Lastkraftwagenfahrer. »Und zwar todsicher.«

Hebel und Zahnräder rasteten ein, dann vibrierte und schüttelte sich der Laster, und riesige Stahlschneiden begannen sich im rabenschwarzen Innern der Trommel zu drehen und hoben Vorhänge von Zement in die Luft wie Kuchenteig.

»Mach, daß du rauskommst mit deiner Karre. Aus irgendeinem Grund erinnern mich die Geräusche von dem Ding an meine Frau im Badezimmer«, sagte der Wärter.

Zwei Stunden später, auf einer Baustelle südlich der Stadt, kletterte Cool Breeze aus dem Zementmixer und schleppte sich in ein Zuckerrohrfeld wie ein Mann in einer Bleirüstung; die klaffende Backenwunde blutete wie verrückt, die Zuckerrohrblätter waren umrandet von der letzten roten Sonnenglut.

»Ich glaub's nicht, Mout'«, sagte ich.

»Daß der Kerl ihn alle machen wollte?«

»Daß der Gefängnisverwalter dahintersteckt. Er ist schon vom Dienst suspendiert. Er wäre der erste, auf den der Verdacht fallen würde.«

»Eben weil er's auch gewesen ist.«

»Wo ist Breeze jetzt?«

Mout' schob den Sack Vogelfutter über die Schulter und begann erneut, eine Handvoll nach der anderen in die Luft zu werfen. Die Tauben umschwirrten seinen gewachsten kahlen Schädel bald wie Schneeflocken.

Mein Partner war Detective Helen Soileau. Im Dienst trug sie Hose und Männerhemd, lächelte ebenso selten, wie sie sich schminkte. Ihre Körperhaltung war stets defensiv, ihr Gesicht fleischig, der Blick unnachgiebig, und ihr blondes Haar umgab ihren Kopf wie eine Perücke. Sie lehnte mit beiden Armen in meinem Bürofenster und sah dem Kalfakter zu, der die Hecke am Gehsteig schnitt. Sie trug eine Neun-Millimeter-Automatik in einem handgefertigten schwarzen Lederhalfter und ein Paar Handschellen am Gürtel im Rücken.

»Hab die Miss Pisspot von 1962 heute morgen im Gefängnis getroffen«, sagte sie.

»Wen?«

»Diese FBI-Agentin ... wie heißt sie doch gleich? Glazier. Sie ist der Meinung, wir hätten's drauf angelegt, Cool Breeze Broussard in unserem eigenen Gefängnis kaltzumachen.«

»Wie siehst du die Sache?«

»Der Mulatte ist eine Pfeife. Behauptet, Breeze mit einem Typen verwechselt zu haben, der ihn kaltmachen wollte. Und zwar angeblich, weil er dessen kleine Schwester genagelt hat.«

»Schluckst du das?« fragte ich.

»Bei einem Typ, der gepiercte Brustwarzen hat? Ja, schon möglich. Tust du mir einen Gefallen?«

»Spuck's aus!«

Sie gab sich betont gelassen. »Lila Terrebonne sitzt besoffen im Country Club. Der Obermufti dort möchte, daß ich sie nach Jeanerette zurückchauffiere.«

»Nein, danke.«

»Konnte mich noch nie mit Lila anfreunden. Keine Ahnung, weshalb nicht. Vielleicht weil sie mir einmal in den Schoß gekotzt hat. Ich rede von deiner Freundin von den Anonymen Alkoholikern, Dave. Nicht vergessen.«

»Sie hat nicht *mich* um Hilfe gebeten, Helen. Dann wär's was anderes.«

»Wenn sie wieder diese Scheiße mit mir anfängt, landet sie in der Ausnüchterungszelle. Geht mir am Arsch vorbei, daß ihr Großvater U. S. Senator war.«

Damit ging sie auf den Parkplatz hinaus. Ich blieb einen Moment hinter meinem Schreibtisch sitzen, dann schnippte ich eine Büroklammer in den Papierkorb und stoppte ihren Streifenwagen mit dem Daumen nach unten, kurz bevor sie auf die Straße einbog.

Lila hatte ein spitzes Gesicht, milchig grüne Augen und goldgelbes Haar, das die Sonne ausgebleicht hatte, bis es schimmerte wie Weißgold. Ihr Luderleben nahm sie auf die leichte Schulter, Katerstimmungen oder Händel mit verheirateten Männern ließen sie unberührt, sie lachte mit rauchiger Stimme in Nachtclubs über die Sucht, die sie mit schöner Regelmäßigkeit in ein Krankenhaus oder eine Entziehungsanstalt brachte. Danach blieb sie erst einmal trocken und nahm für ein paar Wochen auf Grund einer gerichtlichen Anordnung an den Treffen der Anonymen Alkoholiker teil, löste Illustrierten-Kreuzworträtsel, während andere von dem Stacheldraht sprachen, der sich um ihre Seelen gelegt hatte, oder starrte mit wohlgefälligem Ausdruck aus dem Fenster, in dem sich keine Spur von Sehnsucht, Reue, Ungeduld oder Resignation widerspiegelte, lediglich ein vorübergehender Schwebezustand, so als warte sie darauf, daß die Zeiger einer unsichtbaren Uhr die vorbestimmte Zeit erreichten.

Von ihrer Jugend bis heute erinnere ich mich an keinen Abschnitt ihres Lebens, da sie nicht Gegenstand von Gerüchten und Skandalen gewesen wäre. Sie war von ihren Eltern an die Sorbonne geschickt worden, dort durch sämtliche Examen gerasselt und zurückgekehrt, um auf der University of Southern Louisiana mit Arbeiterkindern zu studieren, die es sich nicht einmal leisten konnten, die Louisiana State University in Baton Rouge zu besuchen. Am Abend ihres College-Abschlußballs klebten Mitglieder des Football-Teams ihr Foto an den Gummi-Automaten in Provost's Bar.

Als Helen und ich das Clubhaus betraten, saß sie allein an einem Tisch, den Kopf umgeben von Rauchschwaden aus ihrem Aschenbecher, das leere Glas an den Spitzen ihrer Finger. Die anderen Tische waren von Golfern und Bridgespielern besetzt, die es sorgfältig mieden, ihre Blicke auf Lila und deren bemitleidenswerten Versuch zu richten, ihren Zustand mit Würde zu tragen. Der weiße Barkeeper und der junge schwarze Ober, die zwischen den Tischen hin und her eilten, weigerten sich, in ihre Richtung zu sehen oder die Bestellung eines weiteren Drinks entgegenzunehmen. Als jemand die Vordertür öffnete, traf sie das gleißende Sonnenlicht wie eine Ohrfeige.

»Wie wär's mit einer Spritztour, Lila?« fragte ich.

»Oh, Dave! Wie geht es Ihnen? Sie haben Sie doch nicht schon wieder angerufen, oder?«

»Wir waren gerade in der Gegend. Eines Tages besorge ich mir noch mal eine Mitgliedskarte.«

»Warum treten Sie nicht gleich in die Republikanische Partei ein? Sie sind zum Schreien komisch. Würden Sie mir eventuell aufhelfen? Ich glaube, ich habe mir den Knöchel verstaucht«, sagte sie.

Sie hakte sich bei mir ein, ging mit mir zwischen den Tischen hindurch, blieb an der Theke stehen und nahm zwei

Zehndollarscheine aus der Geldbörse. Sie legte sie sorgsam auf den Tresen.

»Ist für dich und den netten jungen Schwarzen. Ist doch immer wieder eine Freude, euch alle zu sehen«, sagte sie.

»Beehren Sie uns wieder, Miss Lila. Jederzeit«, antwortete der Barkeeper, und sein Blick schweifte ab.

Draußen atmete sie Wind und Sonne ein, als habe sie gerade eine andere Biosphäre betreten. Sie blinzelte, schluckte und gab gedämpfte Töne von sich, als habe sie Zahnschmerzen.

»Bitte fahren Sie mich auf den Highway raus und setzen mich ab, wo immer die Leute Kleinholz aus ihren Möbeln machen und Flaschen durch die Fenster werfen«, seufzte sie.

»Wie wär's zur Abwechslung mal mit zu Hause?« schlug ich vor.

»Dave, Sie sind ein Langweiler.«

»Sie sollten Ihre Freunde lieber zu schätzen wissen, Ma'am«, meldete sich Helen.

»Kenne ich Sie?« fragte Lila.

»Yeah. Hatte das Vergnügen aufzuwischen, was Sie ...«

»Helen, bringen wir Miss Lila nach Hause und machen, daß wir wieder in die Dienststelle kommen.«

»Du liebe Zeit, ja. Ja, dringend«, sagte Helen.

Wir fuhren in südlicher Richtung am Bayou Teche entlang nach Jeanerette, wo Lila in einer Plantagenvilla lebte, deren Ziegelsteine im Jahr 1791 von Sklaven aus Tongruben gefördert und gebrannt worden waren. Während der großen Wirtschaftskrise hatte ihr Großvater, ein U. S. Senator, Arbeiter für einen Dollar pro Tag beschäftigt, um das herrschaftliche Haus Stein für Stein abzutragen, auf Flachbodenkähne zu verladen und von seinem ursprünglichen Standort im Chitimacha-Indianerreservat zum Bayou hinauf zu versetzen. Heute war es von einem riesigen Rasengrundstück, Lebenseichen und Palmen, einem himmelblauen Swimmingpool, Tennisplätzen, von mit orangeroten Passionsblumen überwachsenen Pavillons, zwei stuckverzierten Gästehäusern, Terrassen, Springbrunnen und Gärten umgeben, in denen Rosen blühten.

Diesmal allerdings empfing uns ein bizarres Schauspiel, als wir in das Grundstück einbogen und durch den Tunnel aus Lebenseichen auf den Säulenportikus zufuhren; es handelte sich um eines jener seltenen Szenarien, bei denen die eigene menschliche Rasse einem Übelkeit und Scham verursacht. Eine Filmkulisse aus Rohholzhütten mit Krämerladen und breiter Veranda auf Holzpflöcken, zusammengezimmert aus verwitterten Zypressen und verrosteten Blechdächern, mit Reklameschildern von Jax-Bier und Hadacol, alles dem Bild einer Genossenschaftsfarm aus den vierziger Jahren nachempfunden, war auf dem Rasen aufgebaut; dazwischen war eine unbefestigte Straße aufgeschüttet worden, die Sprenger von den Veranden aus befeuchteten. Vielleicht zwei Dutzend Personen bevölkerten ziel- und meist auch tatenlos diese Kulisse, die Körper glänzend vor Schweiß. Im Schatten einer Lebenseiche saß an einem Tisch mit Essen einer Cateringfirma der Regisseur, Billy Holtzner; an seiner Seite, cool und lässig in gelber Hose und weißem Seidenhemd, war sein Freund und Geschäftspartner, Cisco Flynn.

»Schon mal gesehen, wie drei Affen versucht haben, einen Football zu ficken? Würde die ganze Bande am liebsten in die Wüste schicken, aber mein Vater hat 'n Faible für bestimmte Sachen. Und die kommen meistens in rosa Höschen daher«, sagte Lila auf dem Rücksitz.

»Wir setzen Sie vor der Veranda ab, Lila. Also was mich betrifft ... hatte Ihr Wagen 'ne Panne, und wir haben Sie aufgegabelt und nach Hause gebracht«, sagte ich.

»Scheiß drauf. Ihr beide steigt aus und eßt was mit mir«, sagte sie. Ihr Gesicht hatte sich aufgeklart wie der Himmel nach einem Gewitter, wenn die Wolken weggefegt sind und die Luft voller Aaskrähen zurückbleibt. Ich sah, wie ihre Zunge die Unterlippe berührte.

»Brauchen Sie 'ne helfende Hand zum Reingehen?« fragte Helen.

»Helfende Hand? Was für eine hübsche Formulierung. Nein, hier komm ich prächtig zurecht. Mann, o Mann, war das alles nicht sehr nett?« sagte Lila, stieg aus und schickte einen schwarzen Gärtner ins Haus, um ein paar Martinis zu holen.

Helen wollte den Rückwärtsgang einlegen, hielt inne und starrte verblüfft auf etwas, das sich unter der Lebenseiche abzuspielen schien.

Billy Holtzner hatte dort all seine Leute um sich versammelt. Er trug Khakishorts mit Taschenklappen und Sandalen mit lavendelfarbenen Socken und ein gestärktes gemustertes Hemd, dessen Ärmel er sorgfältig über den schwabbeligen Armen hochgekrempelt hatte. Bis auf den eisgrauen Bartstreifen um Kinn und Backen schien sein Körper völlig unbehaart zu sein, so als habe man ihn mit einem Damenrasierer bearbeitet. Seine Handlanger und Schauspieler, Drehbuchautoren, Kameraleute und weiblichen Assistenten standen mit breitem, aufgesetztem Grinsen in den Gesichtern da, einige verbargen ihre Angst, andere erhoben sich auf die Fußballen, um besser sehen zu können, während er erst den einen, dann den anderen einzeln herauspickte und sagte: »Warst du auch ein braver Junge? Uns sind da gewisse Gerüchte zu Ohren gekommen. Ich bitte dich, nur keine Scheu! Du weißt doch genau, wo du sie hinstecken mußt.«

Und dann steckte ein erwachsener Mann, der vermutlich Frau oder Freundin oder Kinder hatte oder im Krieg gewesen war oder sein Leben einst der Achtung und Liebe für wert gehalten hatte, seine Nase zwischen Billy Holtzners Zeige- und Ringfinger und gestattete es, daß er ihm den Riechkolben hin und her drehte.

»War gar nicht so schlimm, was? Oho! Da sehe ich doch jemanden, der sich heimlich aus dem Staub machen will! Aber *Johnny* ...«, sagte Holtzner.

»Diese Kerle sind aus ganz besonders faulem Holz geschnitzt, was?« bemerkte Helen.

Cisco Flynn kam auf den Streifenwagen zu, einen gutmütig jovialen Ausdruck zur Schau tragend, die Augen ernst und erklärungsgeil.

»Weiterhin viel Spaß, Cisco«, sagte ich aus dem Fenster und dann zu Helen: »Gib Gas!«

»Laß ich mir nicht zweimal sagen, Boss ...«, erwiderte sie, den Kopf nach hinten gedreht, während sie den Wagen rückwärts aus dem Grundstück fuhr, die dunkelgrünen Schatten des Eichenlaubs in Kaskaden über der Windschutzscheibe.

4

In jener Nacht stand der Mond gelb über dem Sumpf. Ich ging zur Anlegestelle hinunter, um Batist, meinem schwarzen Helfer, zur Hand zu gehen, die Cinzano-Schirme zusammenzuklappen, die in den zu Tischen umfunktionierten Kabeltrommeln steckten, und den Köderladen zu schließen. Es sah nach Regen aus, und ich schlug die Segeltuchplane zurück, die über der Anlegestelle gespannt war. Dann ging ich hinein. In diesem Moment klingelte das Telefon auf der Ladentheke.

»Mout' hat mich angerufen. Sein Sohn will nach Hause kommen«, sagte die Stimme.

»Halt dich da raus, Megan. Das ist Sache der Polizei.«

»Fürchtest du dich vor mir? Ist das das Problem?«

»Nein. Schätze, das Problem ist die Gewohnheit.«

»Wie wär's damit? Er ist fünfzehn Meilen weit draußen im Atchafalaya-Sumpf und von einer Schlange gebissen worden. Ich meine das nicht im übertragenen Sinn. Hat seinen Arm in ein ganzes Nest mit der Brut gesteckt. Warum läßt du ihm keine Nachricht durch Mout' zukommen und sagst ihm, er soll sich zum Teufel scheren?«

Nachdem ich aufgelegt hatte, machte ich die Außenbeleuchtung aus. Unter dem gelben Mondlicht sahen die toten Bäume im Sumpf wie Fackeln aus Papier und Wachs aus, die bei der geringsten Berührung mit einem Streichholz in Flammen aufzugehen drohten.

Bei Morgengrauen kam der Wind aus Süden, feucht und warm und durchsetzt mit Regen, als ich das Kabinenboot über eine langgestreckte, flache Lagune lenkte, die zu beiden Seiten von Sumpfzypressen gesäumt war, die mit dem Fuß im Wasser standen und deren Laub sich im Wind wie ein grüner Spitzenvorhang bewegte. Kraniche erhoben sich aus den Bäumen in den rosagetönten Himmel, und im Süden türmten sich Gewitterwolken über dem Golf auf, und die Luft roch nach Salzwasser und Metall, das in der Sonne trocknet. Megan stand neben dem Ruder, eine Thermostasse mit Kaffee in der Hand. Ihren Strohhut mit dem purpurfarbenen Hutband hatte sie tief in die Stirn gezogen. Um meine Aufmerksamkeit zu erregen, packte sie mit Daumen und Zeigefinger unvermittelt mein Handgelenk.

»Der Seitenarm hinter der Ölplattform. Ist ein Stoffetzen ins Gebüsch gebunden«, sagte sie.

»Ich bin nicht blind, Megan«, erwiderte ich. Aus den Augenwinkeln sah ich, wie ihr Kopf zu mir herumfuhr.

»Soll ich nicht reden, oder soll ich dich nicht berühren? Wo liegt dein Problem?« fragte sie.

Ich nahm das Gas zurück und ließ das Boot auf dem Kielwasser schaukeln und in eine Einbuchtung treiben. Das Wasser hier war von einem Blätterteppich überzogen, von Luftwurzeln durchwoben und im Flachen mit Sumpfzypressenstümpfen gespickt. Der Bug kratzte über den Grund und steckte im nächsten Moment auf einer Sandbank fest.

»Die Antwort auf deine Frage ist, daß ich gestern auf dem Filmset deines Bruders gewesen bin. Daraufhin habe ich mich entschlossen, Abstand von der Welt des großen Geldes zu nehmen. Ohne jemandem zu nahe treten zu wollen«, fügte ich hinzu.

»Hab mich schon immer gefragt, was Sicherheitsleuten vor Banken so den ganzen Tag durch den Kopf geht. Stehen einfach nur da, acht Stunden lang, und starren Löcher in die Luft. Ich glaube, du hast mir endlich auf den Trichter geholfen, mir ihre Gedankenwelt erschlossen.«

Ich griff nach dem Erste-Hilfe-Kasten, sprang über den Bug ins Wasser und watete durch das Flachwasser auf ein an Land gezogenes Hausboot zu, dessen Holz vollkommen verfault war.

Ich hörte sie hinter mir ins Wasser platschen.

»Mann, o Mann, ich hoffe, daß in meinem nächsten Leben ich mal den tollen Hecht im Karpfenteich geben darf«, sagte sie.

Der Fußboden des Hausboots wellte sich über den zerbeulten und verrosteten Öltonnen, die es einst auf dem Wasser getragen hatten. Cool Breeze saß in der Ecke, in Klamotten, die er wahllos von einer Wäscheleine gerissen zu haben schien, die Schnittwunde in seinem Gesicht grob mit Nadel und Faden ge-

flickt, sein linker Arm aufgebläht wie ein schwarzer Fahrrad-
schlauch.

Ich hörte, wie Megans Kamera hinter meinem Rücken zu
klicken begann.

»Warum haben Sie nicht die vom FBI angerufen, Breeze?«
fragte ich.

»Diese FBI-Agentin will mich vor die Grand Jury stellen. Sie
sagt, daß ich im Bau bleiben muß, bis sie mit mir fertig sind.«

Ich starrte auf das Elektrokabel, das er als Aderpresse benutzt hatte, auf das geschwollene Fleisch, das um die Bißstellen herum die Farbe von Fischschuppen angenommen hatte,
den eitrigen Ausfluß, der grüne Spuren auf seinem T-Shirt hinterlassen hatte. »Ich will Ihnen mal was sagen. Zuerst verbin-
de ich die Wunde, lege Ihnen eine Armschlinge an, und dann
gehen wir mal Luft schnappen«, erklärte ich.

»Wenn Sie das Kabel durchschneiden, schießt mir das Gift
ins Herz.«

»Sie sind auf dem besten Weg, einen Wundbrand zu entwickeln, Partner.«

Ich sah, wie er schluckte. Das Weiß seiner Augen wirkte wie
mit Jod eingepinselt.

»Sie sind ein erfahrener Knasti, Breeze. Sie wissen, daß die
FBI-Typen Sie über die Klinge springen lassen. Warum wollen
Sie's unbedingt Alex Guidry anhängen?«

Folgende Geschichte hat er mir erzählt, während ich eine
Mischung aus Gift und eitriger Flüssigkeit mit einem Gummi-
sauger aus der Wunde an seinem Unterarm gepumpt habe. Ich
hörte ihm, auf ein Knie gestützt, zu, massierte die Bißstellen,
fühlte, wie ihn Schmerz mit der Macht einer Kerzenflamme
auf der Haut durchzuckte, und wunderte mich wieder einmal
über die Naivität der weißen Rasse, die stets die miesesten
Zeitgenossen an die vorderste Front schickt.

Zwanzig Jahre zuvor, unten am Teche, besaß er einen Laden an einem Feldweg, zusammengezimmert aus wahllos gesammelten Brettern, aus Blech und Ziegeln, die man wie Grind ausgetrocknet und verkrustet aus dem Fachwerk gepult hatte. Außerdem hatte er eine hübsche junge Frau namens Ida, die in einem Imbißlokal hinter dem Herd stand und auf einer Genossenschaftsfarm Chilischoten pflückte. Nach einem Tag auf den Feldern schwollen ihre Hände an, als sei sie von Hummeln gestochen worden, und sie mußte sie in Milch baden, um das Brennen auf der Haut zu lindern.

An einem Winternachmittag hielten zwei Weiße auf dem Rechteck, das als Parkplatz vor der Veranda aus Austernschalen aufgeschüttet worden war, und der ältere von beiden, der einen Kiefer wie eine Bulldogge hatte und in dessen Mund eine Zigarre qualmte, fragte nach einem Viertel Schwarzgebranntem.

»Und komm mir nicht damit, du hättest keinen, Junge. Ich weiß, daß der Mann vom Miss'sippi dir einen verkauft hat.«

»Hab Jax, eisgekühlt. Und ich hab auch warmes Bier. Außerdem kann ich Ihnen Soda-Limo verkaufen. Whiskey is nich.«

»Ach nee? Ich geh jetzt zur Tür raus und komm dann wieder rein. Und dann steht eines der Fäßchen, die du in der Box hinter dem Motoröl hortest, auf der Theke … oder ich dekorier dir deinen Laden gründlich um.«

Cool Breeze schüttelte den Kopf.

»Ich kenn euch alle. Hab schon bezahlt, hab ich. Warum kommt ihr mir mit dieser Scheiße?« sagte er.

Der jüngere Weiße öffnete die Fliegengittertür und betrat den Laden. Er hieß Alex Guidry und trug einen Kordanzug, einen Cowboyhut und Westernstiefel mit spitzen, spiegelglänzenden Kuppen. Der Ältere griff sich eine Tüte gerösteter Grieben von der Theke. Das Fett in den Grieben zeichnete sich in dunklen Flecken auf dem Papier ab. Er warf die Tüte dem jüngeren zu und sagte zu Cool Breeze: »Du hast wegen Scheckbetrugs Bewährung gekriegt. Der Schwarzgebrannte bringt dir zweimal fünf Meter im Knast. Deine Frau da hinten, wie heißt sie noch? Ida? Sie ist doch Köchin, oder?«

Der Mann mit dem Bulldoggengebiß hieß Harpo Delahoussey, und er betrieb einen schäbigen Nachtclub für Redbones (Mischlinge französischer, schwarzer und indianischer Herkunft) neben einer Fettfabrik an einer Flußschleife des Atchafalaya River. Wenn die Verbrennungsöfen der Fabrik angeworfen wurden, füllte der Qualm der Schornsteine die nahe gelegenen Wälder und legte sich über die unbefestigten Fahrstraßen mit einem Gestank, als würden Haare und Hühnerinnereien in einer Bratpfanne verbrannt. Der mit Schindeln gedeckte Nachtclub war von Freitag nachmittag bis Sonntag abend durchgehend geöffnet. Der Parkplatz (mit Tausenden von plattgewalzten Bierdosen ausgelegt) wurde zu einem Irrgarten aus benzinschluckenden Klapperlimousinen und Pickups; und die Fenster des Clubs klirrten und bebten im Rhythmus von Waschbrett und Fingerhut, Schlagzeug, tanzenden Füßen und elektrischen Gitarren, deren Rückkopplung quietschte wie Fingernägel auf Schiefertafeln.

Hinten in einer kleinen Küche schnitt Ida Broussard Kartoffeln für Pommes, während kesselweise rote Bohnen mit Reis und Gumbo auf dem Herd köchelten, ein Halstuch um die Stirn gebunden, um den Schweiß aus den Augen zu halten.

Doch Cool Breeze wußte, obwohl er es nicht wirklich wahrhaben wollte, daß Harpo Delahoussey ihn nicht einfach nur erpreßt hatte, um eine Köchin zu bekommen oder um wieder einmal jener alten Lektion Nachdruck zu verleihen, daß jede Münze, die du aus der Hand eines Weißen empfängst, damit du Schuhe putzt, Zuckerrohr schneidest, Baumwolle spaltest,

Herde schrubbst, Kommoden säuberst, tote Ratten unter einem Haus hervorholst, stets so willkürlich an dich verteilt werden kann wie Sauerstoff an einen Sterbenden im Krankenhaus.

Eines Abends blieb sie stumm wie ein Fisch, als er sie abholte, saß am äußersten Ende der Vorderbank gegen die Beifahrertür des Pickups geschmiegt, mit hängenden Schultern, das Gesicht von einer Erschöpfung gezeichnet, die kein Schlaf lindern konnte.

»Er hat dich doch nicht angefaßt, oder?« sagte Cool Breeze.

»Was kümmert's dich? Du hast mich schließlich in den Club geschickt, oder?«

»Er hat gesagt, die Fettfabrik schließt bald. Das heißt, er braucht keine Köchin mehr. Was willst du machen, wenn ich in Angola im Knast sitze?«

»Hab dir gesagt, du sollst keinen Whiskey in den Laden bringen. Nicht auf den Weißen vom Miss'sippi hören, der ihn dir verscherbelt hat. Hab's dir gesagt, Willie.«

Dann starrte sie aus dem Fenster, so daß er ihr Gesicht nicht sehen konnte. Sie hatte eine Kunstseidenbluse mit grünen und orangefarbenen Punkten an, ihr Rücken bebte unter dem Stoff, und er hörte, wie sich ihr Atem in ihrer Kehle fing wie ein Schluckauf, der völlig außer Kontrolle geriet.

Er bemühte sich bei seinem Bewährungshelfer um die Erlaubnis, wieder nach New Orleans ziehen zu dürfen.

Der Antrag wurde abgelehnt.

Dann erwischte er Ida, wie sie sich hinter dem Haus eine Line Koks auf einem zerbrochenen Spiegel reinzog. Am Morgen trank sie Likör aus einer grünen Flasche mit Schraubverschluß, der ihre Augen furchterregend glänzen ließ. Sie weigerte sich, im Laden auszuhelfen. Im Bett war sie passiv, wenn er mit ihr schlief, und schließlich wollte sie überhaupt nicht mehr. Sie band sich einen gelochten Dollar an einem Band um das Fußgelenk und dann einen um ihren Bauch, so daß dieser knapp unter ihrem Nabel baumelte.

»Gris-gris ist der Aberglaube der Alten«, sagte Cool Breeze.

»Ich hatte einen Traum. Eine weiße Schlange, dick wie dein Arm, hat ein Loch in eine Melone gebissen, ist reingekrochen und hat sie von innen aufgefressen.«

»Wir hauen einfach ab.«

»Mr. Harpo wird immer schon da sein. Unser Bewährungshelfer wird schon da sein. Der Staat Louisiana wird schon da sein.«

Er schob die Hand unter die Münze über ihrem Bauch und riß sie ab. Ihr Mund öffnete sich ohne einen Laut, als der Zwirn ihr in die Haut schnitt und brennende Striemen hinterließ.

In der folgenden Woche ertappte er sie nackt vor dem Spiegel, ein schmales Goldkettchen um die Hüften.

»Wo hast du das her?« fragte er.

Sie bürstete ihr Haar und antwortete nicht. Ihre Brüste waren angeschwollen und voll wie Eierfrüchte.

»Du kochst nicht mehr im Club. Was sollten sie dagegen machen? Uns noch mehr weh tun, als sie's schon getan haben?« meinte er.

Sie nahm ein neues Kleid vom Bügel und zog es über den Kopf. Es war rot, mit eingewebten bunten Glasperlen, wie es Indianerinnen trugen.

»Wo hattest du das Geld dafür her?« wollte er wissen.

»Ich weiß es. Du mußt es erst rauskriegen«, antwortete sie. Sie befestigte einen goldenen Ring mit beiden Händen an ihrem Ohrläppchen und lächelte ihn dabei an.

Er packte sie bei den Schultern und schüttelte sie. Ihr Kopf wackelte auf dem Hals hin und her wie bei einer Puppe. Sie hatte die Augenlider geschlossen, den rotgeschminkten Mund in einer Art und Weise geöffnet, die ihm in den Jeans einen Ständer bescherte. Er schleuderte sie gegen die Schlafzimmerwand, daß er ihre Knochen auf dem Holz knacken hörte, dann rannte er aus dem Haus, den staubigen Weg hinunter durch den tunnelartigen Schatten der Bäume, und seine Arbeitsstiefel krachten durch die Eisschicht auf den Schlaglöchern.

Am Morgen versuchte er, alles wiedergutzumachen. Er machte Boudin warm, machte Cush-Cush und Kaffee mit heißer Milch, deckte den Tisch und rief sie in die Küche. Das Geschirr, das sie nicht an der Wand zerschmetterte, schleuderte sie auf den Hinterhof hinaus.

Er fuhr mit seinem Pickup durch die klirrend klare Kälte des Morgens, der hinter den Reifen aufwirbelnde Staub legte sich auf die Kissen abgestorbener Hyazinthen und die toten Welse, die erstarrt im Bayou trieben. Er fand Harpo Delahoussey an der Tankstelle in der Stadt, die ihm gehörte, wo er Domino mit drei anderen Weißen am Tisch neben einem Gasofen spielte, der mit zischend blauer Flamme brannte. Der Ofen erfüllte den Raum mit einer trägen, in den vier Wänden gefangenen Wärme und dem Geruch nach Rasierschaum, Rasierwasser und Testosteron.

»Sie arbeitet nicht mehr im Club, meine Frau«, sagte Cool Breeze.

»Okay«, sagte Delahoussey, den Blick auf die Reihe Dominosteine vor ihm konzentriert.

Es herrschte eine geradezu ohrenbetäubende Stille. »Mr. Harpo, vielleicht ham Se mich nicht verstanden«, sagte Cool Breeze.

»Der hat dich genau gehört, Junge. Und jetzt mach, daß du wegkommst«, erklärte einer der Männer.

Einen Moment später, an der Tür seines Pickups, sah Cool

Breeze durchs Fenster zurück. Obwohl er im Freien stand, die im Wind rauschenden Äste einer Eiche über ihm, während die vier Domino-Spieler in einem kleinen geschlossenen Raum hinter Glas saßen, hatte er doch das Gefühl, wie in einem Aquarium oder einem Käfig gefangen zu sein, nackt, klein und der Lächerlichkeit und Verachtung preisgegeben.

Dann traf es ihn wie ein Schlag: *Er ist alt. Für einen alten Mann wie ihn ist ein Stück schwarzes süßes Fleisch wie das andere. Wer also hatte ihr dann das Kleid gegeben und ihr die Goldkette um die Hüften gelegt?*

Er wischte sich mit dem Ärmel seines Segeltuchmantels über die Stirn. In seinen Ohren rauschte das Blut, und sein Herz hämmerte wie ein Amboß in der Brust.

Er wachte mitten in der Nacht auf, zog einen Mantel an und setzte sich unter die nackte Glühbirne in der Küche, stocherte in der Asche im Holzofen, zerknüllte Papier, steckte Stöckchen in die Flamme, die nicht richtig brennen wollte, während die Kälte aus dem Linoleum durch seine Socken und in die Knöchel kroch und seine wirren Gedanken sich ihm wie ein Netz übers Gesicht legten.

Was quälte ihn so sehr? Warum konnte er es nicht in Worte fassen, sich bei Tageslicht damit auseinandersetzen, es von sich wegschieben, ja es sogar ausmerzen, wenn es sein mußte?

Sein Atem vernebelte die Luft. Statische Aufladung knisterte in den Falten seines Mantels und sprang von seinen Fingerspitzen über, als er den Ofen berührte.

Er wollte Harpo Delahoussey für alles die Schuld geben. Er erinnerte sich an die Geschichte, die sein Vater, Mout', ihm von dem schwarzen Mann aus Abbeville erzählt hatte, der in der Brust eines weißen Aufsehers ein Fleischermesser abgebrochen hatte, nachdem er ihn erwischt hatte, wie er es, an einen

56

Baumstamm gelehnt, mit seiner Frau trieb, dann dem Henker ins Gesicht spuckte, bevor dieser ihn geknebelt, ihm eine Kapuze über den Kopf gestülpt und ihn auf dem elektrischen Stuhl hingerichtet hatte.

Er fragte sich, ob er wohl je soviel Mut wie dieser Mann aufbringen würde.

Trotzdem wußte er, daß Delahoussey nicht wirklich die Quelle der Wut und Verzweiflung war, die ihm den Schweiß aus den Poren trieb und seine Handflächen brennen ließ, als sei er mit einem Tatzenstock gezüchtigt worden.

Er hatte seine Rolle als Hahnrei hingenommen, hatte seine Frau sogar noch zu dem Ort gebracht, an dem ihr von einem Weißen Gewalt angetan wurde (und später, von Idas Mutter, sollte er detailliert erfahren, was Harpo Delahoussey ihr angetan hatte), denn ein Leben voller Wut hatte seine Opferrolle gerechtfertigt, die Wut auf all jene, die seinen Vater gezwungen hatten, dankbar von Trinkgeldern zu leben, während ihre Zigarrenasche auf seinen Schultern zerstäubte.

Nur war seine Frau mittlerweile ein williges Opfer geworden. Vergangenen Abend hatte sie ihre Jeans und ihre Bluse gebügelt, auf dem Bett ausgebreitet, ihr Badewasser parfümiert, ihr Haar gewaschen und getrocknet und Rouge auf die Wangenknochen aufgetragen, um die herbe Schönheit ihres Gesichts noch zu betonen. Ihre Haut schien zu glühen, als sie sich vor dem Spiegel abgetrocknet hatte, mit kehliger Stimme eine Melodie summend. Er versuchte sie zur Rede zu stellen, die Auseinandersetzung zu erzwingen, aber über ihren Augen lag der Schleier heimlicher Erwartung und intimer Sinnfälligkeit, die ihn die Hände zu Fäusten ballen ließ. Als er sich weigerte, sie zum Nachtclub zu fahren, rief sie ein Taxi.

Das Feuer wollte nicht angehen. Ein beißender Rauch, so gelb wie Hanf, durchsetzt mit dem Gestank von Lumpen und chemisch behandeltem Holz, wallte ihm ins Gesicht. Er riß sämtliche Fenster auf, und Frost überzog Tapete und Küchentisch. Am Morgen roch das Haus wie ein schwelender Müllhaufen.

Sie zog einen Morgenmantel an, schloß die Fenster, öffnete die Luftklappe am Ofen, indem sie eine brennende Zeitung in den Zug hielt, und begann sich an der Anrichte das Frühstück zu machen. Er saß am Tisch und durchbohrte stumpfsinnig mit Blicken ihren Rücken, hoffte, sie würde in den Schrank greifen und eine Schüssel oder Tasse für ihn herausholen, in irgendeiner Form andeuten, daß sie noch immer die Menschen sein konnten, die sie einmal gewesen waren.

»Er hat mir gesagt, wenn du mich noch mal schüttelst, biste die längste Zeit hier gewesen, Willie«, sagte sie.

»Wer hat das gesagt?«

Sie ging aus dem Raum, ohne zu antworten.

»Wer?« schrie er hinter ihr her.

Es war der Brief, der den Ausschlag gab.

Oder der Brief, den er nicht in seiner vollen Länge las, zumindest sofort.

Er hatte den Wagen vom Laden zurückgefahren, war in seinen Hof eingebogen und hatte sie hinter dem Haus gesehen, wie sie ihre Unterwäsche, Jeans, Arbeitsblusen, Socken und Kleider, ihre ganze Garderobe, von der Wäscheleine zerrte.

Ein Brief, geschrieben mit einem Bleistiftstummel auf einem Blatt liniertem Papier, rausgerissen aus einem Notizbuch, lag auf dem Couchtisch im Wohnzimmer.

Er hörte, wie sein Atem sich im Mund hob und senkte, als er ihn in die Hand nahm.

Lieber Willie,
du wolltest wissen, wer der Mann ist, mit dem ich schlafe. Und

ich sage dir seinen Namen nicht aus Gemeinheit, sondern weil du's sowieso rauskriegst und ich nicht will, daß du wieder ins Gefängnis mußt. Alex Guidry war gut zu mir, als du willens warst, mich wegen schwarzgebranntem Whiskey an Mr. Harpo abzugeben. Du hast keine Ahnung, wie es ist, wenn dieser alte Mann seine Hand auf dich legt und dir sagt, du sollst mit ihm in den Schuppen kommen, und dich zu den Dingen zwingt, die ich tun mußte. Alex hat nicht zugelassen, daß Mr. Harpo mich weiter belästigt, und ich habe mit ihm geschlafen, weil ich es wollte und ...

Er zerknüllte den Zettel in der Hand und schleuderte ihn in eine Ecke. In seiner Phantasie sah er Alex Guidrys Angelcamp, Guidrys Kordanzug und Westernhut an Hirschgeweihen hängen und Guidry selbst aufgebäumt zwischen Idas Schenkel, mit muskulösem Hintern sein Glied in sie stoßend, ihre Finger und Fußgelenke hingebungsvoll in seine weiße Haut gekrallt.

Cool Breeze riß die Fliegengittertür zum Hinterhof auf und stürzte sich auf sie. Er schlug ihr ins Gesicht und schleuderte sie in den Staub, dann riß er sie hoch und schüttelte sie und stieß sie zurück zur Holztreppe. Als sie sich aufzurichten versuchte, indem sie sich mit den Handballen von ihm abstieß, sah er das Blut an ihren Lippen und das Entsetzen in ihren Augen und erkannte zum ersten Mal in seinem Leben, welches mörderische Potential und welches Maß an Eigenhaß von jeher in ihm gesteckt hatten.

Er riß die Wäscheleine herunter und stieß den Korb um, in dem sie ihre Kleider gestapelt hatte. Die blattlosen Äste des Pecanbaums über ihm explodierten förmlich mit dem Krächzen der Krähen. Er hörte gar nicht, wie der Motor des Pickups vor dem Haus aufheulte, merkte nicht, daß sie fort war, daß er allein mit seiner Wut im Hof stand, bis er sah, daß der Pickup davonraste, die Spreu der Zuckerrohrernte hinter sich aufwirbelnd.

Zwei Entenjäger fanden ihre Leiche im Morgengrauen, in einer Bucht am Atchafalaya River. Ihre Finger waren mit einer Eisschicht überzogen und ragten knapp aus der Wasseroberfläche, wobei die Strömung die Fingerkuppen mit silbernem Glanz überzog. Eine Ankerkette, die Glieder groß wie Ziegelsteine, umschlang ihren Körper wie eine fette Schlange. Die Jäger banden eine Budweiser-Kiste an ihr Handgelenk, um den Fundort für die Dienststelle des Sheriffs zu markieren.

Eine Woche später fand Cool Breeze das zerknüllte Papier, das er in die Ecke geschleudert hatte. Er glättete es auf dem Tisch und begann dort zu lesen, wo er aufgehört hatte, bevor er in den Hinterhof gestürmt und ihr ins Gesicht geschlagen hatte.

… ich habe mit ihm geschlafen, weil ich es wollte und weil ich so wütend auf dich war und so verletzt über das, was du der Frau angetan hast, die dich immer geliebt hat.

Aber Alex Guidry will keine Schwarze in seinem Leben, zumindest nicht auf der Straße und bei Tageslicht. Das weiß ich jetzt, und es ist mir egal, und das habe ich ihm auch gesagt. Ich gehe, wenn du es willst, und es ist nicht deine Schuld. Ich will nur sagen, daß es mir leid tut, dich so schlecht zu behandeln, aber es war, als hättest du mich für immer weggeworfen.
Deine Frau,
Ida Broussard

Cool Breeze lag auf einer Reihe Luftkissen im Kabinenboot, den Arm in der Schlinge, das Gesicht schweißnass. Als er geendet hatte, sah Megan mich traurig an, das Wissen in den Augen, daß die beste Erklärung eines Mannes für sein Leben eine sein kann, die weder ihn noch sonst jemanden je befriedigen wird.

»Was is los? Sagt ihr denn gar nichts?« fragte er.

»Laß es gut sein, Partner«, erwiderte ich.

»Der große Mann hatte immer eine Antwort«, sagte er.

»Dein Vater ist ein ehrenwerter und anständiger Mensch. Wenn du dich noch immer für ihn schämst, weil er Schuhe geputzt hat, ja, dann ist das wohl dein Problem, Breeze«, entgegnete ich.

»*Dave* ...«, sagte Megan.

»Halt einfach mal den Mund, Megan«, empfahl ich ihr.

»Nein ... Hinter uns. Mr. G hat uns eine Eskorte geschickt«, sagte sie.

Ich drehte mich um und sah durch die Luke auf unser Kielwasser. Dicht hinter unserem Heck war ein großes Schnellboot; sein eierschalenfarbener Bug trug das blau-rote Wappen der Küstenwache der Vereinigten Staaten. Ein Hubschrauber tauchte hinter dem Boot der Küstenwache aus dem Himmel herab, scherte seitlich aus, und sein Luftsog peitschte das Wasser auf.

Ich bog in einen Kanal ein, der zu einer Bootsrampe führte, wo mein Pickup und der Bootsanhänger standen. Der Helikopter segelte an uns vorbei und landete in der flachen Anlegezone unterhalb des Damms. Die rechte Tür flog auf, und die FBI-Agentin namens Adrien Glazier sprang heraus und kam auf uns zu, während der Rotor noch kreiselte.

Ich watete durch das Flachwasser auf die Zementrampe.

»Sie sind hier nicht in Ihrem Zuständigkeitsbereich. Also spare ich Ihnen ne Menge Schreibarbeit«, sagte sie.

»Ach ja?«

»Wir nehmen Mr. William Broussard in Gewahrsam. Wegen

Transport von gestohlener Ware von einem Staat in den anderen. Wenn Sie was dagegen haben, können wir uns über Behinderung einer Bundesbeamtin bei der Ausübung ihrer Pflicht unterhalten.«

Dann sah ich, wie sich ihr Blick über meine Schulter hinweg auf Megan richtete, die im Bug meines Bootes stand, das Haar unter dem Hut vom Wind zerzaust.

»Wenn Sie hier auch nur ein Bild schießen, lasse ich Ihnen Handschellen anlegen«, erklärte Adrien Glazier.

»Broussard ist von einer Schlange gebissen worden. Er muß ins Krankenhaus«, sagte ich.

Aber sie hörte gar nicht zu. Sie und Megan starrten sich mit dem alles versengenden, intimen Wiedererkennen alter Erzfeinde an, die wie aus einer anderen Zeit wiederauferstanden zu sein schienen.

5

Am nächsten Tag zur Mittagszeit holte mich Clete Purcel in seinem hellgrünen Cadillac-Cabrio bei der Sheriffdienststelle ab, das er einem Mitglied des Giacano-Mafiaclans in New Orleans abgekauft hatte, einer Mißgeburt der dritten Generation namens Stevie Gee, der beschlossen hatte, ein Loch in einem Gastank punktzuschweißen, sich dazu jedoch zuerst besoffen und darüber vergessen hatte, den Tank mit Wasser zu füllen, bevor er den Schweißbrenner angeworfen hatte. Die Brandspuren waren jetzt verblaßt und zierten nur noch den hinteren Kotflügel wie rauchgrüne Tentakel.

Auf dem Rücksitz stapelten sich Angelruten, eine überdimensionale Angelkiste, eine Kühlbox, Luftkissen, zerbeulte

Bierdosen, Schwimmwesten, Krebsfallen, eine Reuse, die in einen Bootspropeller geraten war, eine unentwirrte Angelsehne, an deren Haken verkrustete Fischreste klebten.

Clete trug eine weite weiße Hose ohne Hemd und einen taubenblauen Porkpie-Hut, und seine Haut wirkte gebräunt und ölig in der Sonne. Er war der beste Cop gewesen, den ich je gekannt hatte, bis seine Karriere im wahrsten Sinne des Wortes den Fluß runtergegangen war, und zwar die ganze Strecke bis nach Mittelamerika. Der Grund waren Eheprobleme, Medikamentenmißbrauch, Alkohol, Nutten, Schulden bei Kredithaien und letztendlich ein Haftbefehl wegen Mordes gewesen, den zu vollstrecken seine ehemaligen Kollegen am Flughafen von New Orleans nur knapp verfehlten.

Ich ging zu Viktor's Restaurant in der Main Street, um uns Verpflegung für unterwegs zu holen, dann fuhren wir über die Zugbrücke am Bayou Teche und an den Lebenseichen entlang der grauen, mit Brettern vernagelten Gebäude vorbei, in denen einst die Mount Carmel Academy untergebracht gewesen war, dann durch die Wohngegend in den City Park. Wir setzten uns an einen Picknicktisch unter einem Baum, nicht weit vom Schwimmbad, wo Kinder lauthals vom Sprungbrett hüpften. Die Sonne war hinter den Wolken verschwunden, und Regenringe breiteten sich lautlos auf der Oberfläche des Bayou aus, als wollten Brassen auftauchen, um nach Futter zu schnappen.

»Diese Hinrichtung in der Gemeinde St. Mary … die beiden Brüder, die erschossen wurden, nachdem sie das schwarze Mädchen vergewaltigt hatten? Wie dringend willst du die bösen Buben haben?«

»Was schätzt du?«

»Ich sehe die Sache als ganz alltägliche Hilfe zur Selbsthilfe. Die beiden haben eigentlich gekriegt, was sie verdient hatten.«

»Einer der Schützen hat eine unserer Uniformen getragen.«

Er legte das Schweinekotelettsandwich weg, an dem er kaute, und kratzte sich an der Narbe, die quer durch seine linke Augenbraue ging.

»Bin immer noch hinter Kautionsflüchtlingen her ... für Nig Rosewater und Wee Willie Bimstine. Nig hat ein paar Flittchen die Kaution vorgestreckt, die einen Drogenschwindel im French Quarter laufen haben. Sind Junkies, Koksschnupfer, mit der Krätze an den Schenkeln, setzen sich sechs bis sieben Schüsse pro Tag, machen sich in die Hosen aus Angst, im City-Gefängnis auf Entzug zu kommen, aber noch mehr Bammel haben sie vor ihrem Luden, und der ist der Kerl, den sie abschreiben können, wenn sie die Drogentour in den Wind schießen...

Also haben sie Nig gefragt, ob sie mit der Story über zwei Freier zum Staatsanwalt gehen sollten, die sich wie durchgedrehte Cops gebärdet hatten. Die hatten sich nämlich darüber unterhalten, wie sie zwei Brüdern drunten im Basin das Licht ausgeblasen haben. Eins von den Flittchen hat daraufhin gefragt, ob sie damit schwarze Jungs meinten. Einer der Idioten hat gelacht und gesagt: ›Ne, nur Bubis, die weiter an farbigen Mädels hätten üben sollen, anstatt sich an weißem Zucker zu vergreifen.‹«

»Und woher sollen diese Typen sein?«

»Angeblich aus San Antone. Aber Freier lügen für gewöhnlich.«

»Was wissen die Mädchen sonst noch?«

»Die haben sich das Hirn schon mit Dope rausgeblasen, Dave. Die Intellektuellere von beiden liest Versandhauskataloge auf der Toilette. Außerdem haben sie mit Dealen nichts mehr am Hut. Ihr Lude hat beschlossen auszusteigen. Also haben sie nichts mehr zu befürchten.«

»Schreib mir ihre Namen auf, ja?«

Er fischte ein gefaltetes Papier aus der Hosentasche, auf dem bereits die Namen der beiden Frauen und ihre Adressen standen, und legte es auf den Holztisch. Dann widmete er sich wieder seinem Sandwich, und seine grünen Augen lächelten ohne ersichtlichen Grund.

»Uralte Weisheit aus dem First District, Großer. Wenn jemand zwei Pißnelken kaltmacht ...« Er merkte, daß ich gar nicht zuhörte; mein Blick war über seine Schultern hinweg auf den Swimmingpool fixiert. Er drehte sich um und starrte durch die Bäume, ließ seinen Blick über die Schwimmer im Pool gleiten, die Eltern, die ihre Kinder an der Hand zu einer Lerngruppe führten, die eine Bademeisterin im flachen Teil zusammenstellte. Dann entdeckte er den Mann, der zwischen Drahtzaun und Umkleidekabinen stand.

Die Gestalt hatte eine kurze, blondierte Bürstenmatte auf dem massigen Schädel von der Größe eines Wasserkopfs, eine konturlose Backenpartie, die übergangslos in das Kinn mündete, und einen kleinen Mund voller Zähne. Er trug weiße Schuhe, eine blaßorangefarbene Hose und ein beiges Hemd mit sorgfältig aufgekrempelten Ärmeln und aufgestelltem Kragen. In der rechten Hand knetete er einen blauen Gummiball.

»Kennst du den Kerl?«

»Er heißt Swede Boxleiter.«

»Was hat er auf dem Buckel?«

»Canon City, Colorado. Das FBI hat mir Fotos von einem Knast-Mord gezeigt, den er an einem Insassen begangen hat.«

»Und was macht er hier?«

Boxleiter trug statt der Nickelbrille, die ich von den Fotos kannte, eine Sonnenbrille. Über das Objekt seines Interesses allerdings bestand kein Zweifel. Die Kinder, die Schwimmunterricht nahmen, hatten sich in einer Reihe entlang des Pools aufgestellt, die Badeanzüge und Badehosen klebten feucht an ihren Körpern. Boxleiter warf den Gummiball in schrägem Winkel gegen die Wand der Umkleidekabinen. Der Ball prallte ab, und Boxleiter fing ihn aus der Luft wieder auf, als sei er durch ein unsichtbares Gummiband mit seiner Hand verbunden.

»Entschuldige mich einen Moment«, sagte ich zu Clete.

Ich schlenderte zwischen den Eichen hindurch zum Pool. Die Luft roch nach Laub, Chlor und Regen, der auf den heißen Beton tröpfelte. Ich stand einen halben Meter hinter Boxleiter, der jetzt eine Hand in das Zaungeflecht gekrallt hatte, während er mit der anderen weiter den Ball knetete. Die grünlichen Adern an seinem Unterarm traten prall mit Blut gefüllt hervor. Er kaute Kaugummi, der sich wie eine Geschwulst unter der bleichen Ebenmäßigkeit seiner Backe hin und her bewegte.

Er fühlte meinen Blick im Nacken.

»Wollen Sie was?« fragte er.

»Dachte, wir sollten Sie mal in der Stadt willkommen heißen. Dafür sorgen, daß Sie bei unserer Dienststelle vorbeischauen. Vielleicht den Sheriff kennenlernen.«

Er grinste mit einem Mundwinkel.

»Kennen Sie mich von irgendwoher?«

Ich starrte ihm weiter unverwandt in die Visage, ohne ein Wort zu sagen. Er nahm seine Sonnenbrille ab, die Augen mißtrauisch auf mich gerichtet.

»Hmmm, und welchem Umstand habe ich Ihren Auftritt hier zu verdanken?« fragte er.

»Gefällt mir nicht, wie Sie die Kinder anstarren.«

»Ich sehe mir den Pool an. Aber ich kann auch gehen.«

»Hier bei uns landen Sie schneller als Kinderschänder im Loch, als Sie ahnen. Da kriegen Sie dann interessante Gesellschaft. Sie sind hier in Louisiana, Swede.«

Er rollte den Gummiball über seinen Unterarm und fing ihn dann mit einer einzigen harmonischen Bewegung wieder auf. Dann ließ er ihn über den Handrücken vor und zurück gleiten, während er unaufhörlich schmatzend seinen Kaugummi wiederkäute.

»Ich habe die Höchststrafe abgesessen. Sie können mir nichts anhängen. Außerdem habe ich einen Job. Beim Film. Und damit verscheißer ich Sie nicht«, sagte er.

»Mäßigen Sie Ihre Ausdrucksweise, ja?«

»Ausdrucksweise? Oh, Mann, die Stadt gefällt mir immer besser.« Dann änderte sich sein Ausdruck schlagartig, und er sog die Luft durch die Nase ein, wie ein Tier, das Witterung aufnimmt. »Warum starrt mich dieser Fatso so an?«

Ich drehte mich um und sah Clete Purcel hinter mir stehen. Er grinste, zückte seinen Kamm und fuhr sich damit durchs sandfarbene Haar. Seine Achselhöhlen waren sonnenverbrannt.

»Finden Sie, daß ich ein Gewichtsproblem habe?« fragte er.

»Kaum. Kenne Sie ja gar nicht. Keinen Schimmer, wo Ihre Probleme liegen.«

»Warum nennen Sie mich dann Fatso?«

»Muß doch nicht immer was bedeuten.«

»Kann ich mir nicht vorstellen.«

Aber Boxleiter wandte uns bereits den Rücken zu, konzentrierte den Blick auf das tiefe Ende des Pools, den Ball in der Rechten knetend. Der Wind scheitelte leicht sein gebleichtes Haar, und seine Kopfhaut hatte das stumpfe Grau von Fensterkitt. Seine Lippen bewegten sich stumm.

»Was haben Sie da gesagt?« wollte Clete wissen. Als Boxleiter nicht antwortete, legte Clete die Hand unter Boxleiters Ellenbogen und zog ihn vom Drahtzaun weg. »Haben Sie gesagt: ›Leck mich, Fatso‹?«

67

Boxleiter ließ den Ball in seine Hosentasche gleiten und sah zu den Bäumen hinüber, die Hände in die Hüften gestemmt.

»Hübscher Tag heute. Kauf mir einen Schneeball. Ich liebe die Spearmint-Schneebälle, die sie in diesem Park verkaufen. Möchtet ihr Jungs auch einen?«

Wir sahen ihm nach, wie er zwischen den Bäumen verschwand. Der Laubteppich knackte unter seinen Schritten wie Pecanschalen. Vor einem Eis- und Getränkestand, den ein Schwarzer unter einem grellgemusterten Sonnenschirm aufgestellt hatte, blieb er stehen.

»Wie gesagt, mit Gebrauchsanleitung werden sie nicht geliefert«, meinte Clete.

An jenem Nachmittag rief mich der Sheriff in sein Büro. Er goß gerade seine Blumen auf dem Fensterbrett mit einem handbemalten Teekessel und paffte dabei seine Pfeife. Das Licht, das durch die Jalousienritzen fiel, überzog seinen Körper mit einem Streifenmuster. Durch die Schlitze sah ich die weißen Grabsteine auf dem alten katholischen Friedhof.

»Ich hatte gerade einen Anruf von Alex Guidry. Haben Sie ihn beim Tierschutzverein angezeigt?«

»Er hält seine Hunde in einem absolut schattenlosen Betonzwinger.«

»Er sagt, Sie terrorisieren ihn.«

»Was hat der Tierschutzverein gesagt?«

»Haben eine Verwarnung ausgesprochen und angekündigt wiederzukommen. Bei diesem Kerl dürfen Sie sich keine Blöße geben, Dave.«

»Ist das alles?«

»Nein. Da ist noch ein Problem. Nämlich Ihre Anrufe beim FBI in New Orleans. Die sind wir doch jetzt 'ne Weile los. Warum also ins Wespennest stechen?«

»Cool Breeze sollte bei uns in Gewahrsam sein. Warum lassen wir es zu, daß die Jungs vom FBI ihn umdrehen, bloß um einen Zivilprozeß wegen Mißhandlung von Gefangenen in unserem Knast zu verhindern?«

»Er hat eine ganze Latte von Vorstrafen, Dave. Er ist kein Opfer. Er hat einen Mann durch die Stichsäge geschoben.«

»Ist trotzdem nicht in Ordnung.«

»Machen Sie mal der Öffentlichkeit klar, daß wir mit Steuergeldern eine Gruppenklage finanzieren ... die zu allem Übel auch noch einen Haufen Knastbrüder reich machen wird. Okay, das nehm ich zurück. Reden Sie mit der FBI-Agentin. Sie war in Ihrer Mittagspause hier. Hatte das unvergleichliche Vergnügen, eine halbe Stunde ihrem Vortrag lauschen zu dürfen.«

»Adrien Glazier ist hier gewesen?«

Es war Freitag, und als ich an diesem Abend nach Hause fuhr, hätte eigentlich ein angenehmes Wochenende vor mir liegen sollen. Statt dessen wartete sie schon am Anlegeplatz auf mich, eine Pappmappe unter dem Arm. Ich stellte den Wagen in der Auffahrt ab und ging zu ihr hinunter. Sie schwitzte in ihrem pinkfarbenen Kostüm, ihre eisblauen Augen waren trüb von der Hitze oder vom Straßenstaub.

»Ihr habt Breeze festgesetzt und 'ne Menge Porzellan zerschlagen. Sonst noch Probleme, Miss Glazier?«

»Für Sie Special Agent Glaz-«

»Ja, ich hab's kapiert.«

»Sie und Megan Flynn wollen doch nur eine Medienshow abziehen.«

»Nein. Zumindest nicht, was mich betrifft.«

»Warum ruft ihr beide dann ständig beim FBI an?«

»Weil mir der Kontakt zu einem Häftling verwehrt wird, der aus unserem Gefängnis ausgebrochen ist. Deshalb.«

Sie sah mich prüfend an, so als suche sie zähneknirschend nach einer Gebrauchsanleitung für meine Person, dann sagte sie: »Ich möchte Ihnen noch ein paar Fotos zeigen.«

»Kein Bedarf.«

»Was ist los mit Ihnen? Interessiert es Sie denn nicht, welchen Trümmerhaufen diese Medienhure in ihrem Kielwasser zurückläßt?«

Sie zog das Gummiband von der Pappmappe und legte die Hälfte des Inhalts auf einen der Kabelrollentische. Sie hob eine Hochglanzvergrößerung hoch, die Megan zeigte, wie sie von der Ladefläche eines Lastwagens auf eine Versammlung lateinamerikanischer Bauern einredete. Megan stand vorgebeugt, die schmalen Hände zu Fäusten geballt, den Mund weit geöffnet.

»Da ist noch ein anderes Bild, das wenige Tage später aufgenommen wurde. Wenn Sie genau hinschauen, erkennen Sie einige der Toten im Straßengraben. Sie haben zu den Zuhörern von Megan Flynn gehört. Und wo ist sie gewesen, als das passiert ist? Im Hilton in Mexiko City.«

»Sie hassen sie wie die Pest, was?«

Ich hörte, wie sie scharf die Luft einsog, so als habe sie Gestank eingeatmet.

»Nein, ich hasse nicht sie, Sir. Ich hasse das, was sie tut. Menschen sterben, damit sie sich profilieren kann«, sagte sie.

Ich sah die Fotos und Zeitungsausschnitte durch. Dann pickte ich ein Bild heraus, das aus der *Denver Post* ausgeschnitten und auf ein Stück Pappkarton aufgeklebt worden war. Adrien Glazier wich nicht von meiner Seite. Der Geruch nach Schweiß und Körperpuder stieg aus ihren Klamotten auf. Der Zeitungsartikel handelte von einer dreizehn Jahre alten Megan Flynn, die den ersten Preis in einem Aufsatz-Wettbewerb der Zeitung gewonnen hatte. Das Foto zeigte sie auf einem Stuhl,

70

die Hände züchtig im Schoß verschränkt, die Auszeichnung in Form einer Medaille stolz an der Brust.

»Nicht schlecht für ein Kind aus einem staatlichen Waisenhaus. Schätze, das ist die Megan, an die ich mich immer erinnern werde. Vielleicht halte ich sie deshalb noch für einen der bewundernswertesten Menschen, denen ich je begegnet bin. Danke fürs Vorbeikommen«, sagte ich und ging den sanften Hang hinauf, unter den Lebenseichen und Pecanbäumen hindurch, über meinen Rasen und in mein hell erleuchtetes Haus, wo meine Tochter und meine Frau mit dem Abendessen auf mich warteten.

Am Montag morgen kam Helen Soileau in mein Büro und setzte sich auf die Kante meines Schreibtischs.

»Habe mich in zwei Dingen geirrt«, sagte sie.

»Ach ja?«

»Der Mulatte, der Cool Breeze kaltmachen wollte, der Typ mit dem Ohrring in der Brustwarze ... du weißt schon? Ich habe doch gesagt, daß ich ihm seine Geschichte abkaufe, daß er Breeze für einen anderen gehalten hat? Habe mir die Besucherliste durchgesehen. Ein Anwalt des Giacano-Clans hatte ihn am Vortag besucht.«

»Bist du sicher?«

»Whiplash Wineburger. Je von ihm gehört?«

»Whiplash vertritt auch andere Klienten.«

»Auch einen Mulatten, der in einer Reismühle arbeitet? Und aus purer Menschenfreundlichkeit?«

»Warum sollten die Giacanos einen Gefängnismord gegen jemanden wie Cool Breeze Broussard in Auftrag geben?«

Sie zog die Augenbrauen hoch und zuckte mit den Schultern.

»Vielleicht melken die vom FBI jetzt Breeze, um die Giacanos unter Druck zu setzen«, sagte ich als Antwort auf meine eigene Frage.

»Um den Clan zur Kooperation bei den Ermittlungen gegen die Triaden zu veranlassen?«

»Warum nicht?«

»Und noch was wollte ich dir sagen. Gestern abend war Lila Terrebonne in dem neuen Zydeco-Schuppen an der Gemeindegrenze. Hat dort Streit mit dem Barkeeper angefangen und dann dem Rausschmeißer eine 25er Automatik unter die Nase gehalten. Zwei Uniformierte haben als erste reagiert. Sie haben ihr die Waffe ohne Probleme abgenommen. Dann hat sie jemand rumgeschubst, und sie ist durchgedreht.

Dave, ich hab den Arm um sie gelegt und sie zum Hintereingang und auf den Parkplatz rausgeführt. Da war's menschenleer, und sie hat wie ein Kind in meinen Armen geweint … Kannst du folgen?«

»Yeah, glaube schon«, sagte ich.

»Keine Ahnung, wer's war, aber ich weiß, was man ihr angetan hat«, fuhr sie fort. Sie stand auf, streckte sich und steckte die Hände flach in ihren Patronengurt. Die Haut um ihren Mund war gespannt, die Augen blitzten.

»Als ich eine junge Frau war und schließlich den Leuten gesagt habe, was mein Vater mit mir gemacht hat, hat mir niemand geglaubt«, sagte sie. »Dein Dad war ein wunderbarer Vater.‹«

»Wo ist sie jetzt?«

»Iberia General. Anzeige liegt nicht vor. Schätze, ihr alter Herr hat den Barbesitzer längst geschmiert.«

»Du bist ein guter Cop, Helen.«

»Man sollte ihr Hilfe besorgen. Der Typ mit dem prallen Geldbeutel ist nicht der Verursacher ihrer Misere. Pech, daß es immer so kommen muß, was?«

»Was weißt du?« fragte ich.

Ihre Augen wichen mir nicht aus. Sie hatte mal zwei böse Buben im Ausübung ihrer Pflicht erschossen. Spaß hat ihr das wohl kaum gemacht. Aber sie bereute weder die Tat, noch trauerte sie der unterdrückten Wut nach, die jeden möglichen Zweifel vor dem Abdrücken ausgelöscht hatte. Sie zwinkerte mir zu und kehrte in ihr Büro zurück.

6

Mit schöner Regelmäßigkeit reden die Politiker darüber, was sie den Krieg gegen Drogen nennen. Ich habe das Gefühl, daß nur wenige überhaupt etwas darüber wissen. Der betroffene Mensch allerdings ist keine Chimäre. Er hat dasselbe weiche marmeladenartige Herz-Lungen-System wie der Rest von uns.

In diesem speziellen Fall war ihr Name Ruby Gravano, und sie lebte in einer billigen Absteige an der St. Charles Avenue in New Orleans, zwischen Lee Circle und Canal Street, unweit des French Quarter. Der schmale Vordereingang war von nackten Glühbirnen eingerahmt, wie der Eingang eines Kinos aus den Zwanzigern. Nostalgische Ähnlichkeiten allerdings endeten hier. Das Innere des Gebäudes war stets überhitzt und stickig, unbeleuchtet bis auf das Licht aus dem Luftschacht am Ende der Korridore. Aus irgendeinem unerfindlichen Grund waren die Wände feuerwehrrot gestrichen und schwarz umrandet, und jetzt, im Halbdunkel, verströmten sie die schmutzige Glut eines erkaltenden Hochofens.

Ruby Gravano saß in einem Polstersessel, umgeben von den Abfallprodukten ihres Lebens: aufgeschlagene Klatschzeitschriften, Pizza-Kartons, benutzte Kleenextücher, eine Kaf-

feetasse mit einer toten Schabe, ein halbfertiges Raumschiff-
modell in der Originalverpackung, auf das offenbar jemand getreten war.

Ruby Gravano trug ihr schwarzes Haar lang, was ihr schmales Gesicht und ihren ausgemergelten Körper rundlicher erscheinen ließ. Sie trug viel zu große Shorts, unter denen ihre
Unterwäsche hervorlugte, Make-up auf Schenkeln und Unterarmen, falsche Fingernägel und Wimpern und hatte einen
Bluterguß auf der linken Backe.

»Dave will dich deshalb nicht hochnehmen, Ruby. Wir brauchen nur eine Spur zu diesen beiden Kerlen. Sind schlimme Typen, nicht die Sorte, mit denen du was zu tun haben willst,
nicht die Sorte, mit denen sich andere Mädels einlassen sollten.
Du könntest ner Menge Leute einen Gefallen erweisen«, sagte Clete.

»Wir haben sie in einem Motel am Airline Highway abge-
fertigt. Sie hatten einen Pickup mit einer Muschel drauf. War
voll mit Waffen, Campingausrüstung und dem ganzen Scheiß,
die Karre. Sie rochen meilenweit nach Insektenspray. Die Hüte
haben sie keine Sekunde abgenommen. Habe schon Wild-
schweine mit besseren Tischmanieren erlebt. Eben die üblichen
Freier. Was wollt ihr noch wissen?«

»Wie kommst du darauf, daß es Cops gewesen sein könnten?«

»Wer sonst schleppt Verbrecherfotos mit sich rum?«

»Wie bitte?«

»Meiner ... also als der sich ausgezogen hat, fallen ihm zwei
Fahndungsfotos aus der Hemdtasche. Hat sie im Aschenbecher
verbrannt. Dabei hat sein Freund was davon gefaselt, daß sie
zwei Brüder alle gemacht hätten.«

»Moment mal! Ihr wart alle im selben Zimmer?«

»Zwei Zimmer waren denen zu teuer. Außerdem wollten sie

nen Vierer mit uns machen. Connie tut so was. Ich habe abgelehnt. Einer von diesen fiesen Kerlen reicht mir. Warum haltet
ihr euch nicht an Connie?«

»Weil sie ne Fliege gemacht hat«, sagte Clete.

Sie schniefte und fuhr sich mit dem Handrücken über die
Nase. »Geht mir nicht besonders gut, Jungs. Seid ihr fertig?«
fragte sie.

»Haben die Freier das Zimmer mit Kreditkarte bezahlt?«
wollte ich wissen.

»Das mit dem Zimmer ist doch sowieso nur ein Trick. Mein
Manager bezahlt den Hotelbesitzer. Also, ob ihr's glaubt oder
nicht, neben dieser Scheiße habe ich noch ein anderes Leben.
Also, was ist jetzt?«

Sie versuchte tapfer, mir ins Gesicht zu sehen, doch ihre Augen schweiften ab, und sie hob das zertretene Raumschiffmo-
dell aus der Schachtel auf dem Fußboden, legte es in den Schoß
und musterte es mit gereizter Miene.

»Wer hat dich geschlagen, Ruby?«

»Ein Kerl.«

»Du hast ein Kind?«

»Einen kleinen Jungen. Er ist neun. Hab ihm das hier gekauft, aber gestern nacht ist es hier ziemlich turbulent geworden.«

»Diese Cops, diese Typen, wie auch immer, die müssen doch
Namen gehabt haben«, sagte ich.

»Keine echten.«

»Wie soll ich das verstehen?«

»Der, der die Fotos verbrannt hat … also der andere Typ hat
ihn Harpo genannt. Ich sage: ›Wie der Kerl in dem alten Fern-
sehfilm, der Idiot, der immer die Glocken läuten läßt!‹ Da sagt
der Kerl namens Harpo: ›Ganz recht. Und jetzt laß ich meine
Glocken läuten.‹«

75

Ruby versuchte die Plastikteile des Modells wieder zusammenzufügen. Dabei saugte sie in höchster Konzentration ihre rechte Backe ein. Ihr Bluterguß verdichtete sich dabei zu einem blauen Klumpen. »Verdammt, ich krieg das nicht wieder zusammen. Warum hab ich's bloß nicht in den Schrank gestellt? Er kommt mit meiner Tante zu Besuch«, sagte sie. Sie drückte mit Gewalt auf ein Plastikteil, rutschte aus und hatte eine Schramme auf dem Handrücken.

»Wie alt war dieser Typ namens Harpo?« fragte ich.

»Ungefähr sechzig ... so in dem Alter, wo sie anfangen, sich wie dein Vater und Robert Redford gleichzeitig aufzuspielen. Sein ganzer Rücken war behaart ... Ich muß mal ins Badezimmer. Und das kann dauern. Wenn ihr bleiben wollt, könnt ihr vielleicht versuchen, das wieder hinzukriegen. Den Tag heute kann ich sowieso vergessen.«

»Wo hast du's gekauft?« fragte ich.

»Bei K&B. Vielleicht auch bei der Jackson-Brauerei ... ihr kennt doch das Einkaufszentrum, das früher die Jax-Brauerei war ... Nein, ich bin sicher, es war nicht in der Brauerei.« Sie biß sich einen Niednagel ab.

Clete und ich fuhren zu K&B in der St. Charles Street. Es regnete, und der Wind peitschte die Nässe wie Sprühfontänen aus den Bäumen, die sich wie ein Baldachin über die Straßenbahnschienen wölbten. Die grün-rote Neonreklame am Kaufhaus leuchtete wie eine Zuckerstange durch den Dunst.

»Harpo hieß der Cop, der Cool Breeze Broussard die Frau ausgespannt hat«, sagte ich.

»Das liegt zwanzig Jahre zurück. Kann kaum derselbe gewesen sein, oder?«

»Nein, ist unwahrscheinlich.«

»Ich finde, diese Typen haben sich gegenseitig verdient, Streak.«

»Warum kaufen wir dann ein Spielzeug für Rubys Sohn?«

»Ich orientiere mich selten an meinen eigenen Ratschlägen. Genausowenig wie an denen anderer, mein Bester.«

Am Mittwoch lenkte ich den Streifenwagen die alte Straße am Bayou entlang nach Jeanerette und zu Lila Terrebonnes Heimstätte. Als die riesige Rasenfläche mit der Eichenallee in Sichtweite kam, sah ich das Filmteam bei der Arbeit – in der Kulisse der Arbeiterunterkünfte einer Genossenschaftsfarm – und fuhr weiter in Richtung Süden nach Franklin und zu der Stelle, wo mein Vater und ich den Gekreuzigten entdeckt hatten.

Warum?

Vielleicht weil die Vergangenheit nie wirklich vergangen und abgehakt ist, zumindest nicht solange man ihre Existenz leugnet. Vielleicht weil ich wußte, daß sich auf unerfindliche Weise der Tod von Megan Flynns Vater durch die Hintertür wieder in unser Leben schleichen würde.

Die Scheune war noch immer da, zweihundert Meter vom Teche entfernt, gesäumt von Bananenstauden und schwarzen Johannisbeersträuchern. Im Dach klaffte ein riesiges Loch, die Wände waren windschief und stützten sich gegenseitig, die von Wind und Sonne verwitterte rote Farbe schälte sich in schmalen Streifen vom Holz.

Ich schlenderte durch die Johannisbeersträucher zur Nordseite der Scheune. Die Nagellöcher hatten der Staub aus den Zuckerrohrfeldern und die Ausdehnung des Holzes längst geschlossen, aber ich konnte mit den Fingerspitzen noch immer die erhabenen Ränder spüren, und vor meinem geistigen Auge sah ich die Umrisse des Mannes wieder vor mir, dessen schmerzverzerrtes Gesicht, zerschundener Körper und blutverkrustete Augenbrauen meinen Vater und mich an jenem heißen Morgen des Jahres 1956 erwartet hatten.

Kein Grashalm wuchs im Umkreis der Stelle, wo Jack Flynn gestorben war. (Aber da kommt kein Sonnenstrahl hin, sagte ich mir, nur grüne Schmeißfliegen, die im Schatten brummten, und die Erde war hart und verkrustet und vermutlich von Herbiziden vergiftet, die hier verschüttet worden waren.) Wilde Raintrees, strotzend vor blutroten Blütendolden, standen auf dem Feld, und die Johannisbeeren an den Sträuchern waren prall und klebrig vom eigenen Saft, wenn ich sie berührte. Ich wunderte mich über den Grad der Naivität, die uns verleitete, an Golgatha als einen Vorfall zu glauben, der allein in der Historie seinen Platz hatte. Ich wischte mir mit einem Taschentuch den Schweiß vom Gesicht, knöpfte mein Hemd auf und trat aus dem Schatten in den Wind, doch auch der brachte keine Linderung.

Ich fuhr am Bayou zurück zum Anwesen der Terrebonnes, bog in die Ziegelauffahrt ein und parkte vor dem Kutscherhaus. Lila war in überschwenglicher Stimmung, ihre milchig grünen Augen frei von jeder Reue oder der Erinnerung daran, daß sie in einer Bar mit einer Schußwaffe herumgefuchtelt hatte und an ein Bett im Iberia General Hospital gefesselt gewesen war. Aber wie alle Menschen, die von einer manischen, inneren Angst getrieben werden, redete sie ohne Punkt und Komma, terrorisierte ihre Umgebung mit Worten, füllte jede Stille, die anderen eine Möglichkeit gegeben hätte, die falschen Fragen zu stellen.

Ihr Vater, Archer Terrebonne, war aus anderem Holz geschnitzt. Er hatte dieselben Augen wie seine Tochter und dasselbe weißblonde Haar, doch mangelndes Selbstvertrauen konnte man wahrlich weder aus seiner lakonischen Sprechweise noch aus der Art, wie er die Arme vor der Hühnerbrust mit einem Glas mit zerstoßenem Eis, Bourbon und Orangenscheiben in der Hand verschränkte, herauslesen. Im Gegenteil, sein Geld gab ihm jene Selbstsicherheit, die weniger Schmei-chelhaftes automatisch überspielte, das er im Spiegel oder in den Augen anderer entdecken mochte. Wenn man mit Archer Terrebonne zu tun hatte, akzeptierte man einfach, daß sein Blick zu direkt und distanzlos war, seine Haut zu bleich für die Jahreszeit, sein Mund zu rot, seine ganze Ausstrahlung zu auf-dringlich, so als habe seine Körperchemie einen Defekt, den er wie eine Zierde zur Schau trug und anderen überstülpte.

Wir standen unter einer Markise auf der Terrasse hinter dem Haus. Die Sonne lag gleißend auf der Oberfläche des Swim-mingpools. Im rückwärtigen Gartenteil entfernte ein schwar-zer Gärtner mit einem Gebläse das Laub von den Tennisplät-zen.

»Wollen Sie nicht reinkommen?« sagte Archer. Er sah auf die Uhr, dann auf einen Vogel im Baum. Der Ringfinger seiner linken Hand fehlte, war sauber über dem Mittelhandknochen abgetrennt, so daß die Lücke beinahe aussah, als fehle eine Ta-ste auf einem Klavier.

»Nein, vielen Dank. Ich wollte nur sehen, ob mit Lila alles in Ordnung ist.«

»Wirklich? War nett von Ihnen.«

Mir fiel auf, daß er die Vergangenheitsform benutzte, als sei mein Besuch damit bereits beendet.

»Es wird keine Anklage erhoben ... wobei ich darauf hin-weisen muß, daß es normalerweise ganz andere Folgen hat, wenn man mit einer Schußwaffe in öffentlichen Lokalen rum-fuchtelt«, bemerkte ich.

»Dieser Aspekt ist bereits mit anderen Leuten geregelt, Sir«, sagte er.

»Nicht unbedingt ausreichend, denke ich«, entgegnete ich.

»Ach nein?« sagte er.

Unsere Blicke trafen sich.

»Dave ist nur ein alter Freund, Daddy«, sagte Lila.

»Sicher doch. Ich begleite Sie zu Ihrem Streifenwagen, Mr. Robicheaux.«

»*Daddy*, ich meine, was ich sage. Dave macht sich immer Sorgen um seine Freunde von den Anonymen Alkoholikern«, sagte sie.

»Du bist nicht in diesem Verein. Also braucht er sich keine Sorgen zu machen, oder?«

Ich fühlte seine Handfläche leicht unter meinem Ellbogen. Ich leistete keinen Widerstand und verabschiedete mich von Lila. Dann ging ich mit ihm um die schattige Seite des Hauses herum, an einem Garten voller Minze und herzförmiger Callas vorbei.

»Eine unserer Beamtinnen hat ihre Tochter knapp vor einer Anzeige wegen Widerstands gegen die Staatsgewalt bewahrt«, bemerkte ich.

»Ach tatsächlich?«

»Sie glaubt, daß Lila sexuell mißbraucht oder ihr sonst Gewalt angetan wurde.«

Sein rechter Augenwinkel zuckte, als sei ihm ein Insekt ins Auge geflogen.

»Sicher haben Sie Einsichten in das menschliche Verhalten, die den meisten von uns verwehrt sind. Wir wissen Ihre guten Absichten zu schätzen. Trotzdem sehe ich keine Veranlassung für einen erneuten Besuch Ihrerseits.«

»Darauf würde ich mich nicht verlassen, Sir.«

Er drohte mir mit dem Finger und ging lässig zum Haus zurück, nippte dabei an seinem Drink, als sei ich nie da gewesen.

Die Sonne stand gleißend hell am Himmel, und das blendende Licht, das an Goldfolie erinnerte, warf ein scheckiges Muster auf den Ziegelweg. Durch die Windschutzscheibe des Streifenwagens sah ich Cisco Flynn von einem Wohnwagen aus auf mich zukommen, die Hände erhoben, um mich zum Anhalten zu bewegen.

Er beugte sich ins Fenster.

»Machen Sie einen Spaziergang mit mir. Ich muß die nächste Szene im Auge behalten«, sagte er.

»Hab's eilig, Cisco.«

»Ist wegen Swede Boxleiter.«

Ich schaltete die Zündung aus und ging mit ihm zu einem Sonnensegel, das über einem Arbeitstisch und einem halben Dutzend Stühlen gespannt war. Daneben stand ein Wohnwagen, dessen Klimaanlage vor Feuchtigkeit triefte wie ein schmelzender Eisblock.

»Swede versucht, sein Leben in den Griff zu kriegen. Und ich glaube, diesmal hat er eine gute Chance. Aber falls er je zum Problem werden sollte, rufen Sie mich an«, sagte Cisco.

»Er ist ein notorischer Wiederholungstäter, Cisco. Was haben Sie mit ihm zu schaffen?«

»Als wir im staatlichen Waisenhaus waren? Wenn Swede nicht gewesen wäre, hätten die anderen Hackfleisch aus mir gemacht.«

»Das FBI sagt, daß er Leute umbringt.«

»Das FBI behauptet auch, meine Schwester sei Kommunistin.«

Die Tür zum Wohnwagen ging auf, und eine Frau trat auf die kleine Veranda. Doch bevor sie die Tür hinter sich schließen konnte, rief eine Stimme: »Verdammt noch mal, wer hat dir erlaubt zu gehen? Jetzt hör mir mal gut zu, Schätzchen. Ich weiß nicht, ob's daran liegt, daß du dein Gehirn in der Möse hast oder deinen geilen Hintern für unwiderstehlich hältst, aber das nächste Mal, wenn ich diesem Pisser sage, er soll die

Szene umschreiben, hast du Sendepause, kapiert? Und jetzt machst du dich wieder an die Arbeit, Scheiße noch mal, und widersprich mir ja nie wieder vor anderen Leuten.«

Selbst im Sonnenschein wirkte ihre Miene wie zu Eis erstarrt und blutleer, die Züge von der Demütigung verzerrt, die Billy Holtzner ihr zugefügt hatte. Er warf Cisco und mir einen bösen Blick zu, dann knallte er die Tür zu.

Ich wandte mich zum Gehen.

»Auf einem Set gibt's immer Streß, Dave. Wir sind drei Millionen über dem Budget. Ist anderer Leute Geld, von dem wir da reden. Wird deswegen ne Menge Aufregung geben«, sagte Cisco.

»Ich erinnere mich noch an den ersten Film, den Sie gemacht haben. Den über die Wanderarbeiter in der Landwirtschaft. War ein toller Streifen.«

»Yeah, eine Menge Professoren und übriggebliebene 68er haben ihn über den grünen Klee gelobt.«

»Der Typ im Wohnwagen ist ein Arsch.«

»Sind wir das nicht irgendwie alle?«

»Ihr alter Herr war's nicht.«

Damit stieg ich in den Streifenwagen und fuhr durch den Baumkorridor auf die Bayou-Straße. In meinem Rückspiegel sah Cisco Flynn wie die Miniaturausgabe eines Mannes aus, der in einer Zündholzschachtel gefangen war.

An jenem Abend, als Bootsie und ich uns zum Schlafengehen fertigmachten, erhellte Wetterleuchten hinter den Wolken den Himmel, und der Pecanbaum vor dem Fenster stand steif im Wind.

»Warum glaubst du, ist Jack Flynn ermordet worden?« fragte Bootsie.

»Die Arbeiter in der Gegend haben damals fünfunddreißig

Cent pro Stunde verdient. Er hatte kein Problem, Zuhörer zu finden.«

»Wer, glaubst du, ist es gewesen?«

»Alle haben behauptet, der oder die Täter seien von auswärts gekommen. Wie während der Hochzeit der Bürgerrechtsbewegung. Wir haben immer ›die da draußen‹ für unsere Probleme verantwortlich gemacht.«

Sie knipste das Licht aus, und wir legten uns auf die Decken. Ihre Haut fühlte sich kühl und warm zugleich an.

»Die Flynns bedeuten Ärger, Dave.«

»Vielleicht.«

»Da gibt's kein ›Vielleicht‹. Jack Flynn ist sicher ein guter Mann gewesen. Aber ich habe immer gehört, daß er erst zum Radikalen geworden ist, nachdem seine Familie während der Wirtschaftskrise unter die Räder gekommen war.«

»Er hat in der Lincoln-Brigade gekämpft. Er hat die Schlacht um Madrid mitgemacht.«

»Gute Nacht«, sagte sie.

Sie drehte sich zur Wand. Als ich meine Hand auf ihren Rücken legte, fühlte ich, wie sich ihr Atem hob und senkte. Sie sah mich über die Schulter an, dann rollte sie sich zu mir herum und schmiegte sich in meine Arme.

»Dave?« sagte sie.

»Ja?«

»Da kannst du dich auf mich verlassen. Megan braucht dich aus einem Grund, den sie dir verschweigt. Wenn sie nicht direkt an dich herankommt, versucht sie's über Clete.«

»Das muß ihr erst mal gelingen.«

»Er hat mich heute abend angerufen und gefragt, ob ich weiß, wo sie ist. Sie hat eine Nachricht auf seinem Anrufbeantworter hinterlassen.«

»Megan Flynn und Clete Purcel?«

83

Am nächsten Morgen wachte ich bei Sonnenaufgang auf und fuhr durch den Laubschatten auf der East Main und dann fünf Meilen den alten Highway hinauf zum Spanish Lake. Nicht nur Bootsies Worte, sondern auch meine eigenen bösen Ahnungen bezüglich der Flynns machten mir zu schaffen. Weshalb interessierte sich Megan so brennend für Cool Breeze Broussards mißliche Lage?

Es gab genug Ungerechtigkeiten auf der Welt. Um sie aufzudecken, mußte man nicht nach New Iberia zurückkommen. Und warum machte sich ihr Bruder Cisco zum Beschützer eines Psychopathen wie Swede Boxleiter?

Ich parkte den Pickup auf einem Feldweg und schenkte mir eine Tasse Kaffee aus meiner Thermosflasche ein. Durch die Kiefern konnte ich die Sonne auf dem Wasser glitzern sehen, und die Spitzen des Riedgrases wogten im Flachwasser. Das Gebiet um den See war Ort einer mißglückten spanischen Ansiedlung in den neunziger Jahren des achtzehnten Jahrhunderts gewesen. Im Jahr 1836 hatten zwei irische Einwanderer, die das Goliad-Massaker während der texanischen Revolution überlebt hatten, Devon Flynn und William Burke, das Gebiet entlang des Sees gerodet und trockengelegt und aus Zypressenholz Farmhäuser gebaut, die sie fest im Boden verankert hatten. Später wurde die Bahnstation dort als Burke's-Station bekannt.

Megans und Ciscos Vorfahre war einer dieser texanischen Soldaten gewesen, die sich der mexikanischen Armee in der Erwartung ergeben hatten, auf einem Gefangenenschiff nach New Orleans verfrachtet zu werden, und sich statt dessen am Palmsonntag auf dem Marsch durch eine Straße wiedergefunden hatten, an deren Ende die mexikanischen Sieger ihnen befahlen, vor den Exekutionskommandos niederzuknien, die sich von zwei Seiten formierten. Über dreihundertfünfzig Männer und Jugendliche waren erschossen, von Bajonetten aufgeschlitzt oder erschlagen worden. Viele der Überlebenden verdankten ihr Leben einer Prostituierten, die von einem mexikanischen Offizier zum nächsten gerannt war und um das Leben der Texaner gebettelt hatte. Ihr Name und ihr Schicksal sind für die Geschichtsschreibung verloren, aber die, die an jenem Tag in die Wälder fliehen konnten, nannten sie den Engel von Goliad.

Ich fragte mich, ob Cisco in der Geschichte seines Vorfahren je den Stoff für einen Film gesehen hatte.

Das alte Haus der Flynns stand noch immer am See, aber vor die Holzwände von einst hatte man mittlerweile Ziegelmauern gesetzt, und die alte Veranda hatte einem halbrunden weißen Säulenportal Platz gemacht.

Die Veränderung, die Cisco und Megan Flynn allerdings wohl am meisten berührte, war die Tatsache, daß das Haus, seine in Terrassen zum See abfallenden Gärten, die knorrigen Lebenseichen, der Uferpavillon und das Bootshaus jetzt jemand anderem gehörten.

Ihr Vater hatte im Bombenhagel der deutschen Luftwaffe und im Kugelhagel der Japaner auf Guadalcanal gestanden und war in Louisiana ermordet worden. Waren sie verbittert, hegten sie einen Haß gegen uns, den wir nicht einmal annähernd ermessen konnten? Hatten sie ihren Erfolg hierher zurückgetragen wie ein wildes Tier an der Kette? Ich hatte keine Lust, meine eigenen Fragen zu beantworten.

Der Wind kräuselte die Wasseroberfläche des Sees und rauschte in den Sumpfkiefernästen über meinem Pickup. Ich warf einen Blick in den Rückspiegel und sah, daß der Streifenwagen des Sheriffs hinter mir anhielt. Er öffnete meine Beifahrertür und stieg ein.

»Woher wußten Sie, daß ich hier draußen bin?« fragte ich.

»Ein Trooper hat Sie gesehen und sich gefragt, was Sie wohl vorhaben.«

»Bin heute nur einfach früher aufgestanden.«

»Das ist doch das alte Flynnsche Anwesen, oder?«

»Wir haben hier früher nach vergrabenen Schätzen der Konföderierten gesucht. Camp Pratt lag direkt hinter diesen Bäumen.«

»Die Flynns machen mir auch Kopfschmerzen, Dave. Gefällt mir nicht, daß Cisco diesen Boxleiter zu uns geschleppt hat. Warum bleiben die beiden nicht einfach in Colorado?«

»Weil sie da nicht hingehören. Haben wir doch ursprünglich verbockt. Wir haben's schließlich zugelassen, daß ein Freund des Vaters Megan und Cisco in Colorado abgesetzt hat.«

»Machen Sie sich mal Gedanken darüber, wie Sie zu den beiden überhaupt stehen, Dave. Ich habe Boxleiters Vorstrafenregister gesehen. Welcher Mensch bringt ein solches Tier in seine Heimatgemeinde?«

»Wir haben diesen Kindern damals schweren Schaden zugefügt, Sheriff.«

»*Wir?* Wissen Sie, wo Ihr Problem liegt, Dave? Sie sind genau wie Jack Flynn.«

»Wie bitte?«

»Sie mögen die Reichen nicht. Sie glauben, wir befinden uns im Klassenkampf. Nicht jeder, der Geld hat, ist ein Hurensohn.«

Er schnaubte verächtlich, dann kühlte sich sein Temperament ab. Er nahm seine Pfeife aus der Hemdtasche und klopfte sie an der Fenstereinfassung aus.

»Helen sagt, Sie vermuten, daß Boxleiter ein Pädophiler ist«, bemerkte er.

»Ja, wenn ich einen Tip abgeben sollte, würde ich sagen, er ist mein Kandidat.«

»Greifen Sie ihn sich.«

»Auf welcher Grundlage?«

»Denken Sie sich was aus. Nehmen Sie Helen mit. Sie kann sehr kreativ sein.«

Sorglos dahingesagte Worte, die ich später aus meinem Gedächtnis auszuradieren versuchte.

7

Ich fuhr zur Dienststelle zurück. Als ich zum alten Friedhof kam, sah ich einen Schwarzen mit hängenden Schultern vor mir die Straße überqueren und in Richtung Main Street weitergehen. Ich starrte ihm perplex hinterher. Die eine Backe war von einem Pflaster verdeckt, und sein rechter Arm hing steif an seiner Seite herunter, als habe er Schmerzen.

Ich hielt neben ihm an. »Ich glaub's einfach nicht«, sagte ich.

»Sie glauben was nich?« entgegnete Cool Breeze. Er ging leicht vornübergebeugt, als müsse er jeden Moment sein Ziel erreichen. Auf den ausgeblichenen Grabsteinen hinter ihm perlten Feuchtigkeitstropfen von der Größe von Vierteldollarmünzen.

»Sie sollten eigentlich im Gewahrsam des FBI sein.«

»Die haben mich freigelassen.«

»Freigelassen? Einfach so?«

»Ich geh zu Viktor's zum Frühstücken.«

»Steigen Sie ein.«

»Nichts für ungut, aber erst mal habe ich von der Polizei die Nase voll.«

»Bleiben Sie bei Mout' wohnen?«

Er überquerte die Straße, ohne zu antworten.

Vom Büro rief ich Adrien Glazier in New Orleans an.

»Was für ein Spielchen treiben Sie mit Cool Breeze Broussard?« fragte ich.

»Spielchen?«

»Er ist wieder in New Iberia. Hab ihn gerade gesehen.«

»Wir haben seine Aussage aufgenommen. Wir sehen keinen Grund, ihn weiter festzuhalten«, erwiderte sie.

Ich fühlte, wie mir die Worte fast im Hals steckenblieben.

»Was fällt euch eigentlich ein? Ihr verpaßt dem Mann ein Brandzeichen auf die Stirn und schickt ihn dann auf die Straße?«

»Brandzeichen?«

»Ihr habt ihn gezwungen, gegen die Giacanos auszusagen. Wissen Sie, was die mit Leuten machen, die sie verpfeifen?«

»Warum nehmen Sie ihn dann nicht selbst in Gewahrsam, Mr. Robicheaux?«

»Weil die Staatsanwaltschaft die Anklage gegen ihn fallengelassen hat.«

»Ach wirklich? Dann wollen dieselben Leute, die sich beklagen, wenn wir ihr Gefängnis unter die Lupe nehmen, daß wir ihren lokalen Saustall ausmisten?«

»Passen Sie auf, was Sie sagen.«

»Sollen wir Mr. Broussard erzählen, daß sein Freund Mr. Robicheaux ihn wieder hinter Gittern sehen möchte? Oder nehmen Sie uns die Mühe ab?« sagte sie und legte auf.

Helen machte meine Bürotür auf und kam herein. Sie betrachtete mich neugierig.

»Bereit für den Tanz?«

Swede Boxleiter hatte mir gesagt, daß er einen Job beim Film habe, und dort fingen wir an. Drüben in der Gemeinde St. Mary, auf der Rasenfläche vor Lila Terrebonnes Haus.

Aber weit kamen wir nicht. Nachdem wir den Streifenwagen geparkt hatten, wurden wir auf halbem Weg zum Set von zwei außerdienstlich agierenden Deputy-Sheriffs aus St. Mary mit der amerikanischen Flagge am Hemdsärmel gestoppt.

»Sie bringen uns alle in eine peinliche Lage«, sagte der Ältere.

»Sehen Sie den Kerl dort drüben? Der mit dem Werkzeuggürtel? Er heißt Boxleiter. Hat gerade fünf Jahre in Colorado abgesessen«, erklärte ich.

»Haben Sie einen Haftbefehl?«

»Nee.«

»Mr. Holtzner will, daß niemand auf dem Set belästigt wird, so sieht's aus.«

»Ach ja? Dann will ich Ihnen mal was sagen. Entweder Sie lassen jetzt mal Luft ab, oder ich gehe zu Ihrem Chef und sorge dafür, daß sie euch den Arsch mit Drahtwolle polieren«, sagte Helen.

»Sagen Sie, was Sie wollen. Auf diesen Set kommen Sie nicht.«

In diesem Moment öffnete Cisco Flynn die Tür des Wohnwagens und trat auf das schmale Holzpodest.

»Wo liegt das Problem, Dave?«

»Boxleiter.«

»Kommen Sie rein«, forderte er mich auf und gestikulierte, als wolle er ein Flugzeug auf die Landebahn einweisen.

Helen und ich gingen auf die geöffnete Tür zu. Hinter ihm entdeckte ich Billy Holtzner, der sich kämmte. Seine Augen waren bleich und wäßrig, die Lippen aufgeworfen, das Gesicht starr wie graue Gummimasse, die man über die Wangenknochen gespannt hatte.

»Dave, wir wollen ein gutes Einvernehmen mit jedermann und in Ruhe arbeiten. Wenn sich Boxleiter was zu schulden kommen läßt, dann will ich das wissen. Kommen Sie rein, ich möchte euch Billy vorstellen. Unterhalten wir uns«, sagte Cisco.

Aber Billy Holtzners Aufmerksamkeit konzentrierte sich bereits auf eine Frau, die sich in einem Badezimmer hinter geöffneter Tür die Zähne putzte.

»Margot, genauso siehst du aus, wenn ich in deinem Mund komme«, bemerkte er.

»Adios«, sagte ich und entfernte mich mit Helen vom Wohnwagen.

Cisco holte uns ein und winkte die Sicherheitsleute beiseite.

»Was hat Swede getan?« fragte er.

»Ich weiß ne bessere Frage: Womit hat er Sie in der Hand?«

»Was habe ich getan? Weshalb beleidigen Sie mich?«

»Mr. Flynn, Boxleiter hat sich im Schwimmbad an kleine Kinder rangepirscht. Sparen Sie sich das Gesäusel für Ihre Groupies«, sagte Helen.

»Also gut. Ich rede mit ihm. Machen wir keinen Aufstand«, murmelte Cisco.

»Bleiben Sie uns einfach vom Leib«, sagte Helen.

Boxleiter kauerte mit nacktem Oberkörper vor einem Stromkasten und hantierte mit einem Steckschlüssel herum. Seine Lewis waren mit schwarzem Staub bedeckt. Ein glänzender Schweißfilm überzog seinen Torso, und die Sehnen unter seiner Haut zuckten, wann immer er den Steckschlüssel weiter anzog. Er wischte sich mit einer Hand den Schweiß aus einer Achselhöhle und trocknete die Hand an seinen Jeans ab.

»Ich möchte, daß Sie Ihr Hemd anziehen und eine kleine Spritztour mit uns machen«, sagte ich.

Er sah zu uns auf, lächelte und blinzelte in die Sonne. »Sie haben keinen Haftbefehl. Wenn Sie einen hätten, hätten Sie's mir längst gesagt«, erklärte er.

90

»Ist nur eine höfliche Einladung. Eine, die man absolut nicht ausschlagen sollte«, sagte Helen.

Er betrachtete sie amüsiert. Staub wirbelte vom unbefestigten Weg auf, der auf dem Set angelegt worden war. Der Himmel war wolkenlos, die Luft feucht, und sie legte sich wie Feuer auf die Haut. Boxleiter stand auf. Die Leute auf dem Set hielten in ihrer Arbeit inne und beobachteten uns.

»Ich bin Gewerkschaftsmitglied. Habe denselben Status wie alle anderen hier. Ich muß mit Ihnen nirgendwohin gehen«, sagte er.

»Wie Sie meinen. Wir schnappen Sie uns dann später«, erwiderte ich.

»Ich verstehe. Sie nehmen mich hoch, wenn ich heute abend nach Hause gehe. Ist mir egal. Solang alles seine Richtigkeit hat«, behauptete er.

Helens Wangen waren gerötet, ihr Nacken feucht in der Hitze. Ich berührte ihr Handgelenk und nickte in Richtung Streifenwagen. Gerade, als sie sich umdrehte, um mir zu folgen, sah ich aus den Augenwinkeln, wie Boxleiter sich mit einem Finger über die Rippen fuhr, einen dicken Tropfen Schweiß sammelte. Er schnippte ihn in Helens Richtung, so daß er klatschend auf ihrem Rücken landete.

Ihre Hand fuhr zur Wange, und ihre Miene verdüsterte sich vor Überraschung und Scham.

»Ich verhafte Sie wegen Belästigung einer Polizeibeamtin. Legen Sie die Hände auf den Rücken«, befahl sie knapp.

Er grinste und kratzte sich an einem Insektenstich an der Schulter.

»Habe ich mich vielleicht nicht deutlich genug ausgedrückt? Drehen Sie sich um«, sagte sie.

Er schüttelte traurig den Kopf. »Ich habe Zeugen. Ich habe nichts getan.«

»Möchten Sie, daß auch noch ›Widerstand gegen die Staatsgewalt‹ dazu kommt?« fragte sie.

»Wow, Mutter! Nimm deine Hände von mir … Hey, genug ist genug … Kumpel, ja du, du mit dem Schnurrbart, halt mir die Schwester vom Leib.«

Sie packte ihn bei den Schultern und stemmte ihren Schuh in seine Kniekehle. In diesem Moment traf er sie mit dem Ellbogen unterhalb der Brust und zog ihn im Umdrehen einmal quer über ihren Oberkörper.

Helen zückte einen Totschläger, holte damit aus und ließ ihn auf sein Schlüsselbein niedersausen. Der Totschläger war mit Blei gefüllt, der Federgriff mit Leder umwickelt. Die Wucht des Schlags riß ihm die Schulter nach unten, als habe man die entsprechenden Bänder am Hals durchtrennt.

Das hielt ihn nicht davon ab, sich auf sie zu stürzen und ihre Taille zu umklammern. Helen zielte dabei unaufhörlich mit dem Totschläger auf seinen Schädel, bis die Kopfhaut platzte und sich das Leder bei jedem Schlag mit Blut tränkte.

Ich versuchte, ihn zu Boden zu stoßen, um ihn unschädlich zu machen, da tauchte das nächste Problem auf. Die beiden Deputys außer Dienst zogen ihre Waffen.

Ich nahm meine 45er aus dem Gürtelhalfter und hielt sie ihnen mitten vors Gesicht.

»Keine Bewegung! Das war's … Hände weg von den Wummen! Los! Ein bißchen plötzlich!«

Ich sah die Verwirrung und die Sorge in ihren Augen und wie sich ihre Muskeln verkrampften. Dann war der Moment der Anspannung vorbei. »Schön so … und jetzt drängen Sie die Leute zurück. Das ist alles, was ich von Ihnen verlange … Recht so«, sagte ich, und meine Worte fühlten sich wie zerbrochenes Glas in meiner Kehle an.

Swede Boxleiter wälzte sich stöhnend im Staub zwischen

den Starkstromkabeln, die Finger in sein Haar verkrallt. Ich hielt die 45er fest in beiden Händen, die Unterarme glänzend vor Schweiß.

Die Gesichter der Schaulustigen wirkten verdutzt und verängstigt. Billy Holtzner drängte sich durch die Menge, drehte sich im Kreis, die Augenbrauen hochgezogen, und sagte: »Was ist los? Muß man euch alles dreimal sagen? Los, schert euch an eure Arbeit!« Dann stampfte er zu seinem Wohnwagen zurück, putzte sich lautstark die Nase und blickte kurz seitwärts, als habe er ein lästiges Insekt entdeckt.

Ich fing den amüsierten Blick von Archer Terrebonne auf. Lila stand hinter ihm, den Mund geöffnet, das Gesicht weiß wie Kuchenmehl. Meine Beinmuskeln zuckten noch.

»Was ist das hier? Ne Karnevalseinlage, Mr. Robicheaux?« fragte er. Er tippte sich an den Mundwinkel, und seine dreifingrige Hand sah aus wie die Kralle einer verstümmelten Amphibie.

Der Sheriff ging in seinem Büro auf und ab, zog die Jalousien auf und wieder zu. Dabei räusperte er sich unaufhörlich, als habe er Halsschmerzen.

»Das hier ist keine Sheriffdienststelle mehr. Ich bin der Oberaufseher in einer Klapsmühle«, sagte er.

Er griff nach dem Deckel seiner Teekanne, sah hinein und setzte den Deckel wieder drauf.

»Irgendeine Vorstellung, wie viele Faxe ich heute deswegen schon gekriegt habe? Der Sheriff von St. Mary hat mich gewarnt, je wieder einen Fuß in seinen Bezirk zu setzen. Dieses Arschloch hat mir doch glatt gedroht«, empörte er sich.

»Vielleicht hätten wir's anders aufziehen sollen. Aber Boxleiter hat uns kaum eine Wahl gelassen«, bemerkte ich.

»Ausgerechnet außerhalb unseres Zuständigkeitsbereichs!«

»Wir haben ihm gesagt, daß er nicht verhaftet ist. Da gab's kein Mißverständnis«, verteidigte ich mich.

»Ich hätte die Leute von St. Mary vorschieben müssen, um ihn hopszunehmen«, seufzte Helen.

»Aha, geht Ihnen jetzt endlich ein Licht auf? Trotzdem sind Sie vom Dienst suspendiert! Zumindest bis ich eine exakte Darstellung der Ereignisse habe«, erklärte er.

»Er hat sie mit Schweiß bespritzt. Hat ihr den Ellbogen in die Brust gerammt. Dafür ist er noch glimpflich davongekommen«, sagte ich.

»Ein Typ, dem die Kopfhaut mit achtundzwanzig Stichen genäht werden mußte? Glimpflich davongekommen?«

»Sie hatten uns den Auftrag gegeben, ihn hochzunehmen, Chef. Dieser Kerl wäre überall, wo wir ihn uns gegriffen hätten, Dynamit gewesen. Und das wissen Sie«, entgegnete ich.

Er preßte die Lippen zusammen und atmete schwer.

»Ich platze vor Wut, wenn ich nur daran denke«, sagte er.

Im Zimmer war es still. Die Klimaanlage verbreitete arktische Temperaturen. Die Sonne, die durch die Jalousien fiel, trieb einem das Wasser in die Augen.

»Okay, die Suspendierung und den Bericht können Sie vergessen. Kommen Sie zu mir, bevor Sie noch mal nach St. Mary rüberfahren. Inzwischen finden Sie raus, weshalb Cisco Flynn glaubt, daß er einfach seine Lieblingskanalratten nach Iberia bringen kann ... Helen, und Sie verhalten sich absolut neutral gegenüber diesen schrägen Typen ... sofern das möglich ist.«

»Kanalratten?« wiederholte ich.

Er stopfte seine Pfeife und sah nicht einmal mehr auf, als wir den Raum verließen.

An jenem Abend parkte Clete Purcel sein Cadillac-Cabrio im Schatten der Bäume vor meinem Haus und kam zu Fuß zu meinem Köderladen. Er trug einen Sommeranzug und ein laven-delfarbenes Hemd mit weißer Krawatte. Er ging zur Kühlbox und öffnete eine Flasche Erdbeerlimo.

»Was ist los? Seh ich irgendwie komisch aus?«

»Du siehst scharf aus.«

Er trank aus der Flasche, den Blick auf ein Boot draußen auf dem Bayou fixiert.

»Ich lad euch alle zum Abendessen ins Patio in Loreauville ein«, verkündete er.

»Muß arbeiten.«

Er nickte und starrte auf den Nachrichtensprecher im laufenden Fernseher über der Theke.

»War nur ne Frage«, sagte er.

»Mit wem gehst du denn zum Abendessen?«

»Megan Flynn.«

»Ein andermal vielleicht.«

Ich setzte mich und trank einen Schluck aus seiner Flasche. Er steckte einen Finger durch ein Astloch im Holz.

»Was erwartest du? Daß ich immer nur mit Stripperinnen und Junkies ausgehe?« fragte er.

»Hab ich vielleicht was gesagt?«

»Nein. Aber ne Katze im Wäschetrockner hätte nicht lauter denken können.«

»Okay, sie ist integer. Aber was will sie hier in New Iberia? Sind wir das Paris am Teche?«

»Sie ist hier geboren. Ihr Bruder hat hier ein Haus.«

»Richtig. Und er schleppt auch noch einen gefährlichen Psychopathen mit rum. Warum, Clete? Weil Cisco ein Faible für Messerartisten hat oder was?«

»Wie ich höre, hat Helen wie verrückt mit einem Totschläger auf Boxleiter eingedroschen. Vielleicht hat er den Wink verstanden und verpißt sich.«

Ich wischte den Tresen ab und warf den Lumpen auf eine Kiste mit leeren Flaschen.

»Du hast deine Meinung nicht geändert?« fragte er.

»Komm morgen wieder. Wir lassen die Brassen tanzen.«

Er gab ein schmatzendes Geräusch von sich, ging aus der Tür und in die Abenddämmerung hinaus.

Nach dem Abendessen fuhr ich rüber zum Haus von Mout' Broussard im Westen der Stadt. Cool Breeze kam auf die Veranda und setzte sich auf die Schwingschaukel. Er hatte den Verband über der Backe abgenommen, und das Souvenir aus der Gefängniswerkstatt sah wie ein pinkfarbenes, in die Haut implantiertes Stück Schnur aus.

»Der Doktor hat gesagt, ich behalte keine Narbe zurück.«

»Bleibst du der Stadt erhalten?« fragte ich.

»Habe nichts Dringendes woanders zu schaffen.«

»Sie haben dich benutzt, Breeze.«

»Hab doch immerhin erreicht, daß sie Alex Guidry auf die Straße gesetzt haben, oder?«

»Fühlst du dich jetzt besser?«

Er sah auf seine Hände. Sie waren groß, grobknochig und schwielig.

»Was wolln Se hier eigentlich?«

»Der alte Mann, der deine Frau gezwungen hat, für ihn zu kochen, Harpo Delahoussey? Hatte der einen Sohn?«

»Was ham die Leute drüben in St. Mary Ihnen erzählt?«

»Sie haben gesagt, er hatte keinen.«

Er schüttelte stumm den Kopf.

»Erinnern Sie sich nicht?« fragte ich.

»Is mir piepegal. Is nich mein Bier.«

»Wäre möglich, daß ein gewisser Harpo zwei Kids draußen im Basin exekutiert hat.«

»Sie meinen die Typen aus New Orleans? Wissen Sie, was die mit einem schwarzen Informanten machen? Soll ich mir da wegen einem Kerl graue Haare wachsen lassen, der weiße Wichser abknallt, die ein schwarzes Mädchen vergewaltigt haben?«

»Als diese Männer Ihnen vor zwanzig Jahren die Frau weggenommen haben, konnten Sie nichts dagegen tun. Dieselben Kerle sind noch da draußen, Breeze. Sie treiben nur ihr Unwesen, weil wir nichts gegen sie unternehmen.«

»Hab Mout' versprochen, morgen mit ihm Krebse fischen zu gehen. Ich hol mir jetzt lieber ne Mütze Schlaf.«

Aber als ich zu meinem Pickup ging und zu ihm zurücksah, saß er noch immer in der Schaukel, starrte auf seine Hände, die massigen Schultern gebeugt wie unter einem Sack Zement.

Freitag nacht war es heiß und trocken, mit der Vorahnung von Regen in der Luft, die sich nicht bestätigte. Draußen über dem Golf pulsierten die Wolken vor Blitzen, dann rollte der Donner über die Sümpfe und hinterließ ein Geräusch, als zerreiße man feuchten Karton. Mitten in der Nacht ließ ich meine Hände unter Bootsies Nachthemd gleiten und fühlte die Hitze ihres Körpers an meinen Handflächen wie die Wärme eines Lampenschirms. Sie öffnete die Augen, sah mich an, berührte mich mit ihren Fingerspitzen, und ihr Mund glitt über meine Backe zu meinen Lippen. Sie rollte sich auf den Rücken, ohne daß ihre Hand mich nur einen Augenblick losgelassen hätte, und wartete darauf, daß ich in sie eindrang.

Sie erreichte ihren Höhepunkt vor mir, und ihre Hände krallten sich in meine Gesäßbacken; ihre Knie hielten meine Oberschenkel wie in einem Schraubstock, dann kam sie ein zweites Mal und ich mit ihr, während ihr Bauch wellenartig unter mir zuckte, ihre Stimme gedämpft und feucht an meinem Ohr.

Sie ging ins Badezimmer, und ich hörte Wasser rauschen. Dann trat sie aus dem Licht auf mich zu, tupfte ihr Gesicht mit einem Handtuch ab, streckte sich auf dem Bett aus und legte die Hand auf meine Brust. Ihre Haarspitzen waren naß, und die Schatten der kreisenden Ventilatorblätter glitten über ihre Haut.

»Was bedrückt dich?« fragte sie.

»Nichts.«

Sie stieß mich in die Wade.

»Clete Purcel. Ich glaube, das wird ihm eine Wunde schlagen«, sagte ich.

»Gute Ratschläge über Liebe und Geld … gib sie allen, nur nicht Freunden.«

»Du hast recht. Wie schon bei Megan. Hätte mehr von ihr erwartet.«

Sie fuhr mit ihren Fingernägeln durch mein Haar und legte einen Fuß über mein Bein.

Am Sonntag morgen wachte ich im Morgengrauen auf und ging zum Köderladen hinunter, um Batist beim Aufbauen zu helfen. Sein Alter konnte ich nie richtig einschätzen. Ich wußte nur, daß er während des Zweiten Weltkriegs ein Teenager gewesen war und für Mr. Antoine gearbeitet hatte, einem von Louisianas letzten überlebenden Veteranen der Konföderierten, in Mr. Antoines Schmiede in einem großen roten Schuppen draußen an der West Main. Mr. Antoine hatte Batist ein Stück Land und ein kleines Holzhaus am Bayou vermacht, und im Lauf der Jahre hatte Batist dort Gemüseanbau betrieben und sein Einkommen mit Fallenstellen und Fischen mit meinem Vater aufgebessert, zwei Frauen beerdigt und fünf Kinder großgezogen, die alle einen High-School-Abschluß gemacht hatten. Er war Analphabet und gelegentlich zänkisch und nie weiter als bis New Orleans in der einen und Lake Charles in der anderen Richtung gekommen. Aber ich habe nie einen treueren oder anständigeren Menschen gekannt.

Wir entfachten ein Feuer im Grill, den wir aus einer aufgeschnittenen Öltonne mit Henkeln und Scharnieren geschweißt hatten, legten Hühnchenteile und Würstchen für unsere Mittagskunden darauf und klappten den Deckel zu, um das Fleisch mindestens drei Stunden sanft garen zu lassen.

Batist trug eine Arbeitshose mit blanken Messingknöpfen und ein weißes T-Shirt mit abgetrennten Ärmeln. Seine Oberarmmuskeln blähten sich zur Größe von Melonen auf, sobald er einen Kabeltisch wegrollte, um die Planken über dem Dock abzuspritzen.

»Hab ganz vergessen, es dir zu sagen. Der Bursche Cool Breeze ist gestern abend hier gewesen«, sagte er.

»Was wollte er?«

»Hab ihn nich gefragt.«

Ich erwartete, mehr von ihm zu hören, doch es kam nichts. Er mochte Farbige mit Vorstrafenregister nicht, vor allem deshalb, weil er glaubte, daß sie von den Weißen als Vorwand benutzt wurden, alle Schwarzen schlecht zu behandeln.

»Soll ich ihn anrufen?«

»Ich kenne die Geschichte mit seiner Frau, Dave. Möglich, daß es nicht alles seine Schuld war, aber er hat tatenlos zugesehen, wie weiße Männer das Leben des armen Mädchens kaputtgemacht haben. Er tut mir leid, wirklich, aber wenn ein Mann in Selbstmitleid ersaufen will, kann man nichts machen.«

Ich sah Mout's Nummer im Telefonbuch nach und wählte. Während das Rufzeichen ertönte, zündete sich Batist eine Zigarre an, machte das Fliegengitter vor dem Fenster auf und warf das Streichholz ins Wasser.

»Keiner zu Hause«, sagte ich, nachdem ich aufgelegt hatte.

»Ich sag nichts mehr.«

Er zog an seiner Zigarre, das Gesicht in die sanfte Brise gewandt, die durch das Fenster wehte.

Bootsie, Alafair und ich besuchten die Messe. Anschließend setzte ich die beiden zu Hause ab und fuhr weiter zu Cisco Flynns Haus in der Loreauville Road. Er öffnete mir die Tür in einem terrakottafarbenen Bademantel, den er über scharlachrote Sportshorts geworfen hatte.

»Zu früh?« fragte ich.

»Nein, ich wollte gerade ein bißchen trainieren. Kommen Sie rein«, sagte er und machte die Tür weit auf. »Hören Sie, wenn Sie sich wegen der Sache am Set entschuldigen wollen …«

»Habe nicht die Absicht.«

»Oh.«

»Der Sheriff möchte gern wissen, weshalb die Stadt New Iberia plötzlich einen fiesen Gewaltverbrecher wie Ihren Freund Boxleiter zu ihren Bürgern rechnen muß.«

Wir standen inzwischen im Wohnzimmer vor der Sammlung von Fotos, die Megan berühmt gemacht hatten.

»Sie sind nie in einem staatlichen Waisenhaus gewesen, Dave. Wie würd's Ihnen gefallen, als Siebenjähriger nachts aus dem Bett gezerrt zu werden, um einem erwachsenen Mann einen zu blasen? Glauben Sie, Sie wären damit fertig geworden?«

»Ich halte Ihren Freund für von Grund auf verdorben und gewalttätig.«

»*Er ist* gewalttätig? Eine von euch hat ihn wegen eines lumpigen Schweißtropfens krankenhausreif geschlagen.«

Durch die Terrassentür sah ich zwei dunkelhäutige Personen an einem Glastisch unter einem Baum sitzen. Der Mann war groß, leicht übergewichtig, hatte eine Zahnlücke zwischen den Schneidezähnen und einen Pferdeschwanz, der ihm zwischen den Schulterblättern über den Rücken hing. Die Frau trug Shorts und ein ärmelloses Oberteil und hatte kastanienbraunes Haar, das mich an Igelgras erinnerte. Sie gossen sich Orangensaft aus einem Glaskrug in zwei Gläser. Ein gelber Kerzenstummel war auf dem Tisch zerschmolzen.

»Als ich das letzte Mal hier gewesen bin, hat mich was gestört. Diese Fotos, die im *Life*-Magazin erschienen waren? Sie haben den Mord von drinnen … aus dem Abwasserrohr geschossen, und zwar genau in dem Moment, als die Kugel in den Nacken des Schwarzen gedrungen ist, oder?«

»Richtig.«

»Was hatten Sie in dem Rohr zu suchen? Woher haben Sie gewußt, daß der Bursche exakt an dieser Stelle rauskommen würde?«

»Wir hatten eine Verabredung mit ihm. Das ist das ganze Geheimnis.«

»Und woher haben die Cops gewußt, daß er genau dort sein würde?«

»Sagte ich doch schon. Er hatte eine High-School-Schülerin vergewaltigt. Damit war die ganze Meute hinter ihm her.«

»Irgendwie … kann ich den Zusammenhang nicht ganz erkennen«, sagte ich.

»Glauben Sie, wir haben das inszeniert? Wir waren *drinnen* im Rohr. Querschläger sind uns um die Ohren gepfiffen. Wo liegt da der Sinn? Im übrigen haben ich Gäste. Sonst noch was?«

»Gäste?«

»Billy Holtzners Tochter mit Freund.«

Ich warf erneut einen Blick durch die Terrassentür. Zwischen den Fingern der rechten Hand des Mannes blinkte Glas auf.

»Machen Sie uns bekannt.«

»Es ist Sonntag. Sie sind gerade erst aufgestanden.«

»Ja, das sieht man.«

»Hey, warten Sie ne Minute!«

Aber ich hatte bereits die Terrassentür geöffnet und trat ins Freie. Der Mann mit dem Pferdeschwanz, der aussah wie ein Malaysier oder Indonesier, legte die Hand um den zerflossenen Kerzenstumpf, pulte den Wachskranz ab und hielt ihn unter seinen Oberschenkel. Holtzners Tochter hatte Augen, die nicht zu ihrem rostbraunen Haar paßten. Sie waren von einem seifigen Blau, ausdruckslos, frei von jedem Zeichen von Wahrnehmung – wie die einer schläfrigen Katze, deren Blickfeld kleine Lebewesen kreuzen.

Ein flaches Reißverschlußetui aus Leder lag auf einem Metallstuhl zwischen ihr und ihrem Freund.

»Na, wie geht's denn immer?« sagte ich.

Ihr Lächeln war eher selbstgefällig als herzlich, die Gesichter einem chemischen Genuß hingegeben, der unter ihrer Haut brannte wie ein Flamme hinter Talg. Die Frau senkte ihr Handgelenk in den Schoß, und Sonnenlicht fiel wie ein Sprühregen aus goldenen Münzen auf die kleine rote Schwellung an der Innenseite ihres Unterarms.

»Der Polizeibeamte vom Set«, stellte der Mann fest.

»Ja, tatsächlich«, sagte die Frau und lehnte sich auf ihrem Stuhl ein wenig seitwärts, um an mir vorbeischauen zu können. »Haben Sie die blonde Lady auch mitgebracht? Die mit dem Totschläger? Hat die Birne von dem Typ ausgesehen! Mann, o Mann!«

»Gibt doch keine Schwierigkeiten, oder?« fragte der Mann. Die Lücke zwischen seinen Schneidezähnen war breit genug für ein Küchenstreichholz.

»Sind Sie Brite?« wollte ich wissen.

»Nur der Akzent. Ich reise mit französischem Paß«, antwortete er lächelnd. Er zog eine Sonnenbrille aus der Hemdtasche und setzte sie auf.

»Braucht heute jemand vielleicht medizinische Betreuung?«

»Nein, nicht heute. Glaube ich kaum«, sagte der Mann.

»Ganz sicher nicht? Kann euch alle zum Iberia General Hospital schaffen. Kein Problem.«

»Nett von Ihnen, aber wir kommen zurecht«, bemerkte der Mann.

»Wovon redet der überhaupt?«

»Pure Hilfsbereitschaft, schätze ich. Eine Art Willkommensgruß.«

»Hospital?« Sie rieb sich den Rücken an der Stuhllehne. »Hat Ihnen schon mal jemand gesagt, daß Sie wie Johnny Wadd aussehen?«

»Nicht direkt.«

»Ist an Aids gestorben ... und als Künstler sehr unterschätzt worden. Weil er Pornos gemacht hat, wenn man so will.« Dann entgleisten ihre Züge, so als stelle sie plötzlich ihre eigene Bemerkung in Frage.

»Dave, kann ich Sie mal sprechen?« sagte Cisco leise hinter mir.

Ich ließ Billy Holtzners Tochter und den Mann mit dem Pferdeschwanz allein, ohne mich zu verabschieden. Was die beiden allerdings kaum wahrnahmen. Sie steckten die Köpfe zusammen und lachten über einen Witz, den nur sie verstanden.

Cisco begleitete mich durch den Schatten unter den Bäumen zu meinem Pickup. Er hatte über seine Sportshorts ein Golfhemd gestreift und zog den Stoff ständig von seiner feuchten Haut.

»Ich habe gelegentlich keinen Einfluß auf das, was die Leute in meiner Umgebung machen«, bemerkte er.

»Dann halten Sie sie sich vom Leib ... zumindest in Ihren eigenen vier Wänden, Cisco.«

»Ich arbeite in einem Piranhabecken. Sie finden Billy Holtz-

ner widerlich? Er dreht Nasen um. Ich kann Sie Typen vorstellen, die Köpfe rollen lassen.«

»Ich hatte gegen Ihre Freunde nichts in der Hand. Trotzdem
sollten sie sich nicht in Sicherheit wiegen.«

»Wie viele Cops mit Dreck am Stecken haben Sie schon gedeckt? Wie oft haben Sie zugesehen, wenn ein bereits Halbto-
ter fertiggemacht worden ist?«

»Auf bald, Cisco.«

»Was wollen Sie mir damit sagen, Dave? Daß ich gerade Besuch vom heiligen Franz von Assisi gehabt habe, ja? Mal ganz
im Vertrauen?«

Ich ging zu meinem Pickup und sah mich nicht um. Die Frau
hinter dem Haus begann zu kreischen.

Als ich am Montag morgen zum Köderladen hinunterging, um
ihn zu öffnen, wartete dort Cool Breeze Broussard an einem
Kabeltisch auf mich. Der Cinzanzo-Sonnenschirm über seinem
Kopf schlug im Wind. Die Morgensonne schimmerte dunkelrot
durch die Sumpfzypressenstämme.

»Wird wieder eine Gluthitze heute«, sagte er.

»Was gibt's, Breeze?«

»Ich muß mit Ihnen reden … Nein, hier draußen. Ich rede
lieber im Freien … Wieviel von dem, was ich Ihnen sage, dringt
auch an anderer Leute Ohren?«

»Kommt drauf an.«

»Ich bin am Samstag in New Orleans gewesen. Ein Typ aus
der Magazine Road … Jimmy Fig, Tommy Figorellis Bruder …
Sie wissen schon, der Kerl, den die Giacanos in Stücke gesägt
und an einem Deckenventilator aufgehängt hatten? Dachte,
Jimmy sei nicht gut auf die Giacanos zu sprechen wegen seines
Bruders. Außerdem sind Jimmy und ich zusammen in einem
Block in Angola gewesen. Also dacht ich, er sei der richtige

Mann, um mir eine Wumme zu besorgen, die nicht heiß ist«, sagte Cool Breeze.

»Sie wollen eine unregistrierte Waffe kaufen?« fragte ich.

»Lassen Sie mich ausreden, ja? ... Also, er sagt: ›Willie, in deinem Geschäft brauchst du so was nich.‹

Ich sage: ›Is nicht fürs Geschäft. Hab Zoff mit Typen vor Ort. Vielleicht hast du davon gehört. Aber im Moment hab ich keine Kohle. Du müßtest mir das Ding also vorschießen.‹

Er sagt: ›Wird's dir heiß unterm Hintern, Breeze?‹ Und dabei grinst er allwissend.

Ich sag: ›Ja. Mir heizen dieselben Arschlöcher ein, die schon die Aufschnitteile von deinem Bruder in seiner eigenen Metzgerei tiefgekühlt haben. Wie ich gehört hab, sollen die Eierlikör gesoffen haben, während er über ihren Köpfen Karussell gefahren ist.‹

Da sagt er: ›Mein Bruder hatte Probleme mit Weibern, die haben ihn reingeritten. Aber wegen der Spaghettis solltest du dir keine Sorgen machen. Kursiert das Gerücht, daß ein paar Bleichgesichter den Auftrag haben, ein schwarzes Plappermaul in New Iberia kaltzumachen. Wußte bisher nur nicht, wer gemeint war.‹

Ich sage: ›Plappermaul?‹

Er sagt: ›Du hast die Giacanos ausgenommen wie ne Weihnachtsgans und ihnen ihre eigenen Videorecorder noch mal verkauft, oder? Dann hast du sie verpfiffen. Und jetzt kommst du nach New Orleans und glaubst, daß dir jemand eine Wumme auf Kredit verkauft? Breeze, ich bin kein Rassist, aber ihr Nigger solltet beim Dealen und der Zuhälterei bleiben.‹«

»Wer sind diese Bleichgesichter?« fragte ich.

»Als ich Ihnen die Story über mich und Ida erzählt habe ... wie sie diese Kette um ihren Hals gewickelt und sich ertränkt hat, da hab ich was ausgelassen.«

105

»Aha?«

»Ein Jahr nach Idas Tod habe ich in der Dosenfabrik der Terrebonnes gearbeitet, Süßkartoffeln eingedost. Harpo Delahoussey war dort der Sicherheitsschef für Mr. Terrebonne. Gegen Ende der Saison hat die Dosenfabrik dichtgemacht, genau
wie jeden Winter, und alle wurden entlassen. Also sind wir
zum Arbeitsamt und ham Anträge auf Stempelgeld gestellt.
Hätte eigentlich kein Problem sein dürfen.

Nach drei Wochen kriegten wir die Nachricht vom Staat,
daß wir keinen Anspruch auf Stempelgeld haben, ›weil wir Do-
senfabrikarbeiter‹ sind und ›weil die Dosenfabrik dicht ist‹ und
wir uns deshalb nicht zur Verfügung halten müssen.

Ich bin zu Mr. Terrebonne gegangen, aber an Harpo Delahoussey war kein Vorbeikommen. Er saß da an seinem fetten
Schreibtisch und hat sich ein Bratensandwich reingezogen. Er
sagt: ›Ist dir doch erklärt worden, Willie. Du willst hier sicher
nicht bis zur nächsten Saison rumhängen, oder? Geh nach New
Orleans, such dir n Job, und versuch ne Weile sauber zu bleiben. Aber komm ja nicht wieder her und geh Mr. Terrebonne
auf den Keks. Ist doch verdammt gut zu euch gewesen.‹

Aber eine Woche später hat's in der Dosenfabrik gebrannt.
Man konnte die verbrannten Süßkartoffeln bis nach Morgan
City riechen. Harpo Delahoussey ist aus einem Fenster im
zweiten Stock gesprungen, mit brennenden Klamotten. Wäre
abgekratzt, wenn er nicht in einer Pfütze gelandet wär.«

»Hast du sie angezündet?«

»Harpo Delahoussey hatte einen Neffen, der genauso heißt.
Er war Verkehrspolizist in Franklin. Jeder hat ihn den ›Kleinen
Harpo‹ genannt.«

»Glaubst du, er ist einer von den Bleichgesichtern?«

»Warum sollt ich Sie sonst damit vollabern? Ich lauf nich
mehr weg.«

»Sie drehen sich mit Ihren Gedanken im Kreis, Breeze. Die Giacanos benutzen Vollstrecker aus Miami oder Houston.«

»Jimmy Fig hat mir gesagt, ich sei ein blöder Nigger und sollt mich an Zuhälterei und ans Dealen halten. Und Sie sagen mir jetzt quasi dasselbe. Scheiße, daß ich überhaupt hergekommen bin.«

Er stand auf und ging übers Dock zu seinem Pickup. Dabei kam er an zwei weißen Anglern vorbei. Die beiden hielten Ruten und Geräteboxen fest an sich gedrückt. Sie machten ihm Platz und sahen dann über die Schulter zu ihm zurück.

»Der Junge sieht aus, als hätte ihn seine Alte gerade aus dem Bett geworfen«, sagte einer der beiden grinsend zu mir.

»Wir haben noch geschlossen«, entgegnete ich, ging in den Köderladen und hakte die Fliegengittertür hinter mir zu.

8

Liest man den Umschlagtext zu einem Menschen wie Swede Boxleiter, steckt man ihn automatisch in die Schublade »Genetische Fehlentwicklung, nicht therapierbar« und fertig.

Dann sagt oder tut derjenige etwas, das nicht ins Raster paßt, und man verläßt sein Büro mit einem Brett vor dem Kopf.

Am frühen Montag morgen rief ich Cisco Flynns Privatnummer an. Der Anrufbeantworter lief. Eine Stunde später kam sein Rückruf.

»Wieso brauchen Sie Swedes Adresse? Lassen Sie ihn in Ruhe«, sagte er.

»Er erpreßt Sie, stimmt's?«

»Ah, jetzt geht mir ein Licht auf! Sie waren Preisboxer. Zu viele Schläge auf den Hinterkopf, was Dave?«

»Ich kann genausogut mit Helen Soileau noch mal auf dem Set aufkreuzen und dort mit ihm plaudern.«

Boxleiter wohnte in einem Wohnkomplex, bestehend aus drei Häusern am Stadtrand von St. Martinville. Als ich in die Auffahrt einbog, warf er gerade einen Golfball auf die Betontreppe an der Seite des Gebäudes und ließ ihn über zwei Stufen springen, bevor er ihn mit der Schnelligkeit einer Schlange wieder auffing, *klick-klick, klick-klick, klick-klick*. Er trug blaue Badeshorts und ein dünnes schwarzes Hemd, aus einem gazeartigen Material, weiße hohe Sportschuhe, Handschuhe mit abgeschnittenen Fingern und eine weiße Schildmütze, die den ausrasierten Nacken und seinen zusammengeflickten Schädel wie eine umgedrehte Bratpfanne bedeckte. Er warf mir kurz über die Schulter einen Blick zu, dann widmete er sich erneut dem Ballspiel.

»Der Obermacker persönlich«, sagte er. Der Hinterhof war kahl und vegetationslos, lag im tiefen Schatten, und hinter den Bäumen schimmerte der Bayou in der Sonne.

»Dachte eigentlich, Sie würden von sich hören lassen«, sagte ich.

»Wieso denn das?«

»Zivilklage, Anzeige wegen Körperverletzung, so was in der Richtung.«

»Denken ist Glücksache.«

»Machen Sie mal nen Augenblick Pause mit dem Bällchen, ja?«

Seine Augen lächelten ins Leere, dann warf er den Ball in den Hof und wartete ab. Mit seiner konturlosen Backenpartie und dem kleinen Mund erinnerte er an einen kuriosen Fisch.

»Bin einfach nicht drauf gekommen, womit Sie Cisco in der Hand haben könnten«, sagte ich. »Aber es ist das Foto, mit dem Megans Karriere begonnen hat, das mit dem Schwarzen, den sie vor dem Überlaufrohr zusammengeschossen haben, stimmt's? Sie haben den Cops gesteckt, wo er rauskommen würde. Megans großer Durchbruch basiert auf einem Deal, der diesen Kerl das Leben gekostet hat.«

Er bohrte mit dem kleinen Finger in seinem Ohr, die Augen wie blankes Glas, bar jeden Ausdrucks.

»Cisco ist mein Freund. Ich würd ihm nie und nimmer was antun. Wer ihm was Böses will, den schneide ich in Streifen.«

»Ach wirklich?«

»Spielen wir ne Runde Handball?«

»Handball?«

»Ja, gegen die Garage.«

»Nein, ich …«

»Sagen Sie der Schwester, daß ich's ihr nicht übelnehm. Hat mir nur nicht gefallen, daß sie mich vor all den Leuten hochnehmen wollte.«

»Der Schwester? Sie sind ein ungewöhnlicher Mann, Swede.«

»Hab einiges über Sie gehört. Sie waren in Vietnam. Gegen das, was Sie auf dem Kerbholz haben dürften, nimmt sich mein Vorstrafenregister vermutlich geradezu läppisch aus.«

Dann, so als sei ich Luft, machte er plötzlich einen Handstand und lief auf den Händen durch den beschatteten Hinterhof, die Sohlen seiner Turnschuhe waagrecht ausgestreckt wie die Schulterpartie eines Kopflosen.

Clete Purcel saß im Bug des Außenborders und saugte den Schaum aus einer langhalsigen Bierflasche. Er schleuderte seine Rapala-Rute zwischen zwei Weiden und zog sie wieder zurück, wobei die Seitenteile des Köders knapp unter der Oberfläche schimmerten. Die Sonne stand tief am westlichen

Horizont, und die Segeltuchplane über uns glühte feuerrot, das Wasser war spiegelglatt, und die Moskitos ballten sich in Wolken über den Algeninseln vor den im Wasser stehenden Sumpfzypressenstämmen.

Eine Brasse tauchte aus dem Schlick auf, mit breitem Rücken, die schwarzgrüne Rückenflosse schillernd, als sie das Wasser zerteilte, und ließ die Rapala in die Luft schnellen, ohne nach dem Drilling zu schnappen. Clete legte seine Rute im Bug ab, klatschte sich die flache Hand in den Nacken und starrte auf den blutigen Striemen in seiner Handfläche.

»Dieser Cool Breeze will dir also weismachen, zwei weiße Prolos hätten's auf ihn abgesehen? Und einer davon soll der Typ sein, der die zwei Brüder im Atchafalaya-Sumpf liquidiert hat?« sagte er.

»So ist es.«

»Aber du kaufst ihm das nicht ab, oder?«

»Seit wann engagieren die Giacanos alternde Hinterwäldler als Vollstrecker?«

»Wer weiß? Dieser Latino bei Igor's hat mir was vorgejammert, daß der Giacano-Clan langsam auseinanderfliegt, daß sie ihre Selbstachtung verloren hätten und jetzt billige Geschäfte mit Pornoschuppen und Dope in den Projects laufen haben. Ich hab zu ihm gesagt: ›Ja, ist eine Schande. Die Welt geht in die Binsen.‹ Und er antwortet: ›Wem sagen Sie das, Purcel? Ist mittlerweile so schlimm, daß wir uns bei ernsten Problemen auswärts um Hilfe umsehen müssen.‹

Ich sage: ›Auswärts um Hilfe umsehen?‹

Er sagt: ›Na, Nigger aus dem Desire, verlauste Vietnamesen, weiße Prolos, die bei Tisch Kautabak in Styroportassen speien.‹

Ist die Dixie-Mafia, Dave. Drüben am Ufer des Mississippi gibt's ein ganzes Nest davon.«

Ich zog das Paddel durchs Wasser und ließ das Boot in eine Bucht gleiten, auf der ein Fleckenteppich aus Licht und Schatten tanzte. Ich warf den gelb gefiederten Fliegenköder mit den roten Augen bis zum Rand der Wasserhyazinthenfelder aus. Ein einzelner Blaureiher erhob sich mit ausgebreiteten Schwingen aus dem Riedgras und schwebte durch eine Lücke zwischen den Bäumen davon, nachdem er die Wasseroberfläche leicht mit den Beinen gestreift hatte.

»Aber wie ich dich kenne, hast du mich kaum hier rausgelockt, um über Ganovengeschwätz zu plaudern, oder?« fragte Clete.

Ich beobachtete, wie eine Mottenlarve aus dem Wasser tauchte, sich um einen tiefhängenden Ast einer im Wasser stehenden Weide wand und dann im Blattwerk verschwand.

»Tja, ich weiß nicht, wie ich's sagen soll«, meinte ich.

»Dann will ich dir mal auf die Sprünge helfen. Also: Ich mag sie. Vielleicht ist da was zwischen uns. Was dagegen?«

»Wenn sich ein Kerl auf so was einläßt, läßt gelegentlich sein Denkvermögen nach«, sagte ich.

»Was heißt hier ›auf so was einläßt‹? Du meinst bettmäßig? Willst du wissen, ob ich mit Megan schlafe?«

»Du bist mein Freund. Du hast mich die Feuertreppe runtergeschleppt, als dieser Grünschnabel mit einer 22er das Feuer auf uns eröffnet hat. Bei der Familie Flynn ist was faul.«

Clete hatte das Gesicht in den Schatten gedreht. Sein Nacken hatte die Farbe von Quecksilber.

»An meinen besten Tagen tret ich im Auftrag von Nig Rosewater irgendeinem armen Bastard die Türen ein. Vergangenes Wochenende hat mich ein Latino anzuheuern versucht, um die Zinsen für seine blutsaugerischen Kredite einzutreiben. Megan sagt, sie wolle mich als Sicherheitschef an eine Filmgesellschaft vermitteln. Findest du das so mies?«

Ich starrte auf die Wasseroberfläche und die eingeschlossenen Luftblasen, die in einer Kette aus dem Schlick aufstiegen. Ich hörte, wie Clete sein Gewicht auf dem Plastikkissen verlagerte.

»Spuck's schon aus, Dave. Du meinst, jede Tussi außerhalb eines Bumsschuppens muß einen Sprung in der Schüssel haben, wenn sie sich mit einem Fatso wie mir einläßt. Ich bin da nicht empfindlich. Aber laß Megan aus dem Spiel.«

Ich nahm meine Fliegenrute auseinander und legte die Teile ins Boot. Als ich den Außenbordmotor hochkippte und den Anlasser betätigte, jaulte der trockene Propeller wie eine Kettensäge durch die Dämmerung über dem Sumpf. Ich sagte kein Wort mehr, bis wir den Bootsanleger erreichten. Die Luft flirrte, als habe sie sich auf einem Blechdach aufgeheizt, die Strömung im Bayou war gelb und träge, und am lavendelfarbenen Himmel wimmelte es von Vögeln.

Oben auf dem Dock zog Clete sein Hemd aus und hielt den Kopf unter einen Wasserhahn. Trockene, grellrote Haut spannte sich über seine Schultern.

»Komm mit hoch zum Abendessen«, forderte ich ihn auf.

»Schätze, ich fahre heute abend lieber noch nach New Orleans zurück.« Er nahm seine Brieftasche aus der Gesäßtasche, holte eine Fünfdollarnote heraus und schob sie in eine Ritze im Geländer am Anleger. »Ist für Bier und Benzin«, sagte er und ging mit seiner Spinnrute und der großen Angelkiste zu seinem Wagen; die Rettungsringe um seine Taille glühten sonnenverbrannt.

In der folgenden Nacht fuhren unter einem Vollmond zwei Männer mit Hüten einen Pickup-Truck über einen Damm im Bezirk Vermilion. Zu beiden Seiten des Damms wogte Riedgras wie ein breiter grüner Fluß dem Golf entgegen. Die beiden Männer stoppten mit dem Truck auf dem Damm und gingen einen Holzbohlenweg entlang, durch den Sand und Wasser unter ihrem Gewicht nach oben quoll. Sie kamen an einem Flachkahn vorbei, der am Steg festgemacht war, und betraten dann Land, das unter ihren Westernstiefeln schmatzend nachgab wie ein Schwamm. Vor ihnen, an der Fischerhütte, durchquerte jemand den Lichtkreis einer Coleman-Laterne und warf einen Schattenriß gegen ein Fenster. Mout' Broussards Hund hob in der Hütte den Kopf, trabte an seinem Strick ins Freie und hob die Schnauze in den Wind.

9

Mout' stand im Türrahmen der Hütte und sah die beiden weißen Männer an. Beide waren groß gewachsen und trugen Hüte, deren breite Krempen ihre Gesichter fast vollständig verbargen. Der Hund, ein braun-schwarzer Mischling mit vernarbten Ohren, knurrte und fletschte die Zähne.

»Halt's Maul, Rafe!« sagte Mout'.

»Wo ist Willie Broussard hin?« fragte einer der Männer. Die Haut unter seinem Kinn war faltig und rosafarben, und er hatte einen grauen Backenbart.

»Is über den Damm hoch zum Laden. Muß gleich wieder da sein. Wollte mit Freunden Bouree spielen. Was wollt ihr Gentlemen denn?« fragte Mout'.

»Dein Pickup steht doch da hinten. Womit isser denn unterwegs?« wollte der zweite Mann wissen. Er trug einen durchsichtigen Plastikregenmantel und hielt in der rechten Hand einen Gegenstand hinter dem Schenkel verborgen.

»Ein Freund hat ihn mitgenommen.«

»Wir wollten droben im Laden auf eine Limo haltmachen. Aber der war dicht. Wo ist dein Außenborder, Alter?« fragte der Mann mit dem Backenbart.

»Hab keinen Außenborder. Hab ich nich.«

»Da hinten steht doch ein Benzintank. Und da is ne freie Stelle im Schilf, wo normalerweise n Boot liegt. Is dein Sohn fischen oder was?«

»Was wollt ihr denn von ihm? Er hat nix getan.«

»Hast doch nichts dagegen, wenn wir reinkommen, oder?« sagte der im Regenmantel. Als er einen Schritt vorwärts machte, sprang der Hund ihm ans Fußgelenk. Der Mann versetzte ihm mit dem Stiefel einen Tritt, traf ihn an der Schnauze und riß dann die Fliegengittertür mitsamt dem Riegel aus den Angeln.

»Rüber in die Ecke mit dir, und komm uns ja nich in die Quere«, befahl der mit dem Backenbart.

Der im Regenmantel hob die Coleman-Laterne am Henkel aus der Halterung und verschwand damit hinterm Haus. Als er zurückkam, schüttelte er den Kopf.

Der Backenbärtige biß eine Ecke aus einem Stück Kautabak und schob es in die Backe. Dann griff er sich eine leere Kaffeebüchse aus dem Mülleimer und spuckte hinein.

»Hab ich's dir nicht gesagt? Wir hätten in der Früh kommen sollen. Du weckst sie auf und erledigst dein Geschäft«, erklärte der im Regenmantel.

»Mach die Laterne aus und fahr den Pickup weg.«

»Zieh's durch. Ich rätsle ungern rum, wer wann durch eine Tür kommt.«

Der Mann mit dem Backenbart warf ihm einen bedeutungsvollen Blick zu.

»Ist deine Show«, sagte der im Regenmantel und ging aus der Tür.

Der Wind blies durch die Fliegengittertür ins Zimmer. Draußen glitzerte das Mondlicht wie Silber auf Wasser und Riedgras.

»Leg dich auf den Boden, wo ich dich sehen kann. Hier, nimm das Kissen«, befal der Bärtige.

»Tut meinem Jungen nichts.«

»Halt jetzt den Mund. Und schau mir nich ins Gesicht.«

»Was soll ich machen? Ihr wollt meinen Jungen umbringen.«

»Woher willst du das wissen? Vielleicht wolln wir uns nur mit ihm unterhalten … Schau mir nich in die Visage, sag ich!«

»Ich leg mich nicht auf den Boden. Sitz nich blöd rum, während ihr meinen Jungen abknallt. Wofür haltet ihr mich?«

»Für nen alten Mann … Bin auch nicht mehr der Jüngste. Du kannst was essen oder deinen Kopf auf den Tisch legen und ein Nickerchen machen. Aber misch dich nicht ein. Kapiert? Wenn du uns ins Handwerk pfuschst, vergessen wir, daß du ein alter Nigger bist, für den sich kein Schwein interessiert.«

Der Mann im Regenmantel kam durch die Tür zurück, eine abgesägte doppelläufige Schrotflinte in der rechten Hand.

»Mann, ich zerfließe. Der Wind ist heiß wie aus der Wüste«, sagte er, zog seinen Mantel aus und wischte sich mit dem Taschentuch übers Gesicht. »Was hat der Alte da gelabert?«

»Er glaubt, daß der Aktienmarkt den Bach runtergeht.«

»Frag ihn, ob's ne streunende Katze in der Nachbarschaft gibt.«

Der Mann mit dem Backenbart beugte sich vor und spie Tabaksaft in die Kaffeebüchse. Er wischte sich mit dem Daumen über die Lippen.

»Bring seinen Hund rein«, befahl er.

»Wozu?«

»Weil ein Hund, der vor der Tür jault und wimmert, andere auf die Idee bringen könnte, daß ihn jemand getreten hat.«

115

»Daran hab ich gar nicht gedacht. Die Leute ham recht, Harpo. Du bist ein Mann mit Grips.«

Der Mann mit dem Backenbart spie erneut in die Dose und sah seinen Begleiter bohrend an.

Der Kerl, der den Regenmantel angehabt hatte, schleifte den Hund an seinem Strick durch die Tür und versuchte ihn auf die Beine zu ziehen. Der Hund jedoch stemmte die Hinterläufe in den Boden und grub die Zähne in die Hand seines Peinigers.

»Scheiße noch mal!« Er schrie gellend auf und preßte beide Hände zwischen die Schenkel.

»Bring das verdammte Vieh zur Räson, Alter, oder ich knall euch beide ab«, drohte der Bärtige.

»Klar doch. Der macht keine Schwierigkeiten. Ich versprech's«, murmelte Mout'.

»Alles okay?« fragte der Bärtige seinen Kumpel.

Der antwortete nicht. Er öffnete eine Kühlkiste, fand eine Flasche Wein und kippte den Inhalt über die Wunde. Seine Hand war blutverschmiert, die Finger zitterten, als würde er frieren. Er band sein Taschentuch über die Bißstelle, zog den Knoten mit den Zähnen fest und setzte sich mit Blick auf die Tür auf einen Holzstuhl, die Schrotflinte über den Knien.

»Kann nur hoffen, die Sache klappt«, sagte er.

Mout' saß in der Ecke auf dem Boden, seinen Hund zwischen den Knien. Er hörte draußen Karpfen im Schilf platschen, das Dröhnen eines Bootsmotors in der Ferne, das Rollen des Donners über dem Golf. Er sehnte Regen herbei, ohne zu wissen, warum. Vielleicht, weil sich Cool Breeze bei Regen – oder vielmehr bei einem Gewitter mit Blitz und Donner und allem Drum und Dran – irgendwo unterstellen und nicht versuchen würde, noch in der Nacht nach Hause zu gelangen. Oder die beiden Weißen konnten bei einem richtig verheerenden Unwetter

Cool Breezes Außenborder nicht hören, würden gar nicht wahrnehmen, wie er die Krebsfallen aus dem Aluboot holte, den Eimer voller Welse heraushievte, die er gefangen hatte.

»Muß mal aufs Klo«, sagte er.

Keiner der beiden Männer beachtete ihn.

»Muß Wasser lassen«, beharrte er.

Der mit dem Backenbart stand auf und reckte sich.

»Komm, Alter«, sagte er und stieß Mout' zur Hintertür hinaus.

»Vielleicht sin Se n guter Mensch, hm? Vielleicht wolln Se's nur nich wahrhaben, daß Se n guter Mensch sin«, sagte Mout'.

»Geh und pinkel endlich.«

»Hab Weißen nie Schwierigkeiten gemacht. Kann dir jeder hier in New Iberia sagen. Und mein Junge ist nich anders. Hat hart gearbeitet an der Bowlingbahn. Hatte einen kleinen Laden. Hat versucht, sich aus den Schwierigkeiten rauszuhalten, aber man hat ihn nich gelassen.«

Dann fühlte Mout', wie ihm jede Vorsicht, die lebenslange Rücksichtnahme, Katzbuckelei und Verstellung, abhanden zu kommen begann. »Er hatte ne Frau, Ida hieß sie, das süßeste schwarze Mädel in Franklin, aber ein Weißer hat gesagt, sie muß für ihn kochen, einfach so, oder ihr Mann kommt in den Bau. Dann hat er sie mit in den Schuppen genommen, sie auf die Knie und zu allem gezwungen, was er wollte. Sie hat sich gewehrt und gebettelt, es nich wieder tun zu müssen, aber alle drei bis vier Nächte hat er sie nach draußen geholt, und sie hat sich eingeredet, es ginge bald vorüber, er würde ihrer überdrüssig werden und Cool Breeze und sie in Ruhe lassen, und als er wirklich mit ihr durch war und erreicht hatte, daß sie und mein Junge sich gehaßt haben, is n anderer Weißer gekommen, hat ihr Geschenke gemacht, sie in sein Bett genommen und ihr Sachen eingeredet, die sie Cool Breeze sagen sollte, damit er

117

wußte, daß er nichts weiter als ein Nigger ist und daß ein Weißer die Frau eines Niggers vernaschen kann, wann immer er Lust drauf hat.«

»Schüttel den letzten Tropfen endlich ab und mach deine Hosen zu«, sagte der Mann mit dem Backenbart.

»Ihr kriegt meinen Jungen nich. Er reißt euch den Arsch auf.«

»Halt lieber dein loses Maul, Alter.«

»Weißer Pöbel mit einer Knarre und einem großen Pickup. Hab euch mein ganzes Leben beobachtet. Ihr müßt Nigger rumschubsen, wenn ihr nich der letzte Dreck sein wollt.«

Der Mann mit dem Backenbart stieß Mout' zur Hütte zurück und stellte überrascht fest, wie breit und muskulös der Rücken des Alten war.

»Möglich, daß ich dich unterschätzt hab. Un das is keine gute Nachricht für dich.«

Mout' wachte kurz vor dem ersten Morgengrauen auf. Der Hund lag in seinem Schoß, das Fell steif vom getrockneten Schlamm. Die beiden weißen Männer saßen auf Stühlen in Blickrichtung der Eingangstür, die Schultern leicht vornübergesunken, das Kinn auf der Brust. Der Mann mit dem Gewehr riß plötzlich die Augen auf, als sei er aus einem Traum aufgeschreckt.

»Wach auf!« sagte er.

»Was is los?«

»Nichts. Das ist es ja. Ich will hier nicht am hellichten Tag durch die Gegend fahren.«

Der Bärtige rieb sich den Schlaf aus den Augen.

»Fahr den Pickup vor die Tür«, sagte er.

Der Mann mit dem Gewehr wandte den Blick fragend in Mout's Richtung.

»Ich denk darüber nach«, sagte der Bärtige.

»Ist verdammt riskant, Harpo.«

»Jedesmal, wenn ich was sage, mußt du das letzte Wort haben.«

Der Mann mit der Schrotflinte band das Taschentuch wieder fester um die Wunde an seiner Hand. Er stand von seinem Stuhl auf und warf das Gewehr seinem Freund zu. »Du kannst meinen Regenmantel nehmen, wenn du die Sache erledigst«, sagte er und ging in den dämmernden Morgen hinaus.

Mout' wartete schweigend.

»Was, meinst du, sollen wir mit dir machen?« fragte der Bärtige.

»Egal, was hier passiert: Eines Tages holt euch alle der Teufel, schafft euch in die Hölle, wo ihr hingehört.«

»Red keinen Scheiß.«

»Mein Junge is besser als ihr alle zusammen. Er hat euch ausgetrickst. Er weiß, daß ihr hier seid. Is jetzt da draußen. Cool Breeze kriegt euch, Mr. White Trash.«

»Steh auf, du alter Furz.«

Mout' rappelte sich langsam hoch. Er fühlte, wie seine Schenkel zitterten, wie die Blase ihn im Stich ließ. Draußen war die Sonne über einer Wolkenbank aufgegangen, die aussah wie die Augenbraue eines wütenden Mannes.

Der Backenbärtige stützte die Schrotflinte in die Hüfte und feuerte eine Salve auf Mout's Hund ab. Die Schrotladung blies das Tier in eine Ecke, wo es als ein Haufen zerborstener Knochen und zerfetzter Haut liegenblieb.

»Schaff dir ne Katze an. Sind schlauere Tiere«, erklärte er und ging aus der Tür und über den Weg zum Damm, wo sein Freund auf dem Kotflügel ihres Pickup hockte und eine Zigarette rauchte.

10

»Cool Breeze is das Benzin ausgegangen. Deshalb isser nich nach Hause gekommen«, sagte Mout'.

Es war Mittwoch nachmittag. Helen und ich saßen mit Mout' in seinem kleinen Wohnzimmer und hörten uns seine Geschichte an.

»Was haben die Deputys aus Vermilion dazu gesagt?« wollte Helen wissen.

»Der Mann hat was auf seinen Notizblock gekritzelt. Hat gemeint, es sei schade um meinen Hund. Hat gesagt, ich könnte mir im Tierheim nen neuen holen. Da frag ich ihn: ›Was is mit den beiden Männern?‹ Er sagt, es mache keinen Sinn, daß sie in meine Fischerhütte gekommen sin, um einen Hund abzuknallen. Daraufhin sag ich: ›Klar macht's keinen Sinn, wenn Se den Rest nicht hören wollen.‹«

»Wo ist Cool Breeze, Mout'?«

»Weg.«

»Wohin?«

»Geld leihen.«

»Kommen Sie schon, Mout'«, drängte ich.

»Eine Waffe kaufen. Cool Breeze is voller Haß, Mr. Dave. Cool Breeze zeigt's nich, aber er vergibt nich. Was mir angst macht, is, daß er vor allem sich selbst nich vergeben kann.«

Wieder zurück in meinem Büro rief ich Special Agent Adrien Glazier beim FBI in New Orleans an.

»Zwei weiße Männer, einer mit Vornamen Harpo, haben versucht, Willie Broussard in einer Fischerhütte im Bezirk Vermilion aufzulauern«, sagte ich.

»Wann war das?«

»Vergangene Nacht.«

»Ist dabei ein Bundesgesetz übertreten worden?«

»Nicht daß ich wüßte. Aber man könnte vielleicht den Straftatbestand der Überquerung einer Staatsgrenze zum Zweck der Verübung eines Schwerverbrechens konstruieren.«

»Haben Sie dafür Beweise?«

»Nein.«

»Warum rufen Sie mich dann an, Mr. Robicheaux?«

»Sein Leben ist in Gefahr.«

»Wir sehen das Risiko durchaus, das er als Zeuge für den Staatsanwalt auf sich genommen hat. Aber im Moment bin ich beschäftigt. Ich rufe Sie zurück«, entgegnete sie.

»Sie sind beschäftigt?«

Sie hatte bereits aufgelegt.

Ein Deputy in Uniform schnappte Cool Breeze vor einem Pfandleiher im Südteil von New Iberia und schleppte ihn in mein Büro.

»Was sollen die Handschellen?« fragte ich.

»Fragen Sie ihn mal, wie er mich genannt hat, als ich ihn aufgefordert hab, in den Streifenwagen zu steigen«, antwortete der Deputy.

»Nehmen Sie ihm die Dinger ab, bitte.«

»Oh, natürlich. Jederzeit zu Diensten. Sonst noch Wünsche?« sagte der Deputy und steckte den Schlüssel ins Schloß der Handschellen.

»Danke, daß Sie ihn zu mir gebracht haben.«

»Klar doch. Gern geschehen. War schon immer mein Wunsch, Nigger rumzukutschieren.« Damit ging er aus der Tür, keine Regung im Gesicht.

»Wer, glauben Sie, ist auf Ihrer Seite, Breeze?« fragte ich.

»Ich.«

»Verstehe. Ihr Vater sagt, Sie sind auf Rache aus. Wie wollen Sie das anstellen? Wissen Sie, wer diese Kerle sind, wo sie leben?«

Er saß jetzt auf dem Stuhl vor meinem Schreibtisch und sah mit seinen Hundeaugen aus dem Fenster.

»Haben Sie mich gehört?«

»Wissen Sie, warum der eine einen Regenmantel anhatte?« fragte er.

»Wollte sich wohl die Klamotten nicht schmutzig machen.«

»Eine Ahnung, warum sie meinen Vater am Leben gelassen haben?«

Ich antwortete nicht. Sein Blick war noch immer auf das Fenster fixiert. Seine Hände lagen wie schwarze Seesterne auf seinen Schenkeln.

»So lang Mout' lebt, bleibe ich vermutlich in seinem Haus«, sagte er. »Mout' is für die nich mehr als ein Stück Wasserrattenfleisch in einer Krebsfalle.«

»Sie haben meine Frage nicht beantwortet.«

»Die beiden Männer, die die weißen Jungs draußen im Sumpf erschossen haben? Die ham das im Bezirk St. Mary nich ohne Erlaubnis getan. Nich weiße Jungs, niemals. Und es hat sicher nix damit zu tun gehabt, daß sie ein schwarzes Mädchen in New Iberia vergewaltigt ham.«

»Was soll das heißen?«

»Die Chicos mußten wegen ner Sache ins Gras beißen, die sie genau dort in St. Mary verbockt haben.«

»Und Sie glauben, dieselben Kerle wollen Sie kaltmachen? Und Sie haben vor, sie zu finden, indem sie was im Bezirk St. Mary anzetteln? Klingt nach einem verdammt beschissenen Plan, Breeze.«

Er sah mir zum erstenmal in die Augen, und seine Wut war darin klar und deutlich zu erkennen. »Hab ich nich gesagt. Hab

122

Ihnen nur erzählt, wie's hier so läuft. Ein blindes Huhn findet auch ein Korn, wenn man's mit dem Schnabel draufstößt. Aber wenn du den Weißen sagst, daß Geld die Ursache für die ganze Scheiße is, dann klappen sie die Ohren zu. Sin Se jetzt mit mir fertig?«

Später am selben Nachmittag rief mich ein älterer Priester namens Father James Mulcahy von der St. Peter's Kirche in der Stadt an. Früher hatte er eine Gemeinde armer Schwarzer im Irish Channel betreut und kannte sogar Clete aus dessen Kindheit, war jedoch von der Diözese Orleans nach New Iberia versetzt worden, wo sich seine Tätigkeit darauf beschränkte, die Messe zu lesen und gelegentlich die Beichte abzunehmen.

»Habe eine Lady hier bei mir. Ich dachte, sie sei gekommen, um Vergebung zu erbitten. Jetzt bin ich mir nicht mal mehr sicher, ob sie überhaupt katholisch ist«, sagte er.

»Ich verstehe nicht ganz, Father.«

»Kommt mir reichlich konfus vor, die Lady. Ich glaube, sie braucht dringend Rat. Habe alles getan, was ich tun kann.«

»Soll ich mit ihr reden?«

»Wäre das beste. Kann sie nicht loswerden.«

»Wer ist sie?«

»Sie heißt Lila Terrebonne. Lebt angeblich in Jeanerette.«

Helen Soileau bestieg mit mir einen Streifenwagen, und wir fuhren zur St. Peter's Kirche. Die spätnachmittägliche Sonne schien durch die bunten Kirchenfenster und erfüllte das Kirchenschiff mit gebrochen goldenem und blauem Licht. Lila Terrebonne saß in einer Kirchenbank neben dem Beichtstuhl, unbeweglich, die Hände im Schoß, die Augen blicklos wie bei einer Blinden, ein überdimensionaler Christus am Kreuz neben ihr an der Wand.

In der Tür zur Sakristei legte Father Mulcahy die Hand auf

meinen Arm. Er war ein hagerer Mann, sein Knochengerüst unter der Haut zerbrechlich wie das eines Vogels.

»Diese Lady hat eine schmerzhafte Wunde, tief in ihrem Inneren. Ihr Problem ist kompliziert. Aber eines weiß ich … es frißt sie von innen her auf«, erklärte er.

»Sie ist Alkoholikerin, Father. Meinen Sie das?« fragte Helen.

»Fällt nicht unter das Beichtgeheimnis, was sie mir erzählt hat. Und trotzdem möchte ich lieber nicht mehr preisgeben«, erwiderte er.

Ich ging den Mittelgang entlang und setzte mich hinter Lila in die Kirchenbank.

»Hat je ein Kerl versucht, Sie aus einer Kirche abzuschleppen?« fragte ich.

Sie drehte sich um und starrte mich an, das Gesicht von einem Sonnenstrahl in zwei Hälften geteilt. Der Puder auf ihren Wangen glühte. Ihre milchig grünen Augen waren tellerrund aufgrund einer Erwartung, für die sie keinen ersichtlichen Grund zu haben schien.

»Habe gerade an Sie gedacht«, sagte sie.

»Darum möchte ich doch gebeten haben.«

»Wir müssen alle mal sterben, Dave.«

»Wie recht Sie haben. Aber doch nicht unbedingt heute. Machen wir eine kleine Spazierfahrt.«

»Komisch, daß ich ausgerechnet hier unter dem Kreuz gelandet bin. Kennen Sie den ›Gehängten‹ aus dem Tarot?«

»Selbstverständlich«, sagte ich.

»Ist die Karte des Todes.«

»Nein, das ist der heilige Sebastian, ein römischer Soldat, der für seinen Glauben den Märtyrertod gestorben ist. Er steht für Selbstaufopferung«, erklärte ich.

»Der Priester wollte mir keine Absolution erteilen. Ich bin

sicher, daß ich die katholische Taufe empfangen habe, bevor
sie mich protestantisch getauft haben. Meine Mutter war Ka-
tholikin«, sagte sie.

Helen stand am Ende von Lilas Kirchenbank, kaute Kaugummi, die Daumen in den Pistolengurt gehakt. Sie legte drei
Finger auf Lilas Schulter.

»Wie wär's, wenn Sie uns zum Abendessen einladen?«

Eine Stunde später überquerten wir die Gemeindegrenze nach
St. Mary. Die Luft flimmerte malvenfarben, die Wasserober-
fläche des Bayou war von springenden Brassen aufgewühlt, der
Wind war heiß und roch nach dem Asphaltbelag des Highways.
Lilas Vater stand im Säulenportikus, eine Zigarre in der Hand,
die Schulter gegen eine Backsteinsäule gelehnt.

Ich hielt den Streifenwagen an und wollte aussteigen.

»Bleib sitzen, Dave. Ich bringe Lila zur Tür«, sagte Helen.

»Nicht nötig. Geht mir jetzt schon viel besser. Hätte auf die
Tabletten nichts trinken dürfen. Da kriege ich immer meine
transzendentalen Anwandlungen.«

»Ihr Vater mag uns nicht, Lila. Wenn er uns was zu sagen
hat, dann sollten wir ihm jetzt Gelegenheit dazu geben«, erklärte Helen.

Aber ganz offensichtlich war Archer Terrebonne an diesem
Abend nicht in Stimmung, sich mit Helen Soileau auseinan-
derzusetzen. Er zog an seiner Zigarre, ging ins Haus und machte die schwere Tür lautstark hinter sich zu.

Der Säulenvorbau und der geziegelte Parkplatz lagen mittlerweile in tiefem Schatten, die goldenen und scharlachroten
Mittagsblumen hatten ihre Blüten weit geöffnet. Helen ging
zum Säulenportikus, den Arm um Lilas Schultern gelegt, und
wartete, bis Lila ins Haus gegangen war und die Tür geschlossen hatte. Helen starrte noch einen Moment auf die Tür, mit

125

Kaugummi mahlendem Kiefer, eine Hand flach unter dem Pistolengurt.

Dann öffnete sie die Tür zum Beifahrersitz und stieg ein.

»Tippe auf Schlaftabletten und Wodka«, bemerkte ich.

»Da könntest du den Nagel auf den Kopf getroffen haben. Großartige Kombi für einen Herzinfarkt«, erwiderte sie.

Ich wendete den Wagen vor dem Haus, fuhr zur Zufahrtsstraße und über die Brücke über den Bayou. Helen starrte noch immer durch die Heckscheibe zurück.

»Hätte ihrem alten Herrn zu gern mal ne Abreibung verpaßt. Mit dem Gummiknüppel. Ausgeschlagene Zähne und Knochenbrüche, das volle Programm«, seufzte sie. »Nicht gut, was, Bwana?«

»Ist genau der Typ, der einen auf solche Gedanken bringt. Mach dir deshalb keine Sorgen.«

»Hatte ihn als Kinderverderber auf dem Zettel. Hab mich geirrt. Die Frau ist vergewaltigt worden.«

11

Am darauffolgenden Morgen rief ich Clete Purcel in New Orleans an, verabschiedete mich für den Tag aus dem Büro und fuhr über den aufgeschütteten Highway, der die Kette von Buchten im Atchafalaya Basin miteinander verbindet, über die Mississippi-Brücke bei Baton Rouge, dann hinunter durch Weideland und den langen grünen Korridor zwischen unwegsamen Wäldern hindurch, die in Fächerpalmenhaine und überflutete Sumpfzypressen an der Nordseite des Lake Pontchartrain übergingen. Schließlich hatte ich die Ausfahrt zum French Quarter und damit das allgegenwärtige städtische Problem vor mir, einen Parkplatz in der Nähe des Iberville Welfare Projekt zu finden.

Ich ließ meinen Pickup an der Decatur Street stehen, zwei Blocks vom Café du Monde entfernt, und überquerte den Jackson Square bis in die schattige Pirates Alley, die zwischen dem von Flechten überwucherten Garten der Kathedrale und dem winzigen Buchladen verlief, der einst Heimstatt von William Faulkner gewesen war. Dann ging ich die St. Ann Street entlang, tauchte wieder in das Sonnenlicht ein, bis ich zu einem braunen, stuckverzierten Gebäude mit einem Toreingang und einem Innenhof kam, und ging zu der Wohnung mit schmiedeeisernem Balkon, der voller überhängender Bougainvillearanken war. Hier hatte Clete Purcel seine Privatdetektei und gelegentlich auch seine Privatwohnung.

»Du willst Jimmy Fig ausquetschen? Wie weit willst du gehen?« fragte er.

»Wir müssen ja nicht gleich Pingpong gegen das Mobilar mit ihm spielen, wenn du das meinst.«

Clete trug einen gebügelten Leinenanzug mit Krawatte, sein Haar war frisch geschnitten, seitlich gescheitelt und glatt gekämmt wie bei einem Internatsschüler.

»Jimmy Figorelli ist ein mieser kleiner Ganove. Warum vergeuden wir unsere Zeit mit diesem Haufen Scheiße?«

»War eine mühsame Woche.«

Er sah mich mit jenem ausdruckslosen Schweigen an, das stets Ungläubigkeit über das von mir Gesagte ausdrückte. Durch das gelbe Drahtglas seiner Türen sah ich Megan Flynn die Treppe in Bluejeans und T-Shirt herunterkommen. Sie trug einen Karton durch eine Seitentür zu einem Umzugswagen an der Straße.

»Sie hilft mir beim Umzug«, sagte Clete.

»Umzug? Wohin?«

»In ein kleines Haus zwischen New Iberia und Jeanerette. Ich werde Sicherheitschef der Filmproduktionsgesellschaft auf dem Set.«

»Hast du einen Knall? Dieser Regisseur, Produzent oder was auch immer, dieser Billy Holtzner ist der Dreck, den man aus Kloaken fischt.«

»Ich war Sicherheitschef von Sally Dio am Lake Tahoe. Schätze, da pack ich das auch noch.«

»Warte nur, bis du Holtzners Tochter mit Freund kennenlernst. Die beiden hängen an der Nadel … oder zumindest sie. Komm schon, Clete! Du warst der beste Cop, den ich je gekannt habe.«

Clete drehte an seinem Ring. Er war aus Gold und Silber und trug Weltkugel und Anker, die Wahrzeichen des U. S. Marine Corps.

»Stimmt, *war* ist der entscheidende Punkt. Muß mich umziehen und Megan helfen. Dann knöpfen wir uns Jimmy Fig vor. Trotzdem … das bringt nichts. Glaub mir.«

Nachdem er nach oben gegangen war, sah ich durchs rückwärtige Fenster auf den Innenhof hinaus, auf das Brunnenbecken, das einen Sprung und offenbar nie Wasser enthalten hatte, auf die wild wuchernden Bananenstauden, auf Cletes rostüberzogene Hanteln, mit denen er vorzugsweise dann fanatisch trainierte, wenn er nachmittags mit Alkohol abgefüllt war. Ich hörte gar nicht, wie Megan hinter mir die Seitentür zum Hofdurchgang öffnete.

»Womit hast du ihn so vergrätzt?« wollte sie wissen. Sie schwitzte, und ihr T-Shirt war feucht und klebte an ihren Brüsten. Sie stand vor der Klimaanlage und ließ sich die Haare im Nacken hochblasen.

»Finde, du setzt ihm reichlich große Rosinen in den Kopf«, sagte ich.

»Woher nimmst du die Frechheit, so mit mir zu reden?«

»Die Freunde deines Bruders sind Abschaum.«

»Trifft auf zwei Drittel der Menschheit zu. Werd endlich erwachsen.«

»Boxleiter und ich hatten ein Gespräch. Das Foto vom Tod des Schwarzen war ein abgekartetes Spiel.«

»Du redest einen Haufen Scheiße, Dave.«

Wir starrten uns in der künstlichen Kühle des Raumes an, feindselig, die Augen zu Schlitzen verengt. Ihre Pupillen hatten eine rötlich braune Tönung, so als lodere Feuer hinter getöntem Glas.

»Ich warte lieber draußen«, sagte ich.

»Weißt du, was Homoerotik ist? Kerle, die nicht richtig schwul sind, aber eine gewisse Sehnsucht in sich haben, der sie sich nie stellen?«

»Paß du lieber auf, daß du ihm nicht weh tust.«

»Ach wirklich?« murmelte sie und kam auf mich zu, die Hände wie ein Baseballtrainer in Drohgebärde gegen einen Schiedsrichter in die Gesäßtaschen gesteckt. An ihrem feuchtglänzenden Hals hatten sich Schmutzringe gebildet, und Schweißperlen standen auf ihrer Oberlippe. »Du kannst mich mal mit deinem Schwachsinn, Dave.« Dann schienen ihre Züge in dem herzförmigen Gesicht, das zärtlich und wutentbrannt gleichzeitig sein konnte, plötzlich zu entgleisen. »Ihm *weh tun*? Meinen Vater haben sie lebend an eine Holzwand genagelt. Und du hältst mir Vorträge darüber, daß ich anderen nicht weh tun soll? Müßte dir eigentlich verdammt peinlich sein, du selbstgefälliges Arschloch.«

Ich ging in den Sonnenschein hinaus. Schweiß rann mir aus dem Haaransatz, und der Luftzug eines vorbeifahrenden Müllwagens überzog mich mit einer Wolke aus Staub und dem Gestank verrottender Lebensmittel. Ich wischte mir die Stirn an meinem Ärmel ab und ekelte mich von meiner eigenen Ausdünstung.

Clete und ich verließen das Quarter in seinem Cabrio, überquerten die Canal Street und fuhren die Magazine Street hinauf. Das Cabrio hatte mit geöffnetem Dach am Straßenrand gestanden, und Sitze und Metallteile brannten sich wie ein heißes Bügeleisen in die Haut. Clete lenkte mit der linken Hand, eine Bierbüchse in einer braunen Papiertüte in der Rechten.

»Willst du's lieber lassen?« fragte ich.

»Nein. Du möchtest mit dem Typ sprechen, also sprechen wir mit ihm.«

»Soviel ich gehört habe, war Jimmy Fig gar kein so übler Junge, bevor er nach Khe Sanh gekommen ist.«

»Die Geschichte kenne ich. Morphiumabhängigkeit nach schwerer Verwundung. Solche Legenden sind Futter für die Straße. Ich erzähle dir eine andere Geschichte. Er hat bei einem Raubüberfall auf ein Juweliergeschäft in Memphis den Fluchtwagen gefahren. Wäre eigentlich ein leichter Fischzug gewesen, wenn seine Komplizen nicht beschlossen hätten, keine Zeugen zu hinterlassen. Die Konsequenz war, daß sie einen achtzigjährigen Juden liquidiert haben, der Bergen-Belsen überlebt hatte.«

»Ich möchte mich bei dir und Megan für das entschuldigen, was ich vorhin gesagt habe.«

»Ich habe hohen Blutdruck, bin chronisch fettleibig und habe mein eigenes Vorstrafenregister. Was bedeutet so ne Sache schon für einen Typen wie mich?«

Er schob seine Pilotensonnenbrille zurück, die seine Augen unsichtbar machte. Schweiß perlte unter seinem Porkpie-Hut hervor und glitzerte auf seinen angespannten Kinnmuskeln.

130

Jimmy Figorelli betrieb einen Sandwich-Laden und Taxistand an der Magazine kurz unterhalb vom Audubon Park. Er war ein großer, agiler und sehniger Mann mit glänzenden schwarzen Augen und schwarzem Haar, das seinen Körper fast flächendeckend überzog.

Er hackte in grüner Schürze Zwiebeln, ohne eine Sekunde innezuhalten, als wir durch die Vordertür traten und unter dem Ventilator stehenblieben, der an der Decke kreiselte.

»Ihr wollt wissen, wer Cool Breeze Broussard einen Killer auf den Hals gehetzt hat? Ihr kommt in mein Geschäft und stellt mir solche Fragen, als handle es sich um den Wetterbericht?« Er lachte in sich hinein, schabte die gehackten Zwiebeln vom Schneidebrett auf ein Stück Wachspapier und begann einen entbeinten Braten in Streifen zu schneiden.

»Der Bursche hat das nicht verdient, was sie jetzt mit ihm machen, Jimmy. Vielleicht kannst du behilflich sein, das wieder ins Lot zu bringen«, sagte ich.

»Die Kerle, an denen Sie interessiert sind, faxen mir nicht täglich ihren Terminplan durch«, erwiderte er.

Clete zupfte sich beständig das Hemd von den Schultern.

»Hab einen schaurigen Sonnenbrand, Jimmy. Ich will wieder zu meiner Klimaanlage und einem Wodka-Tonic zurück. Statt dessen muß ich mir diese ausgemachte Scheiße anhören, die einen weniger geduldigen Mann veranlassen könnte, dich da hinter deiner Theke vorzuziehen«, sagte Clete.

Jimmy Figorelli kratzte sich an einer Augenbraue, nahm seine Schürze ab, griff nach einem Besen und begann, grünes Sägemehl um einen alten Coca-Cola-Kühler herum aufzukehren, der vor Kälte schwitzte.

»Soviel ich gehört habe, ging der Auftrag an Typen, die Broussard sowieso schon auf dem Kieker hatten. Ist Nigger-Zoff, Purcel. Was soll ich sonst sagen? *Semper fi*«, schloß er.

»Waren Sie nicht bei der Ersten Panzerbrigade in Khe Sanh?« sagte ich.

»Ganz recht. War n Grünschabel, der sich ne Granate eingefangen hat. Soll ich euch sagen, was mir das eingebracht hat?«

»Sie haben mehr bezahlt als andere. Warum benehmen Sie sich nicht entsprechend?« fragte ich.

»Hab n Purple Heart gekriegt. Falls ich die Medaille je beim Ausmisten meiner Garage wiederfinden sollte, schick ich sie Ihnen«, antwortete er.

Ich hörte Cletes rasselnden Atem neben mir, fühlte beinahe die ölige Hitze, die er verströmte.

»Weißt du, was sie von der Ersten Panzerbrigade sagen, Jimmy? War kein Blumentopf mit denen zu gewinnen...«

»Ja, leck mich, du irisches Arschloch, und verschwinde aus meinem Laden.«

»Gehen wir«, forderte ich Clete auf.

Er starrte mich an, das Gesicht gerötet. Dann folgte er mir ins Freie, wo wir unter einer Eiche warteten und eines von Jimmy Figs Taxis beobachteten, das eine junge Schwarze mit roter Handtasche, ärmellosem Oberteil, Minirock und Netzstrümpfen mitnahm.

»Hat dir wohl nicht gefallen, was ich gesagt habe?« fragte Clete.

»Warum hast du seinen Haufen schlechtgemacht? Ist nicht dein Stil!«

»Hast ja recht. Ich mach's wieder gut.«

Er ging in den Laden zurück, die Hände zu schinkengroßen Fäusten geballt.

»Hey, Jimmy. Nichts für ungut wegen der Ersten Panzerbrigade. Kann nur die Art nicht ausstehen, wie du Zwiebeln hackst. Treibt mir die Tränen in die Augen«, sagte er.

Dann brachte er seine rechte Faust nach vorn und schlug Jimmy Figorelli mitten ins Gesicht.

Jimmy hielt sich an der Seitenwand der Coca-Cola-Box fest, eine heftig zitternde Hand vor dem Mund, die Augen vor Entsetzen weit aufgerissen, Blut und Zahnsplitter an den Fingern.

Drei Tage später begann es zu regnen,und es regnete das ganze Labor-Day-Wochenende hindurch bis in die folgende Woche hinein. Der Bayou vor der Anlegestelle stieg über den Schilfgürtel bis ins Röhricht, meine Mietboote liefen voll Wasser, und Mokassinschlangen krochen in unseren Garten. Samstag nacht klopfte bei strömendem Regen Father James Mulcahy an unsere Tür.

Er hielt einen Schirm in der Hand, hatte den weißen Priesterkragen umgelegt und trug einen regenfleckigen grauen Anzug und einen grauen Filzhut. Er trat ein und versuchte, mir nicht ins Gesicht zu atmen.

»Entschuldigen Sie meinen Überfall. Hätte vorher anrufen sollen«, sagte er.

»Nett, daß Sie mal vorbeischauen. Kann ich Ihnen was anbieten?«

Er tupfte sich den Mund und setzte sich in einen Polstersessel. Regenschlieren wehten auf die Veranda, und das Blechdach des Köderladens erzitterte im grellen Schein der Blitze, wann immer der Donner über den Sümpfen erklang.

»Möchten Sie eine Stärkung, Sir? Alkoholischer Art?« fragte ich.

»Nein, das wäre nicht gut. Kaffee ist besser. Ich muß Ihnen was erzählen, Mr. Robicheaux. Es beunruhigt mich sehr.«

Seine Handrücken waren voller Leberflecken und blauer Adern, und die Haut spannte sich pergamentartig über die Knochen. Bootsie brachte Kaffee, Zucker und heiße Milch auf einem Tablett aus der Küche. Als der Priester die Tasse an die Lippen führte, schien sein Blick durch den Dampf ins Leere gerichtet; dann sagte er: »Glauben Sie an das Böse, Mr. Robicheaux? Und ich meine jetzt nicht die kleinen Gemeinheiten, die wir in schwachen Augenblicken tun. Ich meine das Böse im ursprünglichsten, religiösen Sinn.«

»Ich bin nicht sicher, Father. Ich habe zuviel davon in den Menschen gesehen, um die Quelle außerhalb von uns selbst zu suchen.«

»Ich bin während des Vietnamkriegs Kaplan in Thailand gewesen. Ich habe einen jungen Soldaten gekannt, der an einem Massaker beteiligt gewesen war. Sie haben die Fotos vielleicht gesehen. Das, was sich mir am tiefsten eingeprägt hat, war das Gesicht eines kleinen Jungen, der sich voller Entsetzen an die Röcke seiner Großmutter geklammert hat, während sie um ihrer beider Leben bettelte. Ich habe viele Stunden mit diesem jungen Soldaten verbracht, aber ich konnte ihm das Böse nicht austreiben, das sich in seinen Träumen eingenistet hatte.«

»Ich verstehe nicht, wie …«, sagte ich.

Er hob die Hand. »Hören Sie mir zu«, erwiderte er. »Da war noch ein anderer. Ein Zivilist und Geschäftemacher, der auf dem Luftwaffenstützpunkt lebte. Seine Firma stellte Brandbomben her. Ich habe ihm die Geschichte des jungen Soldaten erzählt, der in einem Graben ganze Familien mit dem MG ausgelöscht hatte. Der Geschäftemacher erwiderte meine Geschichte mit der Beschreibung einer Angriffswaffe, an der seine Firma das Patent besaß. Sie konnte innerhalb von dreißig Sekunden die Fläche eines gesamten Fußballfeldes in Stücke reißen. In diesen Augenblicken schienen sich in den Augen dieses Mannes Abgründe aufzutun.«

Bootsies Miene blieb unbewegt, aber ich fühlte, wie ihr Blick auf mir ruhte, bevor er weiter zum Priester wanderte.

»Bitte leisten Sie uns beim Abendessen Gesellschaft«, lud sie ihn ein.

»Oh, ich habe mich schon lange genug aufgedrängt. Und dabei bin ich noch gar nicht auf den Punkt gekommen. Gestern nacht, während eines Gewitters, hat ein Pickup vor dem Pfarrhaus angehalten. Ich dachte, eines meiner Schäfchen sei gekommen. Als ich die Tür aufgemacht habe, stand dort ein Mann mit Schlapphut und Regenmantel auf der Schwelle. Nie zuvor habe ich die Gegenwart des Bösen so stark empfunden. Ich war überzeugt, daß er mich umbringen würde. Und ich glaube, das hätte er auch getan, wären nicht plötzlich die Haushälterin und Father Lemoyne hinter mir aufgetaucht.

Da hat er mit dem Finger auf mich gezeigt und gesagt: ›Brechen Sie ja nicht das Beichtgeheimnis!‹ Damit stieg er wieder in seinen Wagen und fuhr davon, ohne die Scheinwerfer einzuschalten.«

»Sie meinen also, er wollte verhindern, daß Sie ein Geständnis weitergeben?« fragte ich.

»Er hat eindeutig auf die junge Terrebonne angespielt. Da bin ich sicher. Aber was sie mir anvertraut hat, geschah nicht während der heiligen Beichte«, erwiderte er.

»Möchten Sie mir mehr über Lila erzählen, Father?« fragte ich.

»Nein, das wäre nicht richtig. Vertrauen ist Vertrauen. Außerdem war sie nicht ganz bei Sinnen. Ich möchte ihr keinen schlechten Dienst erweisen«, sagte er. Aber seine Miene verdüsterte sich. Offenbar waren ihm seine eigenen Worte keine Beruhigung.

»Dieser Mann mit dem Pickup, Father? Wenn sein Name Harpo ist, dann sollten Sie sich vor ihm in acht nehmen«, riet ich.

»Seine Augen«, murmelte der Priester.

»Sir?«

»Sie waren wie die des Geschäftsmannes. Ohne jeden moralischen Skrupel. Und ein Mann wie er redet von der Unantastbarkeit des Beichtgeheimnisses. Das beleidigt mich zutiefst.«

»Essen Sie mit uns«, sagte ich.

»Danke, das ist sehr freundlich von Ihnen. Ihr Haus strahlt Wärme aus. Von draußen schon hat es ausgesehen wie das Paradies, bei diesem Unwetter. Könnte ich jetzt vielleicht doch einen Drink haben?«

Er saß bei Tisch, ein Glas Sherry vor sich, der Blick immer wieder abschweifend, während er Aufmerksamkeit demonstrierte, wie jemand, der erkennt, daß auch die Zuflucht und vorübergehende Sicherheit in unserer Mitte ihn nicht von der belastenden Erfahrung befreien konnte, daß der Tod tatsächlich bei ihm angeklopft hatte.

Am Montag morgen fuhr ich am Bayou Teche entlang und durch Jeanerette in die kleine Stadt Franklin und sprach mit dem Polizeichef, einem hellhäutigen Kreolen Anfang Vierzig mit Koteletten und einem goldenen Ohrring.

»Ein Mann namens Harpo? Hier gab's mal einen Harpo Delahoussey. Er war Deputy und hat später als Sicherheitschef bei der Terrebonne-Dosenfabrik gearbeitet«, sagte er.

»Den meine ich nicht. Der Betreffende könnte allerdings sein Neffe sein. War ebenfalls Polizist in Franklin. Die Leute nannten ihn den ›Kleinen Harpo‹.«

Er spielte mit einem Stift und starrte aus dem Fenster. Es regnete noch immer, ein Schwarzer fuhr auf dem Fahrrad den Bürgersteig entlang, und seine Silhouette hob sich gegen das diffuse Neonlicht einer Bar auf der gegenüberliegenden Straßenseite ab.

»Als ich ein Kind war, gab's hier einen Cop namens H. Q.

136

Scruggs.« Er befeuchtete seine Lippen. »Wenn er ins Quarter kam, mußten wir ihn alle Mr. H. Q. nennen. Nicht einfach ›Officer‹. Das genügte diesem Gentleman nicht. Aber ich erinnere mich, daß die Weißen manchmal Harpo zu ihm gesagt haben. Soweit ich weiß, war er Wachmann oben in Angola gewesen. Wenn Sie mehr über ihn erfahren wollen, gebe ich Ihnen Namen und Adresse eines Mannes, der Ihnen vielleicht helfen kann.«

»Sie wollen nicht über ihn sprechen?«

Er legte den Stift waagrecht auf seine Schreibunterlage. »Ich will mich nicht mal an ihn erinnern. Und glücklicherweise muß ich das heutzutage auch nicht«, sagte er.

Clem Maddux saß auf seiner Veranda in einem lederbespannten Schaukelstuhl und rauchte eine Zigarette. Ein Bein hatte man ihm unterhalb der Hüfte, das andere knapp über dem Knie amputiert. Sein Oberkörper war massig, der Bauch quoll über den Bund seiner Jeans in Übergröße. Seine Haut war rosafarben und glatt wie ein Kinderpopo, und in seinen Halsfalten baumelte ein Kropf von der Größe eines Enteneis.

»Sie starren mich an, Mr. Robicheaux?« fragte er.

»Nein.«

»Ist die Buergersche Krankheit. Rauchen ist Gift dafür. Aber ich leide auch an Diabetes und Prostatakrebs. Ich hab Krankheiten, die das Leiden überleben werden, das mich unter die Erde bringt«, erklärte er lachend und wischte sich mit dem Handrücken den Speichel aus den Mundwinkeln.

»Sie waren bewaffneter Wachmann in Angola? Zusammen mit Harpo Scruggs?«

»Nein. Ich war der Leiter des landwirtschaftlichen Geräteparks. Ich habe keine Waffe getragen. Harpo war Wachmann auf einem der Türme, dann ein berittener Wachmann mit Gewehrausrüstung. Muß jetzt vierzig Jahre her sein.«

»Was für ein Knecht ist er gewesen?«

»Ein beschissener, wenn Sie mich fragen. Welche Zeit interessiert Sie?«

»Reden Sie von der Red Hat Gang und den Männern, die unter dem Damm begraben liegen?«

»Da war dieser alte Furz, den der Whiskey gemeiner und brutaler gemacht hat als eine scharfe Rasierklinge. Er hat sich einen Jungen aus seiner Truppe gegriffen und ihm befohlen davonzulaufen. Harpo hat ihn angebettelt, mitmachen zu dürfen.«

»Gebettelt, jemanden umbringen zu dürfen?«

»Da war ein farbiger Junge aus Laurel Hill. Hatte dem Aufseher beim Morgenappell freche Antworten gegeben. Dann kam der Essenswagen mittags zur Baustelle am Damm. Harpo hat den Jungen aus der Schlange geholt und ihm gesagt, er kriege erst Mittagessen, wenn er einen Baumstumpf aus dem Flußbett gesägt habe. Harpo hat ihn zu den Gummibäumen am Fluß geschleppt. Dann hab ich gesehen, wie der Junge allein weitergegangen ist, sich immer wieder unsicher umgesehen hat, während Harpo ihm was zugerufen hat. Schließlich hab ich's gehört, *plop, plop*, aus beiden Läufen. Großes Kaliber auf eine Entfernung von drei bis vier Metern.«

Maddux warf seine Zigarette über das Verandageländer ins Blumenbeet.

»Was ist aus Scruggs geworden?« fragte ich.

»Schätze, er hat ein bißchen von dem und ein bißchen von jenem gemacht.«

»Klingt verdammt vage, mein Freund.«

»Er hat eine Zeitlang in Texas beim Straßenbau gearbeitet, dann hat er sich in ein paar Bordelle eingekauft. Was kümmert Sie das überhaupt? Das Arschloch ist vermutlich längst Holzkohle.«

»Holzkohle ...?«

»Ist vor fünfzehn Jahren zusammen mit einer mexikanischen Hure in Juárez verbrannt. War nicht viel mehr von ihm übrig als Asche und ein paar Zähne. Mann, o Mann, geht endlich mit der Zeit und schafft euch ein paar Computer an.«

12

Zwei Tage später saß ich in meinem Büro und sah das Kartenspiel durch, mit dem die Zigeuner die Zukunft vorhersagen und das man Tarot nennt. Ich hatte die Karten in einem Laden in Lafayette erworben. Die dazugehörige Gebrauchsanleitung ging jedoch mehr auf die Bedeutung als auf die Ursprünge der bildlichen Darstellungen der einzelnen Karten ein. Trotzdem war es für jemanden mit einer konservativen katholischen Erziehung praktisch unmöglich, die Figur des »Gehängten« nicht in historischem Zusammenhang zu sehen.

Das Telefon auf meinem Schreibtisch klingelte.

»Clete Purcel und Megan Flynn sind gerade eingetrudelt«, sagte der Sheriff.

»Und?«

»Halten Sie ihn mir vom Leib.«

»Skipper ...«

Er legte auf.

Im nächsten Moment klopfte Clete an mein Glasfenster und öffnete die Tür. Dann hielt er inne und sah mit verdutzter Miene den Korridor entlang.

»Was ist los? Ist die Toilette vom Bereitschaftsraum wieder übergelaufen?« fragte er.

»Wie kommst du darauf?«

»Herrscht absolute Friedhofsruhe, wie jedesmal, wenn ich

hier aufkreuze. Woher holen sich die Jungs hier ihren Kick? Indem sie sich Snuff-Filme reinziehen? Hab das schon den Diensthabenden gefragt. Definitiv keinen Sinn für Humor, der Mann.«

Er setzte sich, sah sich in meinem Büro um, grinste grundlos, straffte den Rücken, reckte die Arme und trommelte mit den Fingern auf die Stuhllehnen.

»Ist Megan mit dir gekommen?« fragte ich.

»Woher weißt du das?«

»Der Sheriff hat euch beide wohl von seinem Fenster aus gesehen.«

»Der Sheriff? Ich verstehe. Und er hat dich den roten Teppich ausrollen lassen.« Sein Blick glitt gutgelaunt über mein Gesicht. »Was hältst du davon, wenn wir dich zum Lunch ins Lagniappe Too einladen?«

»Stecke bis zum Hals in Arbeit.«

»Hat Megan neulich die Kasernenhofnummer mit dir durchgezogen?«

»War sehr überzeugend, die Lady.«

Er trommelte weiter auf die Stuhllehnen.

»Könntest du damit aufhören und mir endlich sagen, was du auf dem Herzen hast?« sagte ich.

»Dieser Billy Holtzner. Hab ihn schon mal irgendwo gesehen. Könnte in Vietnam gewesen sein.«

»Holtzner?«

»Wir hatten da drüben doch auch üble kleine Weicheier. Jedenfalls habe ich ihn gefragt: ›Waren Sie in der Mausefalle?‹ Er sagt: ›Mausefalle?‹ Ich sage: ›Ja, beim Marine Corps. Waren Sie in der Gegend von Da Nang?‹ Und welche Antwort kriege ich? Er lutscht an seinen Zähnen, verschanzt sich hinter einer Arbeitsmappe und tut so, als sei ich Luft.«

Er wartete darauf, daß ich reagierte. Als ich schwieg, fuhr er fort: »Was sagst du dazu?«

140

»Seh's ungern, daß du dich mit denen einläßt.«

»Bis später, Streak.«

»Ich komme mit«, erklärte ich und ließ die Karte des »Gehängten« in die Hemdtasche gleiten.

Wir aßen im Lagniappe Too, kurz hinter dem Shadows. Megan saß am Fenster, ihren Hut auf dem Kopf. Ihr Haar fiel in sanftem Schwung über ihre Wangen, ihr Mund wirkte klein und rot, wenn sie einen Bissen von der Gabel nahm. Im Licht, das durchs Fenster fiel, schien sich ihre Silhouette gegen die Wand aus grünem Bambus abzuzeichnen, der vor dem Shadows wuchs. Sie merkte, wie ich sie anstarrte.

»Hast du was, Dave?« fragte sie.

»Kennst du Lila Terrebonne?«

»Die Enkelin vom Senator?«

»Sie macht gelegentlich auf sich aufmerksam. Vorgestern mußten wir sie aus einer Kirche holen, wo sie ganz allein unter einem Kruzifix saß. Aus heiterem Himmel hat sie mich nach dem ›Gehängten‹ aus dem Tarot gefragt.«

Ich holte die Karte aus meiner Hemdtasche und legte sie neben Megans Teller auf das Tischtuch.

»Warum erzählst du mir das?« wollte sie wissen.

»Was sagt dir das?«

Ich sah, wie Clete seine Gabel auf den Teller legte, spürte seinen Blick seitlich auf mir ruhen.

»Ein Mann, der mit dem Kopf nach unten von einem Baum baumelt. Der Baum hat die Form eines Kreuzes«, erklärte Megan.

»Die Gestalt kann sowohl den Apostel Petrus als auch Jesus Christus und den heiligen Sebastian verkörpern. Sebastian wurde an einen Baum gebunden und von den Pfeilen seiner Kameraden vom römischen Heer durchbohrt. Petrus hat darum gebeten, mit dem Kopf nach unten hingerichtet zu werden. Fällt dir auf, daß der Körper des Sterbenden mit den Beinen ein Kreuz formt?« fragte ich.

Megan hatte zu essen aufgehört. Ihre Wangen waren fleckig geworden wie in einem eisigen Lufthauch.

»Was soll das, Dave?« fragte Clete.

»Vielleicht nichts«, erwiderte ich.

»Nur höfliche Konversation?« sagte er.

»Die Terrebonnes hatten ihre Finger fast überall mit drin«, bemerkte ich.

»Entschuldigt mich bitte«, sagte Megan.

Sie ging zwischen den Tischen hindurch zur Toilette, die Handtasche unter den Arm geklemmt, der Rand ihres komischen Strohhuts im Nacken über ihr rotes Haar gewölbt.

»Was zum Teufel ist eigentlich mit dir los?« fragte Clete.

An diesem Abend fuhr ich zum Red Lerille's Health & Racquet Club in Lafayette, trainierte mit Gewichten und Fitneßgeräten und joggte anschließend zwei Meilen auf dem Laufband im zweiten Stock über den Basketballfeldern.

Dann legte ich mein Handtuch um den Hals und machte Dehnungsübungen am Geländer. Unter mir hatten sich einige Männer zu einem Basketballspiel zusammengefunden, rempelten sich plump an, schlugen sich auf die Schultern, wenn sie einen Punkt gemacht hatten. Am Rand des Basketballfeldes, dort wo die Punchingbälle und schweren Sandsäcke hingen, war ein Indonesier oder Malaysier in eine wesentlich intensivere und einsamere Aktivität versunken. Er hatte einen Trainingsanzug an und trug enganliegende rote Lederhandschuhe von der Sorte, die erfahrungsgemäß eine Metallverstärkung an der Innenfläche besitzt, und bearbeitete den Sandsack mit seinen Fäusten, daß dieser sich an der Kette drehte, und kickte mit den Füßen so kräftig dagegen, daß das ins Schlingern geratene Trainingsgerät beinahe einen vorbeigehenden Jugendlichen umgeworfen hätte.

Er grinste den Jungen entschuldigend an und wechselte dann zum Punchingball, den er ohne Rhythmus und Timing aus purer Effekthascherei gegen die Wand donnerte.

»Sie habe ich doch bei Cisco gesehen. Sie sind Mr. Robicheaux«, sagte eine Frauenstimme neben mir.

Es war Holtzners Tochter. Diesmal allerdings waren ihre seifig blauen Augen klar und zielgerichtet, und ihr Blick war durchaus sympathisch, so als sei sie eine völlig andere Persönlichkeit.

»Erinnern Sie sich noch an mich?«

»Natürlich.

Wir haben uns neulich gar nicht vorgestellt. Ich bin Geraldine Holtzner. Der Boxer dort unten ist Anthony. Er kümmert sich beim Studio um die Finanzen. Tut mir leid, daß wir so unhöflich gewesen sind.«

»Sie waren nicht unhöflich.«

»Sie mögen meinen Vater nicht. Geht den meisten so. Wir sind nicht hier, weil wir Probleme haben. Wenn jemand Probleme hat, dann Cisco Flynn«, sagte sie.

»Cisco?«

»Er schuldet meinem Vater eine Menge Geld. Cisco glaubt, er könnte sich seiner Verantwortung entziehen, indem er sich mit einem Typen wie Swede Boxleiter umgibt.«

Sie umfaßte den Handlauf und machte zuerst mit dem einen und dann mit dem anderen Bein eine Arabeske. Ihr wirres, rotbraunes Haar schimmerte schweißfeucht.

»Haben Sie sich von dem Typ da unten einen Schuß setzen lassen?« fragte ich.

»Heute bin ich clean. Gelegentlich habe ich einfach einen

schlechten Tag. Sie sind ein komischer Cop. Haben Sie je Probeaufnahmen von sich machen lassen?«

»Warum schaffen Sie sich das Problem nicht ein für allemal vom Hals?«

Aber sie hörte nicht mehr zu. »Diese Gegend ist voll von gewalttätigen Leuten. Ist der Süden. Scheint hier in der Luft zu liegen. Dieser Schwarze, der's auf die Terrebonnes abgesehen hat, warum unternehmen Sie nichts?« sagte sie.

»Welcher Schwarze? Reden Sie von Cool Breeze Broussard?«

»Welcher Schwarze? Ja, das ist eine gute Frage. Kennen Sie die Geschichte von der ermordeten Sklavin und den vergifteten Kindern? Wenn ich so was in meiner Familie hätte, würde ich mir die Kugel geben. Kein Wunder, daß Lila Terrebonne säuft.«

»War nett, mit Ihnen zu plaudern.«

»Mann, warum sagen Sie nicht einfach ›Leck mich‹ und drehen den Leuten den Rücken zu?«

Ihre Haut hatte die Farbe von angebrannter Milch, und ihre blauen Augen flackerten unruhig. Sie trocknete Gesicht und Hals mit einem Handtuch ab und warf es nach mir.

»Das Kickboxen ... das was Anthony da unten macht, das hat er von mir gelernt«, sagte sie.

Dann hob sie mir ihr Gesicht entgegen, die Lippen leicht geöffnet, von Speicheltröpfchen benetzt, die Augen erwartungs- und lustvoll.

Auf dem Heimweg machte ich bei der Stadtbücherei von New Iberia halt und las in den Erinnerungen einer Neuengland-Lady namens Abigail Dowling aus dem späten neunzehnten Jahrhundert. Abigail Dowling war während einer Gelbfieberepidemie als Krankenschwester in unsere Gegend gekommen und zu einer politisch Radikalen geworden, nicht wegen der Sklaverei an sich und dem Elend, das diese über die schwarze Bevölkerung gebracht hatte, sondern durch das, was sie den »entmenschlichenden Einfluß« auf die Weißen nannte.

Eine der Familien, über die sie detailliert berichtete, waren die Terrebonnes aus dem Bezirk St. Mary.

Vor dem Bürgerkrieg war Elijah Terrebonne Geschäftspartner des Sklavenhändlers Nathan Bedford Forrest gewesen und später an Forrests Seite in der Schlacht am Brice's Crossing geritten, wo ihm ein Schrapnell den Arm zerfetzte und sein Soldatendasein beendete. Elijah allerdings war auch dabei gewesen, als unterhalb der Mauern von Fort Pillow schwarze Einheiten, die auf Knien um ihr Leben gefleht hatten, aus nächster Nähe liquidiert worden waren, als Vergeltung für einen sechzig Meilen breiten Gürtel verbrannter Erde, den Truppen der Föderierten in Nord-Mississippi hinterlassen hatten.

»Er war von kleiner Statur, hatte einen gestählten, gedrungenen Körper. Er ritt aufrecht, als habe er einen Stock verschluckt«, schrieb Abigail Dowling in ihr Tagebuch. »Er war ein gutaussehender Mann mit rosigem Teint, und ein Leuchten ging von ihm aus, wenn er über den Krieg sprach. In Anbetracht seiner Kleinwüchsigkeit versuchte ich seine herrische Art zu übersehen. Trotz seinem Hang zu schwarzen Frauen liebte er seine Frau und die Zwillingstöcher und war, vielleicht gerade wegen seiner eigenen Seitensprünge, übertrieben besitzergreifend, was seine Familie betraf.

Zum Pech der armen schwarzen Seelen auf seiner Plantage brannte in seinem Herzen das Licht der Wohltätigkeit und des Mitgefühls nicht allzu hell. Man hat mir erzählt, daß General Forrest versucht habe, das Gemetzel an den schwarzen Soldaten zu verhindern. Ich glaube allerdings, daß Elijah Terrebonne solche schuldbefreienden Erinnerungen nicht hatte. Ich glaube vielmehr, daß die Wutausbrüche, die ihn veranlaßten, Menschen mit der Pferdepeitsche blutige Verletzungen zuzufügen, ihre Ursache in den Gesichtern toter Schwarzer hatten, die Elijah jede Nacht im Traum erschienen und Gnade von einem Mann erflehten, der sie ihrer Seelen beraubt hatte.«

Elijahs Hang zu schwarzen Frauen, den Abigail Dowling erwähnte, betraf vor allem eine Sklavin namens Lavonia, deren Ehemann, Big Walter, von einem Baum erschlagen worden war. In regelmäßigen Abständen ritt Elijah Terrebonne an den Rand seiner Felder, holte sie vor den Augen der anderen Sklaven und des weißen Aufsehers aus deren Reihen und trieb sie mit dem Pferd vor sich her in die Wälder, wo er sich mit ihr in einem unbenutzten Süßkartoffelkeller vergnügte. Später kam ihm zu Ohren, daß der Aufseher sich im Saloon recht freizügig über diese Vorfälle ausgelassen und sich mit einem Drink in der Hand am Kamin über die Lüsternheit seines Arbeitgebers lustig gemacht hatte, was den verborgenen, stets latent vorhandenen Haß der weißen Besitzlosen noch mehr anstachelte. Elijah verunstaltete das Gesicht des Aufsehers mit seiner Reitpeitsche und ordnete die Verhältnisse dergestalt, daß er Lavonia als Köchin und Amme für seine Kinder zu sich ins Herrenhaus nahm.

Als er jedoch vom Brice's Crossing mit der Wunde am Arm zurückkam, aus der noch immer Knochensplitter eiterten, war das Land am Teche besetzt, sein Haus und seine Stallungen waren geplündert, die Obstgärten und Felder zu Asche verbrannt, die der Wind vor sich hertrieb. Das einzig Eßbare auf der Plantage waren sieben geräucherte Schinken, die Lavonia in den Wäldern vergraben hatte, bevor die Flotte der Föderierten den Teche heraufgekommen war.

Die Terrebonnes kochten Kaffee aus Ahornsamen und aßen dieselben mageren Rationen wie die Schwarzen. Einige der befreiten männlichen Sklaven auf der Plantage arbeiteten wieder hinter dem Pflug, andere folgten den Yankees auf ihrem Zug nach Norden, auf den sogenannten Red River Campaign. Als die Lebensmittel ausgingen, gehörte Lavonia zu einer Gruppe von Frauen und alten Leuten, die Elijah Terrebonne vor ihren Hütten zusammentrieb, um ihnen zu eröffnen, daß sie die Plantage verlassen müßten.

Lavonia wandte sich an Elijahs Frau.

Abigail Dowling schrieb darüber in ihr Tagebuch: »Es war ein elender Anblick, diese kräftige Feldarbeiterfrau ohne Mann, ohne die geringste Ahnung von historischen oder geographischen Gegebenheiten, die man in einem darniederliegenden Land davonjagen wollte, in dem sie nachts schwadronierenden Banden und betrunkenen Soldaten ausgesetzt war. Ihre schlichte Bitte hätte ihre mißliche Lage nicht besser beschreiben können: ›Habe vier Kinder, Missy. Wo solln wir denn hin? Womit soll ich se satt machen?‹«

Mrs. Terrebonne gewährte ihr einen einmonatigen Aufschub. In dieser Zeit sollte sie entweder einen Ehemann finden oder sich um Hilfe an das Amt für befreite Sklaven wenden.

Im Tagebuch geht es weiter: »Aber Lavonia war eine melancholische und ungebildete Kreatur, die glaubte, die Hartherzigkeit ihres ehemaligen Besitzers mit List überwinden zu können. Sie mischte Zyankali unter das Essen der Familie, in dem Glauben, sie würden alle krank werden und damit auf ihre Hilfe und Pflege angewiesen sein.

Beide Mädchen der Terrebonnes starben. Elijah hätte die Ursache für ihren Tod niemals erfahren, hätte sich nicht das jüngste Kind Lavonias verplappert, das ausgerechnet zu ihm kam, um Trost zu suchen, und das Unheil heraufbeschwor. ›Meine Mama hat geweint‹, brach es aus ihm hervor: ›Sie hat Gift in einer Flasche unter dem Bett. Sie sagt, der Teufel hat's ihr gegeben und sie verlockt, jemand was damit anzutun. Ich glaub, jetzt nimmt sie es selbst.‹

Beim Licht einer Fackel grub Elijah die Särge seiner Kinder aus der feuchten Tonerde und wickelte die Bandagen von ihren Körpern. Ihre Haut war mit Pusteln in Form und Größe von Perlen übersät. Er preßte die Hand auf ihren Brustkorb und atmete die Luft ein, die sich noch in ihren Lungen befunden hatte, und schwor, er habe Bittermandel gerochen.

Seine Raserei war bis weit über die Felder und in den Hütten der Schwarzen zu hören. Lavonia versuchte sich mit ihren Kindern in den Sümpfen in Sicherheit zu bringen, vergebens. Ihre eigenen Leute fanden sie, und aus Furcht vor Elijahs Zorn hängten sie sie mit einem Männergürtel an einem Persimonenbaum auf.«

Was bedeutet das alles? Warum hatte Geraldine Holtzner auf diese Geschichte angespielt? Ich wußte es nicht. Aber am Morgen rief mich Megan Flynn im Köderladen an. Clete Purcel war wegen Trunkenheit am Steuer festgenommen worden, und ein Schwarzer hatte Feuer auf dem Set in Terrebonnes Vorgarten gelegt.

Sie wollte reden.

»Reden? Clete sitzt in einer Zelle, und du willst reden?« sagte ich.

»Ich habe etwas schrecklich falsch gemacht. Ich bin völlig fertig. Macht es dir was aus, wenn ich vorbeischaue?«

»Ja, macht es.«

»Dave?«

»Was denn?«

Ihr versagte die Stimme.

148

13

Megan saß an einem hinteren Tisch im Köderladen vor einer Tasse Kaffee und wartete auf mich, während ich bei zwei Anglern abkassierte, die gerade an der Theke gegessen hatten. Ihr Hut lag neben ihr auf dem Tisch, und ihr Haar wehte im Luftzug des Ventilators. In ihren Augen lag der seltsam leuchtende Ausdruck absoluter Insichgekehrtheit.

Ich setzte mich ihr gegenüber.

»Gab's Krach zwischen euch?« fragte ich.

»Wegen des Schwarzen, der das Feuer gelegt hat«, antwortete sie.

»Warum das denn? Versteh ich nicht.«

»Es muß Cool Breeze Broussard gewesen sein. Es gibt keine andere Möglichkeit. Er wollte das Haupthaus anzünden, aber irgendwas muß ihn gestört haben. Also hat er Benzin unter einen Wohnwagen auf dem Set gegossen.«

»Und weshalb sollten Clete und du darüber streiten?«

»Ich habe geholfen, Cool Breeze aus dem Gefängnis zu holen. Ich wußte von seinen Problemen in St. Mary, dem Selbstmord seiner Frau und den Schwierigkeiten mit der Familie Terrebonne. Ich wollte die Story haben. Ich habe alles andere verdrängt … Vielleicht habe ich ihn auf die Idee gebracht, sich zu rächen.«

»Das sagt mir noch immer nicht, weshalb ihr euch gestritten habt.«

»Clete hat behauptet, aus Leuten, die Feuer legen, sollte man selbst menschliche Fackeln machen. Dann hat er von Marines geredet, die er in einem brennenden Panzer gesehen hatte.«

»Breeze hatte von jeher seinen eigenen Kopf, Megan. Er läßt sich nicht so leicht beeinflussen.«

149

»Swede bringt ihn um. Er bringt jeden um, von dem er glaubt, daß er Cisco gefährlich werden könnte.«

»Ach das ist es also? Du glaubst, verantwortlich zu sein, daß sich ein Schwarzer mit einem Psychopathen anlegt?«

»Ja. Aber er ist kein Psychopath. Du schätzt den Mann völlig falsch ein.«

»Und was ist damit, daß Clete jetzt mitten drin steckt? Meinst du nicht, daß das auch ein Problem werden könnte?«

»Ich habe starke Gefühle …«

»Laß das Gesäusel, Megan.«

»Ich habe tiefe …«

»Er war verfügbar, und du hast ihn benutzt. Nur hat er keine Ahnung, was eigentlich gespielt wird.«

Ihr Blick wanderte zu mir, und ihre Augen wurden feucht. Ich hörte, wie Batist in den Laden kam und wieder hinausging.

»Warum wolltest du ihn unbedingt auf diesem Set haben?« fragte ich.

»Mein Bruder. Er hat sich mit üblen Typen aus Asien eingelassen. Ich glaube, die Terrebonnes stecken auch mit drin.«

»Was weißt du über die Terrebonnes?«

»Mein Vater hat sie gehaßt.«

Ein Kunde kam herein, griff sich eine Packung Tabak aus dem Regal und legte das Geld auf die Kasse. Megan straffte die Schultern und fuhr sich mit dem Zeigefinger über die Augen.

»Ich habe bei der Sheriffdienststelle in St. Mary angerufen. Clete wird um zehn dem Haftrichter vorgeführt«, sagte ich.

»Du hältst nicht viel von mir, was?«

»Du hast einfach einen Fehler gemacht. Jetzt hast du's zugegeben. Ich halte dich für einen guten Menschen, Meg.«

»Und was willst du wegen Clete unternehmen?«

»Mein Vater hat immer gesagt, schätze einen tapferen Mann nie gering.«

»Ich wünschte, Cisco und ich wären nie hierher zurückgekommen.«

Aber das tust du doch immer, dachte ich. *Wegen einer Leiche im Brettersarg, deren Blut in den Staub tropft.*

»Was hast du gesagt?« fragte sie.

»Nichts. Ich habe nichts gesagt.«

»Ich bleibe eine Zeit in Ciscos Haus.«

Sie legte einen halben Dollar für den Kaffee auf die Theke
und ging nach draußen. Dann, kurz bevor sie ihren Wagen erreichte, drehte sie sich um und sah mich an. Sie hielt ihren
Strohhut seitlich an den Schenkel gepreßt und strich sich mit
der anderen Hand das Haar zurück, das Gesicht der Sonne zugewandt.

Batist schüttete einen Eimer Wasser über einen der Kabelrollentische.

»Wenn sie dir schöne Augen machen, dann bestimmt nicht,
weil sie mit dir das Vaterunser beten wollen«, sagte er.

»Was?«

»Ihr Daddy wurde umgebracht, als sie noch klein war. Sie ist
immer zu älteren Semestern gegangen, wenn sie reden wollte.
Als gäb's keine anderen Männer in New Iberia. Braucht man n
Collegestudium, um das zu kapieren?«

Zwei Stunden später fuhren Helen und ich zu Mout' Brous-
sards Haus im Westen der Stadt. In der unbefestigten Auffahrt
parkte eine viertürige Limousine mit getönten Scheiben und
Funkantenne. Die Tür zum Rücksitz stand auf. Drinnen saß ein
Mann im dunklen Anzug mit Pilotensonnenbrille und nahm
Cool Breeze die Handschellen ab.

Helen und ich gingen auf den Wagen zu. In diesem Moment
stiegen Adrien Glazier und zwei FBI-Agenten mit Cool Breeze aus.

»Was is los, Breeze?« wollte ich wissen.

»Sie haben mir ne Mitfahrgelegenheit bis zu meinem Daddy verschafft«, antwortete er.

»Was Sie hier zu erledigen haben, muß warten, Mr. Robicheaux«, erklärte Adrien Glazier.

Aus den Augenwinkeln beobachtete ich, wie einer der FBI-Agenten Cool Breeze auf den Arm tippte und ihm bedeutete, auf der Veranda zu warten.

»Was haben Sie mit ihm vor?« fragte ich Adrien Glazier.

»Nichts.«

»Breeze handelt aus dem Bauch heraus. Das wissen Sie. Warum setzen Sie den Mann hier draußen ab?« fragte ich.

»Hat er sich bei Ihnen beklagt? Wer hat Sie zu seinem Übervater ernannt?« erwiderte sie.

»Je von einem Kerl namens Harpo Scruggs gehört?« wollte ich wissen.

»Nein.«

»Ist ein Auftragskiller. Und er ist auf Breeze angesetzt. Komisch ist nur, daß er eigentlich tot sein sollte.«

»Na, dann haben Sie ja was zu knabbern. Mittlerweile kümmern wir uns um die Angelegenheiten hier. Danke für Ihren Besuch«, sagte der Mann, der Cool Breeze die Handschellen abgenommen hatte. Er hatte olivenfarbene Haut, kurzes blondes Haar, und die verspiegelten Gläser seiner Sonnenbrille erlaubten ihm Arroganz ohne Reue.

Helen trat auf ihn zu, die Beine leicht gespreizt.

»Kleine Nachhilfestunde in Sachen Realität, Sie aufgeblasenes Arschloch. Das hier ist unser rechtmäßiges Revier. Wir gehen, wann und wohin wir wollen. Wenn Sie versuchen, uns aus Ermittlungen rauszuhalten, kratzen Sie heute nacht in unserem Knast die Seife vom Fußboden«, klärte sie ihn auf.

»Sie ist die Type, die Boxleiter fertiggemacht hat«, sagte der andere FBI-Agent, den Ellbogen über die Fahrertür gelegt, ein Grinsen im Gesicht.

»Ja und?« sagte sie.

»Beeindruckend … Wenn man Scheiße mag«, sagte er.

»Wir hauen ab«, verkündete Adrien Glazier.

»Überprüfen Sie diesen Scruggs. War ein bewaffneter Wachmann in Angola. Möglicherweise steht er mit der Dixie-Mafia in Verbindung«, sagte ich.

»Eine Leiche? *Prima Idee!*« Damit stieg sie mit ihren beiden Kollegen in den Wagen und fuhr davon.

Helen starrte ihnen nach, die Hände in die Hüften gestemmt.

»Broussard ist der Köder, den sie unter dem Baum angebunden haben, was?« murmelte sie.

»So sehe ich die Sache«, erwiderte ich.

Cool Breeze beobachtete uns von der Schwingschaukel auf der Veranda. Seine Schnürstiefel waren schlammverkrustet, und er ließ eine Stoffkappe auf seinem Zeigefinger kreiseln.

Ich setzte mich auf die Holztreppe und sah auf die Straße.

»Wo ist Mout'?« wollte ich wissen.

»Bei seiner Schwester.«

»Du spielst das Bauernopfer für andere«, sagte ich.

»Sie wissen, wenn ich in der Stadt bin.«

»Kein guter Gedanke, Kumpel.«

Ich hörte die Schwingschaukel hinter mir quietschen, und seine Stiefelsohlen schleiften bei jedem Schwung über die Holzplanken. Eine junge Frau mit einer Einkaufstüte voller Lebensmittel ging am Haus vorbei, und das Geräusch der Schaukel verstummte.

»Meine tote Frau Ida, ich hör sie manchmal im Schlaf. Sie redet mit mir unter Wasser, trotz der vereisten Kette um ihren Hals. Ich will sie hochheben, raus aus dem Schlick, das Eis aus ihrem Mund und den Augen kratzen. Aber die Kette is einfach zu schwer. Ich zieh und zieh, und meine Arme sind wie Blei, und die ganze Zeit kriegt sie da unten keine Luft. Haben Sie je so nen Traum gehabt?« sagte er.

Ich drehte mich um und sah ihn an, und in meinen Ohren rauschte das Blut, und eisige Kälte überzog mein Gesicht.

»Dacht ich's mir doch. Habe ich schuld, was meinen Sie?«

An diesem Nachmittag führte ich Telefongespräche mit Juárez, Mexiko, und den Sheriffdienststellen in drei Bezirken entlang der Tex-Mex-Grenze. Niemand hatte Informationen über Harpo Scruggs oder darüber, wie er gestorben war. Dann verwies mich ein FBI-Agent in El Paso an einen pensionierten Texas Ranger namens Lester Cobb. Sein Akzent kam tief aus seinem Lungensystem, wie heiße Luft, die aus Haferbrei blubbert.

»Sie haben ihn gekannt?« sagte ich in den Hörer.

»Entfernt. Und das war schon nah genug.«

»Warum das denn?«

»War ein Lude. Hat mexikanische Mädels aus Chihuahua rübergeschmuggelt.«

»Wie ist er gestorben?«

»Es heißt, er sei in einer Bumskneipe über dem Fluß gewesen. Ein Mädel hat ihm nen Pistolenlauf ins Ohr gesteckt, abgedrückt, anschließend die Bude angezündet und sich umgebracht.«

»Es heißt?«

»Wurde dort unten steckbrieflich gesucht. Warum sollte er für einen Bums rüber nach Juárez fahren? Die Geschichte hat mich nie überzeugt.«

»Falls er noch lebt, wo soll ich nach ihm suchen?«

»Hahnenkämpfe, Puffs, Tontaubenschießstände. Ist der schlimmste Haufen Scheiße mit einem Abzeichen, der mir je über den Weg gelaufen ist ... Mr. Robicheaux?«

»Ja, Sir?«

»Ich hoffe, er ist tot. Er hat einen Mexikaner am Seil hinter seinem Jeep über Felsen und durch Kakteen geschleift. Wenn Sie sich mit ihm einlassen ... Oh, Mann, ich bin wirklich zu alt, um einem anderen Cop gute Ratschläge zu erteilen.«

An jenem Abend regnete es. Von der erleuchteten Veranda beobachtete ich, wie die Tropfen auf die Bäume, den Anleger, das Blechdach des Köderladens und auf die weite, gelblich aufgewühlte Wasseroberfläche des Bayou prasselten.

Ich konnte die Bilder von Cool Breeze stets wiederkehrendem Traum nicht abschütteln. Ich trat in den Regen hinaus, schnitt ein halbes Dutzend Rosen von den Büschen im Vorgarten und ging mit ihnen den Hang hinunter zum Bootsanleger.

Batist hatte die Persenning über die Spanndrähte gezogen und die Lichterkette angezündet. Ich stand am Geländer, starrte aufs Wasser, das in südwestlicher Richtung zur West Cote Blanche Bay und schließlich in den Golf von Mexiko floß, wo vor vielen Jahren das Team meines Vaters auf einer Bohrinsel unerwartet auf ein Sandlager gestoßen war und der Bohrer die Verschalung aus dem Bohrloch geblasen hatte. Das ausströmende Gas hatte sich entzündet, und ein schwarz-rotes Inferno war durch den Turm bis zu der schmalen Plattform hochgeschossen, auf der mein Vater gearbeitet hatte. Die Hitze war so groß gewesen, daß die Stahlarmierung geschmolzen war.

Er, meine ermordete Frau Annie und die toten Männer aus meiner Einheit hatten früher mit mir durch den Regen gesprochen. Ich hatte Kneipen am Wasser gefunden, immer am Wasser, wo ich in einem Glas Jim Beam und einem Jax-Bier Licht und Sinnfälligkeiten einfangen und festhalten konnte, während der Regen an den Fenstern entlang rann und farblose Neonschatten über die Wände glitten.

Jetzt riefen mich Annie, mein Vater und die toten Soldaten nicht mehr ans Telefon. Aber ich unterschätzte nie die Macht des Regens oder das Potential der Toten, und ich leugnete auch nicht ihre Existenz in unserer Welt.

Und aus diesem Grund warf ich die Rosen in die Strömung und sah zu, wie sie gen Süden trieben, das perlende Wasser auf den grünen Blättern klar wie Kristall, die Blütenblätter dunkelrot wie ein Frauenmund, der sich dir beim Höhepunkt aus den Kissen entgegenreckt.

Auf dem Rückweg hinauf zum Haus sah ich Clete Purcels lindgrünen Cadillac auf der unbefestigten Straße näher kommen und in die Auffahrt einbiegen. Dreckspritzer klebten an den Scheiben, das Klappverdeck war zerschlissen wie eine Lage Hühnerfedern. Er kurbelte das Fenster runter und grinste maskenhaft.

»Hast du ne Minute Zeit?« fragte er.

Ich öffnete die Beifahrertür und setzte mich auf den rissigen Ledersitz neben ihn.

»Alles in Ordnung mit dir, Cletus?« fragte ich.

»Klar doch. Danke, daß du den Kautionsagenten eingeschaltet hast.« Er rieb sich das Gesicht. »War Megan hier?«

»Ja. Ganz früh heute morgen.« Ich hielt den Blick starr auf die Regenschlieren gerichtet, die der Wind aus den Bäumen und auf meine erleuchtete Veranda peitschte.

»Hat sie dir erzählt, daß Schluß ist mit uns?«

»Nicht direkt.«

»Haut mich nicht um. So geht's eben manchmal.« Er riß die Augen auf. »Ich muß duschen und eine Runde schlafen. Wenn ich geschlafen habe, bin ich wieder okay.«

»Komm rein und iß mit uns.«

»Ich behalte den Sicherheitsjob beim Set. Wenn du diesen

Broussard siehst, sag ihm, er soll die Finger von den Zündhölzern lassen ... Sieh mich nicht so an, Streak. Waren Propangasflaschen in dem Wohnwagen, den er angezündet hat. Was, wenn jemand drin gewesen wäre?«

»Er glaubt, daß die Terrebonnes ihn umbringen lassen wollen.«

»Hoffe, sie kriegen das miteinander gebacken. In der Zwischenzeit sag ihm, er soll sich nicht auf dem Set blicken lassen.«

»Willst du nichts essen?«

»Nein, ich fühl mich nicht so gut.« Er starrte ins Dunkel und auf das Wasser, das von den Bäumen tropfte. »Hab mich da zu sehr reingehängt. Ist meine Schuld. Ich bin diese Gefühlsduselei nicht gewöhnt.«

»Sie hat starke Gefühle für dich, Clete.«

»Ja. Meine Sekretärin liebt ihre Katzen auch heiß und innig. Bis morgen, Dave.«

Ich sah ihm nach, wie er auf die Straße hinausrollte und den Gang einlegte, den großen Schädel leicht über das Lenkrad gebeugt, die Miene ausdruckslos wie bei einer Kürbismaske.

Nachdem Bootsie, Alafair und ich zu Abend gegessen hatten, fuhr ich auf der Loreauville-Straße bis zu Cisco Flynns Haus. Als sich auf mein Klingeln niemand rührte, ging ich die Veranda entlang, an den hängenden Farnkörben vorbei, und warf einen Blick hinters Haus. Megan und Cisco saßen in einem erleuchteten Gartenpavillon und aßen an einem festlich gedeckten Tisch Steaks mit Swede Boxleiter. Ich ging über den Rasen auf den gelben Lichtkreis zu, den eine Außenlaterne warf. Ihre Gesichter waren erhitzt von der angeregten Unterhaltung, ihre Bewegungen automatisch, wenn einer den anderen bat, ihm eine Platte zu reichen, oder den silbernen Weinkelch gefüllt haben wollte. Mein Schuh trat knackend auf einen kleinen Ast.

157

»Tut mir leid, wenn ich stören muß«, sagte ich.

»Sind Sie das, Dave? Leisten Sie uns Gesellschaft. Wir haben genug«, forderte Cisco mich auf.

»Wollte nur kurz mit Megan sprechen. Ich warte draußen im Pickup«, sagte ich.

Die drei sahen in der Dunkelheit, den Salat und die rosafarbenen Steakstreifen auf den Tellern vor sich, wie auf einem französischen Stilleben aus dem neunzehnten Jahrhundert aus. In diesem Moment wußte ich, daß die drei, trotz aller Differenzen, die sie heute haben mochten, von gemeinsamen Erfahrungen zusammengeschweißt wurden, die kein Außenstehender jemals nachvollziehen konnte. Dann zerstörte Boxleiter den Augenblick, indem er nach einem Krug griff, sich Wein nachschenkte und dabei einige Tropfen wie Blut auf dem Tischtuch verspritzte.

Zehn Minuten später kam Megan zu mir vors Haus.

»Heute morgen hast du mir erklärt, ich würde Boxleiter völlig falsch einschätzen«, sagte ich.

»Stimmt. Der Schein trügt.«

»Er ist kriminell.«

»Für manche.«

»Ich habe Bilder von dem Typ gesehen, dem er in der Haftanstalt von Canon City die Kehle durchgeschnitten hat.«

»Vermutlich mit freundlicher Genehmigung von Adrien Glazier. Übrigens, der Typ, den er angeblich gekillt hat ... er gehörte zur mexikanischen Mafia. Er hatte Swedes Zellennachbarn in der Toilette ertränkt ... Bist du deshalb hergekommen?«

»Nein. Ich wollte dir sagen, daß ich euch jetzt in Ruhe lasse. Werdet selbst mit allem fertig.«

»Es hatte dich niemand gebeten, dich einzumischen. Du bist immer noch sauer wegen Clete, stimmt's?«

Ich ging über den Rasen zu meinem Pickup. Der Wind heulte in den Bäumen und warf Schatten aufs Gras. Sie holte mich ein, als ich die Autotür öffnete.

»Das Problem ist, daß du deine eigenen Gedanken nicht begreifst«, sagte sie. »Du bist gläubig erzogen worden. Du siehst im Tod meines Vaters eine Art Märtyrertod des heiligen Sebastian oder so ähnlich. Du glaubst daran, Menschen vergeben zu müssen, was zu vergeben dir gar nicht ansteht. Ich würde ihnen am liebsten die Augen auskratzen.«

»*Ihnen* die Augen auskratzen? Wer sind *sie*, Megan?«

»Alle scheinheiligen Heuchler in dieser ...« Sie hielt inne und trat zurück, als habe sie Angst vor ihren eigenen Worten bekommen.

»Aha, jetzt sind wir endlich beim Kern der Sache angelangt«, sagte ich.

Ich stieg in den Pickup und machte die Tür zu. Ich hörte ihre erregten Atemzüge im Dunkeln, sah, wie sich ihre Brust unter der Bluse hob und senkte. Swede Boxleiter trat hinter der Hausecke hervor ins Licht der Veranda, einen leeren Teller in der einen und eine Fleischgabel in der anderen Hand.

14

Der großgewachsene Mann mit den gelbgetönten Brillengläsern, den Cowboystiefeln und einem von Wind und Wetter abgenutzten, rauchfarbenen Stetson machte einen Fehler. Während ein Verkäufer in einem Pfandhaus und Waffengeschäft in Lafayette zwei Schachteln mit 22er Magnum-Munition für ihn einpackte, fiel dem Mann plötzlich ein Armee-Repetiergewehr im Regal auf.

»Das ist ein italienisches Carcano-Gewehr, Kaliber 6,5 Millimeter, stimmt's? Reichen Sie's mal runter, dann zeige ich Ihnen was«, sagte er.

Er schlang den Ledergurt über den linken Arm, öffnete das Schloß und steckte den Daumen in die Kammer, um sich zu vergewissern, daß die Waffe nicht geladen war.

»Funktioniert nach demselben Prinzip wie das Gewehr, das Oswald benutzt hat. Erinnern wir uns. Der Schütze oben in dem Gebäude mußte drei Schüsse innerhalb von fünfeinhalb Sekunden abgeben. Haben Sie eine Stoppuhr?« fragte er.

»Nein«, antwortete der Verkäufer.

»Hier, sehen Sie auf meine Armbanduhr. Ich drücke jetzt dreimal ab. Und nicht vergessen … ich ziele nicht, aber Oswald war im sechsten Stock und mußte ein bewegtes Ziel treffen.«

»Das ist nicht gut für den Schlagbolzen«, sagte der Verkäufer.

»Tut ihm nichts. Das Ding ist doch sowieso schon Schrott, oder?«

»Wär mir trotzdem lieber, Sie würden's lassen, Sir.«

Der Mann mit dem Stetson legte das Gewehr wieder auf die Glastheke, griff mit zwei Fingern in seinen Tabakbeutel und schob eine Portion Kautabak in die Backe. Der Verkäufer versuchte dem Blick des Mannes standzuhalten, bis ihm die Nerven versagten und er wegsah.

»Sie sollten mehr historische Neugier entwickeln. Dann müßten Sie vielleicht nicht den Rest Ihres Lebens mit diesem Idiotenjob verbringen«, sagte der Mann, griff nach seiner Tüte und ging zur Eingangstür.

Aus Scham und Verlegenheit sagte der Verkäufer zu dem Kunden, der ihm den Rücken zugewandt hatte: »Woher wissen Sie soviel über Dallas?«

»Ich war dort, Junge. Tatsache. Die kleine Rauchwolke über

dem Grashügel? Klar?« Er zwinkerte dem Verkäufer zu und ging.

Der Verkäufer stand hinter dem Fenster, seine Gesichtsmuskeln zuckten, er fühlte sich erniedrigt und suchte nach Worten, die er dem Mann hinterherschleudern konnte, wußte jedoch, daß ihm der Mut fehlte. Er beobachtete, wie der Mann die Straße zu einer Polsterwerkstatt hinunterfuhr, in einem roten Pickup mit einem texanischen Nummernschild. Der Verkäufer schrieb sich das Kennzeichen auf und rief im Büro des Sheriffs an.

Am Freitag morgen stand Father James Mulcahy kurz vor Sonnenaufgang auf, machte sich zwei Sandwiches und eine Thermosflasche mit Kaffee in der Pfarrküche und fuhr zum Henderson-Sumpf, gleich außerhalb der Kleinstadt Breaux Bridge, wo ihm ein Gemeindemitglied ein motorisiertes Hausboot zur Verfügung gestellt hatte.

Er fuhr über die Fahrspur aus festgebackener Erde auf dem Damm, der über die Landschaft aus Buchten, Kanälen, überfluteten Sumpfzypressen und Weiden führte. Er parkte unterhalb des Deichs, ging über den Brettersteg zum Hausboot, machte die Leinen los und ließ sich in die Strömung treiben, bevor er den Motor startete.

Die Wolken am östlichen Horizont waren pinkfarben und grau getönt, und der Wind bewegte leicht die Moospolster auf den abgestorbenen Zypressenstümpfen. Von der Kajüte aus steuerte er das Hausboot den Hauptkanal entlang, bis er tief zwischen den Bäumen eine kleine Einbuchtung erkannte, wo die Brassen an den Rändern der Wasserhyazinthenfelder aus dem Wasser sprangen. Als er in die Bucht einbog und den Motor ausmachte, hörte er einen Außenborder mit Vollgas auf dem Hauptkanal näher kommen. Das Geräusch bohrte sich wie eine Kettensäge durch die heitere Beschaulichkeit des Morgens. Der Fahrer des Motorboots dachte offenbar nicht daran, die Geschwindigkeit zu drosseln, um zu verhindern, daß sein Kielwasser in die Einbuchtung schwappte und das ruhige Gewässer eines anderen Anglers störte.

Father Mulcahy saß auf einem Campingstuhl an Deck und warf den Fliegenköder an seiner Bambusrute in die Wasserhyazinthenpolster. Hinter sich hörte er das Motorboot in weitem Kreis wenden und erneut näher kommen. Er stellte seine Rute an die Reling, legte das Sandwich beiseite, das er gerade aus dem Butterbrotpapier gewickelt hatte, und ging auf die andere Deckseite hinüber.

Der Mann im Motorboot stellte den Motor ab und lenkte es in die Bucht, wo die Wasserhyazinthen den Bug umschlossen. Er trug gelbgetönte Brillengläser, griff hinter sich und setzte einen rauchfarbenen, fleckigen Stetson auf. Als er lächelte, entblößte er zwei Reihen ebenmäßiger Zähne, und die Haut an seinem Hals war rot wie ein Hahnenkamm. Er mußte mindestens fünfundsechzig sein, doch er war groß, seine Haltung aufrecht, und die Augen waren klar und zielbewußt.

»Mir geht gleich der Treibstoff aus. Könnten Sie mir vielleicht mit einer halben Gallone aushelfen?«

»Vielleicht sollten Sie einfach nicht so schnell fahren«, sagte Father Mulcahy.

»Da mögen Sie recht haben.« Dann griff er nach einer Metallklampe des Hausboots, als habe man ihn eingeladen, an Bord zu kommen. Hinter der Sitzbank lagen eine mit Drahtklammern verschlossene Papiertüte und ein Benzinkanister.

»Ich kenne Sie«, sagte Father Mulcahy.

»Aber nicht aus der Gegend, unmöglich. Bin nur auf Besuch und hab kein Glück bei den Fischen.«

»Hab Ihre Stimme schon mal gehört.«

Der Mann richtete sich im Boot auf, griff nach dem Handlauf der Reling und senkte den Kopf, so daß der Rand seines Hutes sein Gesicht verbarg.

»Kann Ihnen kein Benzin geben. Ist alles im Tank«, erklärte Father Mulcahy.

»Hab einen Saugheber. Hier in der Tüte. Und auch nen Kanister.«

Der Mann im Außenborder stellte einen Stiefel auf die Deckkante, schwang ein Bein über die Reling und zog das andere nach. Dann stand er vor dem Priester, den Kopf leicht geneigt, als begutachte er ein Insekt in einem Marmeladenglas.

»Zeigen Sie mir, wo Ihr Tank ist. Hinten auf dieser Seite?« fragte er und deutete zur Leeseite der Kajüte, die dem Hauptkanal abgewandt war.

»Ja. Aber da ist ein Schloß dran«, sagte der Priester. »Der Schlüssel hängt am Zündschlüssel.«

»Dann holen wir ihn, Reverend«, erklärte der Fremde.

»Sie wissen, daß ich Geistlicher bin?« sagte Father Mulcahy.

Der Mann antwortete nicht. Er hatte sich an diesem Morgen offenbar nicht rasiert, und graue Bartstoppeln überzogen seine blau-rot geäderten Backen. Sein Lächeln war verkrampft, ein Auge hinter den Brillengläsern hatte er zusammengekniffen, als peile er stumm die Lage.

»Sie waren vor dem Pfarrhaus ... im Regen«, erinnerte sich der Priester.

»Möglich. Aber jetzt brauche ich Ihre Hilfe. Das sollten wir zuerst hinter uns bringen.«

Der Mann legte einen Arm um die Schultern des Priesters und führte ihn in die Kajüte. Er roch nach Deodorant und Kautabak, und trotz seines fortgeschrittenen Alters fühlte sich der Arm kräftig und muskulös an, der wie ein Joch auf dem Nacken des Priesters lastete.

»Ihre Seele wird verflucht sein«, sagte der Priester, weil ihm nichts Besseres einfiel.

»Ja, das hab ich schon mal gehört. Meistens dann, wenn ein Prediger versucht hat, mir einen Scheck aus der Tasche zu ziehen. Das Komische ist nur, daß die Prediger den Scheck nie auf den Namen Jesus ausgestellt haben wollten.«

Der Mann mit dem Hut riß den Verschluß der Papiertüte auf, die er mit an Bord gebracht hatte, nahm eine Vorhangkordel aus Samt, eine Rolle Klebeband und eine Plastiktüte heraus. Dann begann er aus dem Ende der Kordel konzentriert eine Schlinge zu knüpfen, so als sei es die selbstverständlichste Nebentätigkeit an einem ganz normalen Tag.

Der Priester wandte sich von ihm ab und dem Fenster und der Sonne zu, die durch das Geäst der Sumpfzypressen fiel, das Haupt gesenkt, die Finger auf die Augenlider gepreßt.

Die Pumpgun des Gemeindemitglieds lehnte links neben dem Armaturenbrett. Father Mulcahy griff danach, richtete den Lauf auf die Brust des Mannes mit dem Stetson und entsicherte die Waffe.

»Runter von dem Boot!« befahl er.

»Sie haben keine Patronen reingeschoben. Vermutlich ist es gar nicht geladen«, sagte der Mann.

»Könnte schon sein. Möchten Sie's drauf ankommen lassen?«

»Sie sind ein ziemlich dreister alter Sack, was?«

»Sie kotzen mich an, Sir.«

Der Mann mit den gelbgetönten Brillengläsern griff mit Daumen und zwei Fingern in die Brusttasche seines Hemds und steckte eine Portion Kautabak in die Backe.

»Ich scheiß auf Sie«, sagte er und öffnete die Kajütentür, um hinauszugehen.

»Lassen Sie die Tüte da!« befahl der Priester.

164

15

Der Priester rief das Sheriffbüro des Bezirks St. Martin an, in dem seine Begegnung mit dem Mann stattgefunden hatte, und setzte sich nach seiner Rückkehr nach New Iberia mit mir in Verbindung. Der Sheriff und ich sprachen im Pfarrhaus mit ihm.

»Die Tüte enthielt eine Samtkordel, eine Plastiktüte und eine Rolle Klebeband?« fragte der Sheriff.

»Ganz recht. Ich habe alles beim Sheriff in St. Martinville deponiert«, erwiderte Father Mulcahy. Sein Blick war ausdruckslos, so als würde die Offenlegung seines Erlebnisses alles noch schlimmer machen.

»Sie wissen, weshalb er hinter Ihnen her ist, Father«, sagte ich.

»Ja. Ich glaube schon.«

»Und Sie wissen, was er vorhatte. Wäre vermutlich als Herzinfarkt durchgegangen. Die Kordel hätte keine Einschnitte hinterlassen; es hätte nichts gegeben, was auf einen gewaltsamen Tod hingedeutet hätte«, sagte ich.

»Das brauchen Sie mir nicht zu sagen, Sir«, erwiderte er.

»Zeit, daß wir uns über Lila Terrebonne unterhalten«, sagte ich.

»Ist ihre eigene Entscheidung, ob sie mit Ihnen reden möchte. Nicht meine«, erklärte er.

»Hochmut ist keine Tugend, Father«, entgegnete ich.

Röte stieg ihm ins Gesicht. »Vermutlich nicht. Aber ich will verdammt sein, wenn ich mich von einem verdammten Dreckskerl wie dem, der zu mir an Bord geklettert ist, aus der Bahn werfen lasse.«

»So kann man das auch sehen. Hier ist meine Karte, falls Sie doch noch wollen, daß uns der Kerl ins Netz geht«, sagte ich.

Als wir gingen, schoben sich Regenschlieren wie lavendel-farbene Pferdeschweife vor die Sonne. Der Sheriff fuhr den Streifenwagen bei offenem Fenster, und Tabak wehte aus sei-ner Pfeife auf sein Hemd. Er wischte die Aschepartikel ärger-lich weg.

»Ich will, daß diesem Kerl mit dem Hut die Luft abgedreht wird«, sagte er.

»Auf dem Hausboot ist kein Verbrechen passiert, Skipper. Außerdem befindet sich die Bucht nicht mal in unserem Zu-ständigkeitsbereich.«

»Das mutmaßliche Opfer schon. Das reicht. Er ist ein ver-wundbarer alter Mann. Erinnern Sie sich noch, wie Sie ihren ersten Einsatz heil überstanden hatten und sich für unver-wundbar hielten?«

Eine halbe Stunde später stoppte eine Streife der Staatspoli-zei einen roten Pickup mit einem texanischen Kennzeichen an der Grenze zwischen Iberia und St. Martin.

Der Sheriff und ich standen vor der Arrestzelle und betrach-teten den Mann, der auf der Holzbank an der rückwärtigen Zellenwand saß. Seine Hose nach Westernart hatte scharfe Bü-gelfalten, die harten Spitzen seiner ochsenblutfarbenen Cow-boystiefel glänzten matt wie geschmolzenes Plastik. Er ließ den Stetson am Zeigefinger baumeln.

Der Sheriff hielt den Führerschein des Mannes in der Hand. Sein Blick schweifte prüfend zwischen Foto und dem Gesicht des Häftlings hin und her.

»Sie sind Harpo Scruggs?« fragte der Sheriff.

»Beim Aufstehen heute morgen war ich's jedenfalls noch.«

»Sie kommen aus New Mexiko?«

»Deming. Hab dort eine Chili-Farm. Der Pickup ist geleast, falls Sie das interessiert.«

»Sie gelten eigentlich als tot«, bemerkte der Sheriff.

»Meinen Sie das Feuer drunten in Juárez? Ja, hab davon gehört. Aber das war ich nicht.«

Er hatte den typischen Hinterwäldler-Akzent, und sämtliche Merkmale, die man den Arkadiern je nachgesagt hatte, trieften aus seinen Poren.

»Sie terrorisieren ältere Geistliche, stimmt's?« sagte ich.

»Ich hab den Mann um eine lumpige Gallone Benzin gebeten. Da hat er mich mit einem Gewehr bedroht.«

»Wir machen eine Gegenüberstellung. Was dagegen?« fragte der Sheriff.

Harpo Scruggs betrachtete seine Fingernägel.

»Yeah. Hab ich. Was wirft man mir vor?« sagte er.

»Wir finden da schon was«, versprach der Sheriff.

»Ich glaube, ihr habt nicht mal den Hauch von einem Furz gegen mich in der Hand«, sagte er.

Er hatte recht. Wir riefen bei Mout' Broussard an, doch niemand meldete sich. Genausowenig konnten wir den Studenten von der University of Southern Louisiana auftreiben, der die Hinrichtung der beiden Brüder draußen im Atchafalaya-Sumpf beobachtet hatte. Der Vater der Brüder war betrunken und widersprüchlich in seiner Aussage dessen, was er gesehen und gehört hatte, als man seine Jungen aus dem Haus gelockt hatte.

Es war acht Uhr abends. Der Sheriff saß in seinem Drehstuhl und trommelte mit den Fingerkuppen gegen sein Kinn.

»Rufen Sie in Juárez an. Mal sehen, ob da noch ein Haftbefehl existiert«, sagte er.

»Schon passiert. Hätte ich mir sparen können. Keiner wußte was, keiner hatte was gehört, niemand war zuständig.«

»Manchmal hasse ich diesen Job«, brummte er und griff nach einem Schlüsselbund auf seiner Schreibunterlage.

Zehn Minuten später sahen der Sheriff und ich zu, wie Harpo Scruggs als freier Mann über den Parkplatz lief. Er trug ein Hemd mit lilafarbenem und purpurrotem Blumenmuster, das sich im Wind blähte und ihn noch kräftiger aussehen ließ, als er ohnehin schon war. Er setzte seinen Hut auf, klappte den Rand über die Augen, zog eine kleine Tüte aus der Tasche und versenkte seine falschen Zähne heißhungrig in einen Keks. Dann wandte er das Gesicht in die leichte Brise und blickte erwartungsvoll in die untergehende Sonne.

»Sehen Sie zu, daß Sie mir Lila Terrebonne morgen früh in mein Büro schaffen«, sagte der Sheriff.

Harpo Scruggs' Pickup fuhr die Straße in Richtung Friedhof hinauf. Einen Moment später reihte sich Helen Soileaus Funkwagen hinter ihm in den Verkehr ein.

An diesem Abend machten Bootsie und ich Schinken-Zwiebel-Sandwiches und Dirty Rice mit Eistee an der Küchentheke und aßen am Frühstückstisch. Durch den Korridor konnte ich die Flechten in den Eichen im Licht der Lampen am Anleger glänzen sehen.

»Du schaust müde aus«, sagte Bootsie.

»Bin ich eigentlich nicht.«

»Für wen arbeitet dieser Scruggs?«

»Den New-Orleans-Mob. Die Dixie-Mafia. Wer weiß?«

»Der Mob läßt von einem seiner Leute einen Priester umbringen?«

»Du hättest Cop werden sollen, Boots.«

»Du verschweigst doch was.«

»Ich werd das Gefühl nicht los, daß das alles was mit Jack Flynns Ermordung zu tun hat.«

»Immer wieder die Flynns.« Sie stand vom Tisch auf, stellte ihren Teller in die Spüle und starrte durchs Fenster in die Dunkelheit am Ende unseres Grundstücks. »Warum nur immer wieder die Flynns?« sagte sie.

Ich hatte keine angemessene Antwort parat, nicht einmal für mich selbst, als ich später neben Bootsie in der Dunkelheit lag und der Ventilator über dem Fenster die Nachtluft über unser Bett wirbelte. Jack Flynn hatte in der Schlacht um Madrid und am Alligator Creek auf Guadalcanal gekämpft; er wäre normalerweise nicht der Typ gewesen, der sich von den Schergen der Landbesitzer aus dem Konzept hätte bringen lassen, die einen Farmarbeiterstreik zu unterbinden versuchten. Aber seine Mörder hatten ihn aus einem Hotelzimmer in Morgan City entführt, ihn mit Ketten zusammengeschlagen und seinen geschundenen Körper als abschreckendes Beispiel an eine Scheunenwand genagelt, um Angst und Schrecken unter den armen Weißen oder Schwarzen zu verbreiten, die sich einbildeten, ihre Lage verbessern zu können, indem sie einer Gewerkschaft beitraten. Bis zu diesem Tag war nicht ein Verdächtiger je verhaftet worden, und nicht einer der Beteiligten hatte sich je in einer Bar oder einem Puff leichtfertigerweise verplappert.

Der Ku-Klux-Klan brüstete sich stets mit seiner Verschwiegenheit, der archaischen und heimlichen Art seiner Rituale, der Loyalität seiner Mitglieder untereinander. Aber irgend jemand meldete sich trotzdem immer, entweder aus Schuldgefühlen oder Habsucht, und berichtete von den Verbrechen, die sie in Gruppen, im Schutze der Dunkelheit, gegen ihre unbewaffneten und wehrlosen Opfer begingen.

Jack Flynns Mörder hatten vermutlich nicht nur den Schutz einflußreicher Personen genossen, sie hatten die Leute, denen sie dienten, mehr gefürchtet als den Staat Louisiana und die Bundesgesetze.

Jack Flynns Tod stand im Mittelpunkt unserer gegenwärtigen Probleme, denn wir hatten uns unserer Vergangenheit nie gestellt. Und mit diesem Versäumnis hatten wir zugelassen, daß seine Kreuzigung zu einer Art Kollektivschuld geworden war.

Ich richtete mich auf einem Ellbogen auf der Matratze auf und berührte Bootsies Haar. Sie schlief tief und fest und wachte nicht auf. Ihre Augenlider schimmerten wie Rosenblätter im Mondschein.

Am frühen Samstag morgen bog ich auf das Anwesen der Terrebonnes ein und fuhr durch die Eichenallee zum Haus. Das Filmset war leer und verlassen bis auf ein paar bewaffnete Sicherheitsleute und Swede Boxleiter, der auf einem Schuppengebäude kauerte und mit einem Preßluftnagler das Blechdach bearbeitete.

Ich stand unter dem Säulenportikus des Haupthauses und klingelte. Der Tag drohte heiß zu werden, aber noch war es im Schatten kühl, und die Luft roch nach feuchten Ziegeln, Mittagsblumen und der Minze, die unter den Wasserhähnen wuchs. Archer Terrebonne öffnete die Tür in gelb-weißer Tenniskleidung, ein feuchtes Handtuch um den Hals.

»Lila ist im Augenblick nicht zu sprechen, Mr. Robicheaux«, sagte er.

»Ich würde aber brennend gern mit ihr reden, Sir.«

»Sie ist unter der Dusche. Anschließend gehen wir zu einem Brunch. Möchten Sie ihr eine Nachricht hinterlassen?«

»Der Sheriff würde es begrüßen, wenn sie in sein Büro kommen könnte. Es geht um ihr Gespräch mit Father James Mulcahy.«

»Das kommt mir jetzt aber ziemlich spanisch vor. Lilas Unterhaltung mit einem Geistlichen ist Gegenstand polizeilicher Ermittlungen?«

170

»Der Mann ist beinahe ermordet worden, weil er zu anständig ist, etwas zu enthüllen, das Ihre Tochter ihm anvertraut hat.«

»Schönen Tag noch, Mr. Robicheaux«, erklärte Terrebonne und knallte mir die Tür vor der Nase zu.

Ich fuhr durch den Tunnel der Bäume zurück, die Gesichtsmuskeln zuckend vor Wut. Kurz vor der Einbiegung auf die Zufahrtsstraße hielt ich abrupt an und lief zum Set hinüber.

»Wie geht's denn so, Swede?« sagte ich.

Er ließ den Nagler über einen Balken unter dem Blechdach rattern und spitzte fragend den Mund.

»Wo ist Clete Purcel?« wollte ich wissen.

»Weg für heute. Sie sehen aus, als hätte Ihnen jemand ans Bein gepinkelt.«

»Kennen Sie sich auf diesem Grundstück aus?«

»Ich hab hier überall Elektrokabel verlegt.«

»Wo ist der Familienfriedhof?«

Er deutete zu einem Eichenhain und einer Ansammlung von Grabstätten aus weißem Stein, die allesamt von Eisenzäunen umgeben waren.

»Ist Ihnen sonst noch eine Grabstätte bekannt?« fragte ich.

»Ganz hinten, ein Flecken voller wilder Rosen und Palmen. Holtzner behauptet, man hätte dort die Sklaven verscharrt. Man muß drauf aufpassen, daß die Schwarzen der Gegend sich nicht auf den Schwanz getreten fühlen. Was ist das für ein Spiel, Mann? Lassen Sie's mich wissen.«

Ich schlenderte zum Zaun, der den Friedhof der Terrebonnes umgab. Die Marmorplatte, die den Eingang zur Gruft ihres Vorfahren verschloß, hatte einen Riß, der quer über das Backsteinfundament und in die weiche Erde führte, doch ich konnte die verwaschene, von Moos überwucherte Inschrift noch entziffern: *Elijah Boethius Terrebonne, 1831-1878, Sol-*

*dat bei Jefferson Davis, liebender Vater und Ehemann, jetzt
Diener des Herrn.*

Neben Elijahs Gruft befand sich die wesentlich kleinere seiner Zwillingstöchter. Ein Feldblumenstrauß, mit einem Gummiband zusammengehalten, lehnte an der Marmortafel. Es war der einzige Blumenschmuck auf dem ganzen Friedhof.

Ich ging in den hinteren Teil des Terrebonneschen Grundstücks, einen Entwässerungsgraben entlang, der die Grundstücksgrenze markierte, über das Filmgelände an den Wohnwagen und dem himmelblauen Swimmingpool, den Gästepavillons und den Tennisplätzen vorbei zu einem Wäldchen, das in tiefem Schatten lag. Hier bedeckte ein dichter Blätterteppich den Boden, und die Äste der Bäume waren von Spinnweben eingesponnen.

Der Waldboden neigte sich sanft einem Teich entgegen. Unter den Fächerpalmen entdeckte ich kleine, mit Laub gefüllte Senken, auf denen Pilze wuchsen. War die Sklavin Lavonia, die Elijahs Töchter vergiftet hatte, hier begraben? War der Teich mit dem schwarzen Wasser, über dem zahllose Libellen tanzten, Teil jenes Sumpfs gewesen, in dem sie sich zu verstecken versuchte, bevor sie von ihren eigenen Leuten gelyncht worden war?

Warum hatte sich die Geschichte der ausgebeuteten und ermordeten Sklavin in mir festgesetzt wie ein Traum, den man kurz vor dem Erwachen träumt?

Ich hörte Schritte auf dem Laubteppich hinter mir.

»Ich wollte Sie nicht erschrecken«, sagte Lila.

»Hallo Lila. Möchte wetten, daß Sie die Wiesenblumen auf das Kindergrab gelegt haben.«

»Woher wissen Sie das?«

»Hat Ihr Vater Ihnen gesagt, weshalb ich hier bin?«

»Nein … Er … Unsere Kommunikation klappt nicht immer.«

»Ein Mann namens Harpo Scruggs hat versucht, Father Mulcahy umzubringen.«

Alles Blut wich aus ihrem Gesicht.

»Wir glauben, es geht um etwas, das Sie ihm erzählt haben«, sagte ich.

Als sie versuchte, etwas zu sagen, waren ihre Worte abgehackt, so als müsse sie auf Bruchstücke von Sätzen zurückgreifen, die andere ihr vorgesprochen hatten. »Ich hab's dem Priester erzählt? Wollen Sie das damit sagen?«

»Er trägt schwer an Ihrer Last. Scruggs wollte ihn mit einer Plastiktüte ersticken.«

»Oh, Dave …«, sagte sie, und ihre Augen füllten sich mit Tränen. Dann rannte sie zum Haus, die Hände zum Himmel gereckt wie ein kleines Mädchen.

Wir waren am Sonntag morgen gerade von der Messe heimgekehrt, als das Telefon in der Küche klingelte. Es war Clete.

»Ich bin in einem Restaurant in Lafayette. Zusammen mit Holtzner, seiner Tochter und deren Freund«, sagte er.

»Was machst du in Lafayette?«

»Holtzner wohnt jetzt dort. Er hat sich mit Cisco überworfen. Sie wollen bei dir vorbeikommen«, erklärte er.

»Wozu?«

»Er möchte dir eine Art Angebot machen. Betrifft deinen Bootsanleger. Er möchte ihn mieten.«

»Bin nicht interessiert.«

»Holtzner möchte dir trotzdem sein Angebot unterbreiten. Dave, der Mann ist mein täglich Brot. Also, was meinst du?«

Eine Stunde später rollte Clete in seinem Cabrio vor den Anleger. Neben ihm saß Holtzner. Seine Tochter mit Freund folgten in einem Lincoln. Die vier schlenderten über den Anleger und setzten sich an einen Kabelrollentisch.

»Die Bedienung soll uns allen ein kaltes Bier bringen«, sagte Holtzner.

»Bedienung gibt's hier nicht. Sie müssen sich Ihren Kram schon selbst holen«, entgegnete ich und blieb in der Sonne stehen.

»Ich mach das«, erklärte Clete und verschwand im Laden.

»Wir bezahlen Ihnen eine Monatsmiete, aber wir drehen nur zwei oder drei Tage«, sagte Anthony, der Freund der Tochter. Er trug eine Sonnenbrille, und wenn er lächelte, verlieh ihm die Zahnlücke zwischen den Schneidezähnen den idiotischen Ausdruck eines Halloween-Kürbisses.

»Trotzdem, danke«, sagte ich

»*Danke*? Das ist alles?« sagte Holtzner.

»Er hält uns für kalifornische Nihilisten, die hier irgendeine Kulturscheiße über den Garten Eden abziehen wollen«, erklärte Geraldine, die Tochter.

»Sie haben hier die perfekte Kulisse für diese spezielle Szene. Geri hat recht. Halten Sie uns für so was wie eine ansteckende Krankheit?«

»Versuchen Sie's doch mal im Henderson-Sumpf«, sagte ich.

Clete kam mit einem runden Tablett und vier Bierflaschen zurück. Er stellte vor jedem am Tisch eine Flasche ab, ohne die Miene zu verziehen.

»Reden Sie mit ihm!« sagte Holtzner zu Clete.

»Ich mische mich nicht in Streaks Angelegenheiten«, entgegnete Clete.

»Wie ich höre, spukt Ihnen Ciscos Vater im Kopf rum«, wandte sich Holtzner an mich. »Der Tod dieses Mannes läßt mich kalt. Mein Großvater hat den ersten Zusammenschluß der Textilarbeiter in der Lower East Side organisiert. Sie haben ihm die Hände in eine Dampfmangel gesteckt. Irische Cops haben ihm den Schädel mit ihren Schlagstöcken gespalten, das

174

Eis von seiner Leiche in ihr Bier geworfen. Dann haben sie meiner Großmutter in den Spülstein gepinkelt.«

»Entschuldigen Sie mich. Ich muß wieder an die Arbeit«, sagte ich und ging zum Köderladen. In der Stille hörte ich den Wind im Sonnenschirm rascheln, dann war Anthony plötzlich neben mir, grinste, und seine Klamotten verströmten einen beißenden Geruch, der mich an verkokelten Salbei erinnerte.

»Fühlen Sie sich nicht auf den Schlips getreten, vor den Kopf gestoßen oder so«, sagte er.

»Ich glaube, Sie haben ein Problem«, entgegnete ich.

»Sind wir jetzt wieder bei chemischen Abhängigkeiten, ja?«

»Nein, Sie sind schwerhörig. Mit Verlaub«, sagte ich und ging in den Laden und beschäftigte mich im Hinterzimmer, bis alle bis auf Clete gegangen waren, der am Tisch saß und an seinem Bier nippte.

»Warum will Holtzner unbedingt in deiner Nähe sein?« fragte er.

»Das wüßte ich selbst gern.«

»Ich weiß jetzt, woher ich ihn kenne. Er hat die Promotion für Truppenbetreuung in Nam gemacht. Gleichzeitig war er allerdings mit ein paar Sanitätern verbandelt, die Ware auf dem Schwarzmarkt verkauft haben. War damals ein Riesenskandal. Holtzner wurde aus Vietnam ausgewiesen. Das ist, als würden sie dich aus der Hölle rauswerfen … Willst du einfach so dasitzen und nichts sagen?«

»Ja, nur laß dich nicht mit ner Bierfahne am Steuer erwischen.«

Clete schob seine Brille über die Stirn zurück und trank mit einem zugezwickten Auge aus der Flasche.

An diesem Abend, in einem Apartmenthaus in Lafayette, das an einem mit Bäumen und Farnen bewachsenen Uferhang über dem Fluß lag, ging der Buchhalter namens Anthony die Treppe zum Absatz im zweiten Stock hinauf und den Backsteinbalkon zu seiner Wohnungstür entlang. Die Unterwasserbeleuchtung des Swimmingpools brannte, und bläuliche Rauchsäulen stiegen von den Holzkohlengrills auf dem Rasen auf und schwebten durch die Palmen- und Bananenstaudenfront, die die Terrasse beschattete. Anthony trug eine Einkaufstüte voller Lebensmittel aus einem Delikatessenladen im Arm, die offenbar seine Sicht behinderte, denn er sah die Gestalt nicht, die ihm hinter einem Terrakottatopf auflauerte.

Das Messer muß blitzschnell in den Hals, ins Herz und durch das Brustbein gedrungen sein, denn der Pathologe vermutete, daß Anthony schon tot war, bevor das Glas mit eingelegtem Kalbshirn aus seiner Einkaufstüte auf dem Fußboden aufschlug.

16

Helen Soileau und ich trafen Ruby Gravano und ihren neunjährigen Sohn Montag nachmittag am Zugbahnhof in Lafayette. Der Junge war ein seltsam aussehendes Kind mit dem schmalen Gesicht der Mutter und schwarzem Haar, jedoch mit unnatürlich weit auseinanderstehenden, maskenhaft anmutenden Augen. Ruby hielt den Jungen namens Nick mit der einen, ihren Koffer mit der anderen Hand fest.

»Dauert's lang? Fühl mich augenblicklich nämlich nicht besonders«, sagte sie.

»Da drüben im Streifenwagen sitzt eine Polizistin, Ruby. Sie geht jetzt mit Nick Eisessen, während wir das Geschäftliche regeln und euch beide anschließend in eine Pension nach New Iberia bringen. Morgen können Sie weiterreisen«, sagte ich.

»Haben Sie das Geld aufgetrieben? Houston ist verdammt viel teurer als New Orleans. Meine Mutter läßt mich ne Woche umsonst bei ihr wohnen, aber dann muß ich ihr Miete zahlen«, erklärte sie.

»Dreihundert ist alles, was wir aufbringen konnten«, antwortete ich.

Sie runzelte die Stirn. »Das Herumstehen hier gefällt mir nicht. Weiß auch nicht, warum ich mir das habe aufschwatzen lassen.« Sie sah den Bahnsteig rauf und runter und kramte in ihrer Handtasche nach einer Sonnenbrille.

»Sie wollten einen Neuanfang in Houston. Sie haben von einem Entzugsprogramm geredet. War Ihre Idee, nicht unsere, Ruby«, sagte Helen.

Der Kopf des kleinen Jungen rotierte wie ein Kürbis auf einem Stock, während sein Blick zwischen dem davonfahrenden Zug, den Passagieren, die mit ihrem Gepäck zu ihren Autos hasteten, und den eine Weiche reparierenden Gleisarbeitern hin und her wanderte.

»Er ist autistisch. Ist alles neu für ihn. Sehen Sie ihn bloß nicht so an. Wie ich diese Scheiße hasse«, stöhnte Ruby und zerrte an der Hand des Jungen, als wollte sie uns einfach stehenlassen. Aber sie blieb, als ihr klar wurde, daß sie nirgendwo anders hin konnte als zu unserem Funkwagen, und sie wußte ja nicht einmal, wo dieser parkte.

Wir setzten Nick zu der Polizistin in den Streifenwagen, fuhren zu Four Corners und parkten gegenüber einem grell rotweiß gestrichenen Motel, das wie ein renoviertes spanisches Fort aus dem achtzehnten Jahrhundert aussah.

»Woher wollen Sie wissen, daß er aufm Zimmer is?« fragte Ruby.

»Einer unserer Leute hat ihn observiert. In fünf Minuten kriegt er einen Anruf. Jemand sagt ihm, Qualm käme aus seinem Pickup. Sie brauchen nur durch das Fernglas zu schauen und uns zu sagen, ob das der Freier ist, den ihr am Airline Highway flachgelegt und beschissen habt.«

»Sie haben wirklich eine nette Art, das auszudrücken«, erwiderte sie.

»Ruby, lassen Sie den Quatsch. Der Kerl dort oben im Zimmer hat am Freitag morgen versucht, einen Priester umzubringen. Was glauben Sie, macht er mit Ihnen, wenn ihm einfällt, daß er Ihnen Fotos von zwei Typen gezeigt hat, denen er den Kopf weggeblasen hat?« sagte Helen.

Ruby senkte das Kinn und biß sich auf die Lippen. Ihr langes Haar fiel wie ein Vorhang vor ihr schmales Gesicht.

»Das ist nicht fair«, murmelte sie.

»Was?« fragte ich.

»Connie hat die Kerle aufgerissen. Aber sie wird nicht belästigt. Habt ihr einen Schokoriegel oder so was? Fühl mich miserabel. Sie wollten die Klimaanlage im Zug nicht runterstellen.«

Sie zog die Nase hoch, schneuzte sich heftig in ein Kleenex und verzerrte dabei das Gesicht.

Helen sah durch die Windschutzscheibe auf einen unserer Leute in einer Telefonzelle an der Ecke.

»Es geht los, Ruby. Nehmen Sie das Fernglas«, sagte sie.

Ruby hielt sich das Fernglas vor die Augen und starrte auf die Tür des Zimmers, das Harpo Scruggs gemietet hatte. Dann schwenkte sie das Glas auf den angrenzenden Parkplatz. Ihre Lippen öffneten sich leicht.

»Was soll das denn?« sagte sie.

»Wieso? Wovon reden Sie?« fragte ich.

»Das ist nicht der Typ mit den Fotos. Weiß nicht, wie der Kerl heißt. Gebumst haben wir den auch nicht«, sagte sie.

»Reden Sie keinen Schwachsinn«, sagte Helen.

Ich nahm ihr das Fernglas ab und sah hindurch.

»Der Typ dort auf dem Parkplatz … Der kam in die Imbiß-
bude, wo dieser Harpo und der andere Idiot mit uns gegessen
haben. Redet wie ein Hinterwäldler-Arschloch. Sie sind zusammen rausgegangen, dann ist der dort weggefahren.«

»Das haben Sie uns nie erzählt« sagte ich.

»Warum sollte ich? Ihr habt mich nach Freiern gefragt.«

Ich hob das Fernglas wieder an die Augen und beobachtete
Alex Guidry, den entlassenen Verwalter des Bezirksgefängnisses von Iberia, der Cool Breeze Broussard Hörner aufgesetzt
hatte. In diesem Moment riß Harpo Scruggs seine Zimmertür
auf und stürmte barfuß, in Unterhemd und Westernhose, ins
Freie, wo er einen brennenden Pickup vermutete.

Später an diesem Nachmittag, als der Sheriff in meinem Büro
war, kamen zwei Beamte der Mordkommission von Lafayette
herein und erklärten uns, sie wollten Cool Breeze Broussard
verhaften. Sie trugen Sportkleidung, und ihre Muskeln waren
steroidverdächtig aufgebläht. Einer von ihnen, ein Mann namens Daigle, zündete sich eine Zigarette an und blickte sich
nach einem Aschenbecher um, in den er das Streichholz werfen konnte.

»Wollt ihr mit uns raus zum Haus kommen?« fragte er und
ließ das Streichholz in den Papierkorb fallen.

»Ohne mich«, sagte ich.

Er betrachtete mich prüfend. »Irgendwelche Einwände?
Gibt's da was, das wir nicht wissen?«

»Ich kapier offen gestanden nicht, wie ihr Broussard den
Mord an diesem … Anthony Pollock anhängen wollt«, antwortete ich.

»Er hat einen unglaublichen Haß auf die Familie Terrebonne. Ziemlich wahrscheinlich, daß er das Feuer auf dem Filmset
gelegt hat. Er ist vorbestraft. Hat einem Kerl im Camp J die

Kehle aufgeschlitzt. Hat einen Typ in eurem Gefängnis durch die Stichsäge geschoben. Noch mehr gefällig?« sagte Daigle.

»Ihr habt den Falschen«, sagte ich.

»Sie können mich mal«, erwiderte er.

»Mäßigen Sie Ihre Ausdrucksweise, Sir«, sagte der Sheriff.

»Was?« fragte Daigle.

»Das Opfer war ein Drogenabhängiger. Er hatte Geschäfte in Übersee laufen. Mit Cool Breeze hatte er gar nichts zu schaffen. Schätze, ihr Jungs habt einfach einen Sündenbock gesucht und gefunden«, erklärte ich.

»Wollen Sie damit andeuten, daß wir uns Broussards Vorstrafenregister aus den Fingern gesogen haben?« mischte sich der andere Detective ein.

»Das Opfer hatte Stichwunden in Hals, Herz und Nieren und war tot, bevor es auf dem Boden gelandet ist. Klingt nach einem professionell ausgeführten Gefängnismord«, sagte ich.

»Einem Gefängnismord?« sagte Daigle.

»Knöpft euch mal einen Burschen namens Swede Boxleiter vor. Kommt gerade aus Canon City«, sagte ich.

»Swede Wer?« fragte Daigle und zog an seiner Zigarette, die er zwischen Daumen und drei Fingern hielt.

Der Sheriff kratzte sich an der Augenbraue.

»Macht, daß ihr rauskommt«, sagte er zu den beiden Detectives.

Wenige Minuten später beobachteten der Sheriff und ich, wie sie in ihren Wagen stiegen.

»Zumindest hatte Pollock soviel Anstand, sich im Bezirk Lafayette umbringen zu lassen«, bemerkte der Sheriff. »Wie ist der letzte Stand in bezug auf Harpo Scruggs?«

»Helen meldet, daß eine Nutte mit einem Taxi eingetroffen ist. Sie ist immer noch bei ihm.«

»In welcher Beziehung steht Alex Guidry zu dem Kerl?«

»Muß was mit den Terrebonnes zu tun haben. An denen kommt im Bezirk St. Mary doch keiner vorbei. Und beide stammen von da.«

»Laden Sie ihn vor.«

»Unter welchen Vorwand?«

»Grausamkeit gegen Tiere. Sagen Sie ihm, sein Golfspiel stinkt zum Himmel. Sagen Sie ihm, daß ich einfach nur miese Laune habe.«

Am Dienstag morgen fuhren Helen und ich die Main Street hinunter und ganz in der Nähe des New-Iberia-Golfclubs über die eiserne Zugbrücke.

»Und du meinst, daß unsere Überwachung von Harpo Scruggs dadurch nicht beeinträchtigt wird?«

»Nicht, wenn wir's richtig anfangen.«

»Als die beiden Brüder im Sumpf hingerichtet wurden ... Da hatte doch einer der Schützen die Uniform unserer Dienststelle an. Könnte von Guidry gekommen sein.«

»Vielleicht steckte Guidry sogar drin«, sagte ich.

»Keine Chance. Der hält sich raus aus der Schußlinie. Er läßt das System für sich arbeiten.«

»Kennst du ihn so gut?« fragte ich.

»Er hat mein Hausmädchen nachts auf dem Highway hochgenommen, als er noch Deputy in St. Mary war. Sie hat nie jemandem erzählt, was er mit ihr gemacht hat.«

Helen und ich parkten den Streifenwagen vor dem Country Club und gingen am Swimmingpool vorbei, unter einer ausladenden Eiche hindurch zu einem Übungsabschlagplatz, wo Alex Guidry mit einer Frau und einem Mann mit dem Putter zugange war. Er trug eine hellbraune Hose, zweifarbige Golfschuhe und ein dunkelbraunes Polohemd. Mit seinem rotbrau-

181

nen Teint und dem dichten, graumelierten Haar sah er aus wie
ein Mann im besten Alter. Er registrierte unsere Anwesenheit
aus den Augenwinkeln, ohne auch nur einen Moment seine
Konzentration zu verlieren. Er ging leicht in die Knie und versenkte den Ball mit einem sanften *Plop* im Loch.

»Der Sheriff bittet Sie, ihm Ihre Aufwartung zu machen«,
verkündete ich.

»Nein danke«, antwortete er.

»Wir brauchen Ihre Hilfe. Geht um einen Freund von Ihnen.
Dauert nicht lange«, sagte Helen.

Die rote Flagge über dem Loch wehte im Wind. Blätter se-
gelten aus den Pecanbäumen und Lebenseichen entlang des
Fairway und tanzten über das frisch gemähte Gras.

»Ich denk drüber nach und ruf euch dann später an«, sagte
er und wollte sich bücken, um den Ball aus dem Loch zu holen.

Helen legte die Hand auf seine Schulter.

»Klugscheißereien haben gerade gar keine Saison, Sir«, erklärte sie.

Der Blick von Guidrys Golfkumpanen schweifte ab in die
Ferne und blieb an dem azurblauen Streifen über der Baumkulisse hängen.

Eine Viertelstunde später saßen wir in einem fensterlosen
Vernehmungszimmer. Auf dem Rücksitz des Streifenwagens
hatte er düster geschwiegen, das Gesicht dunkelrot vor Wut.
Ich sah den Sheriff am Ende des Korridors, bevor ich die Zimmertür zumachte.

»Ihr habt vielleicht Nerven«, sagte Guidry.

»Jemand hat uns erzählt, daß Sie mit einem Ex-Angola-
Wachmann namens Harpo Scruggs befreundet sind«, sagte ich.

»Ich kenn ihn. Na und?« erwiderte er.

»Haben Sie ihn in letzter Zeit mal gesehen?« wollte Helen

wissen. Sie saß mit einer Popobacke auf der Schreibtischkante.

»Nein.«

»Sicher nicht?« sagte ich.

»Er ist der Neffe eines Polizeibeamten, eines ehemaligen Kollegen von mir. Wir sind in derselben Stadt aufgewachsen.«

»Sie haben meine Frage nicht beantwortet«, sagte ich.

»Muß ich auch nicht.«

»Der Kollege war Harpo Delahoussey. Ihr habt Cool Breeze Broussard wegen ein paar Liter Schwarzgebranntem Daumenschrauben angelegt. Und das ist längst nicht alles, was ihr auf dem Kerbholz habt«, sagte ich.

Er sah mich unverwandt an, zornig und auf vermeintliche Doppeldeutigkeiten meiner Worte achtend.

»Harpo Scruggs hat Freitag morgen einen Priester umzubringen versucht«, sagte Helen.

»Dann verhaften Sie ihn.«

»Woher wollen Sie wissen, daß wir's nicht schon getan haben?« fragte ich.

»Weiß ich nicht. Geht mich auch nichts an. Man hat mich gefeuert. Dank eurem Freund Willie Broussard«, erklärte er.

»Alle anderen haben uns gesagt, Scruggs sei tot. Aber Sie wissen, daß er lebt. Wie kommt das?« fragte Helen.

Er lehnte sich auf dem Stuhl zurück, fuhr sich mit der Hand über den Mund und murmelte angewidert etwas vor sich hin.

»Sagen Sie das noch mal!« kam es prompt von Helen. »Ich sagte, bleiben Sie mir vom Leib, verdammte Lesbe.«

Ich legte Helen die Hand auf den Arm, bevor sie aufstehen konnte. »Sie haben mit Cool Breezes Frau geschlafen. Ich glaube, daß Sie mitschuldig an ihrem Selbstmord sind und dazu beigetragen haben, das Leben ihres Mannes zu ruinieren. Beschämt Sie das denn überhaupt nicht, Sir?«

»Man nennt das das ›Glück in die Hand nehmen‹. Dafür sind Sie bekannt. Also kommen Sie runter von Ihrem hohen Roß, Sie Arschloch«, sagte Helen.

»Soll ich Ihnen mal was sagen? Wenn Sie an Aids krepiert sind oder an einer anderen Krankheit, die ihr verbreitet, dann buddel ich Sie wieder aus und pinkel Ihnen ins Maul«, erwiderte er.

Helen stand auf und massierte sich den Nacken. »Dave, würdest du mich kurz mit Mr. Guidry allein lassen?«

Aber was immer sie gesagt oder getan hatte, nachdem ich den Raum verlassen hatte, es blieb ohne Wirkung. Guidry ging am diensthabenden Beamten im Bereitschaftsraum vorbei, benutzte das Telefon, um einen Freund zu bitten, ihn abzuholen, und trank schweigend eine Dose Coca-Cola, bis ein gelber Cadillac mit getönten Scheiben vor dem Gebäudeeingang hielt.

Helen und ich beobachteten, wie er auf dem Beifahrersitz Platz nahm, das Fenster runterkurbelte und die leere Dose auf unseren Rasen warf.

»Na, was sagt der Bwana jetzt?« wollte Helen wissen.

»Zeit, auf ortskundige Quellen zurückzugreifen.«

An diesem Abend holte mich Clete mit seinem Cabrio vor dem Haus ab, und wir fuhren nach St. Martinville.

»Nennst du Swede Boxleiter eine ›ortskundige Quelle‹?« fragte er.

»Warum nicht?«

»Genausogut kannst du Scheiße als eine Badezimmerdekoration bezeichnen.«

»Willst du zu ihm oder nicht?«

»Der Typ hat Elektroden in den Schläfen. Sogar Holtzner macht einen Bogen um ihn. Hörst du mir überhaupt zu?«

»Glaubst du, daß er die Nummer mit diesem Anthony Pollock durchgezogen hat?«

Er dachte nach. Der Wind blies eine gezackte Schneise in sein sandfarbenes Haar.

»*Könnte* er's getan haben? Mit Leichtigkeit. Hatte er ein Motiv? Da muß ich passen, weil ich nicht weiß, was diese Burschen überhaupt im Schilde führen«, sagte er. »Megan hat davon geredet, daß Cisco eine tolle Karriere vor sich hatte und dann Geld von Typen aus dem Fernen Osten genommen hat.«

»Hast du sie getroffen?«

Er wandte mir das Gesicht zu. Es schimmerte rot im letzten Sonnenschein, der Blick aus seinen grünen Augen war wie eine Ohrfeige. Er sah wieder auf die Straße.

»Wir sind Freunde. Ich meine, sie lebt ihr Leben. Wir sind grundverschieden, weißt du. Ich seh das ganz cool.« Er schob sich eine Lucky Strike zwischen die Lippen.

»Clete, ich bin …«

Er zog die Zigarette wieder aus dem Mund, ohne sie anzuzünden, und warf sie in den Wind.

»Wie haben die Dodgers gestern abend gespielt?« fragte er.

Wir bogen in die Auffahrt des Apartmentkomplexes ein, in dem Swede Boxleiter wohnte, und fanden ihn hinter dem Haus, nackt bis zur Taille, wo er mit Murmeln und Zwille auf Eichhörnchen in einem Pecanbaum schoß.

Er zeigte mit dem Finger auf mich.

»Mit Ihnen hab ich noch ein Hühnchen zu rupfen.«

»Ach ja?«

»Zwei Bullen von der Kripo in Lafayette waren gerade bei mir. Sie meinten, Sie hätten ihnen geraten, mich zu grillen.«

»Wirklich?« sagte ich.

»Sie haben mich vor meinem Vermieter gegen ihren Wagen

geknallt und gefilzt. Einer der beiden hat mich in die Waden getreten und mir die Hand zwischen die Schenkel ... in Anwesenheit von Kindern.«

»Dave wollte Ihnen behilflich sein. Sie sollten Gelegenheit haben, sich von jedem Verdacht reinzuwaschen. Diese Kerle haben das offenbar falsch verstanden, Swede«, sagte Clete.

Er spannte die Schleuder, und dicke Sehnenstränge traten an seinem Hals hervor. Dann feuerte er eine scharlachrote Murmel ins Pecangeäst.

»Ich möchte Ihnen mal ein Histörchen erzählen. Dann sagen Sie mir, was an der Geschichte nicht stimmt« meinte ich.

»Was soll das Scheißspiel?«

»Ist kein Spiel. Sie sind ein erfahrener Knastie. Sie sehen Dinge, die anderen Leuten entgehen. Nur so zum Spaß, okay?«

Er hielt die Schlinge der Schleuder, ließ die Ledertasche am Gummiband kreisen und sah zu, wie sie sich immer schneller drehte.

»Ein Plantagenbesitzer schläft mit einer seiner Sklavinnen. Er zieht in den Bürgerkrieg, kommt zurück und muß feststellen, daß die Yankees seinen Besitz verwüstet und geplündert und alle seine Sklaven freigelassen haben. Es gibt nicht für alle genug zu essen. Also erklärt er der Sklavin, sie müsse Haus und Hof verlassen. Alles klar soweit?«

»Klingt logisch, ja«, murmelte Swede.

»Die Sklavin mischt Gift in das Essen der Kinder des Plantagenbesitzers, weil sie denkt, die Mädchen würden davon nur krank werden und man würde sie brauchen, um die Kinder zu pflegen. Aber die beiden sterben. Die anderen Schwarzen auf der Plantage sind total verängstigt. Also hängen sie die Sklavin auf, bevor sie alle bestraft werden können«, erklärte ich.

Swede hielt den Arm mit der Schleuder plötzlich ruhig. »Das ist Bullshit«, sagte er.

186

»Warum?« fragte ich.

»Sie haben doch gesagt, die Sklaven waren längst frei. Warum sollten sie also für den weißen Typen einen Mord begehen, nur um Gefahr zu laufen, von den Yankees selbst aufgeknüpft zu werden? Der weiße Kerl, der hat Dreck am Stecken, der hat sie kaltgemacht.«

»Sie sind der Hammer, Swede«, sagte ich.

»Wo ist der Haken?«

»Ich sag Ihnen, wo der Haken liegt«, warf Clete ein. »Dave glaubt, daß man Sie vorführt. Sie wissen, wie's gelegentlich läuft. Die Polizei vor Ort kann einen Fall nicht klären, und schon schauen Sie sich nach einem Burschen mit einem hübschen Vorstrafenregister um.«

»Es laufen ein oder zwei Auftragskiller frei rum, Swede«, fuhr ich fort. »Zwei Typen haben zwei Jungen draußen im Sumpf weggeblasen und dann einen Schwarzen namens Willie Broussard zu killen versucht. Sähe es ungern, wenn Sie dafür büßen müßten.«

»Es bräch Ihnen das Herz, Mann. Kann ich mir lebhaft vorstellen«, erwiderte er.

»Je von einem Kerl namens Harpo Scruggs gehört?« wollte ich wissen.

»Nein.«

»Ihr Pech. Kann sein, daß Sie für ihn bluten müssen. Wir sehen uns. Danke für Ihre Hilfe bei meinem historischen Stück.«

Clete und ich gingen zum Cabrio zurück. Die Luft war warm und feucht, und der Himmel leuchtete purpurrot über dem Zuckerrohrfeld auf der gegenüberliegenden Straßenseite. Aus den Augenwinkeln sah ich, wie Swede in der Mitte der Auffahrt stand und uns beobachtete, an den Gummihalterungen der Zwille zog, die Gesichtszüge nachdenklich angespannt.

187

Ein Stück weiter hielten wir an einer Tankstelle, um aufzutanken. Der Pächter hatte die Außenbeleuchtung angemacht, und die Eiche, die neben dem Gebäude stand, leuchtete voller grünlich schwarzer Schatten gegen den Nachthimmel. Clete überquerte die Straße, kaufte eine Pfefferminzkugel bei einem kleinen Kiosk und aß sie, während ich den Tank füllte.

»Was sollte diese Geschichte von der Plantage?« fragte er.

»Hatte dasselbe Problem damit wie Boxleiter. Außerdem läßt sie mich nicht in Ruhe, weil sie mich an die Geschichte erinnert, die Cool Breeze mir vom Selbstmord seiner Frau erzählt hat.«

»Da kann ich nicht folgen, Großer«, sagte Clete.

»Man hat sie im eiskalten Wasser mit einer Ankerkette um den Leib gefunden. Wenn sie sackweise Schuldgefühle hinterlassen wollen, dann nehmen sie Schrotflinten oder springen aus dem Fenster.«

»Laß die Vergangenheit ruhen, Dave.«

»Die Schuld an ihrem Tod lastet seit zwanzig Jahren auf Breezes Gewissen.«

»Es gibt noch ein anderes Drehbuch. Vielleicht hat er sie umgebracht«, sagte Clete. Er biß in seine Pfefferminzkugel, ohne den Blick von mir zu wenden.

Früh am nächsten Morgen rief Batist vom Köderladen aus im Haus an.

»Hier ist ein Mann, der will dich sprechen, Dave.«

»Wie sieht er aus?«

»Wie einer, der sein Kinn innen Schraubstock gekriegt hat. Aber das is noch nich alles. Während ich hier die Tische abwische, läuft er auf den Händen rum.«

Ich trank meinen Kaffee aus und ging den Hang hinunter und unter den Bäumen hindurch. Die Luft war kühl und grau vom Dunst über dem Wasser, und modrige Pecanschalen knirschten unter meinen Sohlen.

»Was gibt's, Swede?« fragte ich.

Er saß an einem Kabelrollentisch und aß eine Chiliwurst mit einer Gabel von einem Pappteller.

»Sie haben nach diesem Typen namens Harpo Scruggs gefragt. Ist ein alter Sack, arbeitet von New Mexico und Trinidad aus. Ist ein Freiberufler, aber falls er hier einen Job erledigt, kommt die Penunze aus New Orleans.«

»Ach ja?«

»Noch was. Falls Scruggs versucht hat, einen Kerl zu killen, und's vermasselt hat und noch immer hier rumlungert, dann heißt das, daß er für Ricky the Mouse arbeitet.«

»Ricky Scarlotti?«

»Es gibt zwei Dinge, die man bei Ricky besser unterläßt. Man vermasselt nichts, und man sagt niemals ›the Mouse‹ zu ihm. Kennen Sie die Geschichte von dem Trompeter?«

»Ja.«

»Das ist sein Stil.«

»Würde er einen Priester umbringen lassen? Was meinen Sie?«

»Klingt irgendwie nicht nach ihm.«

»Je einen IQ-Test gemacht, Swede?«

»Nein. Leute, die dich fünf Tage pro Woche schinden, geben nichts auf IQs.«

»Sie sind trotzdem ein bemerkenswerter Typ. Haben Sie Anthony Pollock erstochen?«

»Ich habe mit Cisco Schach gespielt. Können Sie überprüfen, Mann. Und schicken Sie mir ja keine Bullen mehr nach Hause. Ob Sie's glauben oder nicht, ich mag es nicht, wenn mir so ein Polyesterheini die Hand auf meinen Schwanz legt.«

Damit rollte er seinen Pappteller und die Serviette auf, warf beides in den Mülleimer und ging über den Anleger zu seinem Wagen, während er mit den Fingern schnippte, als lausche er einer ihm allein vorbehaltenen Radiosendung.

Ricky Scarlotti war nicht schwer zu finden. Ich ging ins Büro, rief bei den Kollegen in New Orleans an und wählte anschließend die Nummer des Blumenladens, den er an der Ecke Carrollton und St. Charles besaß.

»Lust auf ein Schwätzchen mit Ricky the Mouse?« fragte ich Helen.

»Dem Kerl trete ich nur in einem Ganzkörperkondom gegenüber«, antwortete sie.

»Wie du willst. Bin nachmittags wieder zurück.«

»Warte. Ich hole nur meine Tasche.«

Wir fuhren durch das Atchafalaya Basin, überquerten den Mississippi bei Baton Rouge und bogen dann nach Süden in Richtung New Orleans ab.

»Du willst ihm also das Zeug über Harpo Scruggs zum Fraß vorwerfen, was?« sagte Helen.

»Kannst dich drauf verlassen. Wenn Ricky glaubt, daß ihn jemand verpfiffen hat, dann wissen wir das sofort.«

»Ist die Geschichte über den Jazzmusiker wahr?« fragte sie.

»Schätze schon. Man konnte sie ihm nur nicht beweisen.«

Der Name des Musikers ist mittlerweile vergessen. Nur die eingeschworenen Fans kennen ihn noch, für die er in den fünfziger Jahren das größte Talent seit Bix Beiderbecke war. Der melancholische Klang seiner Trompete versetzte das Publikum bei Open-Air-Konzerten am Strand von West Venice in Trance. Sein dunkles Haar, die schwarzen Augen und die blasse Haut, die verhängnisvolle Schönheit seiner Züge, das alles war wie eine weiße Rose, die sich im schwarzen Licht öffnet, und bewirkte, daß sich die Frauen auf der Straße nach ihm um-

190

drehten und ihm nachstarrten. Seine Interpretation von »My Funny Valentine« stürzte einen in lähmend tiefgründige Meditationen über Leben und Tod.

Aber er war ein Junkie, landete in den Fängen der Polizei von Los Angeles, und als er die Namen seiner Lieferanten preisgab, hatte er keine Ahnung, daß er es mit Ricky Scarlotti zu tun kriegen würde.

Ricky hatte ein Kasino in Las Vegas und später eine Rennbahn in Tijuana betrieben, bevor ihn die Chicago Commission nach Los Angeles verfrachtete. Ricky hielt nichts davon, Leute einfach nur umzubringen. Er erteilte Lektionen am lebenden Objekt. Er schickte zwei Farbige in das Apartment des Musikers in Malibu, wo sie ihm mit einer Kneifzange die Zähne zogen und seinen Mund verstümmelten. Später wurde der Musiker ein Medikamentenwrack, landete in Deutschland im Gefängnis und beging Selbstmord.

Helen und ich fuhren durch den Garden District, an den Häusern aus dem neunzehnten Jahrhundert vorbei, mit ihren Säulenportiken unter hohen Eichen, deren Wurzelsysteme sich unter Asphaltflächen schoben und diese aufbrachen wie gebrannten Ton, an den flaschengrünen Straßenbahnwaggons mit ihren rotumrandeten Fenstern vorbei, die über den geduldigen Asphalt ratterten, vorbei an der Loyola University und am Audubon Park, dann auf den Damm, wo die St. Charles Street endet und Ricky das Restaurant, den Buchladen und das Blumengeschäft besaß, von denen er angeblich lebte.

Sein Büro im zweiten Stock war mit einem schneeweißen Teppich ausgelegt und mit Glaskunst und blinkenden Stahlrohrmöbeln ausgestattet. Ein riesiges Panoramafenster gab den Blick auf den Fluß und eine überdimensional hohe Palme frei, deren Palmwedel sich im Wind gegen die Gebäudewand rieben.

Rickys beiges Nadelstreifenjackett hing über der Rückenlehne seines Stuhls. Er trug ein weißes Hemd mit einer pflaumen-farbenen Krawatte und Hosenträger, und obwohl er fast sechzig war, hatte seine große breitschultrige Gestalt noch das Muskelarsenal eines wesentlich jüngeren Mannes.

Allerdings waren es eher seine Kopfform und sein Gesicht, die die Blicke automatisch auf sich zogen. Seine Ohren waren zu groß und abstehend, das Gesicht ungewöhnlich rund, die Augen lagen hinter stets dunklen Tränensäcken, und das schwarze, sorgfältig kurz gestutzte Haar spannte sich wie ein Fell über den Schädel.

»Lange her, Robicheaux. Immer noch weg von der Flasche?« sagte er.

»Ist uns was zu Ohren gekommen, das vermutlich nur heiße Luft ist, Ricky. Du kennst einen Handwerker, einen Freiberufler namens Harpo Scruggs?«

»Meinen Sie einen Typ, der Autos repariert?« sagte er und grinste.

»Soll ein ernstzunehmender Vollstrecker sein. Operiert von New Mexiko aus.«

»Wer ist die denn? Hab Sie doch schon mal irgendwo in New Orleans gesehen, oder?« Er sah in Helens Richtung.

»Bin vor Jahren hier Politesse gewesen. Und im Frühjahr fahre ich immer noch zum Jazz and Heritage Festival. Mögen Sie Jazz?« fragte Helen.

»Nein.«

»Sie sollten's mal versuchen. Wynton Marsalis ist da. Großartiger Bläser. Mögen Sie Kornett nicht?« sagte sie.

»Was soll das Gequatsche, Robicheaux?«

»Sagte ich bereits, Ricky. Es geht um Harpo Scruggs. Er hat versucht, zuerst Willie Broussard und dann einen Priester umzubringen. Mein Boss ist stinksauer.«

»Dann sind wir ja schon zu zweit. Können Sie ihm ausrichten. Ich kann es nämlich nicht ausstehen, wenn mir zwei Bullen von auswärts in meinem Büro auf die Pelle rücken. Und ganz besonders mag ich es nicht, wenn Frankensteins Braut hier Andeutungen auf ein Gerücht macht, das schon vor langer Zeit begraben wurde.«

»Niemand ist dir auf die Zehen getreten, Ricky. Dieselbe Höflichkeit sollte man von dir anderen gegenüber erwarten dürfen«, sagte ich.

»Schon gut. Ich warte draußen«, sagte Helen. An der Tür blieb sie stehen. Ihr Blick schweifte zu Ricky Scarlottis Gesicht. »Kommen Sie doch gelegentlich mal nach New Iberia. Hab ne buntscheckige Katze, die ist scharf auf Mäuse.«

Sie zwinkerte ihm zu und schloß die Tür hinter sich.

»Ich will nicht weiter provozieren, Robicheaux. Ich weiß, daß Sie und Purcel bei Jimmi Figorelli waren. Was, bitte schön, ist das für ein Benehmen? Purcel gibt dem Jungen für nichts und wieder nichts eine aufs Maul. Und jetzt belästigen Sie mich wegen irgendeines Hinterwäldlers?«

»Ich hab kein Wort von einem Hinterwäldler gesagt.«

»Ich habe von ihm gehört. Aber ich lasse keine Priester umbringen. Wofür halten Sie mich?«

»Für einen stinkenden, sadistischen Haufen Scheiße, Ricky.«

Er zog die Schublade auf, holte ein Päckchen Kaugummi heraus, wickelte einen Streifen aus und schob ihn in den Mund. Dann fuhr er sich mit einem Fingerknöchel über die Nasenspitze und seufzte. Er bediente einen Knopf an seinem Schreibtisch, drehte mir den Rücken zu und starrte aus dem Panoramafenster auf den Fluß hinaus, bis ich den Raum verlassen hatte.

Am Abend fuhr ich zur Stadtbücherei in der East Main. Die ausladenden Eichen auf dem Rasen waren voller Vögel, ich hörte die Bambussträucher im Wind rascheln, und Glühwürmchen blinkten in der Dämmerung draußen über dem Bayou. Ich ging in die Bibliothek und fand den großen Bildband mit Megans Fotos, der vor drei Jahren in einem New Yorker Verlag erschienen war.

Was konnten mir diese Bilder sagen? Vielleicht nichts. Vielleicht wollte ich die Begegnung mit ihr an diesem Abend nur hinauszögern, denn ich wußte, daß es sein mußte, obwohl mir klar war, daß ich ein ehernes Gesetz der Anonymen Alkoholiker brechen würde, indem ich mich in die Beziehung anderer einmischte. Aber einen Freund wie Clete Purcel ließ man eben nicht im Regen stehen.

Megans Fotos waren faszinierend. Ihre große Gabe war ihre Fähigkeit, das menschliche Leid von Individuen aus dem großen Ganzen herauszufiltern, die in unserer Mitte lebten, für die meisten Beobachter jedoch unsichtbar blieben. Amerikanische Ureinwohner in Reservaten, Wanderarbeiter aus der Landwirtschaft, geistig Behinderte, die sich am Dampf wärmten, der aus Lüftungsschächten drang, alle starrten sie mit dem leeren Blick von Holocaust-Opfern in die Kamera und lösten beim Betrachter die Frage aus, in welcher unseligen Gegend oder welchem Land das Foto wohl gemacht worden sein könnte. Auf den Gedanken, es könnte die eigene Umgebung sein, kam man erst im zweiten Moment.

Ich schlug eine neue Seite auf und starrte auf das Schwarzweißfoto aus einem Reservat in South Dakota. Es zeigte vier FBI-Agenten in Windjacken, die zwei Indianer in Gewahrsam nahmen. Die Indianer lagen auf den Knien, die Hände waren ihnen auf den Rücken gebunden. Ein Armalite-Gewehr lag im Staub neben einem Wagen, dessen Fenster und Türen von Kugeln durchsiebt waren.

Der Untertitel bezeichnete die Männer als Mitglieder des

American Indian Movement. Ein Grund für ihre Verhaftung war nicht angegeben. Einer der FBI-Agenten war eine Frau, die ihr Gesicht wütend in die Kamera reckte. Es war das Gesicht der Agentin aus New Orleans, Adrien Glazier.

Ich fuhr zu Ciscos Haus in der Loreauville Road und parkte vor der Veranda. Auf mein Klingeln rührte sich niemand. Ich ging zum Bayou hinunter und entdeckte sie, einen Brief schreibend, im beleuchteten Pavillon, während die letzte Abendsonne hinter den Weiden über der Wasserfläche wie eine Feuersbrunst glühte. Sie sah mich weder, noch hörte sie mich, und in ihrer Abgeschiedenheit schien sie jene sich selbst genügende stille Schönheit einer Frau zu besitzen, die sich ihrer selbst ganz sicher war.

Die Hornbrille verlieh ihr eine professorale Ausstrahlung, die in krassem Gegensatz zu ihrer achtlosen und exzentrischen Art, sich zu kleiden, stand. Ich fühlte mich schuldig, sie ohne ihr Wissen zu beobachten. In diesem Moment wurde mir klar, warum sich Männer zu ihr hingezogen fühlten.

Sie gehörte zu den Frauen, von denen wir instinktiv ahnen, daß sie mutiger und zäher sind als wir selbst, leidensfähiger und bereiter, sich um ihrer Prinzipien willen knechten zu lassen. Megan erregte Zärtlichkeit, aber man wußte, daß die eigenen Gefühle vergeblich waren. Sie hatte das Herz eines Löwen und brauchte keinen Beschützer.

»Oh, Dave! Ich habe dich gar nicht kommen gehört«, sagte sie und nahm die Brille ab.

»Ich bin in der Bibliothek gewesen und habe mir deine Arbeiten angesehen. Wer sind diese Indianer gewesen, die Adrien Glazier verhaftet hat?«

»Einer von ihnen hatte angeblich zwei FBI-Agenten getötet. Amnesty International hält ihn für unschuldig.«

»Da waren noch andere Fotos, die, die du von mexikanischen Kindern in der verfallenen Kirche bei Trinidad, Colorado, gemacht hast.«

»Streunende Kinder, deren Eltern sie allein gelassen hatten. Die Kirche hat John D. Rockefeller bauen lassen, nachdem seine Schergen die Familien streikender Minenarbeiter oben an der Straße nach Ludlow ermordet hatten.«

»Ich erwähne das nur, weil Swede Boxleiter mir erzählt hat, daß ein Auftragskiller namens Harpo Scruggs in der Gegend eine Ranch hat.«

»Er muß es wissen. Er und Cisco haben bei einer Pflegefamilie in Trinidad gelebt. Der Ehemann war ein Päderast. Er hat Swede vergewaltigt, bis er halb tot war. Swede hat es ertragen, damit sich der Kerl nicht auch noch an Cisco vergreifen würde.«

Ich setzte mich auf die oberste Stufe der Treppe zum Pavillon und warf einen Kiesel in den Bayou.

»Clete ist mein ältester Freund, Megan. Er sagt, er braucht den Sicherheitsjob bei Ciscos Filmgesellschaft. Aber ich glaube nicht, daß das der Grund ist, warum er hier ist«, sagte ich.

Sie wollte etwas entgegnen, überlegte es sich aber anders.

»Auch wenn er es leugnet, ich kann mir nicht vorstellen, daß er die Art eurer Beziehung begreift«, sagte ich.

»Trinkt er?«

»Nicht jetzt. Aber dazu wird es kommen.«

Sie stützte die Wange in die Hand und starrte auf den Bayou hinaus.

»Was ich getan habe, war gemein«, sagte sie. »Ich wache jeden Morgen auf und kann mich selbst nicht ausstehen. Ich wünschte, ich könnte es ungeschehen machen.«

»Rede noch mal mit ihm.«

»Du willst, daß Cisco und ich aus seinem Leben verschwinden. Darum geht's doch, oder?«

»Der beste Cop, den New Orleans je hatte, macht den Lakaien für Billy Holtzner.«

»Er kann den Bettel jederzeit hinwerfen. Aber was geschieht mit meinem Bruder? Anthony Pollock hat für ein paar üble Schurken in Hongkong gearbeitet. Was glaubst du, wen die für seinen Tod verantwortlich machen?«

»Um ehrlich zu sein … Hongkong ist verdammt weit weg vom Bayou Teche. Kratzt mich deshalb nicht besonders.«

Sie faltete ihren Brief zusammen, steckte den Stift ein und ging über den grünen Rasenstreifen zum Haus hinauf, ihre Silhouette von den blinkenden Lichtern der Glühwürmchen umgeben.

Cisco machte an jenem Abend Nachtaufnahmen und kam erst nach zwei Uhr morgens nach Hause. Die Eindringlinge kamen irgendwann nach Mitternacht. Es waren große Kerle in schweren Stiefeln, selbstsicher und zweckorientiert. Sie verwüsteten die Blumenbeete an der Stelle, wo sie die Alarmanlage brutal ausgeschaltet hatten, schoben eine Drahtschlinge unter einem Fensterrahmen hindurch und öffneten den Riegel von innen. Dann schwangen sie sich mit einem geschickten Sprung ins Haus, so daß sie auf den Platten unter dem Fenster kaum Spuren hinterließen.

Sie wußten, wo sie schlief, und anders als jene Männer, die Megan um ihrer Stärke willen bewunderten, verachteten diese sie dafür. Sie bemächtigten sich ihrer im Schlaf, zerrten sie aus dem Bett, verbanden ihr die Augen, stießen sie zur Tür und auf die Terrasse hinaus und den sanften Hang hinunter zum Bayou.

Als sie ihren Kopf unters Wasser drückten, sah keiner von ihnen das kleine Diktiergerät am Schlüsselbund in ihrer Hand. Selbst als sich ihr Mund und ihre Nase mit Schlick füllten und

197

ihre Lungen brannten, als habe man Säure hineingekippt, versuchte sie mit dem Finger die »Record«-Taste gedrückt zu halten.

Dann fühlte sie, wie der Bayou warm wie Blut um ihren Hals wurde, als eine geäderte, gelbe Blase im Zentrum ihres Gehirns platzte, und sie wußte, daß sie vor den Händen, Fäusten und Stiefeln der Männer sicher war, die stets an der Peripherie ihrer Kameraobjektive existiert hatten.

17

Das Band des kleinen Aufnahmegeräts hatte eine Laufleistung von lediglich zwanzig Sekunden. Die meisten Stimmen waren verzerrt und unverständlich, aber es konnten Worte, ganze Sätze aus dem Meer der Geräusche isoliert werden, die Megans Qualen besser veranschaulichten, als jedes Foto es vermocht hätte:

»Haltet sie fest, Scheiße noch mal! Diese miese Nutte hat's schon lange verdient. Wenn du ihr den Kopf nicht runterdrücken kannst, dann mach gefälligst Platz!«

»Sie bockt. Und wenn sie bocken, sind sie reif. Dann ersaufen sie. Zieh sie lieber raus, wenn wir nicht bis zum Äußersten gehen wollen.«

»Laß sie Luft holen, und zeig's ihr dann noch mal richtig. So was muß sich ins Gedächtnis eingraben. Gibt nichts Besseres. Dann ist eine Frau Wachs in deinen Händen, mein Sohn.«

Es war inzwischen halb drei Uhr morgens, und der Krankenwagen mit Megan war bereits auf dem Weg zum Iberia General. Das Blinklicht auf unseren parkenden Streifenwagen flackerte wie ein blau-weiß-rot gemustertes Netz über die Bäume, die Wasseroberfläche des Bayou und die Rückwand des Hauses. Cisco ging auf dem Rasen auf und ab, die Augen weit aufgerissen, das Gesicht im grellen Lichtschein verzerrt. Hinter ihm konnte ich den Sheriff sehen, der mit einer Taschenlampe unter dem offenen Fenster kauerte und mit einer Hand die verwüsteten Blumen zurückschob.

»Sie wissen, wer's gewesen ist, stimmt's, Cisco?« sagte ich.

»Wenn ich's wüßte, würde ich jemandem den Kopf wegblasen«, antwortete er.

»Machen Sie mal halblang, Cisco. Überzeugt wenig, wenn Sie dauernd den großen Macher markieren.«

»Ich kann Ihnen nicht sagen, wer … Ich kann nur sagen, warum. Ist die Rache für Anthony.«

»Kommen Sie, gehen wir runter zum Wasser«, sagte ich und nahm seinen Ellbogen.

Wir liefen den sanften Hang zum Bayou hinunter, wo im weichen Ufersaum noch die Abdrücke von Megans Knien und schweren Stiefeln zu sehen waren, die sich dort tief eingegraben hatten, während sie sich gegen mindestens drei Angreifer gewehrt hatte. Eine Eiche schirmte uns gegen die Blicke des Sheriffs und der uniformierten Deputys an der Rückseite des Hauses ab.

»Lügen Sie mich nicht an. Bei diesen Kerlen bedeutet Vergeltung den Tod. Sie wollen was von Ihnen. Was ist das?« fragte ich.

»Billy Holtzner hat mit einem Versicherungsschwindel eine Dreiviertelmillion aus dem Filmbudget unterschlagen und mir die Schuld dafür zugeschoben. Anthony hat für die Leute in Hongkong gearbeitet. Er hat geglaubt, was Billy ihm erzählt hat. Er hat angefangen, mich unter Druck zu setzen, und sich damit große Luftlöcher in seinen Arterien eingefangen.«

»Swede?«

»Wir haben fast den ganzen Abend Schach gespielt. Ich hab keine Ahnung, ob er's gewesen ist. Swedes Beschützerinstinkt ist stark ausgeprägt. Und Anthony war ein Arsch.«

»Beschützerinstinkt? Und das Opfer ein Arsch? Tolle Einstellung.«

»Die Situation ist komplizierter, als Sie denken. Es geht um viel Geld. Sie würden's doch nicht verstehen.« Er sah den Ausdruck in meinem Gesicht. »Ich bin bei ein paar üblen Gesellen in den Miesen. Das Studio wird Konkurs anmelden müssen. Sie wollen meinen Film. Dann blasen sie seinen Wert in den Büchern auf, um ihre Schulden zu liquidieren.«

Die Strömung im Bayou war zum Stillstand gekommen, Wolken von Insekten schwirrten über der Wasseroberfläche, und unter den Bäumen stand die Luft. Er wischte sich mit der Hand übers Gesicht.

»Ich sage die Wahrheit, Dave. Hätte nie gedacht, daß sie sich über Megan hermachen würden. Aber vielleicht ist da noch was anderes mit im Spiel. Vielleicht geht's auch um meinen Vater. Ich verstehe das zwar nicht … Wohin gehen Sie?« fragte er.

»Clete Purcel suchen.«

»Wozu?«

»Ich will mit ihm reden, bevor er das hier von anderen erfährt.«

»Kommen Sie ins Krankenhaus?« fragte er und spreizte seine Finger vor sich, als könnte er die Worte des anderen auffangen und zu seinem Schutz festhalten.

Es war noch immer dunkel, als ich meinen Pickup vor dem stuckverzierten Häuschen parkte, das Clete außerhalb von Jeanerette gemietet hatte. Ich drehte die Sitzlehne herunter, schlief trotz heftiger Regengüsse ein und wachte erst im Morgengrauen wieder auf. Inzwischen hatte es zu regnen aufgehört, die Luft dampfte vor Feuchtigkeit, und ich sah Clete am Briefkasten im Morgenmantel, den *Morning Advocate* unter dem Arm, wie er neugierig meinen Pickup musterte. Ich stieg aus und ging auf ihn zu.

»Was ist passiert?« fragte er und legte die Stirn in Falten.

Ich erzählte ihm, was in Ciscos Haus geschehen war, und beschrieb ihm Megans Zustand im Krankenhaus. Er hörte schweigend zu, und sein Gesicht begann von innen heraus zu glühen wie eine rostfreie Stahlpfanne, die man auf der Gasflamme vergessen hat.

»Kommt sie durch?« fragte er schließlich.

»Kannst du Gift drauf nehmen.«

»Komm rein. Hab gerade Kaffee aufgesetzt.« Er wandte sich von mir ab und rieb den Daumen an der Nase.

»Was willst du machen, Clete?«

»Ins Krankenhaus fahren. Was meinst du denn?«

»Du weißt, was ich meine.«

»Ich mache uns Eier mit Würstchen. Du siehst aus, als wärst du nem Sarg entstiegen.«

In der Küche sagte ich: »Kann ich heute noch mit ner Antwort rechnen?«

»Hab schon gehört, daß du mit Helen bei Ricky Scar gewesen bist. Er steckt hinter dieser Scheiße, stimmt's?«

»Woher kommt die Information über Scarlotti?«

»Nig Rosewater. Er sagt, Ricky sei Amok gelaufen, nachdem du sein Büro verlassen hattest. Womit habt ihr ihn denn so aufgeregt?«

»Zerbrich dir darüber nicht den Kopf. Du bleibst weg aus New Orleans.«

Er schenkte zwei Tassen Kaffee ein, stopfte sich ein Zimtbrötchen in den Mund und starrte aus dem Fenster auf die sonnenbeschienenen Kiefern.

»Hast du mich gehört?«

»Hab im Augenblick hier genug zu tun. Ich hab Swede Boxleiter gestern nacht auf dem Friedhof der Terrebonnes erwischt. Mir war so, als habe er sich an einer Grabgruft zu schaffen gemacht.«

»Wozu das denn?«

»Vielleicht isser n Leichenschänder. Du weißt genau, warum. Du hast ihm doch den Floh mit dem Bürgerkriegsquatsch ins Ohr gesetzt. Freu mich schon drauf, Archer Terrebonne zu verklickern, daß ein Witzbold von Ex-Sträfling die Gebeine seiner Vorfahren ausbuddelt.«

Von Humor keine Spur – nur ein Nerv zuckte in einem seiner Augenwinkel. Er ging ins Nebenzimmer und rief im Iberia General an. Anschließend kehrte er in die Küche zurück, die Stirn umwölkt von privaten Gedanken, und begann Eier in eine große pinkfarbene Schüssel zu schlagen.

»Clete?«

»The Big Sleazy is nicht mehr dein Revier, Streak. Warum gehst du der Sache mit diesem Scruggs nicht auf den Grund? Wieso ist der dir durch die Lappen gegangen? Ich dachte, ihr hättet ihn unter Beobachtung?«

»Die haben ihn vor dem Hotel verloren.«

»Weißt du, was man mit einem solchen Kerl am besten macht? Man verpaßt ihm eine dicke fette Kugel direkt zwischen die Augen und schickt zur Sicherheit gleich noch ein paar hinterher.«

»Genausogut kannst du gleich deinen Arsch in den Knast schwingen«, sagte ich.

Er goß heiße Milch in meinen Kaffee. »Nicht mal die bösen Buben glauben das heutzutage noch. Kommst du mit ins Krankenhaus?«

»Darauf kannst du wetten.«

202

»Die Schwester sagt, sie hat nach mir gefragt. Wie findest du das? Wie findest du diese Megan Flynn?«

Ich starrte auf seinen feisten Nacken und die massigen Schultern und spielte mit dem Gedanken, die Polizei von New Orleans zu warnen, daß er dort auftauchen würde. Aber ich wußte, daß das seine alten Feinde beim Police Department von New Orleans nur veranlassen würden, ihm noch mehr Schaden zuzufügen, als Ricky Scarlotti das vielleicht tun konnte.

Bald darauf fuhren wir über den von Bäumen gesäumten Highway nach New Iberia.

Im Iberia General saß ich im Wartezimmer, während Clete als erster zu Megan ins Zimmer ging. Fünf Minuten nach unserer Ankunft sah ich Lila Terrebonne mit einem Nelkenstrauß in grünem Papier den Korridor entlangkommen. Sie sah mich nicht. An der offenen Tür zu Megans Zimmer blieb sie stehen. Dann drehte sie sich um und hastete in Richtung Lift.

Ich holte sie ein, bevor sie in den Aufzug steigen konnte.

»Wollen Sie denn gar nicht hallo sagen?« fragte ich.

Ich roch den Bourbon in ihrem Atem und das Nikotin in ihrem Haar und den Kleidern.

»Geben Sie die Megan von mir. Ich komm ein andermal wieder«, sagte sie und drückte mir den Strauß in die Hand.

»Woher haben Sie gewußt, daß sie hier liegt?«

»Kam im Radio ... Dave, fahren Sie mit mir im Aufzug runter.« Nachdem sich die Lifttür geschlossen hatte, sagte sie: »Ich brauche Hilfe. Ich bin am Ende.«

»Hilfe wobei?«

»Suff, Depressionen ... Ist was mit mir passiert, etwas, von dem ich niemandem erzählt habe, mit Ausnahme meines Vaters und des Priesters von St. Peter.«

»Setzen wir uns in meinen Pickup«, schlug ich vor.

Hier ist in meinen Worten die Geschichte, die Lila mir erzählt hat, während der Regen über die Scheiben des Pickup strömte und der Wind eine Weide am Bayou wie Frauenhaar zerzauste. Lila war in einer Bar draußen vor Morgan City auf die beiden Brüder getroffen. Sie spielten dort Pool-Billard, reckten ihre Körper über den Tisch, um schwierige Stöße anzusetzen, die nackten Arme von grün-roten Tätowierungen bedeckt. Sie trugen Ohrringe und gepflegte kurze Kinnbärte, hautenge Jeans, unter denen sich das Geschlecht abzeichnete, das perfekt in den Handteller einer Frau gepaßt hätte. Sie ließen je einen Drink an ihren Tisch bringen, zu einem alten Mann an der Theke und zu einem Haudegen von den Ölfeldern, der seinen Kreditrahmen bereits ausgeschöpft hatte. Aber Avancen machten sie ihr nicht.

Lila beobachtete sie über den Rand ihres großen Gin Ricky, sah die laszive Anmut ihrer Bewegungen am Pooltisch, die Selbstvergessenheit, mit der sie sich allein auf die Kunst des Spiels konzentrierten, auf die Kugeln, die sie mit der Attitüde braver Schüler in den Seitentaschen versenkten.

Dann bemerkte einer von ihnen ihre Blicke. Er hielt ihr das Queue mit aufforderndem Lächeln hin. Lila erhob sich von ihrem Stuhl, die Haut warm vom Gin, umschloß den Griff des Queue mit den Fingern, erwiderte das Lächeln des jungen Mannes und registrierte, daß er ihrem Blick scheu auswich und sich seine Wangen über der Bartlinie leicht röteten.

Sie spielten 9-er Ball. Ihr Vater hatte ihr schon als kleines Mädchen Billard beigebracht. Sie konnte einen Stoßball an der Bande laufen lassen, die Kugel mit einem englischen Rückzieher zurückholen, ohne dem Gegner eine Wahlmöglichkeit zu lassen, einen sanften Bankshot ansetzen und die Kugeln, auf die es ankam, also die 1, die 6 und die 9, mit einem Stoß versenken, der nicht mehr als ein Flüstern war.

Die beiden Brüder schüttelten deprimiert die Köpfe. Lila spendierte jedem eine Flasche Bier und sich selbst einen Gin Ricky. Sie spielten eine zweite Partie, und sie schlug die Brüder erneut.

Lila fiel auf, daß keiner von beiden in ihrer Gegenwart ordinäre oder ausfallende Ausdrücke benutzte, daß sie mitten im Satz innehielten, sobald Lila ansetzte, sie zu unterbrechen, und daß sie jungenhaft grinsten und wegsahen, wenn ihr Blick länger als einige Sekunden auf ihnen ruhte.

Sie erzählten ihr, daß sie Plankenwege für eine Ölfirma bauten, in der Erziehungsanstalt gewesen seien, nachdem ihre Mutter die Familie verlassen hatte, den Golfkrieg in einem Panzer mitgemacht hätten, dem eine irakische Granate das Fahrwerk wegsprengte. Sie wußte, daß die beiden logen, doch das kümmerte sie nicht. Sie fühlte eine Art sexueller Macht und Überlegenheit, die ihre Brustwarzen hart und ihren Blick warm werden ließ.

Als sie auf den hohen Absatzschuhen zur Toilette ging, die Schenkelmuskeln straff, sah sie sich im Spiegel über der Bar und wußte, daß jeder Mann im Raum auf die Bewegung ihrer Hüften, den sanften Schwung von Kinn und Kehle und die Grazie ihrer Haltung achtete.

Die beiden Brüder versuchten sich an keinem Aufreißmanöver. Im Gegenteil.

Als die Bar dichtmachen sollte, begannen sie sich über das Getriebe ihres Pickup zu unterhalten, bei dem ein Gang hakte, und sprachen offen ihre Sorge aus, daß sie die zwei Meilen zum Fischcamp ihres Vaters nicht schaffen würden. Regen strömte über das neonbeleuchtete Frontfenster.

Lila erbot sich, sie nach Hause zu bringen. Als die beiden das Angebot annahmen, hatte sie plötzlich den seltsam metallischen Geschmack im Mund, der sich einstellt, wenn die Wirkung des Alkohols nachläßt und eine andere chemische Wirklichkeit beginnt. Sie sah in die Gesichter der Brüder, in das Grinsen, das wie in Terrakotta geritzt wirkte, und begann nachdenklich zu werden.

Dann machte der Barkeeper ihr ein Zeichen.

»Lady, Taxis verkehren die ganze Nacht. Ein Anruf kostet einen Vierteldollar. Wenn die das Geld nicht haben, können sie bei mir umsonst telefonieren.«

»Alles in Ordnung. Trotzdem vielen Dank. Wirklich, Sie sind sehr nett«, erwiderte sie, schlang ihre Tasche über die Schulter und ließ es zu, daß einer der Brüder eine Zeitung über ihren Kopf hielt, als sie zu ihrem Wagen rannten.

Sie vergingen sich an ihr in einem offenen Traktorschuppen neben einem grünen Zuckerrohrfeld während eines Gewitters. Einer hielt ihre Handgelenke fest, während sich der andere auf einer Werkbank zwischen ihre Schenkel zwängte. Nachdem er gekommen war, fiel sein Kopf auf ihre Brust. Sein Mund war feucht, und sie fühlte, wie er einen Abdruck auf ihrer Bluse hinterließ. Einen Moment später schlüpfte er in seine Jeans und zündete sich eine Zigarette an, bevor er ihre Handgelenke für seinen Bruder festhielt, der seinen Reißverschluß öffnete und sich auf sie legte.

Als die dachte, daß es vorbei sei, als sie glaubte, sie könnten ihr nichts mehr anhaben, setzte sie sich auf der Werkbank auf, ihre Kleider zerknüllt in ihrem Schoß. Dann sah sie, wie der eine Bruder den Kopf schüttelte, seine schmutzige Hand nach ihr ausstreckte, sie über ihr Gesicht legte wie ein Anästhesist eine Sauerstoffmaske über einen Patienten und sie rücklings auf die Werkbank zwang, sie auf den Bauch drehte, die Hand auf ihren Nacken gleiten ließ und sie mit dem Mund auf die Holzbretter preßte.

Sie sah, wie ein Blitz in die Stammgabel eines Hartriegelbaums einschlug, sah, wie das Holz splitterte und der Stamm in der Mitte auseinandergerissen wurde. Tief in ihrem Unterbewußtsein glaubte sie sich an einen mit grünem Filz bespannten Pooltisch und eine jungenhafte Gestalt zu erinnern, die ein Queue wie einen Speer durch die gekrümmten Finger gestoßen hatte.

Lila hatte das Gesicht leicht abgewandt, als sie ihre Erzählung beendete.

»Ihr Vater hat die beiden umbringen lassen?« sagte ich.

»Das habe ich nicht gesagt. Ganz und gar nicht.«

»Aber genau das ist doch passiert, oder?«

»Vielleicht habe *ich* sie ja umbringen lassen. Sie hatten's verdient. Ich bin froh, daß sie tot sind.«

»Diese Haltung ist vermutlich verständlich«, sagte ich.

»Was fangen Sie mit dem an, was ich Ihnen erzählt habe?«

»Ich bringe Sie entweder heim oder in ein Sanatorium nach Lafayette.«

»Ich will nicht mehr in den Entzug. Wenn ich es mit Gesprächen und dem Programm der Anonymen Alkoholiker nicht schaffe, dann schaffe ich's überhaupt nicht.«

»Warum besuchen wir nicht nach der Arbeit ein Treffen? Und dann gehen Sie jeden Tag dorthin, drei Monate lang.«

»Ich habe das Gefühl, als gehe alles in mir zu Ende. Ich kann's nicht beschreiben.«

»'Weltuntergangspsychose' nennt man das. Ist eine schlimme Sache. Das Herz rast, man kriegt keine Luft, man hat das Gefühl, als habe man ein Stahlband um den Kopf. Psychologen behaupten, man erlebe noch einmal die Geburt.«

Sie preßte die Handfläche gegen die Stirn und kurbelte das Fenster so hastig herunter, als hätte ich mit meinen Worten der Luft jeden Sauerstoff entzogen.

»Ich muß Sie etwas fragen, Lila. Warum haben Sie vom ›Gehängten‹ gesprochen?«

»Daran erinnere ich mich nicht. Überhaupt nicht. Ist eine Karte aus dem Tarot, oder? Darüber weiß ich gar nichts.«

»Ach so.«

Ihre Haut unter dem Make-up war bleich geworden, und ihre milchig grünen Augen starrten ins Leere.

Ich lief durch den Regen ins Krankenhaus zurück und fuhr mit dem Lift hinauf, Lilas eingewickelten Nelkenstrauß in der Hand. Helen Soileau war im Warteraum.

»Irgend etwas erreicht?« fragte ich.

»Nicht viel. Sie meint, daß sie zu dritt gewesen seien. Haben geklungen wie Bauerntölpel. Einer hat die Befehle gegeben«, antwortete sie.

»Das muß Harpo Scruggs gewesen sein.«

»Ich glaube, wir packen das falsch an. Schlage den Kopf ab, und der Körper stirbt.«

»Und wo ist der Kopf?«

»Keine Ahnung«, sagte sie.

»Wo ist Purcel?«

»Der ist noch drin.«

Ich ging zu der offenen Tür und wandte mich augenblicklich ab. Drinnen saß Clete auf Megans Bettkante, hatte den Oberkörper über sie gebeugt, so daß seine mächtigen Arme und Schultern ein Dach über ihr bildeten. Ihre rechte Hand ruhte in seinem Nacken. Ihre Finger streichelten seinen Haaransatz.

An diesem Abend klarte der Himmel auf, und Alafair, Bootsie und ich kochten draußen hinter dem Haus. Ich hatte dem Sheriff von meinem Gespräch mit Lila Terrebonne erzählt, aber seine Reaktion war vorhersehbar gewesen. Wir hatten das mögliche Motiv für die Hinrichtung der beiden Brüder gefunden. Mehr nicht. Es gab keinen Beweis, der Archer Terrebonne, Lilas Vater, mit den Morden in Verbindung brachte. Außerdem waren diese Morde nicht in unserem Bezirk geschehen, und unser einziges Interesse an der Lösung des Falls mußte sich darauf konzentrieren, daß einer der Schützen die Uniform eines Deputy Sheriffs des Bezirks New Iberia getragen hatte.

Ich ging mit Lila zu einem Treffen der Anonymen Alkoholiker und anschließend nach Hause.

»Clete hat angerufen. Er ist in New Orleans. Er sagt, du sollst dir keine Sorgen mache. Was meint er damit?« fragte Bootsie.

18

Ricky Scarlotti saß am nächsten Tag mit zwei Leibwächtern in seinem Restaurant, Ecke St.Charles und Carrollton, beim Frühstück. Es war ein schöner Morgen, und es roch nach dem nassen Asphalt der Bürgersteige und der Wasserluft, die vom Fluß herüberwehte. Die Palmen leuchteten hellgrün und reckten sich im Wind in einen porzellanblauen Himmel; an der Haltestelle auf der Verkehrsinsel bestiegen Fahrgäste die Straßenbahn; der Schaffner ließ die Glocke läuten. Dabei achtete offenbar keiner auf das lindgrüne Cadillac-Cabrio, das von der Charles Street einbog und vor dem Blumenladen anhielt, und auf den Mann am Steuer mit dem taubenblauen Porkie-Hut, in Leinenhosen und Hawaiihemd, eine große Thermostasse in der Hand.

Der Mann mit dem Porkie-Hut steckte eine Münze in die Parkuhr und betrachtete interessiert die Auswahl an Blumen, die eine ältere Frau in Eimern auf dem Gehsteig unter einer

Markise aufstellte. Er wechselte ein paar Worte mit ihr, ging ins Restaurant, trat an die Theke und wickelte ein feuchtes Tuch um den Griff einer schweren Eisenkasserolle mit geschnetzelten Rindfleisch. Dann bahnte er sich unauffällig seinen Weg durch die mit karierten Tischtüchern eingedeckten Tische in dem rückwärtigen Teil des Restaurants, wo Ricky Scarlotti sich gerade mit einer Serviette den Mund abtupfte, einen Mann an seiner Seite antippte und in Richtung der sich nähernden Gestalt mit dem Porkpie-Hut nickte.

Der Mann an Ricky Scarlottis Seite hatte platinblondes Haar und eine stark gebräunte Haut. Er legte seine Gabel aus der Hand, erhob sich und baute sich wie ein Gralswächter vor Ricky Scarlottis Tisch auf. Er hieß Benny Grogan und war Profi-Wrestler gewesen, bevor er zum Begleiter eines berüchtigten und reichen Homosexuellen aus dem Garden District avanciert war. Die Polizei von New Orleans verdächtigte ihn, den Calucci-Brüdern bei mindestens zwei Morden Rückendeckung gegeben zu haben.

»Kann nur hoffen, Sie sind zum Brunch hier, Purcel«, sagte er.

»Nicht dein Bier, Benny. Geh mir aus der Sonne«, sagte Clete.

»Hey, ohne Voranmeldung kannst du hier nicht reinschneien. Mann, das geht nicht. Bist du taub?« Benny Grogan streckte die Hand aus und packte Clete beim Kragen, als dieser sich an ihm vorbeidrängte.

Clete kippte Benny Grogan kurzerhand das Rindergeschnetzelte ins Gesicht. Es war siedend heiß und klebte an seiner Haut wie eine Pappmachémaske mit Augenschlitzen. Bennys Mund war vor Schreck weit aufgerissen, und ein unartikulierter Laut drang aus seiner Kehle. Dann schlug Clete Benny mit beiden Händen den Boden der Kasserolle um die

Ohren, traf beim nächsten Ausholen den Mann auf der anderen Seite von Ricky Scarlotti ins Gesicht, der Anstalten machte aufzustehen. Es gab ein häßliches Knackgeräusch, als sein Nasenbein unter dem Gußeisen brach und er rücklings zu Boden ging.

Ricky Scarlotti war bereits auf den Beinen, den Mund verzerrt, den Finger auf Clete gerichtet. Aber der ließ ihm keine Chance, etwas zu sagen.

»Ich habe dir was aus deiner eigenen Trickkiste mitgebracht, Ricky«, erklärte Clete.

Damit rammte er eine Metallzwinge in Ricky Scarlottis Hoden und ließ sie zuschnellen. Ricky Scarlotti griff kraftlos nach Cletes Handgelenken, während sich sein Oberkörper aufbäumte.

Clete trat den Rückzug an und schleppte Ricky Scarlotti mit sich.

»Erweis dich ein einziges Mal als kooperativ. Du kannst es, wenn du willst, Mouse. So ist es gut, Junge. Immer weiter so. Hier geht's lang. Platz gemacht! Hier kommt die Maus!« sagte Clete und stieß mit dem Hintern Tische aus dem Weg.

Draußen auf der Straße befreite er Scarlotti von der Zwinge, drückte ihn gegen ein parkendes Auto, schlug ihm mit der flachen Hand ins Gesicht, bis Scarlottis Lippen bluteten.

»Bin unbewaffnet, Mouse. Du hast einen Schuß frei«, sagte Clete, die Hände mit nach außen gekehrten Handflächen an der Seite.

Aber Scarlotti war wie gelähmt, sein Mund hing schlaff nach unten, die Lippen wie rotes Himbeergelee. Clete packte ihn mit einer Hand beim Kragen und mit der anderen am Gürtel und schleuderte ihn auf den Bürgersteig, riß ihn wieder hoch, stieß ihn vor sich her, warf ihn erneut zu Boden, und so arbeitete er sich, die Mülleimer am Rinnstein umstoßend, den Bürgersteig entlang. Zahlreiche Augenpaare verfolgten ihn aus Autos, der Straßenbahn und Haustüren, aber niemand griff ein. Dann, auf einmal, gleich einem Mann, dem klar wurde, daß seine Wut unstillbar war, verlor Clete die Lust. Er drosch Scarlottis Schädel in eine Parkuhr, bis Glas und Metall krachten. Eine Frau auf der gegenüberliegenden Straßenseite schrie hysterisch, und Verkehrsteilnehmer in ihren Autos begannen auf die Hupe zu drücken. Clete packte Scarlotti an dessen blutverschmierter Hemdbrust, machte mit ihm eine volle Drehung und schleuderte ihn in die mittlerweile stufig aufgebaute Blumenauslage unter der Markise.

»Sag den Leuten, warum das hier passiert, Ricky. Sag ihnen, daß du einem Kerl die Zähne bei vollem Bewußtsein aus dem Kiefer gezogen hast, wie du einer Frau die Augen verbunden, sie geschlagen und ihren Kopf unter Wasser gedrückt hast«, sagte Clete, ging auf ihn zu, und seine Sohlen knirschten über die verstreute Blumentopferde.

Scarlotti wich, aus beiden Nasenlöchern blutend, unwillkürlich zurück. Dann kam die Blumenhändlerin aus dem Restaurant gelaufen, kniete neben ihm nieder, hielt beide Arme über seine Brust, als wolle sie ihn hindern aufzustehen. Sie keifte Clete auf italienisch an, die Augen blitzend und voller Haß.

Benny Grogan, der Ex-Wrestler, berührte Cletes Ellbogen. Rindergeschnetzeltes klebte noch immer vereinzelt in seinem platinblonden Haar. Er hielt einen Hammer in der Hand, den er jedoch in einen Sack mit Torfmoos warf. Aus einem unerfindlichen Grund hörte die ältere Frau abrupt zu schreien auf, so als habe man den Stecker aus dem Radio gezogen.

»Und was hat das jetzt gebracht, Purcel?« fragte Benny Grogan.

Clete sah auf die ältere Frau hinab, die bei ihrem Sohn kauerte.

»Solltest heute in die Kirche gehen. Zünd eine Kerze an, Mouse«, sagte er.

Dann stieg er in sein Cabrio, fuhr mit weiß qualmendem Auspuff bis zur Ecke und bog in eine schattige Seitenstraße in Richtung St. Charles Street ein. Dabei griff er sich seine Thermostasse vom Armaturenbrett und trank einen Schluck Kaffee.

19

Es war früher Samstag morgen; Clete wechselte in meiner Auffahrt einen Reifen und löste gerade eine Mutter mit dem Radkreuz, während wir uns unterhielten.

»Ich hab die River Road genommen, bin über die Huey Long geheizt und habe mich für eine Weile aus New Orleans verkrümelt«, sagte er. Er sah aus zusammengekniffenen Augen zu mir auf und wartete. »Was ist?« fragte er.

»Scarlotti ist in dieser Geschichte nur ein kleines Licht, Clete«, bemerkte ich.

»Ach ja? Sind Helen und du ihm deshalb auf die Zehen getreten?« Er richtete sich auf und warf sein Werkzeug in den Kofferraum. »Ich brauche neue Reifen. Am Ende der Brücke ist mir einer geplatzt. Was meinst du mit ›kleines Licht‹? Macht mich sauer, Dave.«

»Ich glaube, daß er und die Giacano-Familie Cool Breeze kaltmachen wollen, weil er sie beim FBI verpfiffen hat. Aber wenn du Megan rächen willst, hast du vermutlich den Falschen erwischt.«

»Die Schmalztollen sollen plötzlich Befehlsempfänger geworden sein, wo sie New Orleans doch schon seit hundert Jahren regieren? Mann, man lernt wirklich nie aus. Hast du den

Artikel im *Star* über Hitler gelesen? Er soll sich in Israel verstecken.«

Sein Gesicht blieb einen Moment ernst, dann steckte er eine Zigarette in den Mund, und ein Lächeln trat in seine Augen. Er ließ seinen Porkpie-Hut auf einem Finger kreiseln, während er mich und schließlich die über dem Wasser aufgehende Sonne hinter den Zypressen betrachtete.

Ich half Batist im Köderladen, fuhr dann zu Cool Breezes Haus am Westrand der Stadt und erfuhr dort von einem Nachbarn, daß er draußen bei Mout's Blumenfarm war.

Mout' und eine Hmong-Familie aus Laos bewirtschafteten knapp einen Hektar Zinnien- und Chrysanthemenfelder inmitten einer Zuckerrohrplantage an der Straße nach St. Martinville, und jeden Herbst, wenn die Footballsaison begann, schnitten sie Wagenladungen von Blumen, die sie an Blumenhändler in Baton Rouge und New Orleans verkauften. Ich fuhr durch ein Viehgatter und eine weiße Straße aus Schieferton entlang, bis eine Reihe von Pappeln auftauchte, die als Windschutz diente, und sah Cool Breeze in der Sonne Unkraut jäten, während sein Vater im Schatten an einem kleinen Tisch mit einem Krug Limonade saß und Zeitung las.

Ich stellte den Pickup ab und ging Chrysanthemenreihen entlang. Es wehte ein leichter Wind, und die Felder wogten wie ein Meer aus braungoldenen und purpurfarbenen Wellen.

»Hätte nie gedacht, daß Sie mal Farmarbeit machen würden, Breeze«, sagte ich.

»Hab einiges in den Wind geschossen. Dafür habe ich von meinem Vater den Job hier gekriegt. Das is alles«, sagte er.

»Was in den Wind geschossen?«

»Den Plan, mich an gewissen Leuten zu rächen und so. Ich geb niemandem mehr Grund, mich in den Knast zu stecken.«

»Weißt du, was ein Exhumierungsbefehl ist?« fragte ich.

Wie viele Farbige witterte auch er in jeder von einem Weißen gestellten Frage eine Falle und machte keine Anstalten zu antworten. Er bückte sich und riß Unkraut mitsamt den Wurzeln aus der Erde.

»Ich möchte die sterblichen Überreste Ihrer Frau von einem Pathologen untersuchen lassen. Glaube nämlich nicht, daß sie Selbstmord begangen hat«, sagte ich.

Er hielt bei der Arbeit inne und stützte sich auf den Griff der Harke. Seine Hände wirkten über dem Holz wie rauher Fels. Dann steckte er eine Hand in sein Hemd, rieb sich die Haut, ohne den Blick auch nur einen Moment von mir abzuwenden.

»Sagen Sie das noch mal!«

»Ich hab mit dem Büro des Bezirksrichters von St. Mary gesprochen. An Idas Leiche ist nie eine Autopsie vorgenommen worden. Man ist schlicht davon ausgegangen, daß es Selbstmord war.«

»Soll heißen?«

»Ich glaube nicht, daß sie sich umgebracht hat.«

»Hat niemand Grund gehabt, sie umzubringen, niemand. Es sei denn, Sie meinen ... Moment mal! Versuchen Sie mir ...«

»Sie sind kein Mörder, Breeze. Sie haben sich nur von den miesesten Typen meiner Rasse benutzen lassen.«

Er begann erneut, mit der Harke den Boden zu bearbeiten; sein Atem ging pfeifend, die Stirn war gerunzelt wie ein alter Lederhandschuh. Der Wind blies kühl über das Feld, und trotzdem rannen ihm Schweißtropfen so groß wie Murmeln über den Hals. Schließlich hielt er erneut inne und fixierte mich aus wäßrigen Augen.

»Was müssen wir tun, um diesen Befehl zu kriegen, von dem Sie reden?« fragte er.

Als ich nach Hause kam, bot sich mir ein seltsames Schauspiel. Alafair und drei ihrer Freundinnen waren vor dem Haus und beobachteten einen Mann mit kurzgeschorenen Haaren, der aufrecht auf einem Eichenast stand, sich plötzlich vornüberfallen ließ, nach einem zweiten Ast griff, sich mit den Knien einhakte und lässig hin und her baumelte.

Ich parkte den Pickup und ging über den Rasen, während Boxleiter, mit dem Kopf nach unten hängend, jedem meiner Schritte mit den Augen folgte. Dann schnellte sein Oberkörper hoch; er machte einen halben Salto und kam mit den Fußballen auf dem Boden auf.

»Alafair, geht ihr kurz mal ins Haus und sagt Bootsie, daß ich in ein paar Minuten nachkomme, ja?« sagte ich.

»Sie ist auf der Veranda. Sag's ihr doch selbst«, entgegnete Alafair.

»*Alf* …«, sagte ich.

Sie verdrehte die Augen zum Zeichen, wie sehr ich ihre Geduld strapazierte, und verzog sich mit ihren Freundinnen durch den Schatten der Bäume in Richtung Haus.

»Swede, wär mir lieber, Sie würden Geschäftliches mit mir in der Dienststelle erledigen«, sagte ich.

»Ich konnte letzte Nacht nicht schlafen. Dabei habe ich normalerweise einen Bombenschlaf. Ich meine, ich schlafe wie ein Stein, wie tot. Nur nicht letzte Nacht. Da ist eine verdammt große Kacke am Dampfen, Mann. Ist so ein Gefühl, das ich nicht los werde. Und mein Gefühl trügt mich nie.«

»Und was sagt Ihnen Ihr Gefühl?«

»Da geht's nicht mit rechten Dingen zu.« Seine Hand zuckte durch die Luft, als wolle er eine Spinnwebe wegwischen. »Hatte nie Mühe, irgendwelche Auftragsarbeiten durchzuführen. Man schlägt seine Pflöcke ein, erklärt die Regeln, und wenn die Jungs nicht hören wollen, dich nicht in Ruhe arbeiten lassen,

wird der Lohn gestrichen. Aber so funktioniert das hier nicht.«
Er wischte sich mit dem Unterarm den Schweiß von der Stirn.

»Tut mir leid, Swede, aber ich kann Ihnen nicht folgen.«

»Ich mach mir keine Illusionen darüber, wie Kerle wie ich
mal enden. Aber Cisco und Megan sind nicht wie ich. Ich habe
im Dismas House in St. Louis geschlafen, nachdem ich meine
erste Strafe abgesessen hatte. Sie sind gekommen und haben
mich geholt. Wenn sie sehen, daß jemand am Boden liegt und
herumgeschubst wird, dann machen sie die Probleme dieser
Leute zu ihren Problemen. Haben sie von ihrem alten Herrn.
Deshalb haben diese Wichser hier ihn an die Wand genagelt.«

»Wir sind bei mir zu Hause, Partner. Ihre Ausdrucksweise
gefällt mir nicht.«

Seine Hand schoß vor und packte mich am Hemd.

»Sie sind wie alle Cops, die mir je untergekommen sind. Sie
hören einfach nicht zu. Ich kann nicht aufhalten, was da passiert.« Ich packte sein Gelenk und stieß seinen Arm von mir
weg. Er ballte hilflos die Hände zu Fäusten.

»Ich hasse Typen wie Sie«, sagte er.

»Ach ja?«

»Sie gehen mit Ihrer Familie zur Kirche, aber Sie haben keine Ahnung, wie für zwei Drittel der Menschheit das Leben
wirklich ist.«

»Ich geh jetzt rein, Swede. Kommen Sie ja nie wieder her.«

»Was habe ich getan? Wieder Gossenjargon verwendet?«

»Sie haben ein paar Löcher in Anthony Pollock hinterlassen. Ich kann's nicht beweisen, und es ist nicht in meinem Zu-
ständigkeitsbereich passiert, aber das ändert nichts daran, daß
Sie ein Killer sind.«

»Wenn ich dabei eine Uniform tragen würde, würden Sie
mich im Kiwanis Club auf dem Tablett rumreichen. Ich habe
gehört, daß Sie Ihr Kind adoptiert haben und es richtig gut be-

handeln. Das ist echte Rechtschaffenheit, Mann. Der Rest allerdings ist Komödie. Ein Typ mit Ihrem Grips sollte drüberstehen.«

Er ging den Hang hinunter zu seinem Wagen. Als er aus dem Schatten der Bäume trat, blieb er stehen und drehte sich um. Die Gläser seiner Nickelbrille reflektierten das Sonnenlicht wie geschliffene Diamanten.

»Wie viele Leute waren nötig, um Megans und Ciscos alten Herrn zu kreuzigen und sicherzustellen, daß die Tat über vierzig Jahre ungesühnt bleibt? Ich bin ein Killer, finden Sie? Passen Sie lieber auf, daß einer Ihrer Nachbarn Sie nicht eines Tages mit nem Preßluftnagler erledigt!« rief er zu mir herauf, während zwei Angler, die einen Bootsanhänger abkoppelten, ihn mit offenem Mund anstarrten.

An diesem Nachmittag versuchte ich Boxleiter beim Laubrechen und -verbrennen zu vergessen. Auf seine vertrackte Art hatte er mich mit der Nase darauf gestoßen, in welchem Maß vermeintlich normalen Leuten menschliches Verhalten tatsächlich fremd ist. Ich erinnerte mich an eine alte Geschichte über einen vierzehnjährigen Jungen aus Chicago, der Verwandte in einer Kleinstadt in Mississippi unweit des Pearl River besuchte. Eines Nachmittags pfiff er einer weißen Frau auf der Straße nach. Man sagte kein Wort zu ihm, doch noch in derselben Nacht entführten ihn zwei Mitglieder des Klu-Klux-Klan aus dem Haus der Verwandten, erschossen ihn, wickelten seine Leiche in ein mit Draht und Backsteinen beschwertes Netz und versenkten sie im Fluß.

Jeder in der Stadt wußte, wer es gewesen war. Zwei Anwälte vor Ort, geachtete Männer, die nichts mit dem Klan zu tun hatten, erklärten sich freiwillig bereit, die Mörder zu verteidigen. Die Geschworenen brauchten zwanzig Minuten, dann waren die beiden wieder frei. Der Sprecher der Geschworenen sagte, die Entscheidungsfindung habe so lange gedauert, weil die Geschworenen ihre Sitzung für eine Getränkepause unterbrochen hätten.

Es ist eine Geschichte aus einer anderen Zeit, einer Zeit voller Scham und kollektiver Angst, aber es geht dabei nicht um Rassendiskriminierung, sondern um das Schicksal derer, die das Kainsmal tragen.

Ein Jahr nach dem Tod des Jungen kam der Reporter einer landesweit verbreiteten Illustrierten in die Stadt am Pearl River, um das Schicksal der Mörder zu recherchieren. Zuerst hatte man sie geschnitten, war auf der Straße grußlos an ihnen vorbeigegangen, hatte sie in Geschäften behandelt wie Namenlose, dann war es mit ihren Geschäften bergab gegangen … der eine machte mit seiner Tankstelle, der andere mit einem Düngergeschäft Pleite. Beide verließen die Stadt, und als man sich nach ihrem Verbleib erkundigte, schüttelten alte Nachbarn nur den Kopf, als seien die Killer Teil einer nebulösen und längst vergessenen Episode aus der Vergangenheit.

Die Stadt, die sich in ihrer Gesamtheit zu Komplizen der Mörder gemacht hatte, hatte die eigentlichen Täter ausgestoßen. Aber in St. Mary war niemand ausgestoßen worden. Warum? Was war der Unterschied zwischen dem Mord an dem schwarzen Teenager und Jack Flynn, die doch beide von einem Kollektiv getötet worden waren?

Die Antwort lautet: Die Mörder in Mississippi waren weißes Pack und vom wirtschaftlichen Standpunkt aus entbehrlich gewesen.

Am Sonntag nachmittag fand ich Archer Terrebonne auf der seitlichen Terrasse seines Hauses, wo er auf einem Glastisch eine Spinnrolle auseinandernahm. Er trug Slipper, eine weiße

Hose und ein purpurfarbenes Hemd mit seinem Monogramm an der Brusttasche. Über ihm knatterten zwei Palmen mit grauer, weicher Rinde in einem stahlblauen Himmel. Terrebonne sah zu mir auf und konzentrierte sich, ohne unhöflich zu wirken, wieder auf seine Arbeit.

»Störe Sie ungern am Sonntag, aber ich schätze, Sie sind unter der Woche noch viel beschäftigter«, sagte ich.

»Von Störung kann keine Rede sein. Holen Sie sich einen Stuhl. Wollte Ihnen sowieso für die Hilfe danken, die Sie meiner Tochter zuteil werden ließen.«

Bei Terrebonne redete man nicht lange um den heißen Brei herum.

»Es ist erhebend, sie morgens wieder frisch und fröhlich zu sehen, unbeeindruckt von all den Schwierigkeiten, die sie hatte, all die Nächte in Krankenhäusern und die Besuche der Polizei«, sagte er.

»Ich habe ein Problem, Mr. Terrebonne. Ein Mann namens Harpo Scruggs wildert in unserem Revier, und wir kriegen ihn einfach nicht zu fassen.«

»Scruggs? Ah ja, der! Ein Original, der Bursche. Dachte, er sei tot.«

»Sein Onkel war ein Mann namens Harpo Delahoussey. Er war Sicherheitschef in Ihrer Dosenfabrik … die ja abgebrannt ist.«

»Ja, ich erinnere mich.«

»Wir glauben, daß Harpo Scruggs versucht hat, einen Schwarzen namens Willie Broussard umzubringen, und Jack Flynns Tochter beinahe ertränkt hat.«

Er legte den winzigen Schraubenzieher und das Innenleben der Spinnrolle auf den Tisch. Die Spitzen seiner schmalen Finger glänzten von dem Maschinenöl. Der Wind blies ihm das weiße Haar aus der Stirn.

»Sie benutzen den Namen des Vaters, nicht der Tochter. Was darf ich denn daraus schließen, Sir? Daß wir, die wir über einen gewissen Wohlstand verfügen, uns wegen Jack Flynns Tod schuldig fühlen sollten?«

»Warum, glauben Sie, ist er ermordet worden?«

»Das ist Ihr Metier, Mr. Robicheaux, nicht meines. Aber wenn Sie mich fragen: Jack Flynn ist kein Held der Arbeiterklasse gewesen. Er war vielmehr ein übler Agitator, ein von Neid zerfressener Mann, der es nie verwunden hat, daß seine Familie durch eigene Dummheit ihr Vermögen verloren hatte. Irischer Adel erträgt es schlecht, wenn er sich plötzlich von gekochtem Kohl ernähren muß.«

»Er hat in Spanien gegen Franco und den Faschismus gekämpft. Komische Art, Neid abzureagieren.«

»Worauf wollen Sie eigentlich hinaus?«

»Ihre Tochter leidet … wegen einer Episode aus der Vergangenheit. Und sie kann mit niemandem darüber sprechen. Ich vermute einen Zusammenhang mit der Figur des ›Gehängten‹ aus dem Tarot, und ich frage mich, ob es Jack Flynns Tod ist, der sie so quält.«

Er krümmte die Finger in die Handfläche, als wolle er das Maschinenöl abreiben, und betrachtete sie sinnend.

»Sie hat ihre Cousine umgebracht, als sie fünfzehn war. Oder jedenfalls ist sie davon überzeugt, es getan zu haben«, sagte er. Er sah, wie sich mein Ausdruck veränderte, wie meine Lippen versuchten, ein Wort zu formen. »Wir hatten eine Hütte in Durango, am Fuß eines Berges. Die beiden hatten den Schlüssel zu meinem Waffenschrank entdeckt und Schießübungen an einem Schneefeld gemacht. Die Lawine hat ihre Cousine in einem Wasserlauf unter sich begraben. Als man sie am nächsten Tag ausgegraben hat, war ihre Leiche aufrecht, in der Form eines Kreuzes gefroren.«

»Das wußte ich nicht, Sir.«

»Jetzt wissen Sie's. Ich gehe jetzt rein zum Essen. Möchten Sie uns Gesellschaft leisten?«

Auf dem Weg zu meinem Pickup fühlte ich mich wie jemand, der eine friedliche Versammlung durch unflätige Bemerkungen gestört hatte. Ich saß hinter dem Steuer und starrte auf die Fassade des Terrebonneschen Hauses. Es lag mittlerweile im Schatten, die Vorhänge hinter sämtlichen Fenstern waren geschlossen. Welche Geheimnisse aus der Vergangenheit, welche privaten Katastrophen verbargen sich hinter diesen Mauern? Ich fragte mich, ob ich es je erfahren würde. Die Abendsonne hing wie eine in alle Richtungen flackernde rote Flamme in den Pinien.

20

Ich erinnere mich noch an einen Weihnachtsmorgen fünf Jahre nach meiner Rückkehr aus Vietnam. Ich erlebte ihn in einer die ganze Nacht geöffneten, aus schwarzen Brettern zusammengezimmerten Kneipe mit einem Fußboden aus gestampfter Erde, über die man Schotter gekippt hatte. Ich stieg die Holzstufen zu einem verlassenen Parkplatz hinunter, die Gesichtsmuskeln taub vom Alkohol, blieb umgeben von Stille stehen und sah auf eine einzelne, moosverhangene Lebenseiche, die winterlich graue Viehweide, die hohle Kuppel des farblosen Himmels über mir, und spürte plötzlich die endlose Weite der Welt und welche Verheißung sie für jene bereithielt, die sich noch zu ihren Kindern zählten und nicht sämtliche Bande zum Rest der menschlichen Gemeinschaft gekappt hatten.

Am Montag morgen besuchte ich Megan im Haus ihres Bruders und entdeckte einen Ausdruck in ihren Augen, von dem ich glaubte, daß er auch in meinen Augen an jenem Weihnachtsmorgen gestanden haben mußte.

Hätten ihre Angreifer sie nur wenige Sekunden länger unter Wasser gehalten, hätte ihr Körper dem nachgegeben, was ihr Wille niemals zugelassen hätte, dann hätten ihre Lungen, Mund und Nase versucht, durch Wasser Sauerstoff aufzunehmen, und ihre Brust und Kehle hätten sich wie mit Zement gefüllt. In diesem Moment hatte sie im Schwebezustand zwischen den Welten das herzzerreißende Glück des Lebens erfahren, das wir so leichtfertig verschwenden wie die abgerissenen Seiten eines Kalenders. Aber niemals würde sie die Tatsache vergessen oder vergeben können, daß sie die Gnade des Lebens denselben Händen zu verdanken hatte, die zuvor ihr Brandmal in ihre Haut und ihr Gesicht in den Schlick gedrückt hatten.

Sie wohnte im Gästehaus im rückwärtigen Gartenteil, und die Terrassentüren standen auf, und die Mittagsblumen um die Bäume glühten dunkelrot im Schatten.

»Was ist das denn?« fragte sie.

Ich legte die Papiertüte mit dem metallischen Inhalt auf ihren Frühstückstisch.

»Eine Beretta, Kaliber Neun-Millimeter. Jemand zeigt dir, wie man damit umgeht. Dafür ist gesorgt«, sagte ich.

Sie nahm die Pistole und das getrennt verpackte Magazin aus der Tüte, zog den Schlitten zurück und sah in die leere Kammer. Dann schob sie den Sicherungsriegel vor und zurück.

»Für einen Polizisten hast du eine komische Einstellung«, sagte sie.

»Wenn die Karten erst gemischt sind, sollte man auf alles gefaßt sein«, sagte ich.

Sie steckte die Pistole wieder in die Tüte, trat auf die geziegelte Terrasse hinaus und sah über den Bayou, die Hände in den Gesäßtaschen ihrer weiten Khakihose.

»Ich bin bald wieder okay. Hab schon Schlimmeres durchgemacht«, sagte sie.

Ich trat zu ihr ins Freie. »Nein, hast du nicht«, widersprach ich.

»Wie bitte?«

»Schlimmer kann es nicht werden. Wenn man mal an der Schwelle gestanden hat, gehört man zu einer auserwählten Gemeinschaft. Ein Psychologe hat mir mal gesagt, daß sie nur ungefähr drei Prozent der Menschheit umfaßt.«

»Auf die Ehre kann ich verzichten.«

»Warum bist du zurückgekommen?«

»Mein Vater erscheint mir nachts im Traum.«

»Möchtest du die Waffe?«

»Ja.«

Ich nickte und wandte mich zum Gehen.

»Warte!« Sie zog ihr Brillenetui aus der Brusttasche ihrer Bluse und trat dicht vor mich hin. In einem Augenwinkel hatte sie eine dunkle Schramme, wie eingeriebene Schminke. »Bleib einfach stehen. Du mußt gar nichts tun«, sagte sie, legte ihre Arme um mich und ihren Kopf an meine Brust und preßte ihren Bauch flach an mich. Sie trug Rehledermokassins, und ich fühlte den Rist ihres Fußes an meinem Knöchel.

Ihr Kopf bewegte sich unter meinem Kinn an meiner Kehle, und die Feuchtigkeit in ihren Augen war wie ein nicht gegebener Kuß, der meine Haut streifte.

Rodney Loudermilk hatte mittlerweile zwei Wochen im achten Stock des alten Hotels gewohnt, das kaum zwei Blocks von der Alamo-Mission entfernt lag. Der Lift war langsam und vibrierte dumpf im Schacht, in den Korridoren stank es, von den

Feuertreppen rieselte der Rost an den Backsteinwänden des Gebäudes herunter. Aber im Parterre gab es eine Bar und einen Grillroom, und die Aussicht aus seinem Fenster war atemberaubend. Am Abend verfärbte sich der Himmel blau und lachsrot, der San Antonio River glitzerte im Licht der Restaurants an der Uferstraße und der Gondeln, die unter den Brücken hindurchfuhren, und er konnte den rosagetönten Stein vor der alten Missionsstation erkennen, wo er sich selbst oft als Fremdenführer verdingte und College-Schülerinnen durch die von Weinranken überwucherten Säulengänge geleitete.

Seit einem Unfall mit einem Luftgewehr in seiner Kindheit war er auf einem Auge blind. Er hatte Koteletten und trug Cowboyhemden mit Druckknöpfen zu seinen Westernanzügen. Er war nur einmal unten in Sugarland gewesen, wegen einer unergiebigen Einbruchstour, die dann schiefgegangen war, weil sein Partner, ein Schwarzer, vom Dach ein Stemmeisen auf ein Gewächshaus hatte fallen lassen.

Aber Rodney hatte seine Lehre daraus gezogen: Bleib weg von den Dächern und versuch nicht, aus Wassermelonenpflückern erfolgreiche Fassadenkletterer zu machen.

Die Zeit auf der Sugarland Farm war die Sache nicht wert gewesen. Er hatte eine neue Masche entwickelt, eine würdevollere und lukrativere, bei der er nicht auf Hehler angewiesen war, die fünfzehn Cent pro Dollar kassierten. Eine Woche nach seiner Entlassung von der Farm landete er seinen Coup. Es war viel einfacher, als er gedacht hatte. Opfer war ein Rancher am Rand von Victoria, ein Angeberarschloch, der einen Cadillac mit einem Kuhgehörn auf der Motorhaube herumgefahren und gebrabbelt hatte: »Ich geb dir Geld, Junge. Du nennst den Preis. Schau, meine Frau kommt gleich aus dem Laden. Tu ihr nichts, okay …« Dann hatte er zu zittern angefangen und sich wie ein Kind naß gemacht.

»Das zeigt uns wieder mal, daß Geld den Schniedel nicht gerade stählt«, erzählte Rodney später stolz seinen Freunden.

Und er sagte auch, daß der Fette zu blöd gewesen sei, je zu begreifen, daß seine Frau den Mord finanziert hatte. Und Rodney hatte ihm seine Illusionen gelassen. Warum auch nicht? Geschäft ist Geschäft. Da durfte man nichts persönlich nehmen, auch wenn der Typ das geborene Opferlamm gewesen war.

Ihre Probleme waren hausgemacht. Sie machten Schulden, stahlen Geld, sie betrogen ihre Frauen. Jeder suchte Gerechtigkeit auf seine Weise. Der Staat tat es mit Bahre und Spritze hinter einer Glasscheibe, während die Leute glotzten, als wären sie in einem Horrorfilm. Mann, war das krank!

Rodney duschte in der schmalen Blechkabine und zog ein frisches, langärmliges Hemd an, eines, das die eintätowierte Kette blauer Sterne um sein linkes Handgelenk verdeckte, begutachtete die vier Anzüge im Schrank und wählte den, der im Licht schillerte wie ein Stück poliertes Metall. Dann zog er ein neues Paar Cowboystiefel an, setzte einen weißen Cowboyhut auf und klappte den Rand schräg über sein blindes Auge nach unten.

Alles, was man tun mußte, war, am Eingang vom Alamo zu stehen, dann kamen die Leute von selbst und stellten einem Fragen. Kleider machten nicht die Person aus. Kleider *waren* die Person, sagte er den Leuten. Haben Sie je einen bewaffneten Polizisten auf einem Pferd ohne Hut und Sonnenbrille gesehen? Haben Sie je einen Bautruppleiter auf der Baustelle ohne Klippbrett und Schutzhelm und eine Tasche voller Kugelschreiber erlebt? Je eine Nutte gesehen, die sich *nicht* zurechtgemacht hätte wie dein ganz persönlicher Flipperautomat?

Rodney fungierte als Fremdenführer, zeigte den Leuten den

Weg, brachte Touristen in ihre Hotels, so daß sie nicht von denen ausgeraubt werden konnten, die er die »Ortsunerwünschten« nannte.

Ein Kumpel, ein Typ, mit dem er in Sugarland eine Zelle geteilt hatte, fragte ihn, was er eigentlich von alldem habe.

»Nichts. Genau das ist der Punkt, Junge. Sie haben nichts, was ich haben will.«

Was nicht stimmte. Aber wie sollte man einer Pfeife erklären, daß Normale herumzuführen, sie einen Moment zu verängstigen, um sie gleich darauf wieder zu beruhigen, zu beobachten, wie sie an seinen Lippen hingen, wenn er ihnen über die Einäscherung der toten Texaner an den Flußufern erzählte (eine Geschichte, die er aus einer Broschüre auswendig gelernt hatte), ihm jenen Kick gab, der sich wie ein Güterzug voller erstklassigem Stoff anfühlte, der mitten durch sein Gehirn ratterte.

Oder einem sabbernden Fettsack, der glaubte, Rodney Loudermilk bestechen zu können, eins aufs Fell zu brennen.

Der Abend dämmerte, als Rodney von einer Tour mit zwei Nonnen zu der Stelle zurückkam, wo Davy Crockett entweder mit einem Bajonett erstochen oder gefangengenommen und später gefoltert worden war. Sie waren beide leicht blaß um die Nase geworden angesichts der Details, mit denen er das Ereignis ausgeschmückt hatte. Und tatsächlich hatten sie anschließend die Undankbarkeit besessen, seine Eskorte zurück zum Hotel abzulehnen, so als habe er Mundgeruch. Auch gut, sagte er sich. Er hatte Wichtigeres vor. Wie zum Beispiel das Geschäft drüben in Louisiana. Er hatte seinem Kumpel, der Pfeife, erzählt, er habe sich keine neue Karriere aufgebaut, um schließlich wieder bei der Scheiße mit bewaffneten Überfällen zu landen. Der ganze Auftritt am Bayou hatte ihn in einer Art und Weise deprimiert, die er sich nicht erklären konnte, so als habe jemand ihm etwas weggenommen.

Sie hatte keine Angst gehabt. Wenn sie Angst hatten, beweist es, daß sie wissen, was auf sie zukam. Hatten sie keine Angst, war es, als spuckten sie dir ins Gesicht. Ja, das war es. Man konnte sie nicht kaltmachen, solange sie keine Angst hatten, sonst nahmen sie einen Teil von dir mit in den Tod. Jetzt hatte er einen Platz in seinem Gehirn für eine »Haut« (so nannte er Frauen) reserviert, an die er eigentlich keinen Gedanken verschwenden sollte. Er hatte ihr Macht gegeben und wollte am liebsten zurückgehen und die Bilder korrigieren, die ihn verwirrt und gereizt zurückgelassen hatten. Er war nicht mehr er selbst, wenn er Stadtführungen in seinen Westernklamotten machte.

Er sah auf das Stück Papier, auf dem er sich Notizen gemacht hatte, als dieser verrückte Deal angefangen hatte. Da stand: *H. S. in New Iberia treffen. Einer Kommunistin eine Lehre erteilen?* Einer Kommunistin? Nicht Kommunisten, sondern Republikaner lebten in tollen Häusern. Das wußte jeder Vollidiot. Wie war er nur da hineingeraten? Er zerknüllte die Notiz in seiner Hand und warf sie in Richtung Papierkorb, wo sie vom Rand abprallte, und bestellte im Grillroom unten ein Steak mit Baked Potato, viel Sourcream und zerlassener Butter und einen grünen Salat und eine Flasche Champagner.

Der Abend dämmerte, und purpurner Dunst hing über den Dächern, als ein Mann aus einem Korridorfenster auf eine Feuertreppe trat, einen Fuß auf den Sims stellte und sich an der Backsteinwand des Gebäudes entlanghangelte. Dabei bemerkte er die Blicke von zwei Wermutbrüdern gar nicht, die acht Stockwerke weiter unten zu ihm hinaufstarrten. Als der Sims endete, machte er nur einen Augenblick halt, sprang mit der Geschmeidigkeit einer Katze über den Zwischenraum zum nächsten Sims und schlüpfte durch das erste Fenster.

Rodney Loudermilk hatte gerade einen Bissen Steak in den

Mund geschoben, als der ungebetene Besucher ihn von hinten packte, ihn vom Stuhl zog, Arme und Handgelenke um seinen Brustkorb geschlungen, ihn in die Luft und zum Fenster schwang, dessen Vorhänge sich im Abendwind blähten. Es ist anzunehmen, daß Rodney zu schreien und sich mit der Gabel in seiner Hand zu wehren versucht hatte, aber der Bissen Steak steckte wie ein Stein in seiner Kehle, und unter den Armen seines Besuchers schienen seine Rippen wie Zündhölzer zu zerbrechen.

Dann wehte ihn ein Lufthauch an, und ohrenbetäubender Krach schlug ihm entgegen, und er war in freiem Fall draußen über der Stadt zwischen Wolken und Dächern, und die Gesichter hinter den Fenstern flogen wie im Nebel an ihm vorüber. Er konzentrierte seinen Blick auf den schwärzlich purpurroten Streifen am Himmel, der sich in rasanter Fahrt entfernte, so wie ihm im Leben stets die Dinge entglitten waren. Es war ein seltsames Phänomen, wie sich ein Verbrechen zum anderen fügte. Dann tauchte in Bruchteilen von Sekunden ein altmodischer Feuerhydrant mit rundem Kuppelabschluß aus dem Betonboden unter ihm auf und schoß ihm fast mit Lichtgeschwindigkeit entgegen.

Der Bericht über Rodney Loudermilks Tod wurde uns von einem Beamten der Mordkommission von San Antonio namens Cecil Hardin telefonisch übermittelt, der die zerknüllte Notiz vom Teppich neben dem Papierkorb in Loudermilks Zimmer aufgehoben hatte. Er las uns auch die Aussagen vor, die die beiden Zeugen unten in der Gasse gemacht hatten, und spielte ein Tonband von dem Verhör mit Loudermilks Kumpel ab.

»Irgendeine Idee, wer H. S. sein könnte?« fragte Hardin.

»Wir hatten hier Ärger mit einem Ex-Cop namens Harpo Scruggs«, sagte ich.

»Glauben Sie, er hat was mit Loudermilks Tod zu tun?« fragte er.

»Der Killer soll ein Luftakrobat gewesen sein, sagen Sie? Da tippe ich auf einen anderen ortsbekannten Typen … Swede Boxleiter. Er ist Hauptverdächtiger in einem Mordfall in Lafayette.«

»Was ist denn bei euch da unten los? Seid ihr der Rummelplatz für Gauner und Ganoven?« Dann sagte er: »Was hat es mit diesem Boxleiter auf sich?«

»Ist ein Psychopath mit Treuebonus.«

»Soll das ein Witz sein, Sir?«

Ich fuhr über die Loreauville Road zu Ciscos Haus. Megan las in einem Schaukelstuhl auf der Veranda in einem Buch.

»Weißt du, wo Swede am Sonntag gewesen ist?« fragte ich.

»Na hier. Zumindest am Morgen. Warum?«

»War nur so eine Frage. Sagt dir der Name Rodney Loudermilk etwas?«

»Nein. Wer ist das?«

»Ein Typ mit Koteletten. Blind auf einem Auge.«

Sie schüttelte den Kopf.

»Hast du Swede von deinen Peinigern erzählt? Wie sie ausgesehen haben, was sie gesagt haben?«

»Nichts, was ich dir nicht auch erzählt habe. Ich habe geschlafen, als sie eingebrochen sind. Sie haben mir die Augen verbunden.«

Ich kratzte mich im Nacken. »Vielleicht ist Swede doch nicht unser Mann.«

»Wovon redest du eigentlich, Dave?«

»Sonntag abend hat jemand einen Auftragskiller in einem Hotel in San Antonio ausgeschaltet. Er war vermutlich einer der Männer, die in euer Haus eingestiegen sind.«

Megan klappte ihr Buch zu und sah in den Garten hinaus.

»Ich habe Swede von den blauen Sternen am Handgelenk des einen Mannes erzählt«, sagte sie.

»Wovon?«

»Einer von ihnen hatte eine Reihe Sterne um das Handgelenk tätowiert. Einem eurer Deputys habe ich das auch erzählt. Er hat's notiert.«

»Wenn dem so ist, dann haben der Sheriff und ich nie davon erfahren.«

»Was macht das schon für einen Unterschied?«

»Der Kerl in San Antonio, er wurde aus dem Fenster im achten Stock gestoßen. Und zwar von einem Mann mit den akrobatischen Fähigkeiten eines Fassadenkletterers. Das Opfer hatte eine Tätowierung aus blauen Sternen am Handgelenk.«

Sie versuchte den Ausdruck des Erkennens in ihren Augen zu verschleiern, nahm die Brille ab und setzte sie wieder auf.

»Swede ist an dem betreffenden Morgen hier gewesen. Er hat mit uns gefrühstückt. Ich meine, es war alles ganz normal«, sagte sie und sah mich an.

»Normal? Du redest von Boxleiter? War einen Versuch wert, Meg.«

Helen und ich fuhren zum Filmset auf dem Terrebonneschen Rasen.

»Sonntag? Da war ich bei Cisco. Und dann zu Hause. Anschließend habe ich mir einen Film im Kino angesehen«, sagte Swede. Er sprang von der Ladefläche eines Pickup. Ein Werkzeuggurt klirrte an seinen Hüften. Sein Blick glitt an Helen rauf und runter. »Wir haben doch nicht wieder das Hämmerchen dabei, oder?«

»Welchen Film?« fragte ich.

»*Sinn und Sinnlichkeit*. Fragen Sie beim Kino nach. Der Typ erinnert sich bestimmt an mich. Er hat behauptet, ich hätte die Toilette verstopft.«

»Klingt plausibel. Was meinst du, Helen?« sagte ich.

»Hm … War mir gleich klar, daß er ein Freund englischer Literaturverfilmungen sein muß«, sagte sie.

»Was soll ich denn verbrochen haben?«

»In San Antonio ist ein Mann aus einem Fenster gestoßen worden. Am Ende seiner Flugübung ist er mit einem Feuerhydranten kollidiert. Hat ne ziemliche Sauerei gegeben«, sagte ich.

»Ach wirklich? Und wer soll der verdammte Arsch sein, den ich angeblich allegemacht habe?«

»Wie wär's mal mit nem Satz ohne Kraftausdrücke«, sagte ich.

»Tschuldigung. Ganz vergessen, Louisiana ist ne Open-Air-Kirche. Warum fällt's eigentlich immer auf Jungs wie mich zurück, wenn irgendein Kotzbrocken ins Jenseits befördert wird? Sitzt Ricky the Mouse vielleicht im Knast? Schmorrt Harpo Scruggs hinter euren Gefängnismauern? Natürlich nicht. Ihr habt ihn ja freigelassen. Wenn Jungs wie ich nicht im Umlauf wären, wärt ihr arbeitslos.« Er zog einen Schraubenzieher aus seinem Hüftgurt, schlug ihn rhythmisch in die Handfläche, verdrehte die Augen, kaute Kaugummi und ließ den Kopf kreisen. »Seid ihr mit mir fertig? Hab nämlich nebenbei noch einen Job zu erledigen.«

»Könnte der Tag kommen, da wir uns als Ihre besten Freunde erweisen, Swede«, sagte ich.

»Ja, ja. Verarschen kann ich mich selbst.« Damit ging er davon, den Rücken angriffslustig vornübergebeugt.

»Du läßt ihn so einfach ziehen?« sagte Helen.

»Gelegentlich kann man sich der Meinung dieser Kerle nicht vollkommen verschließen.«

»Wohl reiner Zufall, daß er die Toilette in einem Kino an dem Tag verstopft, als er ein Alibi braucht, was?«

»Fahren wir zum Flughafen.«

Falls Swede einen Flug nach San Antonio gebucht oder ein Flugzeug gemietet hatte, fehlte davon jedenfalls jede Spur.

In jener Nacht war die Luft schwül und stickig und roch nach Chrysanthemen und Gas, dann machten sich Wetterleuchten und schwarze Regenschlieren am Himmel breit, die schließlich in Hagelschauer übergingen, so daß Schloßen so groß wie Mottenkugeln ein Trommelfeuer auf dem Blechdach des Köderladens veranstalteten.

Zwei Tage später fuhr ich mit Cool Breeze Broussard nach St. Mary, um der Exhumierung der sterblichen Überreste seiner Frau auf einem Friedhof beizuwohnen, an dem der Atchafalaya River täglich und häppchenweise nagte.

Einst hatte sich der Friedhof auf trockenem Gelände befunden, umgeben von Persimonen und Gummibäumen, bis vor fast zwanzig Jahren der Atchafalaya einen Damm durchbrochen und sich durch die Auwälder gefressen und dabei Gräber überflutet und schließlich einen sumpfigen Sedimenthügel von Flußmüll zurückgelassen hatte. Eine Seite des Friedhofs fiel jetzt zum Fluß steil ab, und jedes Jahr schnitt das Wasser tiefer ins Ufer ein, so daß die darüberliegende Schicht wie ein Baumschwamm über die Strömung ragte.

Die meisten der gerahmten, dachförmigen Namensschilder, die die Gräber markiert hatten, waren von Jägern umgestoßen oder zerbrochen worden. Die Plastikgefäße und Marmeladengläser, die als Blumenvasen benutzt worden waren, lagen eingebettet wie antike Fundstücke im Erdreich. Die in Plastik gepackten Examens-, Hochzeits- und Tauffotos waren von den Gräbern geschwemmt worden, auf denen sie ursprünglich gesteckt hatten, waren jetzt schlammverklebt, gewellt und von der Sonne vergilbt, so daß die Gesichter darauf den Betrachter anonym und losgelöst von ihrer angestammten Umgebung anstarrten.

Der Gerichtsmediziner, ein Deputy des Bezirks St. Mary, die beiden als Gräber angeheuerten Schwarzen und der Führer des Kübelbaggers warteten geduldig.

»Sie wissen, welches es ist?« fragte ich Cool Breeze.

»Das dort hinten mit dem Metallkreuz. Hab's selbst geschweißt. Steckt fast einen Meter tief in der Erde«, sagte er.

Die gezackte Zahnreihe des Kübelbaggers grub sich in das weiche Erdreich und hievte eine riesige Sode aus Lehm, Wurzeln und smaragdgrünem Gras von der Grabdecke. Cool Breezes Schulter streifte meine Schulter, und ich fühlte die Unbeugsamkeit und stumme Kraft seines Körpers, wie die Vibrationen, die sich aus dem Maschinenraum eines Schiffs bis ans Deck fortsetzten.

»Wir können oben auf dem Damm warten, bis sie fertig sind«, sagte ich.

»Ich muß es sehen«, sagte er.

»Wie bitte?«

»Soll hinterher niemand behaupten, sie sei's nich gewesen.«

»Breeze, sie ist schon lange unter der Erde.«

»Macht nix. Ich werd's wissen. Wofür halten Se mich? Andere können meine Frau anschauen, aber ich soll davor Angst haben?«

»Sie sind ein tapferer Mann, davon bin ich überzeugt«, sagte ich.

Er wandte den Kopf und sah mich von der Seite an.

Der Kübelbagger hob sich grellgelb vor den Inseln der Weiden ab, die zwischen dem Friedhof und dem Hauptlauf des Flußes standen. Der Lehm aus dem Grab wurde zu Schlamm,

234

je näher sich die Schaufel des Baggers an den Sarg herangrub. Der Tag war blau, golden und warm, und auf dem Damm blühten noch Blumen, doch die Luft roch nach Humus und Wurzeln, die man aus feuchtem Erdreich gezerrt hatte, nach Laub, das im Brackwasser oxydiert und braun geworden war. Nachdem sich der Bagger bis zu einer Tiefe von ungefähr eineinhalb Metern vorgearbeitet hatte, kletterten die zwei Schwarzen mit Schaufeln in die Grube und begannen die Konturen des Sargs freizulegen, gossen Wasser aus großen Gießkannen über die Kanten und wischten Ecken und Oberfläche mit Lumpen sauber.

Dann schoben sie eine Plane und Holzbretter darunter, zogen Seile unter der Plane hindurch, die sie an Ketten befestigten. Dann wurde der Sarg mit gemeinsamer Kraft angehoben. Der Sarg löste sich leichter von Untergrund, als ich erwartet hatte, schaukelte scheinbar gewichtslos in der Hebevorrichtung aus Segeltuch. Ein loses Seitenbrett war überzogen von schlammigen Ausblühungen.

»Machen Sie ihn auf«, sagte Cool Breeze.

Der Gerichtsmediziner sah mich an. Er trug rote Hosenträger, einen Strohhut und einen Bauch zur Schau, der wie ein kleines Kissen wirkte, das er sich unter den Gürtel gesteckt hatte. Ich nickte, und einer der Totengräber stemmte den Deckel mit einem breiten Schraubenzieher auf.

Ich war schon früher bei Exhumierungen dabeigewesen. Der Anblick der Sterblichkeit, der den Lebenden dabei geboten wird, ist nicht leicht zu ertragen. Gelegentlich ist der Sarg voller wucherndem Haar, die Nägel, besonders die an den nackten Füßen, haben sich manchmal zu regelrechten Krallen ausgewachsen, das Gesicht des Verstorbenen ist häufig zu einem runzeligen, grauen Apfel eingefallen, und die Totenkleider strömen einen Geruch aus, der Brechreiz verursacht.

Auf Ida Broussard traf das alles nicht zu.

Ihr weißes Kleid war braun geworden wie Gaze, die man in Tee getaucht hatte, doch ihre Haut hatte die weiche Beschaffenheit und Farbe einer Aubergine, ihr Haar lag schwarz glänzend auf ihren Schultern, und ihre Züge waren glatt und friedvoll.

Cool Breeze streckte die Hand aus und berührte ihre Wange. Dann ging er wortlos davon, stand am Rand des Friedhofs und starrte auf den Fluß hinaus, so daß wir sein Gesicht nicht sehen konnten.

»Wie erklären Sie sich das?« fragte ich den Pathologen.

»Eine Ölgesellschaft hat in den dreißiger Jahre hier in der Nähe ein paar Vorratskanister mit unbekanntem Inhalt vergraben. Vielleicht sind Chemikalien ausgetreten und irgendwie in den Sarg gelangt«, antwortete er.

Er sah mir in die Augen. Dann fuhr er fort: »Manchmal glaube ich, sie warten nur, um uns noch etwas zu sagen. Aber behalten Sie das erst mal für sich.«

21

Am Freitag abend setzten Bootsie und ich Alafair zur Wochenshow in Lafayette ab und aßen dann in einem Restaurant am Vermilion River zu Abend. Kaum war Alafair nicht mehr bei uns, wurde Bootsie in sich gekehrt, fast förmlich, wenn sie mit mir sprach, hielt den Blick auf Dinge fixiert, die sie gar nicht wahrzunehmen schien.

»Was ist los?« sagte ich draußen vor dem Restaurant.

»Bin nur müde«, erwiderte sie.

»Vielleicht hätten wir zu Hause bleiben sollen.«

»Ja, vielleicht.«

Nachdem Alafair im Bett war, saßen wir allein in der Küche. Der Mond war aufgegangen, und in den Bäumen spielten Myriaden von Schatten.

»Was es auch ist, sag es endlich, Boots.«

»Sie ist heute am Bootsanleger gewesen. Sie hat gesagt, sie habe dich im Büro nicht angetroffen. Sie wollte rauf ins Haus kommen. Aber vermutlich ist sie einfach nur schüchtern.«

»Sie?«

»Du weißt schon, wer. Sie sucht ständig einen Vorwand, um hierherzukommen. Sie hat gesagt, sie wolle dir für den Schießunterricht danken, den du für sie arrangiert hast. Wolltest du ihr nicht selbst Unterricht geben?«

»Diese Kerle hätten sie beinahe umgebracht. Das nächste Mal gehen sie vielleicht bis zum Äußersten.«

»Ist möglicherweise ihre eigene Schuld.«

»Das ist harter Tobak, Boots.«

»Sie versteckt sich hinter Feindseligkeiten und benutzt sie, um andere Menschen zu manipulieren.«

»Ich werd sie bitten, nicht mehr herzukommen.«

»Nicht wegen mir, bitte nicht.«

»Ich geb's auf«, sagte ich und ging in den Garten hinaus.

Das Zuckerrohr auf dem Feld meines Nachbarn war grün, und der Wind furchte Schneisen hinein, und hinter der Baumkulisse zuckte Wetterleuchten über den Nachthimmel. Durchs Küchenfenster hörte ich Bootsie klappernd Geschirr in den Geschirrspüler räumen. Dann knallte sie die Tür des Gerätes zu, so daß die Tassen und Bestecke in ihren Halterungen klirrten und rasselten. Ich hörte, wie die Maschine anging, dann huschte ihr Schatten am Fenster vorbei, verschwand aus meinem Blickfeld, das Licht im oberen Stock ging an, und Küche und Garten lagen im Dunkeln.

Wir wollten Harpo Scruggs. Aber wir hatten nichts gegen ihn in der Hand. Und das wußte er genausogut wie wir. Er rief am Sonntag nachmittag am Bootsanleger an.

»Ich will Sie treffen, die Sache bereden und sie zu Ende bringen«, sagte er.

»Wir sind hier nicht an der Nachrichtenbörse, Scruggs.«

»Sie haben nichts in der Hand. Ich kann für Sie den Stall ausmisten. Da ist eine alte Niggerfrau, die betreibt einen Barbecue-Schuppen neben einem Motel auf der Staatsstraße 70, nördlich von Morgan City. Neun Uhr«, sagte er und legte auf.

Ich ging aus dem Köderladen und spritzte ein Leihboot aus, das ein Angler gerade zurückgebracht hatte, dann ging ich wieder hinein, ohne es angekettet zu haben, und rief Helen Soileau zu Hause an.

»Willst du mir Rückendeckung geben? Bei einem Treffen mit Harpo Scruggs?« sagte ich.

»Greif ihn dir endlich.«

»Wir haben nichts, was das rechtfertigen würde.«

»Da ist noch immer der Student, der Zeuge, der gesehen hat, wie die beiden Brüder im Sumpf liquidiert wurden.«

»Seine Familie sagt, daß er auf einer Bergwanderung durch Tibet ist.«

»Er hat Mout's Hund erschossen. Die Kollegen aus Vermilion können ihn wegen Nötigung belangen.«

»Mout' behauptet, den Kerl nie richtig gesehen zu haben.«

»Dave, wir müssen uns diesen Burschen schnappen. Er kann die vom FBI nicht einfach vorschieben, sich nicht freikaufen. Stecken wir seinen Kopf in einen Schraubstock.«

»Okay, dann mach einen Ausflug mit mir. Und bring ein Gewehr mit Zielfernrohr mit.«

Am anderen Ende war es einen Moment still. »Sag dem Alten Bescheid«, erklärte sie schließlich.

Der Barbecue-Schuppen war ein schäbiges, rotes Gebäude mit Blechdach, weißer Fensterumrandung und Fliegengitterveranda, das etwas zurückgesetzt von der Straße in einem Kiefernhain lag. Nebenan befand sich ein rotgestrichenes Motel, ganzjährig mit weihnachtlich glühenden Lichterketten geschmückt. Durch die Fliegengitter an der seitlichen Veranda sah ich Harpo Scruggs. Er stand an der Bar, einen Fuß auf der Fußstütze, die große Gestalt vornübergebeugt, den Stetson in keckem Winkel auf dem frisch geschorenen Kopf. Er trug ein langärmliges blaues Hemd mit pinkfarbenen Tupfern. Ein Indianergürtel schmückte den Bund der grauen Westernhose, deren Stoff elegant über sein angewinkeltes Knie fiel. Er kippte ein Schnapsglas mit Whiskey in einem Zug hinunter und trank Bier hinterher.

Ich stand neben einem Holztisch am Rand der Lichtung, so daß er mich sehen konnte. Er steckte eine Zigarette in den Mund, öffnete die Fliegengittertür und zündete die Zigarette an, während er auf mich zukam.

»Sind Sie allein?« fragte er.

»Sehen Sie jemanden?«

Er setzte sich an den Holztisch und rauchte seine Zigarette, die Ellbogen auf die Holzplatte gestützt. Die Wolken über den Kiefern waren braunschwarz im letzten Widerschein des Sonnenuntergangs. Er tippte die Asche sorgfältig über den Tischrand, so daß der Wind sie nicht auf sein Hemd blasen konnte.

»Hab von einem Mann gehört, der aus einem Fenster gestoßen wurde. Meiner Meinung nach kämen zwei Männer dafür in Frage. Swede Boxleiter oder dieser Pottwal, der's geschafft hat, sich aus der New Orleans Police Force werfen zu lassen.«

»Clete Purcel?«

»Heißt er so? Sie können denen ausrichten, daß ich mit dem Überfall auf diese Frau nichts zu schaffen hatte.«

»Sagen Sie's ihnen doch selbst.«

»Reden wir von den Problemen, die uns betreffen. Die sind schnell aus der Welt. Wir haben zwei Möglichkeiten. Erstens, der schwarze Bengel, Broussard, sagt nicht gegen die Spaghettis in New Orleans aus, und gewisse Leute kriegen das Geld zurück, das man ihnen schuldet.

Die andere Möglichkeit ist, daß ich uneingeschränkt Immunität als Zeuge der Staatsanwaltschaft erhalte, meine Immobilien verkauft werden und der Erlös in Schuldverschreibungen angelegt wird, ohne daß das Finanzamt auch nur einen Dollar davon sieht. Danach ziehe ich mich nach Guatemala zurück. Die Entscheidung liegt bei Ihnen.«

»Sie leiden nicht zufällig an Selbstüberschätzung, was?«

Ein Schwarzer brachte eine Flasche Dixie-Bier auf einem Metalltablett. Scruggs gab ihm eine Vierteldollar Trinkgeld und wischte den Flaschenhals mit seiner Hand ab.

»Ich bin der Mann, der das hat, was Sie haben wollen, mein Sohn. Sonst säßen Sie nicht hier«, anwortete er.

»Sie haben Geld von Ricky Scarlotti genommen und dann alles versaut, was zu versauen war. Und jetzt haben Sie den Mob und einen Psychopathen wie Boxleiter am Hals«, sagte ich.

Er trank einen Schluck Bier, starrte ins Astwerk der Kiefern und lutschte schmatzend an seinen zweiten Zähnen, die Miene unbeweglich. Trotzdem entging mir die leichte Veränderung in seinen Augen nicht. Ich sah die Glut in seinen Pupillen aufglimmen, als habe der Wind Asche von der Kohle geblasen.

»Wir sind uns gar nicht so unähnlich«, sagte er. »Sie wollen den Reichen an den Kragen. Für so was habe ich einen Riecher, mein Junge. Den Armen kommt der Haß aus allen Poren. Und der läßt sich nicht mit Seife abwaschen. Deshalb stinken die Nigger, wie sie stinken.«

»Sie haben unter den Menschen dieser Gegend viel Unheil

angerichtet, Scruggs. Ich hatte eigentlich gehofft, Sie würden hier einen Showdown provozieren.«

»Haben Sie eine Trumpfkarte im Ärmel?«

»Mein Partner hat Ihre Visage genau im Fadenkreuz. Sie hat sich auf diesen Abend schon sehr gefreut, Sir. Genießen Sie Ihr Bier. Wir erwischen Sie dann unten an der Straße.«

Ich ging zum Parkplatz und wartete darauf, daß Helen mit meinem Pickup hinter dem Motel hervorkam. Ich sah mich nicht um, aber ich fühlte seinen Blick in meinem Rücken. Als Helen vor mir anhielt, das Schnellfeuergewehr mit Zielfernrohr auf einem Stativ, Staubwolken hinter den Rädern aufwirbelnd, streckte sie die Hand aus dem Fenster und zielte mit dem Finger auf Harpo Scruggs.

Am Dienstag morgen ließ mich der Sheriff in sein Büro kommen.

»Hab gerade den Bericht von Scruggs' Schatten gekriegt«, sagte er. »Er ist mit dem Amtrak nach Houston gefahren, hat die Nacht in einem mexikanischen Puff verbracht und ist dann nach Trinidad, Colorado, weitergeflogen.«

»Er kommt zurück.«

»Schätze, ich habe neue Einsichten über Kriege gewonnen. Wenige Leute zetteln sie an, und wir, der Rest, fechten sie aus. Ich rede über all die Leute, die unseren Bezirk als Kloschüssel benutzen. Habe den Eindruck, dieser Staat entwickelt sich allmählich zu einem Tollhaus.« Draußen vor dem Fenster erregte etwas seine Aufmerksamkeit. »Ah, ohne ihn wäre mein Morgen nur die halbe Miete wert. Cisco Flynn ist gerade durch den Haupteingang gekommen.«

Fünf Minuten später nahm Cisco vor meinem Schreibtisch Platz.

»Gibt's was Neues über die Kerle, die Megan überfallen haben?«

»Ja. Einer von ihnen hat ist Gras gebissen.«

»Und? Ist Swede in diesem Punkt entlastet?«

»Meinen Sie, ob ich sein Alibi überprüft habe? Er hat eine denkwürdige Nummer im Kino abgezogen. Wasser plätscherte aus der Herrentoilette bis ins Foyer. Ungefähr um fünf Uhr nachmittags.«

»So wie ich das sehe, sollte er damit aus dem Schneider sein.«

»Möglich.«

Ich beobachtete ihn. Seine rotbraunen Augen lächelten ins Leere.

»Megan ist ziemlich geknickt. Sie hat Angst, den Verdacht auf Swede gelenkt zu haben«, sagte er.

»Sagen Sie, was Sie wollen, Cisco, der Mann ist gefährlich.«

»Und was ist mit dem Cowboy, der den freien Fall aus einem Hotelfenster geprobt hat? Für wie gefährlich würden Sie den einschätzen?«

Ich antwortete nicht. Wir starrten uns über den Schreibtisch hinweg an. Dann wandte er als erster den Blick ab.

»Hat mich gefreut, Dave. Danke für die Pistole, die Sie Megan gegeben haben«, sagte er.

Ich beobachtete stumm, wie er die Bürotür öffnete und in den Korridor hinaustrat.

Ich stützte die Stirn in die Hand und starrte auf meine grüne Schreibunterlage. Warum war ich nur so blind gewesen? Gegenüber dem Kollegen von der Mordkommission von San Antonio hatte ich sogar den Ausdruck »Luftakrobat« benutzt.

Ich verließ das Gebäude durch den Seitenausgang und erwischte Ciso noch an seinem Wagen. Es war ein herrlicher Tag, und sein sonnengebräuntes Gesicht wirkte golden und beinahe schön im kalten Licht.

»Sie haben den toten Mann einen Cowboy genannt«, sagte ich.

Er grinste nachdenklich. »Und? Was ist schon dabei?« erwiderte er.

»Wer hat je was davon gesagt, wie der Bursche angezogen war?«

»Mit ›Cowboy‹ habe ich ›Vollstrecker‹ gemeint. So nennt man doch Leute, die für Geld andere umbringen, oder?«

»Sie und Boxleiter haben die Sache gemeinsam durchgezogen, was?«

Er lachte, schüttelte den Kopf, stieg in seinen Wagen, fuhr vom Parkplatz und winkte mir durchs Fenster zu, bevor er sich in den Verkehrsstrom einreihte.

Der Gerichtsmediziner rief mich am Nachmittag an.

»Ich kann's Ihnen am Telefon sagen oder persönlich mit Ihnen reden. Würde ein persönliches Gespräch vorziehen.«

»Warum das?«

»Weil Obduktionen etwas über menschliche Verhaltensweisen aussagen, von denen ich eigentlich nichts wissen will«, antwortete er.

Eine Stunde später betrat ich sein Büro

»Gehen wir raus und setzen uns unter die Bäume. Entschuldigen Sie meine schlechte Laune. Gelegentlich deprimiert mich mein Job ohne Ende«, sagte er.

Wir saßen auf Metallstühlen hinter dem weiß getünchten Backsteingebäude, in dem seine Dienststelle untergebracht war. Die festgebackene Erde lag fast das ganze Jahr im Schatten, war mit grünem Moder überzogen und neigte sich sanft zu einem zerzausten Bambusgestrüpp am Bayou hinab. Draußen im Sonnenlicht trieb eine Piroge, die sich aus der Verankerung gerissen hatte, herren- und ziellos in der Strömung.

»Sie hat Abschürfungen am Hinterkopf und Kratzspuren an der Schulter, verursacht eher durch einen Sturz als durch einen gezielten Schlag«, sagte er. »Aber natürlich ist die Todesursache für Sie von größerem Interesse.«

»Mich interessiert alles.«

»Ich meine, es ist durchaus möglich, daß die Hautabschürfungen mit ihrem Tod gar nicht in Zusammenhang stehen. Sagten Sie nicht, ihr Mann habe auf sie eingeschlagen, bevor sie aus dem Haus geflohen ist?«

»Richtig.«

»Ich habe eindeutige Beweise dafür gefunden, daß sie Wasser in der Lunge hatte. Ist ein bißchen kompliziert, aber es besteht kein Zweifel, daß zum Zeitpunkt ihres Todes Wasser drin war.«

»Sie hat also noch gelebt, als sie in die Marsch gegangen ist?«

»Lassen Sie mich ausreden. Das Wasser kam aus der Wasserleitung, nicht aus dem Sumpf, der Marsch oder dem Brackwasserbereich ... es sei denn, diese Wassersorten hätten dieselben chemischen Bestandteile wie das Wasser der städtischen Wasserversorgung.«

»Aus einem Wasserhahn?«

»Aber das hat sie nicht umgebracht.« Er trug ein makellos weißes Hemd, und seine roten Hosenträger hingen lose über seiner eingefallenen Brust. Er schniefte und rückte die Brille zurecht. »Todesursache war Herzversagen, vielleicht ausgelöst durch Ersticken.«

»Das krieg ich irgendwie nicht zusammen, Clois.«

»Sie waren in Vietnam. Was haben die Südvietnamesen getan, wenn sie einen Vietcong in die Finger bekommen haben?«

»Ein mit Wasser getränktes Handtuch?«

»Schätze, in diesem Fall handelte es sich um ein nasses Handtuch, das man ihr aufs Gesicht gedrückt hat. Vielleicht ist sie gefallen, und dann hat's jemand zu Ende gebracht. Aber das ist jetzt reine Spekulation.«

Das Bild, das er in meinem Gedächtnis wachgerufen hatte, war keine Erinnerung, auf die ich Wert gelegt hätte. Ich sah auf das gebrochene Licht auf dem Bayou hinaus und auf einen Garten voller blauer und rosaroter Hortensien am gegenüberliegenden Ufer. Aber er war noch nicht zu Ende.

»Sie war schwanger. Vielleicht im zweiten Monat. Hat das eine Bedeutung?« fragte er.

»Ja, natürlich hat es das.«

»Sie sehen nicht glücklich aus.«

»Ist eine schlimme Geschichte, Doc.«

»Ist es doch immer.«

22

An diesem Abend parkte Clete sein Cabrio am Bootsanleger, schulterte eine Kühlbox und trug sie zu einem der Tische. Er schüttelte das Eis und mindestens zwei Dutzend Sac-à-lait auf den Tisch, zog ein Paar Gartenhandschuhe an und begann die Fische mit einem Löffel zu schuppen, ihnen den Bauch aufzuschneiden und die Köpfe an den Kiemen abzutrennen.

»Du fängst woanders Fische und putzt sie an meinem Anleger?« sagte ich.

»Ich sag's dir ungern, aber bei Henderson beißen die Fische wesentlich besser. Was hältst du davon, wenn wir die alle zusammen auf deiner Terrasse zum Abendessen verspeisen?«

»Die Stimmung bei mir zu Hause ist momentan nicht gerade berauschend.«

Sein Blick blieb ausdruckslos, seine Miene unbeweglich. Er

wusch die Fischschuppen von der blanken Tischplatte. Dabei erzählte ich ihm von Ida Broussards Obduktion.

Als ich geendet hatte, sagte er: »Du magst offenbar Friedhofsgeschichten. Wie wär's damit? Ich habe Swede Boxleiter erwischt, wie er vergangene Nacht von Terrebonnes Friedhof gekommen ist. Er hatte mit einem Meißel Steine aus der Krypta gebrochen und einen Sarg aufgehebelt. Dann hat er der Leiche die Ringe vom Finger, ein Paar Reitsporen und ein silbernes Medaillon abgenommen, das, wie Archer Terrebonne behauptet, das Bild zweier kleiner Mädchen enthalten hatte, die von einer Negersklavin vergiftet worden waren.

Ich habe Boxleiter mit Handschellen an eine Autostoßstange gefesselt und bin zum Haus hinaufgegangen und hab Terrebonne gesagt, daß sich ein Leichenschänder in seiner Familiengruft zu schaffen gemacht hat. Der Typ hat Eiswasser in den Adern. Er hat kein Wort gesagt. Er ist mit einer Lampe runtergegangen, hat die gelockerten Steine herausgenommen, den Sarg herausgezogen, das Gerippe und die Stoffetzen wieder hübsch zurechtgelegt und die gestohlenen Sachen der Leiche wieder angesteckt, ohne mit der Wimper zu zucken. Er hat Boxleiter nicht mal eines Blickes gewürdigt.«

»Was hast du mit Boxleiter gemacht?«

»Ihn heute früh gefeuert.«

»*Du* hast ihn gefeuert?«

»Billy Holtzner neigt dazu, in einigen Situationen seine Autorität zu delegieren. Er hat mir einen Zweihundertdollarbonus versprochen und ist in seinem Wohnwagen verschwunden, während ich Boxleiter abserviert habe. Hast du diesem Broussard gesagt, daß seine Frau ermordet worden ist?«

»Er ist nicht zu Hause.«

»Dave, ich sag's noch mal. Laß ihn nicht auf den Set, um sich zu rächen, okay?«

»Er ist kein schlechter Kerl, Clete.«

»Ja, von der Sorte gibt's im Camp J ne ganze Menge.«

Früh am nächsten Morgen saß ich mit Cool Breeze auf der Veranda seines Vaters und erzählte ihm in allen Einzelheiten, was der Gerichtsmediziner herausgefunden hatte. Broussard, der auf der Schwingschaukel geschaukelt hatte, hielt inne, kratzte sich am Kopf und sah zur Straße hinüber.

»Die Abschürfungen an ihrem Hinterkopf und die Druckstellen an ihren Schultern, könnten Sie das gewesen sein?« fragte ich.

»Ich habe sie die Treppe runtergestoßen. Aber sie hat mit dem Kopf nur die Fliegengitter gestreift, sonst nichts.«

»War es Ihr Baby?«

»Zwei Monate alt? Nein, wir haben nicht … Kann unmöglich mein Kind gewesen sein.«

»Sie wissen, wo sie hin ist, nachdem sie Ihr Haus fluchtartig verlassen hatte, stimmt's?« sagte ich.

»Ich weiß es jetzt.«

»Bleiben Sie Alex Guidry vom Leib. Versprechen Sie mir das, Breeze.«

Er schwieg und starrte auf die Straße.

»Sonntag abend habe ich mit Harpo Scruggs geredet«, sagte ich. »Er macht n ziemlichen Wind, weil Sie gegen die Giacanos und Ricky Scarlotti ausgesagt haben.«

»Warum lochen Sie ihn nicht ein?«

»Früher oder später landen sie alle im Loch.«

»Ex-Cop, Ex-Gefängnisverwalter, der hat Nigger in Angola aus purem Spaß abgeknallt wie die Hasen. Was Sie wegen Ida gemacht haben, is mir nich entgangen. Danke.«

Dann ging er ins Haus zurück.

An diesem Tag aß ich zu Hause zu Mittag, aber Bootsie setzte sich nicht zu mir an den Küchentisch. Ich hörte sie hinter mir die Spüle säubern, Geschirr in Schränke räumen, Konservendosen im Vorratsschrank ordnen.

»Boots, allen Ernstes … Ich glaube wirklich nicht, daß Megan Flynn romantisches Interesse an einem alternden Cop von der Mordkommission einer Kleinstadt hat«, sagte ich.

»Wirklich nicht?«

»Als ich ein Kind war, war mein Vater häufig betrunken oder im Gefängnis, und meine Mutter hatte Affären mit anderen Männern. Ich war viel allein, und aus einem unerfindlichen Grund fühlte ich mich zu Leuten hingezogen, die irgendwie nicht ganz dicht waren. Da waren eine große, fette Nonne und Alkoholikerin, die ich immer gemocht hatte, ein halbblinder Ex-Sträfling, der die Provost's Bar fegte, und eine Nutte an der Railroad Avenue, die mir immer einen Dollar gezahlt hat, damit ich einen Eimer Bier zu ihr in den Puff bringe.«

»Und?«

»Ein Kind aus einer zerrütteten Familie findet sich selbst in Menschen wieder, die das Leben nicht mit Samthandschuhen angefaßt hat.«

»Willst du damit sagen, daß du Megan Flynns Lieblings-›bête noire‹ bist?«

»Nein, ich bin nur ein Säufer.«

Ich hörte, wie sie schweigend hin und her ging, dann blieb sie hinter meinem Stuhl stehen und fuhr mit den Fingerspitzen durch mein Haar.

»Dave, es ist in Ordnung, wenn du dich bei den Sitzungen so nennst. Aber für mich bist du kein Säufer. Und sie sollte dich lieber auch nicht so nennen.«

Ich fühlte, wie ihre Finger über meinen Nacken glitten; dann verließ sie das Zimmer.

Zwei Tage später fuhren Helen und ich mit dem Polizeiboot zu einer weiteren Bucht am Atchafalaya River hinaus, wo Cisco Flynn einen gestellten Flugzeugabsturz filmte. Wir setzten das Boot mit dem Bug auf eine Weideninsel und liefen auf eine Plattform hinaus, die die Filmgesellschaft auf Pfählen über das Wasser gebaut hatte. Cisco redete mit zwei anderen Männern und registrierte unsere Anwesenheit kaum.

»Nein, sagen Sie ihm, wir machen das noch mal«, sagte er. »Die Maschine muß tiefer reinkommen, direkt aus der Sonne, direkt über den Bäumen dort. Ich mach's mit ihm, wenn's nötig sein sollte. Die Maschine muß qualmen, sie soll in dieser roten Sonne ausbluten. In Ordnung? Alles okay?«

Es war beeindruckend, ihn in Aktion zu sehen. Cisco verbreitete Autorität, indem er anderen das Gefühl gab, daran teilzuhaben. Er war einer der ihren, offensichtlich gleichberechtigt, und konnte trotzdem andere dazu bringen, über sich hinauszuwachsen, was sie allein nie geschafft hätten.

Er wandte sich mir und Helen zu.

»Sehen Sie das Wunder von Hollywood bei der Arbeit«, sagte er. »Dauert vier Tage und kostet eine Viertelmillion Dollar, bis wir diese Szene im Kasten haben. Die Maschine schwebt in einer schwarzen Rauchwolke ein, dann kommt der Schnitt, und wir filmen an einem Model weiter, das in einen Weiher stürzt. Wir haben ein Schwanzstück auf einen mechanischen Arm montiert, der das Wrack unter Wasser zieht, dann drehen wir die Rettungsarbeiten im Swimmingpool der Universität. Im Film selbst dauert das Ganze kaum zwei Minuten. Was sagen Sie dazu?«

»Ich habe Ihre Daten mal durch den Polizeicomputer gejagt. Sie und Swede Boxleiter haben mit siebzehn einen Spirituosenladen ausgeraubt«, sagte ich.

»Junge, das Wunder der Computer«, sagte er. Er sah zu ei-

249

nem Boot hinaus, das in der Mitte der Bucht vor Anker lag. Es war der Bootstyp, den man für Touren durch das Sumpfland benutzte, mit breitem Bug und einer grünen Plexiglaskuppel, der weiße Rumpf glänzend.

»Wo sind Sie am Sonntag abend gewesen, Cisco?« fragte ich.

»Hab ein Wasserflugzeug gemietet und eine Spritztour über den Golf gemacht.«

»Ich muß wichtige Informationen über Sie an einen Beamten der Mordkommission in San Antonio weiterleiten.«

»Und warum erzählen Sie mir das?«

»Ich spiele nie gern mit verdeckten Karten, zumindest nicht, wenn es sich um Leute handelt, denen ich vertraut habe.«

»Das heißt im Klartext, daß Sie besser behandelt werden, als Sie's verdienen«, sagte Helen.

»Ist wegen des Kerls, der auf goldenen Schwingen aus dem Fenster gesegelt ist, was? Diese akrobatische Einlage war Ihnen wohl zu einfach. Wollen Sie behaupten, ich sei's gewesen? Wen interessiert der Kerl eigentlich?« antwortete Cisco.

»Harte Worte«, sagte ich.

»Wirklich?« Er griff sich ein Fernglas von einem Tisch und warf es mir zu. »Sehen Sie sich mal die Jungs an, die auf dem Boot dort sind. Das da draußen ist die Wirklichkeit. Ich wünschte, es würde wegfahren, aber es klebt an mir. Also gönnen Sie mir mal ne Atempause.«

Ich richtete das Fernglas durch ein offenes Fenster auf einen gedeckten Tisch, an dem Billy Holtzner und seine Tochter mit zwei Asiaten aßen.

»Die beiden Chinesen sind die Erbsenzähler. Wenn die Rechnung nicht stimmt, zählen sie alles ein zweites Mal an den Fingern durch. Nur sind dann deine Finger nicht mehr an deinen Händen«, sagte er.

»Ich würd mir ein neues Betätigungsfeld suchen.«

»Dave, ich respektiere Sie, und ich möchte nicht, daß Sie das falsch verstehen. Aber belästigen Sie mich ja nie wieder ohne Haftbefehl. Und bis dahin können Sie meinen königlichen Arsch küssen«, sagte er.

»Sie wollen, daß Männer Ihren Arsch küssen?« sagte Helen.

Er ging davon, beide Hände in die Luft gereckt, als verzweifle er an der Welt. In diesem Moment röhrte ein zweimotoriges Wasserflugzeug auf Wipfelhöhe über den Sumpf, während ein Rohr am Heck schwarze Rauchwolken über die Sonne blies.

An diesem Abend joggte ich zur Zugbrücke auf der unbefestigten Straße, während Wetterleuchten die Wolken marmorierte und Glühwürmchen wie nasse Streichhölzer über dem Bayou aufflackerten und verglühten. Anschließend machte ich Liegestütze und Klimmzüge an der Stange im Garten und ging früh ins Bett.

Kurz bevor ich einschlief, hörte ich den Regen in den Bäumen und Bootsie, die sich im Badezimmer auszog; dann fühlte ich ihr Gewicht neben mir auf der Matratze. Sie drehte sich auf die Seite, preßte Bauch und Brüste an mich, legte ein Bein über meines und ihre Hand auf meine Brust.

»Du fühlst dich zu Leuten mit Problemen hingezogen? Mein Problem ist, daß ich es nicht ausstehen kann, wenn andere Frauen meinem Mann Avancen machen«, sagte sie.

»Schätze, mit dem Problem kann ich leben«, erwiderte ich.

Sie hob ihr Knie und stieß es mir in die Rippen. Dann nahm sie meinen Penis in die Hand, hob ihr Nachthemd und setzte sich rittlings auf meine Schenkel, beugte sich über mich und sah mich an.

Draußen vor dem Fenster konnte ich die harten Konturen eines Eichenastes sehen, gefangen im Mondlicht, glitzernd vor Regentropfen.

Der nächste Tag war Samstag. Vor dem Morgengrauen schreckte ich aus einem Traum auf, der wie Spinnweben hinter meinen Lidern lauerte. Der Traum handelte von Megan Flynn, und obwohl ich wußte, daß es keine wirkliche Untreue war, beunruhigte er mich doch ebenso tief wie ein Eisenband, das sich einem ums Herz legt.

Im Traum stand sie auf einem Streifen gelber, festgebackener Erde, einen baumlosen, purpurfarbenen Berg im Rücken. Der Himmel leuchtete wie Messing, erglühte vor Hitze und Staub. Sie kam auf mich zu, mit ihrem komischen Hut, ihren staubfleckigen Khakiklamotten, einen roten Schal mit Fransen um die Schultern geschlungen.

Doch das Rot um ihre Schultern war kein Stoff. Die Wunde in ihrer Kehle hatte ihrem Gesicht alles Blut entzogen, ihre Bluse durchweicht und die Fingerspitzen benetzt.

Ich ging zum Bootsanleger hinunter, tauchte ein Handtuch in das Eiswasser unten in der Kühlbox und preßte es auf meine Lider.

Es war nur ein Traum, sagte ich mir. Doch das Gefühl, das damit einherging, war wie Gift, das man ins Muskelgewebe injiziert hatte, und wollte nicht weichen. Ich kannte es aus Vietnam, von jenen Augenblicken her, als ich wußte, daß der Tod anklopfen würde, entweder bei mir oder einem anderen, für den ich verantwortlich war, und es hatte mich dann alle Energie gekostet, die ich mobilisieren konnte, um in ein Boot hinauf ins Landesinnere zu steigen, während ich versuchte, die Angst in meinen Augen, den trockenen Mund, die scharfe Ausdünstung unter meinen Achseln vor den anderen zu verbergen.

Aber das war im Krieg gewesen. Seit damals hatte ich den Traum und diese begleitenden Empfindungen nur einmal gehabt ... in meinem eigenen Haus, in der Nacht, als meine Frau Annie ermordet worden war.

252

Vor zwanzig Jahren hatte Alex Guidry ein stahlgraues, zwei-stöckiges Fachwerkhaus am Rand von Franklin besessen, mit einem Treppenaufgang an einer Seite und einer Fliegengitter-veranda im zweiten Stock, auf der er in den heißen Monaten geschlafen hatte. Jedenfalls behauptete das der gegenwärtige Eigentümer, ein älterer Mann namens Plo Castille. Seine bern-steingelb gegerbte Haut war haarlos wie die eines kleinen Jun-gen, und seine Augen hatten den bläulich feuchten Schimmer einer Auster.

»Ich hab den Besitz vor zehn Jahren von Mr. Alex gekauft. Hat mir nen guten Preis gemacht, weil mir schon das Nachbar-haus gehört hat«, sagte er. »Er hat gleich dort drüben auf der Ve-randa geschlafen, jedenfalls wenn's nicht kalt war, weil er gele-gentlich Zimmer an die Leute von den Ölfeldern vermietet hat.«

Der Hof war gepflegt, mit zwei Palmen und Blumenrabatten entlang des Gitterwerks um das Fundament des Haupthauses, einem Garten neben einer Scheune aus Rohholz und einem Steinbau, verputzt und mit einem Kuppeldach aus Zink.

»Ist das ein Waschhaus?« fragte ich.

»Ja, klar. Er hatte ein paar Angestellte, die für die Leute von den Ölfeldern die Wäsche gemacht haben. Mr. Alex war ein guter Geschäftsmann.«

»Erinnern Sie sich an eine schwarze Frau namens Ida Brous-sard, Mr. Plo?«

Er nickte. »Ihr Mann war doch der, der in Angola gewesen is. Hatte nen kleinen Laden.« Sein Blick ruhte auf einem Zuckerrohrfeld jenseits des Stacheldrahtzauns.

»Ist sie mal hier gewesen?«

Er zog ein Päckchen Tabak und Zigarettenpapier aus der Hemdtasche. »Is lange her, verdammt lange.«

»Sie scheinen ein aufrichtiger Mann zu sein. Ich glaube, daß Ida Broussard ermordet wurde. Ist sie je hier gewesen?«

Er gab einen Laut von sich, der nach Halsschmerzen klang.

»Meinen Sie, dasses hier nen Mord gegeben hat, meinen Se das?« Aber er kannte die Antwort bereits, und seine Augen starrten ins Leere, und er vergaß, was er mit Tabak und Zigarettenpapier hatte anfangen wollen. Er schüttelte betrübt den Kopf. »Wünschte, Se wären nich damit zu mir gekommen. Habe einen Streit gesehen. Ja, da gibt's nichts zu leugnen. Hab's gesehen.«

»Einen Streit?«

»War schon dunkel. Hab in meiner Garage gearbeitet. Sie is mit nem Pickup in den Hof gefahren und die Hintertreppe raufgegangen. Ich wußte, daß es Ida Broussard war, weil Mr. Alex sein Flutlicht anhatte. Aber es war kaltes Wetter damals, und er schlief nich auf der Veranda, also hat sie an die Tür gehämmert und geschrien, er solle rauskommen.

Hab nur ein Licht gesehen. Die Leute von den Ölfeldern warn alle weg. Haben damals Siebentageschichten draußen auf den Bohrtürmen gemacht. Ich wollte kein unangenehmes Gezeter mitanhören, damals. Und ich wollte auch nicht, dasses meine Frau hört. Also bin ich ins Haus und hab die Glotze angestellt.

Aber da war's schon aus mit der Schreierei, und ich hab gesehen, wie das Licht drinnen ausgegangen is und dann auch das Flutlicht. Ich dachte, also, er is nich verheiratet, Weiße, Farbige, die haben nachts Sachen miteinander gemacht, die sie jetzt schon lange nicht mal mehr tagsüber machen, es geht mich nichts an. Später habe ich ihren Pickup die Straße runterfahren sehen.«

»Und das haben Sie nie jemandem erzählt?«

»Nein, sicher nich. Gab keinen Grund dazu.«

»Auch nicht, nachdem man sie tot im Sumpf gefunden hatte?«

»Er war Polizist. Glauben Se, daß die anderen Polizisten

nich gewußt haben, daß er's mit ner Farbigen getrieben hat?
Daß ich's ihnen erst hätte sagen müssen?«

»Kann ich das Waschhaus mal sehen?«

Drinnen war es kühl und feucht, und es roch nach Zement
und Wasser. Lattenroste bedeckten den Boden, und eine Zink-
badewanne stand unter einem Hahn an einer vertikal über die
Mauer verlaufenden Wasserleitung. Ich legte die Hand auf den
rauhen Verputz und fragte mich, ob diese Wände Ida Broussards Schreie oder keuchenden Atem in sich aufgesogen hatten.

»Heutzutage koch ich meine Krabben hier ab und wasche
meine Sachen in der Maschine«, sagte Mr. Plo.

»Ist die Holztreppe dort drüben schon vor zwanzig Jahren
so gewesen?« fragte ich.

»Hab sie gestrichen. Aber sonst isses dieselbe.«

»Würde mir gern ein paar Holzsplitter davon mitnehmen,
falls Sie nichts dagegen haben.«

»Wozu denn das?«

»Falls Sie Alex Guidry sehen, sagen Sie ihm, daß ich hier gewesen bin. Und Sie können ihm ruhig erzählen, daß ich Holz-
proben von der Treppe mitgenommen habe. Mr. Plo, ich weiß
Ihre Ehrlichkeit zu schätzen. Sie sind ein guter Mann.«

Er ging über seinen Hof zur Eingangstür, das Gesicht gedan-
kenzerfurcht, runzelig wie der Fuß einer Schildkröte. Dann
blieb er stehen und drehte sich um.

»Ihr Mann, der den kleinen Laden hatte? Was is aus ihm geworden?« wollte er wissen.

»Ist wieder ins Gefängnis gekommen.«

Mr. Plo kräuselte die Lippen, öffnete seine Fliegengittertür
und ging ins Haus.

Von seinem Küchenfenster konnte Swede Boxleiter den Bayou
durch die Pecanbäume im Hof sehen. Es war ein perfekter

Abend. Ein Junge fischte in einer grünen Piroge mit einer Bambusrute zwischen den Wasserlilien und im Schilf; die Luft roch nach Regen und Blumen; jemand grillte Steaks auf dem schattigen Rasen. Reines Pech, daß der Fettarsch ihn geschnappt hatte, als er vom Friedhof gekommen war. Er war gern wieder mit Cisco und Megan zusammen, machte gutes Geld auf dem Filmset, konnte jeden Tag trainieren, Meeresfrüchte essen und sich tropische Gesundheitsdrinks mixen. Louisiana hatte was.

Vielleicht war es Zeit zu verduften. Sein Gewerkschaftsausweis war in Hollywood Gold wert. Außerdem trat einem in Kalifornien keiner auf die Zehen, nur weil die Fassade leicht angekratzt war. Drogengeprüft, ein Vorstrafenregister, mit dem man das Weiße Haus tapezieren konnte? Das war die Biographie für Jungs, die millionenschwere Drehbücher schrieben. Aber er hatte Cisco das Kommando überlassen. Das Problem war, daß die Summe, um die es ging, eine Nummer zu groß war. Punks wie Rodney Loudermilk oder den Buchhalter Anthony Soundso umzulegen brachte keine Lösungen.

Er gab frische Erdbeeren, Bananen, zwei rohe Eier, eine geschälte Orange und eine Packung gefrorenen Fruchtcocktail in den Mixer und stellte ihn an. Warum trödelte der Typ vom Elektrizitätswerk noch immer draußen herum?

»Hey, Sie da! Wenn Sie mir noch mal den Strom abstellen, finden Sie sich morgen als Müllkutscher wieder!« sagte Swede.

»Das mache ich tagsüber sowieso schon lange«, erwiderte der Handwerker.

Schlaumeier sind hier draußen wirklich keine Mangelware, dachte Swede. Wie zum Beispiel dieser Fettarsch mit seinem Porkpie-Hut, der ihn an eine Stoßstange gefesselt hatte, zum Haus der Terrebonnes und mit diesem Typ in die Gruft gegangen war, als sei *er*, Swede, der Perverse, der Kettenhund, und nicht dieser Arsch Terrebonne, der auf Händen und Knien rumkroch und Gebeine und Stoffetzen im Sarg sortierte, als ginge es darum, ein Rattennest für den Postversand zu verpacken.

»Was machen Sie mit meiner Schleuder?« rief Swede aus dem Fenster.

»Bin draufgetreten, Tschuldigung«, sagte der Elektriker.

»Legen Sie sie aus der Hand und verschwinden Sie.«

Statt dessen schlenderte der Elektriker aus Swedes Blickfeld zur Tür und klopfte.

Swede ging ins Wohnzimmer, mit nacktem Oberkörper und barfuß, und riß die Tür auf.

»War ne beschissene Woche. Hab die Nase voll von Problemen. Ich bezahle meine Rechnung über den Hausmeister, also packen Sie Ihren Kram zusammen und ...«, sagte er.

Dann waren sie drinnen, drei von ihnen, und über ihre Schultern hinweg sah er einen Nachbarn, der sein Steak auf dem Grill mit Sauce bepinselte, und er wollte laut losschreien, wenigstens einen Hinweis auf seine mißlich Lage in das schwindende Licht hinausbrüllen, aber die Tür schloß sich blitzschnell hinter den Männern, ebenso wie das Küchenfenster, und wenn Swede gewußt hätte, daß er nur zwei Sekunden in seinem Leben würde ändern können, hätte er den Augenblick zwischen dieser Unterhaltung mit dem Elektriker am Fenster und dem Klopfen an der Tür gewählt, und dann wäre das alles nicht passiert, soviel konnten zwei Sekunden eben ausmachen.

Einer von ihnen stellte den Fernseher auf volle Lautstärke und drehte den Ton dann etwas leiser. Lächelten die drei jetzt, als seien sie alle vier in einem Akt verbunden, der sie gegenseitig beschämte? Er wußte es nicht. Er starrte auf die Mündung der 25er Automatik.

Mann, die in den Eingeweiden, das ist hart, dachte er.

Aber ein Mann durfte nichts unversucht lassen.

Sein Messer hatte eine zehn Zentimeter lange Klinge mit einem Griff aus Horn und Messing. Es war ein sogenannter Bärentöter, ein echtes Sammlerstück, das Cisco ihm geschenkt hatte. Swede zog ihn aus der rechten Hosentasche, und die Messerspitze ritzte den Baumwollstoff, als er die Klinge aufschnappen ließ und mit Schwung gegen die Kehle des Angreifers ausholte.

Es war ein sauberer Schnitt direkt unterhalb des Halses, wobei Blut in einer diagonalen Linie über die Wand spritzte. Swede versuchte den zweiten noch mit der Rückwärtsbewegung zu erwischen, fühlte vielleicht, wie das Messer in Sehnen und Knochen schnitt, dann schien ein chinesischer Feuerwerkskörper mit lautem Knall in seinem Kopf zu detonieren, und er fiel in einen tiefen dunklen Brunnen, wobei er eigentlich friedlich hätte liegen und in den Kreis von Gesichtern weit über ihm starren können, wenn er es nur gewollt hätte.

Aber sie rollten ihn in einen Teppich und trugen ihn an einen Ort, von dem er wußte, daß er da nicht hin wollte. Er hatte es vermasselt, daran gab's nichts zu rütteln, und sie hatten den Reibach gemacht. Eigentlich hätte es längst mit ihm vorbei sein müssen. Warum taten sie das? Jetzt wurde er erneut hochgehoben, aus dem Kofferraum eines Autos über die Stoßstange gehievt und über Gras geschleift, durch ein Zaungatter, das in den Angeln quietschte, und schließlich auf der Erde ausgerollt, unter einem Himmel, der voller heller Sterne war.

Eines seiner Augen versagte ihm den Dienst, das andere war blutverschmiert. Doch er fühlte, wie ihre Hände ihn hochhoben, seine Gliedmaßen in Form eines Kreuzes auslegten, das seinem Leben nicht fremder hätte sein können, und sie breiteten seine Arme über blankem Holz aus. Er erinnerte sich an die Bilder eines Lehrers aus der Sonntagsschule, an einen staubumwehten Hügel unter sich verdunkelndem Himmel, an Soldaten in Rüstung und mit entschlossenen Gesichtern, die Nägel und Hammer in den Fäusten hielten und deren Umhänge die Farbe des Todes trugen.

War nicht auch eine Frau auf diesem Bild gewesen, die dem Verdammten die Lippen mit einem Schwamm benetzt hatte? War da jemand, der dasselbe für ihn tun würde? All diese Frage stellte er sich, während er den Kopf zur Seite wandte, Stahl auf Stahl schlagen hörte und seine Hand zucken sah, als gehöre sie nicht zu ihm.

23

Helen und ich gingen zwischen Bananenstauden und Brombeersträuchern hindurch zur Nordseite der Scheune, wo ein Team der Mordkommission vom Bezirk St. Mary, uniformierte Deputys und Sanitäter in einem Schatten standen, der vor grün schillernden Fliegen schwirrte, und auf die vornübergesunkene, bleiche Gestalt von Swede Boxleiter herabsahen. Swedes Brust war vorgewölbt, so als strebe sie weg von den Nägeln, die seine Handgelenke hielten, das Gesicht im Schatten verborgen, die Knie im Staub unnatürlich verrenkt. Draußen in der Sonne leuchteten die Blütendolden in den Raintrees grell wie Blut zwischen den Blättern.

»Sieht so aus, als wären wir gemeinsam für diesen Fall zuständig«, sagte einer der Beamten in Zivil. Er hieß Thurston Meaux, hatte einen blonden Schnurrbart, trug ein Tweedjackett mit gestärktem Baumwollhemd und eine gestreifte Krawatte. »Wenn der Fotograf hier ist, nehmen wir die Leiche ab und schicken euch alles, was wir haben.«

»Hat er noch gelebt, als sie ihn angenagelt haben?« fragte ich.

»Der Leichenbeschauer will die Autopsie abwarten. Und ihr seid wirklich der Ansicht, daß er sich die Kopfwunde in seiner Wohnung eingefangen hat?« fragte er.

»So sieht's aus«, antwortete ich.

»Habt ihr Munition gefunden?«

»Eine Patronenhülse. Stammt aus einer 25er.«

»Warum erschießt jemand einen Typen im Bezirk Iberia und nagelt ihn dann in St. Mary an eine Scheune?« sagte Meaux.

»Vor vierzig Jahren ist hier ein anderer Mann auf dieselbe Art und Weise gestorben«, sagte ich.

»Hier? An derselben Stelle?«

»Ich schätze, es ist als eine Art Botschaft gedacht«, antwortete ich.

»Wir haben den Typ schon überprüft. War ein Mörder und Dieb, Verdächtiger in zwei Mordfällen. Die Ermittlungen laufen noch. Sehe da keine größeren Komplikationen.«

»Mit der Einstellung landen Sie in einer Sackgasse«, sagte ich.

»Kommen Sie schon, Robicheaux. Auf einen Kerl wie ihn hatte es die halbe Welt abgesehen. Wo wollen Sie hin?«

Helen und ich gingen zu unserem Streifenwagen zurück und fuhren über das Feld, weg von der Scheune, zwischen zwei Eichen hindurch, deren Blätter bereits zu fallen begonnen, und zurück auf die Durchgangsstraße.

»Ich kapier das nicht. Was für eine Botschaft?« sagte Helen, lenkte mit einer Hand, die Hülle ihres Polizeiabzeichens noch an der Brusttasche ihrer Bluse.

»Wenn es nur ein Rachemord gewesen wäre, hätten die Schützen die Leiche in der Wohnung liegenlassen. Als wir Harpo Scruggs bei der Grillbude getroffen haben … hat er da nicht was über den Haß gegen die Reichen gesagt? Ich vermute, er hat Swede umgebracht und alles wie bei Jack Flynn aussehen lassen, um sich an jemandem zu rächen.«

260

Sie dachte nach.

»Scruggs hat den Amtrak nach Houston genommen und ist anschließend nach Colorado zurückgeflogen«, sagte sie.

»Danach muß er zurückgeflogen sein. So arbeitet er immer. Long-Distance-Morde sind seine Spezialität.«

Sie sah mich an. Ihre Augen waren prüfend auf mich gerichtet.

»Dich beunruhigt noch was, oder?« fragte sie.

»Wer Swede auch umgebracht hat, er hat ihn genau an derselben Scheunenwand angenagelt wie damals Jack Flynn.«

»Ich arbeite gern mit dir, Streak. Aber ich habe keinen Bock, ständig dein Innenleben zu erforschen«, sagte sie.

Alex Guidry schäumte vor Wut. Er stürmte um acht Uhr am Montag morgen durch den Vordereingang der Sheriffdienststelle, ohne an der Empfangstheke stehenzubleiben, und nahm sich erst gar nicht die Zeit anzuklopfen, bevor er in mein Büro polterte.

»Sie lassen den Fall Ida Broussard wieder aufrollen?« sagte er.

»Dachten Sie, bei Mord gibt's ne Verjährungsfrist?« entgegnete ich.

»Sie haben Holzsplitter von meinem alten Haus mitgenommen und sie dem Sheriff von St. Mary übergeben?« fragte er ungläubig.

»So sieht's aus.«

»Was soll der Blödsinn, daß ich sie erstickt haben soll?«

Ich heftete mehrere Seiten eines Berichts zusammen und steckte sie in eine Schublade.

»Ein Zeuge hat Sie kurz vor Ida Broussards Tod zusammen gesehen. Der Gerichtsmediziner hat festgestellt, daß es Mord war. Jemand hat sie unter einen Wasserhahn gehalten, bis sie tot war. Sollten Sie Einwände haben, schlage ich vor, daß Sie sich einen Anwalt suchen.«

»Was habe ich eigentlich getan?« wollte er wissen.

»Sie haben unseren Ruf im Bezirk Iberia beschädigt. Sie sind ein schlechter Cop. Sie bringen jeden in Mißkredit, der eine Polizeimarke trägt.«

»Ich schlage vor, Sie beschaffen sich auch einen Anwalt, Sie Dreckskerl. Ich steck Ihnen einen Revolver in den Arsch«, sagte er.

Ich griff nach meinem Telefonhörer und tippte die Nummer der Zentrale ein.

»Wally, da ist ein Kerl in meinem Büro, der braucht Geleitschutz zu seinem Wagen«, sagte ich.

Guidry zeigte drohend mit dem Finger auf mich und ging dann wütend auf den Korridor hinaus. Wenige Minuten später kam Helen in mein Büro und setzte sich auf die Schreibtischkante.

»Ich hab unseren Ex-Gefängnisverwalter auf dem Parkplatz gesehen. Jemand muß ihm heute morgen auf den Toast gespuckt haben. Zuerst hat er seine Wagentür nicht aufgekriegt, und dann hat er den Schlüssel im Schloß abgebrochen.«

»Ach wirklich?«

Ihre Augenwinkel zuckten.

Vier Stunden später rief unser Fingerabdruckspezialist an. Die Patronenhülse, die man auf dem Teppich in Swede Boxleiters Wohnung gefunden hatte, war sauber, und das Apartment wies keine identifizierbaren Fingerabdrücke mit Ausnahme der des Opfers auf. Noch am selben Nachmittag rief der Sheriff Helen und mich zu sich.

»Ich habe eben ein Gespräch mit der Sheriffdienststelle in Trinidad, Colorado, beendet. Dort ist nichts weiter über Harpo Scruggs bekannt, als daß er außerhalb der Stadt eine Ranch besitzt«, sagte er.

»Ist er jetzt dort?« fragte Helen.

»Hab ich auch gefragt. Daraufhin hat der Kollege gefragt: ›Warum interessieren Sie sich für ihn?‹ Ich sage: ›Wir glauben, daß er bei uns in der Gegend Leute foltert und umbringt.‹«

Der Sheriff griff nach seinem Tabaksbeutel und schnippte ihn zwischen den Fingern hin und her.

»Scruggs ist ein Profi. Er erledigt seine Schmutzarbeit gern fern der Heimat«, sagte ich.

»Ja, und dafür spielt er lustiges Staatsgrenzenspringen. Ich rufe diese FBI-Frau in New Orleans an. In der Zwischenzeit möchte ich, daß ihr euch nach Trinidad bewegt und alles über den Burschen ausgrabt, was es auszugraben gibt.«

»Unser Reisebudget ist verdammt schmal, Skipper«, sagte ich.

»Ich hab schon mit der Verwaltung geredet. Die sind derselben Ansicht wie ich. Man vertreibt die Krähen aus dem Kornfeld, indem man ein paar tote Artgenossen auf den Zaun spießt. Ist im übertragenen Sinn gemeint.«

Früh am nächsten Morgen schwebte unser Flugzeug in weitem Bogen über dem schmalen Korridor von Texas ein, sank durch im Sonnenaufgang flammende Wolkenbänke auf keksbraune Hügel hinab, die ein Flickenteppich aus Wacholder, Kiefern und Pinien überzog, und landete auf einem kleinen Flugplatz außerhalb von Raton, New Mexiko.

Das Land im Süden war flach wie eine Bratpfanne, im Licht des frühen Morgens hing eine staubige Dunstschicht darüber, und die Monotonie der Landschaft wurde lediglich von vereinzelt aufragenden Tafelbergen unterbrochen. Unmittelbar nördlich von Raton jedoch stieg das Land zu trockenen, pinienbewachsenen schroffen Berghängen auf, die sich bis zu einem Gebirgsplateau erhoben, auf dem die alte Bergwerksstadt Trinidad, einst Heimat der Earps und von Doc Holliday, im neunzehnten Jahrhundert ihre Blüte erlebt hatte.

Wir mieteten einen Wagen und fuhren den Raton-Paß hinauf durch Canyons, die noch in tiefem Schatten lagen, der Salbei an den Hängen silbrig glitzernd vom Tau. Zu unserer Linken, hoch oben auf einem Grad, sah ich eine Kirche ohne Dach, mit einer Fassade wie von einer spanischen Mission, die zwischen den Ruinen und Schlackehaufen einer verlassenen Bergwerkssiedlung lag.

»Die Kirche kenne ich von einem von Megans Fotos. Sie hat behauptet, sie sei von John D. Rockefeller als eine Art Public-Relations-Trick nach dem Massaker von Ludlow erbaut worden«, sagte ich.

Helen lenkte den Wagen mit einer Hand und sah mich gelangweilt an.

»Ach ja?« murmelte sie Kaugummi kauend.

Ich wollte schon etwas über die Frauen und Kinder erzählen, die in einem Keller unter einem brennenden Zelt erstickt waren, als die Milizen von Colorado den Bergarbeiterstreik von 1914 blutig niederschlugen.

»Wie geht deine Geschichte weiter?« fragte sie.

»Gar nicht.«

»Du kennst dich in Geschichte aus, Streak. Aber es funktioniert immer nach dem Schema, hier die Guten, da die Bösen. Wir sind die Guten.«

Sie legte die zweite Hand ans Steuerrad, sah mich an und grinste mit mahlendem Kiefer, die kurzen Ärmel ihrer Bluse stramm über ihren runden, nackten Oberarmen.

Wir erreichten den höchsten Punkt des Bergrückens und kamen in ein weites Tal mit einer hohen Bergkette im Westen und den alten Ziegel- und Steinhäusern von Trinidad zur Rechten, zu Straßen, die sich noch höher in die Hänge emporschraubten. Die Stadt lag teilweise im Schatten, die bewaldeten Bergkämme glänzten wie schwarzgrüne Glassplitter in den ersten Sonnenstrahlen.

Wir meldeten uns bei der Sheriffdienststelle und bekamen einen älteren Detective namens John Nash als Eskorte zu Harpo Scruggs Ranch zugeteilt. Er saß auf dem Rücksitz unseres Mietwagens, einen Stetson in keckem Winkel auf dem Kopf, einen freundlichen Ausdruck im Gesicht, während er die vorübergleitende Landschaft betrachtete.

»Scruggs hat wohl nie eure Aufmerksamkeit erregt, was?« sagte ich.

»Kann man so sagen«, erwiderte er.

»Ein ganz unauffälliges Mitglied der Gemeinde, schätze ich?«

»Wenn er das ist, was Sie behaupten, hätten wir besser auf ihn aufpassen müssen.« Sein Gesicht war sonnengebräunt, die Augen blau wie eine Butangasflamme, in den Winkeln von einem feinen Faltennetz umgeben, wenn er lächelte. Er sah durch die Heckscheibe zurück.

»Wenn's ein gottverlassenes Fleckchen Erde gibt, dann ist es das hier«, sagte Helen mit einem Seitenblick auf mich. Sie bog von der Durchgangsstraße ab und auf eine unbefestigte Fahrspur ein, die sich durch ein felsiges Trockental wand.

»Was habt ihr mit dem Burschen vor?« erkundigte sich John Nash.

»Gab's hier in letzter Zeit mal ne Schießerei?« fragte Helen.

John Nash lächelte in sich hinein, starrte aus dem Fenster und sagte: »Da unten ist es, am Fuß des Abhangs. Ein wirklich hübsches Fleckchen. Keine Menschenseele weit und breit. Ein mexikanischer Drogenschmuggler hat mir unten an dem Bach mal die Pistole unter die Nase gehalten. Habe ihn mehr als mausetot geschossen.«

Helen und ich drehten uns beide um und starrten John Nash an, als sähen wir ihn zum ersten Mal.

Harpo Scruggs Ranch war von einem Weidezaun umgeben. Das Land war von Salbei überwuchert und wurde an der Rückseite von niedrigen Hügelketten und einem Bach begrenzt, an dessen Ufer Zitterpappeln wuchsen. Das Haus selbst war ein lebkuchenbrauner spätviktorianischer Bau mit Giebeln, an allen vier Seiten von einer Holzveranda umgeben. An einem Holzklotz neben einer Scheune stand ein hochgewachsener Mann und hackte Brennholz. Die Räder unseres Wagens dröhnten über eine Viehsperre. John Nash legte die Hände auf meine Rückenlehne und beugte sich vor.

»Mr. Robicheaux, Sie hoffen doch nicht etwa, daß unser Freund dort hinten was Unbedachtes tut, oder?« fragte er.

»Sie sind ein interessanter Mann, Mr. Nash« sagte ich.

»Das höre ich oft«, erwiderte er.

Wir hielten am Rand des Hofs an und stiegen aus. Die Luft roch nach feuchtem Salbei, Holzfeuer, Pferdemist und Pferden, deren bereiftes Fell in der Sonne dampfte. Scruggs hielt in seiner Tätigkeit inne und starrte uns unter dem Rand seines Schlapphuts an. Dann stellte er einen weiteren Holzscheit auf den Holzklotz und spaltete ihn in zwei Teile.

Wir gingen an der Seite des Hauses entlang auf ihn zu. Kaffeedosen voller Veilchen und Stiefmütterchen säumten in gleichmäßigem Abstand die Veranda. Aus einem unerfindlichen Grund trennte sich John Nash von uns, stieg auf die Veranda, stützte die Hände aufs Geländer und beobachtete uns wie ein unbeteiligter Zaungast.

»Hübsches Anwesen«, sagte ich zu Scruggs.

»Wer ist der Kerl oben auf meiner Veranda?« fragte er.

266

»Mein Boß hat das FBI eingeschaltet, Scruggs. Überschreiten von Staatsgrenzen. War n Riesenfehler.«

»Und das ist nich alles. Ricky Scar ist stinksauer, weil ein popeliger weißer Hinterwäldler sein Geld genommen und dann halb Louisiana mit Scheiße überzogen hat«, sagte Helen.

»Davon abgesehen haben sie einen Mord imitiert, der vor vierzig Jahren begangen wurde«, sagte ich.

»Was mir wirklich schleierhaft ist«, fuhr Helen fort, »ist, warum der Mob einen abgetakelten alten Furz engagiert, der sich einbildet, Nutten aufs Kreuz zu legen könnte verhindern, daß er seinen undichten Schniedel dreimal pro Woche aufs Klo führen muß. Diese mexikanische Puffbude, die Sie in Houston besucht haben ... Sie erinnern sich? Das Mädel hat gesagt, sie hätte sich hinterher am liebsten mit Klorix durchgespült.« Als Scruggs sie nur anstarrte, nickte sie bekräftigend, die Miene dramatisch ernst.

Scruggs lehnte seine Axt gegen den Hackklotz, biß ein Stück Kautabak ab, die Schultern und der breite Rücken straff und aufrecht unter dem verblichenen Hemd. Er wandte das Gesicht ab, spie in den Staub und rieb sich die Nase mit dem Handrücken.

»Sind Sie in New Iberia geboren, Robicheaux?« fragte er.

»So ist es.«

»Glauben Sie wirklich, daß ich mit meinem Wissen über die Vergangenheit, über die Leichen unter einem Damm bei Angola, über die in St. Mary begrabenen Querulanten vor einem Bundesgericht sang- und klanglos untergehe?«

»Die Zeiten haben sich geändert, Scruggs«, sagte ich.

Er griff die Axt mit einer Hand und begann einen Holzscheit in schmale Streifen zu spalten, die Lippen glänzend vom braunen Saft des Tabaks in seiner Backe. Dann sagte er: »Wenn ihr den ganzen Weg gekommen seid, um meinen Namen in Deming zu beschmutzen, nützt euch das gar nix. Hab ein gutes Leben gelebt im Westen. Hab mir nie die Hände mit Nigger-problemen und reichen Typen schmutzig gemacht, die glauben, auch aus Weißen Sklaven machen zu können.«

»Sie haben zu den Männern gehört, die Jack Flynn umgebracht haben, stimmt's?« sagte ich.

»Habe vor, ein Schwein zu schlachten, Herrschaften. Anschließend kriege ich Besuch von einer Freundin. Und bevor die hier auftaucht, will ich euch los sein. Übrigens is der Kerl auf meiner Veranda kein FBI-Agent.«

»Wir bleiben in der Nähe, Scruggs. Machen Sie sich keine falschen Hoffnungen«, sagte ich.

»Ja, da bin ich mir sicher, Sie sind wie ein Mistkäfer, der Scheißebällchen rollt.«

Wir gingen zum Wagen. Hinter mir hörte ich, wie seine Axt mit einem Zischen durch einen Scheit fuhr, dann rief John Nash von der Veranda: »Mr. Scruggs, wo ist der Typ, der Ihnen Klafterholz verkauft, ihre Zäune ausgebessert hat und so weiter ... Der, der aussieht, als habe er den Tripper im Gesicht?«

»Der arbeitet nicht mehr für mich«, sagte Scruggs.

»Darauf können Sie einen lassen. Im Augenblick liegt er nämlich mit ner entzündeten Stichwunde in einer Klinik in Raton«, sagte John Nash.

Auf dem Rücksitz des Wagens nahm John Nash ein Notizbuch aus der Hemdtasche und blätterte einige Seiten zurück.

»Der Mann heißt Jubal Breedlove. Wir glauben, daß er ungefähr vor sechs Jahren einen Trucker wegen irgendeiner Rauschgiftsache umgebracht hat. Konnten's ihm leider nie nachweisen. Hab ihn mehrmals wegen Trunkenheit eingelocht. Ansonsten ist sein Vorstrafenregister harmlos«, sagte er.

»Haben Sie den Burschen auf eigene Faust ausfindig gemacht?« fragte ich.

»Hab angefangen, Kliniken anzurufen, nachdem Sie sich bei uns gemeldet hatten. Warten Sie, bis Sie sein Gesicht sehen. Ziemlich einprägsame Erscheinung.«

»Könnten Sie mit Ihrem Handy veranlassen, daß dieser Breedlove in den nächsten Minuten keine Telefonanrufe entgegennehmen kann?« fragte ich.

»Schon erledigt. Gleich heute morgen.«

»Sie sind Gold wert, Mr. Nash.«

Er grinste, dann richtete er den Blick aus dem Fenster und auf ein Karnickel, das durch das Gras neben einem Bewässerungsgraben hoppelte. »Übrigens habe ich Ihnen bisher bloß das erzählt, was wir über ihn in der Kartei haben. Ungefähr vor zwanzig Jahren ist eine Familie, die oben in den Bergen gezeltet hatte, ermordet worden. Der Mörder war hinter der Tochter her. Als ich Jubal Breedlove mal in die Ausnüchterungszelle gebracht habe, hab ich das High-School-Foto des Mädchens in seiner Brieftasche entdeckt.«

Eine knappe Stunde später waren wir in der Klinik in Raton. Jubal Breedlove lag in einem schmalen Bett in einer Nische, die vom restlichen Zimmer durch eine zusammenfaltbare Zwischenwand abgetrennt war. Sein Gesicht war von großen purpur- und erdbeerroten Muttermalen übersät, so daß seine Augen wie in eine Maske geschnitzte Schlitze wirkten. Helen griff sich seine Krankengeschichte vom Fuß des Bettes und las sie.

»Boxleiter hat dich beinahe über die Klinge springen lassen, was?« sagte sie.

»Was soll das?« fragte er.

»Swede hat dein Blut im ganzen Apartment verteilt. Hätte genausogut gleich deinen Namen und deine Adresse an die Wand schreiben können«, sagte ich.

»Swede Wer? Bin hinter einer Bar in Clayton ausgeraubt und niedergestochen worden.«

»Und deshalb haben Sie auch gewartet, bis sich die Wunde entzündet hatte, bevor Sie zum Arzt gegangen sind, was?« sagte ich.

»Bin drei Tage besoffen gewesen. Wußte nicht mehr, auf welchem Planeten ich war«, antwortete er. Sein Haar war lockig und hatte die Farbe von Metallspänen. Obwohl er sich sichtlich Mühe gab, den Blick auf mich und Helen zu konzentrieren, schweiften seine Augen immer wieder zu John Nash ab.

»Harpo hat Ihnen natürlich nicht erlaubt, drunten in Louisiana medizinische Hilfe in Anspruch zu nehmen, stimmt's? Wollen Sie für einen solchen Dreckskerl den Kopf hinhalten?« fragte ich.

»Ich will einen Anwalt«, sagte er.

»Nein, wollen Sie nicht«, entgegnete Nash, nahm Breedloves Kinn in die Hand und bewegte seinen Kopf auf dem Kissen von rechts nach links, als wolle er die Funktion seiner Halswirbel testen. »Kennen Sie mich noch?«

»Nein.«

Seine Hand glitt zu Breedloves Brust, wo er sie flach auf den Gazeverband legte, der über Breedloves Messerwunde klebte.

»Mr. Nash«, sagte ich.

»Irgendeine Erinnerung an das Mädchen im Zelt? Ich schon.« John Nash tastete mit den Fingerspitzen über Breedloves Brustverband, dann ließ er seinen Handballen langsam darüber kreisen, den Blick auf Breedlove fixiert. Breedloves Mund öffnete sich, und seine Finger griffen unwillkürlich nach Nashs Handgelenken.

»Rühren Sie mich ja nicht an, mein Junge. Damit reiten Sie sich nur noch tiefer in die Scheiße«, sagte Nash.

»Mr. Nash, wir müssen uns mal ne Minute draußen unterhalten«, sagte ich.

»Nicht nötig«, erwiderte Nash, griff sich eine Handvoll Kleenextücher aus einer Schachtel auf dem Nachttisch und wischte sich die Handfläche ab. »Alles okay. Sehen Sie nur, seine Augen sind schon ganz wäßrig vor lauter Reuegefühlen.«

Wir hatten einen Verdächtigen in Trinidad, Colorado, und jetzt noch einen in New Mexico. Horrorvisionen von Bergen von Papierkram und juristischen Komplikationen, die uns möglicherweise bevorstanden, begannen mich zu quälen. Nachdem wir John Nash vor der Sheriffdienststelle abgesetzt hatten, aßen wir in einem Café am Highway zu Mittag. Durch das Fenster sahen wir ein Gewitter über den Bergen aufziehen, und Staubwirbel erhoben sich aus den Bäumen im Canyon und legten sich auf die verbrannte Erde.

»Woran denkst du?« fragte Helen.

»Wir müßten Breedlove verhaften und ihn nach Louisiana überführen«, sagte ich.

»Rosige Aussichten, was?«

»Im Augenblick mache ich mir keine Hoffnungen.«

»Vielleicht redet John Nash noch mal mit ihm.«

»Dieser Bursche kann uns den Fall kosten, Helen.«

»Nash schien völlig unbesorgt. Hatte nicht das Gefühl, daß Breedlove so blöd ist, sich über Willkürakte der Polizei zu beschweren.« Als ich nicht antwortete, sagte sie: »Wyatt Earp und seine Brüder haben doch hier in der Gegend ihr Unwesen getrieben, oder?«

»Nach der Schießerei am O.K. Corral haben sie noch andere Mitglieder der Clanton-Gang gejagt und sie praktisch in Stücke geschossen. Ich glaube, ihre Route hat genau hier durchgeführt.«

Ich bezahlte die Rechnung und ließ mir eine Quittung für unsere Spesenabrechnung geben.

»Diese Geschichte, die Archer Terrebonne mir über Lila und ihre Cousine erzählt hat, die eine Gewehrsalve über ein Schneefeld gefeuert hat? Erinnerst du dich?« fragte ich.

»Ja, weiß Bescheid.«

»Lust auf eine Spritztour nach Durango?«

Wir fuhren hinauf durch Walsenburg, dann in westlicher Richtung in die Berge und durch einen Gewitterregen, der in Schnee überging, als wir uns dem Wolf-Creek-Paß näherten. Die Pinienwälder und das zimtfarbene Land der südlichen Hochebene von Colorado lagen jetzt hinter uns, und zu beiden Seiten des Highways waren die Hänge dicht von Tannen, Fichten und Kiefern bestanden, auf denen Schneekristalle glitzerten, die bei der Berührung mit dem Autodach sofort schmolzen.

Oben am Wolf-Creek-Paß hielten wir in einer Aussichtsbucht an, tranken Kaffee aus einer Thermoskanne und sahen auf die steilen Gipfel der Berge hinunter. Die Luft war kühl und grau, roch nach Tannennadeln und nassen Felsen in einem Flußbett und nach dem Eis, das man morgens aus einem Wassereimer hackt.

»Dave, ich will nicht nerven ...«, sagte Helen.

»Inwiefern?«

»Ich glaube, ich erinnere mich an eine Geschichte vor Jahren über diese Lawine ... Ich meine, die Lilas Cousine begraben hat.«

»Und weiter?«

»Ich meine, wen interessiert es schon, ob das Mädchen in der Form eines Kreuzes erfroren ist? So was steht in keinem alten Zeitungsartikel. Vielleicht verrennen wir uns zu sehr in die Sache.«

Das konnte ich nicht bestreiten.

Im Archiv der Zeitungsredaktion in Durango waren die Reportagen über das Lawinenunglück im Jahr 1967 schnell gefunden. Die Geschichte war der Aufmacher der betreffenden Tagesausgabe und bestand aus Interviews mit den Rettern, Fotos des Berghangs, des windschiefen zweistöckigen Blockhauses und eines Schuppens, von dem die Lawine nur Brennholz übriggelassen hatte, von Vieh, deren Hörner, Hufe und eisverkrustete Leiber aus dem Schnee ragten wie abstrakte Gebilde auf einem kubistischen Gemälde. Lila hatte überlebt, weil die herabstürzenden Schneemassen sie in ein Flußbett geschleudert hatten, unter dessen Überhang sich eine Eishöhle gebildet hatte, in der sie zwei Tage hatte überleben können, bis der Deputy Sheriff die Schnee- und Eisdecke mit einer Lawinenstange durchstoßen und sie mit dem einströmenden Sonnenlicht fast geblendet hatte.

Die Cousine jedoch war unter drei Metern Schnee begraben worden und gestorben. Der Artikel erwähnte mit keinem Wort den Zustand, Lage oder Haltung der Leiche.

»War einen Versuch wert und ne herrliche Autofahrt«, sagte Helen.

»Vielleicht können wir jemanden auftreiben, der damals zur Rettungsmannschaft gehört hat«, schlug ich vor.

»Laß es gut sein, Dave.«

Ich atmete geräuschvoll aus und stand auf. Meine Augen brannten, und meine Handflächen fühlten sich taub an, nachdem ich auf der Fahrt über den Wolf-Creek-Paß das Lenkrad unwillkürlich krampfhaft festgehalten hatte. Draußen schien die Sonne auf die Backsteingebäude aus dem Neunzehnten Jahrhundert entlang der Straße, und ich konnte dicht bewaldete, dunkelgrüne Berghänge sehen, die im Hintergrund steil aufragten.

Ich wollte schon den großen gebundenen Sammelband der Zeitungen aus dem Jahr 1967 vor mir zuklappen, als mein Blick, wie bei einem Spieler, der vom Roulettisch nicht lassen kann, solange noch ein Chip übrig ist, erneut auf ein Farbfoto der Rettungsmannschaft fiel. Die Männer standen in Reih und Glied, die Suchgeräte in der Hand, in dicke Plaidmäntel und Overalls aus fester Baumwolle gehüllt, Wollmützen und Cowboyhüte mit Halstüchern über die Ohren gebunden. Das Schneefeld lag glitzernd in der Sonne, die Berge hoben sich blaugrün gegen einen wolkenlosen Himmel ab. Die Mienen der Männer waren ernst, der Wind preßte die Kleidung an ihre Körper, die Gesichter wirkten schmal und eingefallen in der Kälte. Dann las ich die Bildunterschrift.

»Wohin gehst du?« fragte Helen.

Ich lief in die Redaktion hinüber und kehrte mit einer Lupe zurück.

»Sieh dir mal den Mann ganz rechts außen an«, sagte ich.

»Achte auf seine Schultern, die Art, wie er sich hält.«

Helen nahm mir das Vergrößerungsglas aus der Hand, starrte angestrengt hindurch, verkürzte und vergrößerte den Abstand der Linse zum Foto und konzentrierte sich schließlich auf das Gesicht eines großgewachsenen Mannes mit einem breitrandigen Cowboyhut. Dann las sie die Bildunterschrift.

»Hier steht ›H.Q. Skaggs‹. Der Reporter hat den Namen nicht richtig mitgekriegt. Müßte wohl Harpo Scruggs heißen«, sagte sie.

»Archer Terrebonne hat so getan, als kenne er ihn nur ganz flüchtig. Ich glaube, er hat ihn als ›Original‹ bezeichnet.«

»Was hatte der in der Skihütte der Terrebonnes in Colorado verloren? Leute wie die Terrebonnes lassen Typen wie Scruggs normalerweise nicht mal auf ihre Toiletten«, sagte sie. Sie starrte mich ausdruckslos an, und es klang, als würde sie ihre

Gedanken von innen nach außen kehren, als sie sagte: »Hat er schon früher die Drecksarbeit für sie erledigt? Hatte er sie irgendwie in der Hand? Könnte Scruggs Terrebonne erpreßt haben?«

»Sind wie siamesische Zwillinge, die beiden.«

»Gibt's in dem Laden nen Fotokopierer?« fragte sie.

24

Am späten Nachmittag des darauffolgenden Tages kehrten wir nach New Iberia zurück. Ich schaute auf dem Heimweg noch im Büro vorbei, aber der Sheriff war bereits nach Hause gegangen. In meinem Fach steckte eine Nachricht von ihm: »Wir reden morgen über Scruggs und das FBI.«

Am Abend gingen Bootsie, Alafair und ich in ein Restaurant essen, und anschließend half ich Batist am Bootsanleger. Der Mond stand senkrecht am Himmel, das Wasser im Bayou stand hoch, und gelbliche Schlammschwaden bewegten sich zwischen den Schatten der Zypressen und Weiden am Ufer.

Ich hörte einen Wagen mit viel zu hoher Geschwindigkeit auf der unbefestigten Straße näher kommen, dann sah ich Clete Purcels Cabrio vor dem Bootssteg anhalten. Eine Staubwolke senkte sich über das Faltdach. Statt jedoch vor dem Bootssteg stehenzubleiben, löschte er lediglich sämtliche Lichter und fuhr rückwärts in meine Auffahrt, so daß das Autokennzeichen von der Straße aus nicht zu sehen war.

Ich ging in den Köderladen zurück und schenkte mir eine Tasse Kaffee ein. Clete kam über den Anleger und sah sich dabei ständig um, das bunt bedruckte Hemd über dem Hosenbund. Er grinste breit, als er durch die Tür trat.

»Herrliche Nacht. Hätte Lust, morgen früh aufzustehen und fischen zu gehen«, sagte er.

»Das Wetter stimmt«, sagte ich.

»Wie war's in Colorado?« wollte er wissen, öffnete die Fliegengittertür und sah zurück in die Dunkelheit.

Ich wollte ihm gerade eine Tasse Kaffee einschenken, als er in die Kühlbox griff, eine Flasche Bier öffnete und sie am Ende der Theke trank, den Blick unbeirrt auf den Bootsanleger gerichtet.

»Was dagegen, wenn ich heute hier übernachte? Hab keinen Bock, nach Jeanerette zurückzufahren«, sagte er.

Er berührte die Stirn flüchtig mit einem Fingernagel und starrte ins Leere.

»Die State Trooper hätten mich fast beim Spanish Lake erwischt. Darf das Auto schließlich nur zu beruflichen Zwecken bewegen. Hab doch Fahrverbot.«

»Und weshalb sollten sie hinter dir her sein?«

»Die Filmleute gehn mir allmählich auf den Keks. Brauchte Tapetenwechsel und bin zu Ralph & Kacoo's in Baton Rouge rauf«, sagte er. »Schon gut, ich spuck's aus. Aber ich hab nicht angefangen. Ich habe Austern *on the half-shell* gegessen und mir ein Bier vom Faß an der Theke geholt, da kommt Benny Grogan auf mich zu … du weißt schon, der Bodyguard von Ricky the Mouse, der mit der platinblonden Matte, der Wrestler und Knochenbrecher.

Grogan tippt mir auf den Arm und macht einen Satz rückwärts, als fürchte er, daß ich mich auf ihn stürze, und sagt: ›Wir haben da ein Problem, Purcel. Ricky sitzt sturzbetrunken in einem Hinterzimmer.‹

Ich sage: ›Nein, nicht *wir* haben ein Problem. *Ihr* habt ein Problem‹.

Er sagt: ›Hören Sie … Ricky hat seine Edelnutte dabei, der

er unbedingt imponieren will. Bleiben Sie um Gottes willen cool und verziehen Sie sich irgendwohin. Die Zeche geht auf meine Rechnung. Hier sind hundert Piepen. Seien Sie heute abend unser Gast ... aber verduften Sie.‹

Ich sage: ›Benny, wenn du wieder ne heiße Gesichtsmaske willst, dann lang mich noch mal an.‹

Er zuckt mit den Schultern, verschwindet, und ich denke, das war's. Wollte sowieso gerade gehen und nur noch meine Blase erleichtern. Also geh ich auf die Männertoilette, und da haben sie diesen großen Trog voller Eis, und natürlich haben die Leute schon den ganzen Abend reingepißt, und ich mach meinen Hosenstall auf und les die Zeitung, die unter Glas oben an der Wand hängt, und höre, wie die Tür hinter mir aufgeht und ein Typ reinschwankt, als hätten wir Windstärke zehn mitten auf dem Ozean.

Und dann meint er: ›Hab was Feines für Sie, Purcel. Heißt, es fährt dir in die Gedärme wie blankes Eis.‹

Ich mache keine Witze, Dave. Hätte nie gedacht, daß Ricky Scar mir je Angst einjagen könnte, aber als ich gesehen hab, was er in der Hand hielt, wär mir fast das Herz stehengeblieben. Hast du je in die Mündung einer Seenotrettungspistole geschaut? Ich sage: ›Dumm gelaufen, Ricky. Wollte gerade gehen. Betrachte unsere Probleme als beendet.‹

Er sagt: ›Ich werd's genießen.‹

In diesem Moment stößt ein Biker die Tür auf und zwängt sich an Ricky vorbei, als sei's das Selbstverständlichste auf der Welt. Als Ricky den Kopf wendet, schlage ich zu, direkt aufs Auge. Die Seenotrettungspistole segelt unter die Toilettenkabinen, und Ricky fällt rücklings ins Pißbecken. Ich greife mir den Gummistößel aus der Ecke, so ein großes Ding, womit man jede Toilettenverstopfung beseitigen kann, klebe ihn Ricky mitten in die Visage und drücke ihn solange ins Eis, bis er sich eigentlich hätte beruhigen müssen, aber der Kerl hat um sich getreten und geschlagen und Schaum vor den Mund bekommen, und ich konnte nicht loslassen.

Der Biker sagt: ›Hat der Arsch versucht, deinen Schwanz anzufassen oder was?‹

Ich sage: ›Hol einen Typen namens Benny Grogan aus einem der Hinterzimmer. Sag ihm, Clete braucht Hilfe. Dann gibt er dir fünfzig Piepen.‹

Der Biker sagt: ›Benny Grogan bläst dir vielleicht einen, aber Geld kriegst du nie von ihm. Das ist allein deine Show, Bruder.‹

In diesem Moment kommt Benny durch die Tür und hält mir eine 38er hinters Ohr. Er sagt: ›Raus aus der Stadt, Purcel. Das nächste Mal blase ich dir dein Gehirn zur Nase raus.‹

Ich hab nicht lang diskutiert, Großer. Ich war schon fast bis zum Ausgang gekommen, als die Mouse hinter mir aus dem Klo und in den Korridor gehechtet ist, triefend vor Eis und Pisse, Girlanden von Toilettenpapier an den Füßen.

Genau in diesem Augenblick wird die schwere Tür zu einem der separaten Speisezimmer von innen aufgestoßen, und Ricky the Mouse kriegt das massive Eichenteil mit voller Wucht in die Visage.

Während Ricky sich auf dem Teppich wälzt, hab ich mich verdünnisiert und beschlossen, augenblicklich aus Baton Rouge zu verduften und die Spaghettis für ne Weile in Ruhe zu lassen.«

»Warum waren die State Trooper hinter dir her? Was hattest du draußen am Spanish Lake zu suchen, wenn du eigentlich auf der Schnellstraße hättest sein müssen?«

Seine Augen wichen mir aus, so als würde er ernsthaft über die Frage nachdenken.

»Hmmm, auf dem Parkplatz vor dem Lokal standen ungefähr acht oder neun Harley-Chopper. Ich hatte noch mein Werkzeug im Kofferraum, also habe ich den Wagen der Mouse ausfindig gemacht, die Tür aufgebrochen und den Motor aufheulen lassen. Dann habe ich ein Brett auf das Gaspedal geklemmt, den Wagen direkt auf die Harleys gelenkt und in den ersten Gang geschaltet.

Ich bin fünf Minuten rumgegondelt, dann am Parkplatz vorbeigefahren und hab alles von der gegenüberliegenden Straßenseite mit angesehen. Die Biker sind über Rickys Wagen geklettert wie Krebse, haben die Fenster eingeschlagen, Sitze und Reifen aufgeschlitzt, die Kabel aus dem Motorraum gerissen. War ne perfekte Show, Dave. Das rauschende Finale kam, als die Cops aufgetaucht sind. Sie haben die Biker in einem Gefängniswagen verstaut, Ricky hat auf dem Parkplatz rumgeschrien, seine Mieze hat versucht, ihn zu beruhigen, und Ricky hat sie zum Dank am Arm rumgeschwenkt wie ne Stoffpuppe. Gäste sind aus sämtlichen Restauranttüren auf den Parkplatz geströmt, als würd's in dem Laden brennen. Benny Grogan hat nen Gummiknüppel aufs Hirn gekriegt. Schätze, in ein, zwei Tagen hat sich alles beruhigt. Sag mal, hast du noch Sandwiches übrig?«

»Ich kann's einfach nicht fassen«, sagte ich.

»Was hab ich denn getan? Wollte doch einfach nur in Ruhe ein paar Austern essen.«

»Clete, eines Tages zettelst du was an, aus dem du nicht mehr heil rauskommst. Man wird dich töten.«

»Scarlotti ist ein Arschloch, eine Ratte und gehört unter den Kanaldeckel. Hey, Mann, für die Cops war das ein Lacher. Hör auf, dir Sorgen zu machen. Ist doch alles nur Spaß.«

Seine Augen leuchteten grün über der Bierflasche, während er trank, das Gesicht gerötet und schweißbefleckt.

Kurz nach acht am nächsten Morgen kam der Sheriff in mein Büro.

Er stand vor dem Fenster und stützte die Hände auf den Sims. Er hatte die Hemdsärmel bis zu den Ellbogen hochgekrempelt.

»Ich hab mich mit dieser Dame vom FBI, dieser Glazier, über Harpo Scruggs ausgetauscht. Sie hat meine sprichwörtliche Höflichkeit auf eine verdammt harte Probe gestellt«, sagte er.

»Was hat sie gesagt?«

»Ist zu einem Eiswürfel mutiert. Das macht mir Sorgen. Er ist angeblich mit der Dixie-Mafia verbandelt, aber im Zentralcomputer findet sich nichts über ihn. Woher kommt dieses generelle Desinteresse?«

»Bis jetzt sind seine Opfer uninteressante kleine Fische gewesen, Leute, die niemand groß vermißt hat«, sagte ich.

»Aber diese Glazier haßt Megan Flynn. Möchte wissen, was sie an der so verdammt persönlich nimmt.«

Wir sahen uns an. »Schuldgefühle?« sagte ich.

»Weswegen?«

»Gute Frage.«

Ich ging zu Helens Büro, und anschließend machten wir uns auf den Weg nach New Orleans.

In New Orleans parkten wir hinter der Carondelet und gingen zum Mobil-Building an der Poydras Street. Kaum saßen wir in Adrien Glaziers Büro, stand sie von ihrem Stuhl auf und öffnete die Jalousien, als wolle sie eine besondere Atmosphäre im Zimmer schaffen. Dann schwang sie sich wieder auf ihren Drehstuhl und schlug die Beine übereinander, die Schultern unter ihrem grauen Jackett gestrafft, ihre eisblauen Augen auf ein Ziel im Korridor gerichtet. Aber als ich mich umdrehte, war dort niemand zu sehen.

Dann sah ich es an ihrer Miene, den Mundwinkeln, dem Nerv, der unter ihrem Auge leicht zuckte, dem Kinn, das sie reckte, als sei ihr Blusenkragen zu eng.

»Wir dachten, ihr wärt vielleicht interessiert, diesen Scruggs mit uns gemeinsam zur Strecke zu bringen. Er springt über Staatsgrenzen wie ein Pingpongball«, sagte ich.

»Warum sollten wir, wenn Sie nicht mal genügend Beweise für einen Haftbefehl haben?« fragte sie.

»Jeder Cop, der mit ihm gearbeitet hat, sagt, daß er Dreck am Stecken hat. Sehr wahrscheinlich hat er Häftlinge in Angola zur Strecke gebracht. Trotzdem wird er landesweit in keiner Computerkartei geführt«, sagte ich.

»Wollen Sie damit andeuten, daß das unsere Schuld ist?«

»Nein. Uns spukt da eher ein Zeugenschutzprogramm oder der Gedanke an einen bezahlten FBI-Spitzel im Kopf rum«, meinte Helen.

»Woher nehmen Sie diese Information? Ihr glaubt wohl ...«, sagte sie.

»Scruggs ist der Typ, der sich im Dunstkreis des Ku-Klux-Klan bewegt. Damals in den Fünfzigern hattet ihr solche Leute auf der Gehaltsliste«, sagte ich.

»Sie reden von Dingen, die vier Jahrzehnte zurückliegen«, erwiderte Adrien Glazier.

»Angenommen, er war einer der Männer, die Jack Flynn umgebracht haben? Was, wenn er den Mord begangen hat, während er Angestellter bei der Regierung gewesen ist?« fragte ich.

»Mr. Robicheaux, Sie sitzen hier in meinem Büro. Also unterlassen Sie diese Verhörmethoden.«

Wir starrten uns stumm an, und ihre Augen erfaßten, welche Erkenntnis sich in meinem Blick abzuzeichnen begann.

»Das ist es also, was? Sie *haben gewußt,* daß Scruggs Megans Vater umgebracht hat. Sie wußten es die ganze Zeit. Deshalb hassen Sie sie so sehr.«

»Entweder Sie gehen jetzt freiwillig, oder ich lasse Sie rauswerfen«, sagte sie.

»Hier ist Kleenex. Ihre Augen sind verräterisch feucht, Madam. Ich kann Ihre Situation verstehen. Ich habe für das New Orleans Police Department gearbeitet und mußte die ganze Zeit über für männliche Gehirnamputierte lügen und den Kopf hinhalten«, erklärte Helen.

Wir fuhren ins Quarter und genehmigten uns Beignets, Kaffee und heiße Milch im Café du Monde. Während Helen Pralinen für ihren Neffen kaufte, ging ich über die Straße zum Jackson Square, an den Künstlern auf dem Bürgersteig vorbei, die ihre Staffeleien entlang des spitzen Eisenzauns am Park aufgestellt hatten, vorbei an der Fassade der St. Louis Cathedral, wo eine Stringband spielte, und hinüber zu einem kleinen Bücherladen in der Toulouse.

Jeder von den Anonymen Alkoholikern weiß, daß man als Säufer teilweise nur überlebt hat, weil die meisten Mitmenschen den Kontakt zu psychisch Kranken fürchten und sie in Ruhe lassen. Dasselbe Schicksal teilen jene, die mit der Gabe der Kassandra geschlagen sind. Gus Vitelli war ein zierlicher, knochiger Sizilianer, Ex-Pferdetrainer und professioneller Boureespieler, dessen linkes Bein seit einer Polioerkrankung gelähmt war und der vermutlich fast jedes Buch gelesen hatte, das im Buchhandel in New Orleans je zu haben gewesen war. Er war besessen von dem, was er »unter den Teppich gekehrte Geschichte« nannte, und sein Buchladen war voll von Material über jede Art von Verschwörungen.

Er erzählte jedem, der es hören wollte, daß die Hauptakteure sowohl beim Attentat auf John F. Kennedy als auch auf Martin Luther King aus der Gegend von New Orleans stammten. Einige der Namen, die er zu bieten hatte, waren die italienischer Gangster. Falls den Mob seine Verdächtigungen jedoch in irgendeiner Form beunruhigten, gaben sie es nicht zu erkennen. Gus Vitelli galt in New Orleans schon lange als unheilbarer Irrer.

Dabei war Gus in Wirklichkeit ein vernünftiger, intelligenter Mensch. Zumindest sah ich das so.

Er trug ein T-Shirt mit dem Aufdruck »Ich kenne Jack Shit« und schrieb Preise auf antiquarische Bücher, während ich ihm die Geschichte vom Mord an Jack Flynn und von der möglichen Beteiligung eines FBI-Spitzels erzählte.

»Würde mich nicht überraschen, wenn's unter den Teppich gekehrt worden wäre. Hoover war kein Freund der Rosaroten und Veteranen der Lincoln-Brigade«, sagte er. Er trat an einen Büchertisch und begann einige Taschenbuchstapel neu zu arrangieren, wobei sein linkes Bein bei jedem Schritt unter ihm wegknickte. »Ich habe hier ein Handbuch über die CIA, das als Lehrbuch für Folterungen bei der honduranischen Armee geschrieben wurde. Sieh dir das Erscheinungsdatum an. 1983. Meinst du, die Leute glauben das?« Er warf mir das Handbuch zu.

»Gus, hast du je was über einen Mordauftrag an einem Kerl namens Willie Broussard gehört?«

»Du meinst eine Sache, an der die Giacanos oder Ricky Scarlotti beteiligt sind?«

»Volltreffer.«

»Von einem Mordauftrag weiß ich nichts. Aber es heißt, Ricky Scar schwitzt Blut und Wasser, weil er möglicherweise eine asiatische Verbindung aufgeben muß. Um die Wahrheit zu sagen, solche Sachen interessieren mich nicht. Leute wie Ricky bringen alle Italiener in Verruf. Mein Urgroßvater hat Bananen und Pizza von einem Lastwagen verkauft. Hat damit dreizehn Kinder großgezogen. Sie haben ihn 1890 an einer Straßenlaterne aufgehängt, weil der Polizeichef ermordet worden war.«

Ich dankte ihm und wollte gehen.

»Spielst du auf den Typ an, den sie an eine Scheunenwand genagelt haben?« fragte er. »Der Grund, weshalb die Leute diese Verschwörungstheorien nicht glauben, ist, daß sie meinen, wir würden alle nach demselben Programm funktionieren. Ist ein Irrtum. Jeder hat ein anderes Programm. Nur wollen alle denselben hängen sehen. Sokrates war ein Störenfried, aber ich wette, daß er sich gelegentlich eine Auszeit genommen hat, um die Frau eines anderen zu vögeln.«

Ich hatte Angst, daß Cool Breeze Broussard es auf Alex Guidry abgesehen hatte. An seinen Vater hatte ich dabei gar nicht gedacht.

Mout' und zwei seiner Hmong-Geschäftspartner holperten mit ihrem Lastwagen voller Schnittblumen auf den Parkplatz des New Iberia Country Club. Mout' kletterte aus dem Führerhaus und fragte den Golflehrer, wo er Alex Guidry finden könne. Es war windig und das Licht grell, und Mout' trug ein Anzugjackett und einen kleinen, regenbogenfarbenen Schirmhut.

Er ging den Fairway entlang, seine lange Gestalt gebeugt, die Arbeitsstiefel hoben und senkten sich, als laufe er über die Furchen eines Feldes, einen Zigarrenstummel im Mundwinkel, das Gesicht ausdruckslos.

Er ging an einer Trauerweide vorbei, deren Blätter schon goldgelb wurden, und an einer Platane, deren Blätter flammend rot waren, dann blieb er in der Nähe von Alex Guidry stehen.

»Mr. Guidry, ja?« sagte Mout'.

Guidry warf einen Blick auf ihn, wandte sich ab und studierte den nächsten Fairway.

»Mr. Guidry, ich muß mit Ihnen über meinen Jungen reden«, sagte Mout'.

Guidry zog seinen Golfwagen von der Anhöhe hinter dem

Green. Seine Freunde rührten sich nicht vom Fleck, sahen ihm nur interessiert nach.

»Mr. Guidry, ich weiß, Sie ham hier Macht in der Gegend. Aber mein Junge tut Ihnen nix. Bitte laufen Se nich davon«, sagte Mout'.

»Hat jemand von euch ein Handy?« fragte Guidry seine Freunde.

»Alex, wir können da drüben kurz ne Zigarettenpause einlegen«, sagte einer von ihnen.

»Ich bin nicht diesem Club beigetreten, damit mir ein alter Nigger über den Golfplatz hinterherhechelt«, erwiderte Guidry.

»Mein Junge hat sich zwanzig Jahre für Idas Tod schuldig gefühlt. Will nur, daß Se ein paar Minuten mit mir reden. Ich entschuldige mich bei diesen Gentlemen hier«, sagte Mout'.

Guidry machte sich zum nächsten Abschlag auf, seinen Golfkarren ratternd hinter sich herzerrend.

Mout' folgte ihm während der nächsten Stunde, Schweiß triefte unter dem Lederband hervor, das seinen Schirmhut auf dem Kopf hielt, und die weiß- und rosafleckige Pigmentstörung auf seiner rechten Gesichtshälfte leuchtete in der Sonne.

Schließlich schlug Guidry den Ball ins Rough, knallte seinen Schläger wütend in die Golftasche, ging ins Clubhaus und an die Bar.

Mout' brauchte zwanzig Minuten für dieselbe Strecke, und er schwitzte und atmete schwer, als er die Bar betrat. Er stellte sich in die Mitte des Raumes, mitten zwischen die mit Filz bespannten Kartentische, während um ihn herum Pokerchips klackerten und die Leute sich gedämpft unterhielten. Er nahm seinen Schirmhut ab und fixierte Guidry mit seinen in tiefe Falten gebetteten Augen.

Guidry machte dem Geschäftsführer unaufhörlich Fingerzeichen.

»Mr. Robicheaux sagt, Se hätten Ida ein nasses Handtuch aufs Gesicht gedrückt, und dann is ihr Herz stehngeblieben. Er wird's beweisen. Also muß mein Junge gar nix tun. Er is keine Gefahr für Sie«, sagte Mout'.

»Schafft diesen Kerl hier raus!« sagte Guidry.

»Ich geh ja schon. Erzählen Sie den Leuten doch, was Se wolln. Ich hab Sie schon gekannt, als Sie sich schwarze Mädels für drei Dollar drüben in der Hopkins gekauft haben. Sie hätten also gar nicht hinter Ida her sein müssen. Hätten meinem Sohn die Frau nich wegnehmen müssen.«

Im Raum war es vollkommen still geworden. Alex Guidrys Gesicht glühte wie eine rote Laterne. Mout' Broussard ging nach draußen, den Oberkörper vornübergebeugt, die Miene unbeweglich wie die Gittertür an einem Holzofen.

25

Am späten Freitag nachmittag bekam ich einen Anruf von John Nash in Trinidad.

»Unser Freund Jubal Breedlove hat die Klinik in Raton verlassen und ist wie vom Erdboden verschwunden«, sagte er.

»Hat er sich mit Scruggs in Verbindung gesetzt?« fragte ich.

»Sein Wagen steht vor seinem Haus. Seine Klamotten sind unberührt. Er hat nichts von seinem Bankkonto abgehoben. Was schließen Sie daraus, Mr. Robicheaux?«

»Breedlove betrachtet die Radieschen von unten?«

»Haben die Wikinger nicht jedem toten Krieger einen Hund zu Füßen gelegt?« fragte er.

»Wie bitte?«

»Dachte gerade an die Familie, die er beim Camping ermordet hat. Der Vater hat ihm einen Wahnsinnskampf geliefert, um seine Tochter zu beschützen. Ich hoffe, Breedlove beguckt sich die Radieschen dort in der Nähe von unten.«

Nach Büroschluß mußte ich mich auf die Suche nach einem Boot machen, das ein Besoffener in einen Baumstumpf gedonnert und mit defektem Propeller auf einer Sandbank zurückgelassen hatte. Ich hievte den Außenborder ins Boot und wollte den Kahn schon ins Wasser schieben, als ich sah, warum der Besoffene durch das Flachwasser an Land gewatet und zu Fuß zu seinem Wagen zurückgegangen war: Im Boden der Aluschale klaffte ein großer Riß.

Ich zwängte ein Luftkissen in die Öffnung, damit ich das Boot über den Bayou und ins Schilf schleppen konnte, um es später von dort mit meinem Bootsanhänger abzuholen. Hinter mir hörte ich einen Außenborder in die Bucht einbiegen. Ich hörte, wie der Mann im Heck die Geschwindigkeit drosselte, als er mich zwischen den Weiden im Wasser entdeckte.

»Ich hoffe, Sie haben nichts dagegen, daß ich hier rausgekommen bin. Der Afro-Amerikaner hat mir gesagt, es sei schon in Ordnung«, meinte Billy Holtzner.

»Reden Sie von Batist?«

»Ja, kann sein, daß er so heißt. Macht einen guten Eindruck, der Mann.«

Er schaltete den Motor ab und lenkte sein Boot auf die Sandbank. Als er zum Bug ging, begann das Boot heftig zu schwanken, er bückte sich automatisch und suchte Halt am Dollbord. Dabei grinste er dümmlich.

»Bei Booten kenn ich mich nicht besonders aus«, sagte er.

Meiner Erfahrung nach vollzieht sich der physische und

emotionale Wandel, dem letztendlich jeder brutale Maulheld unterworfen wird, immer nach dem gleichen Muster. Der Katalysator ist Angst, und die Auswirkungen sind wie Kerzenwachs in einer Flamme. Der geringschätzige Zug um den Mund und die Verachtung und der Ekel in den Augen schmelzen dahin und werden durch ein selbstgefälliges Lächeln ersetzt, Zeichen der eigenen Schwäche ohne Reue, und durch die zuckersüße Affektiertheit guten Willens in der Stimme. Diese Unaufrichtigkeit ist wie Öl, das aus jeder Pore trieft; und wie Gestank, der in den Kleidern hängenbleibt.

»Was kann ich für Sie tun?« fragte ich.

Er stand auf der Sandbank, die Baumwollshorts aufgerollt, die nackten Füße in Tennisschuhen, das weiße Trekkinghemd voller Taschen. Er sah zum Bayou zurück, horchte auf das Dröhnen eines Außenborders, seine weichen Züge rosafarben angehaucht im Licht der untergehenden Sonne.

»Es gibt Männer, die könnten meiner Tochter was antun«, sagte er.

»Ich glaube, Sie fürchten eher um Ihre eigene Haut, Mr. Holtzner.«

Als er schluckte, machte sein Mund ein hörbares Schmatzgeräusch.

»Sie haben mir gesagt, ich muß entweder eine Summe zahlen, die ich nicht habe, oder sie halten sich an Geri. Diese Männer lassen Köpfe rollen. Und das meine ich wörtlich«, sagte er.

»Kommen Sie zu mir ins Büro, und erstatten Sie Anzeige.«

»Und wenn die davon Wind bekommen?«

Ich hatte mich abgewandt, um das beschädigte Boot an meinen Außenborder zu ketten. Jetzt richtete ich mich auf und sah ihm ins Gesicht. Seine Worte hatten einen fauligen Geruch in der Luft hinterlassen, und die Blöße, die er sich gegeben hatte, war ein schmutziges Aushängeschild. Er wich meinem Blick aus.

»Rufen Sie mich während meiner Dientszeit an. Alles, was Sie mir sagen, wird vertraulich behandelt«, sagte ich.

Er setzte sich in sein Boot und begann sich verlegen von der Sandbank abzustoßen, indem er ein Paddel in den Sand versenkte.

»Haben wir uns früher schon mal irgendwo getroffen?« fragte er.

»Nein. Warum?«

»Ist Ihre Feindseligkeit. Sie verbergen sie nur ungenügend.«

Er versuchte seinen Motor anzuwerfen, gab dann auf, ließ sich von der Strömung zum Anleger treiben, die Schultern gebeugt, die Hände auf seinen wabbeligen Schenkeln, die Brust eingesunken, als habe ihn eine mittlere Kanonenkugel getroffen.

Ich mochte weder Billy Holtzner noch die Schicht, die er repräsentierte. Aber in Wirklichkeit hatten einige meiner Gefühle nichts mit seinem Verhalten zu tun.

Im Sommer 1946 war mein Vater im Lafayette-Bezirksgefängnis, weil er einen Polizisten niedergeschlagen hatte, der in Antlers Pool Room versucht hatte, ihm Handschellen anzulegen. Es war derselbe Sommer, in dem meine Mutter einen Corporal aus Fort Polk namens Hank Clausson kennenlernte.

»Er war in Omaha Beach, Davy. Da haben unsere Leute gegen Hitler gekämpft und die Nazis aus Europa vertrieben. Er hat alle möglichen Orden, die er dir zeigen kann«, sagte sie.

Hank war schlank und groß, seine Haut sonnengebräunt, die Uniform stets gestärkt und gebügelt, die Schuhe und Abzeichen glänzend geputzt. Ich hatte keine Ahnung, daß er über Nacht blieb, bis ich eines Tages ins Badezimmer platzte, als er sich in Unterhosen rasierte. Die Rückseite seiner rechten Schulter war von einer schrecklichen roten Narbe entstellt, die

aussah, als habe jemand mit einem Blechlöffel das Fleisch aus-
geschält. Er reinigte seinen Rasierer über dem Waschbecken
und zog die Klinge erneut übers Kinn.

»Mußt du aufs Klo?« fragte er.

»Nein«, sagte ich.

»An der Stelle hat ein Deutscher mich mit seinem Bajonett
erwischt. Alles, damit Kinder wie du nicht in der Gaskammer
landen«, sagte er, zog die Oberlippe über die Zähne und rasierte sich unter einem Nasenloch.

Er gab einige Tropfen Haarwasser in die Handfläche, rieb
die Hände aneinander, massierte Öl in seine Kopfhaut, fuhr
sich mit dem Kamm durch das kurzgeschnittene Haar, die Knie
leicht gebeugt, um sich vollständig im Spiegel sehen zu können.

Hank ging mit meiner Mutter und mir in den Biergarten mit
Bowlingbahn draußen am Ende der East Main. Wir saßen an einem Holztisch unter Eichen, deren Stämme weiß gekalkt waren und in deren Ästen Lautsprecher hingen, aus denen Tanz-
musik drang. Meine Mutter trug einen blauen Rock, der ihr zu
klein war, eine weiße Bluse und einen Pillbox-Hut mit einem
aufgesteckten Organdy-Schleier. Sie hatte schwere Brüste und
war mollig, und ihr Sex-Appeal und die Unschuld, mit der sie
diesen zur Schau trug, schienen aus ihren Nähten zu platzen,
wenn sie Jitterbug tanzte oder, im nächsten Augenblick, langsam mit Hank über die Tanzfläche glitt, erhitzt und kurzatmig,
während sich seine Finger über ihren Rücken tiefer tasteten
und ihr Hinterteil massierten.

»Hank ist in der Bühnenarbeitergewerkschaft beim Film,
Davy. Vielleicht gehen wir nach Hollywood und fangen ein
ganz neues Leben an«, sagte sie.

Aus den Lautsprechern in den Bäumen plärrte »One
O'Clock Jump«, und durch die Fenster des Restaurants konnte

ich Paare beim Jitterbug sehen, die im Kreis herumwirbelten und sich gegenseitig über die Schulter warfen. Hank führte seine Flasche Jax-Bier an die Lippen, trank einen kleinen Schluck, die Augen ins Leere gerichtet. Als jedoch eine Blondine in einem geblümten Kleid sein Blickfeld querte, beobachtete ich, wie sein Blick ihren Körper mit der Leichtigkeit einer Feder abtastete, bevor die völlige Ausdruckslosigkeit zurückkehrte.

»Aber vielleicht mußt du auch noch eine kleine Weile bei deiner Tante bleiben«, sagte meine Mutter. »Dann laß ich dich nachkommen. Du wirst mit dem Sunset Limited nach Hollywood düsen, das wirst du.«

Meine Mutter ging nach drinnen auf die Toilette. Die Bäume glänzten unter der Neonbeleuchtung in den Ästen, die Luft war erfüllt von den Klängen von Benny Goodmans Orchester. Die Blondine im geblümten Kleid und mit dem purpurfarbenen Hut kam an unseren Tisch, ein kleines Glas Bier in der Hand. Das Mundstück ihrer Zigarette trug knallrote Spuren ihres Lippenstifts.

»Wie geht's meinem Kriegshelden?« sagte sie.

Er trank einen weiteren Schluck Bier aus seiner Flasche, griff nach einer Schachtel Lucky Strikes auf dem Tisch, zog mit den Fingerspitzen geschickt eine Zigarette heraus und steckte sie zwischen die Lippen, ohne die Frau auch nur eines Blickes zu würdigen.

»Meine Telefonnummer hat sich seit letzter Woche nicht geändert. Hoffe nur, du hast keine Probleme«, sagte sie.

»Vielleicht rufe ich dich irgendwann mal an«, erwiderte er.

»Nicht nötig. Du kannst kommen, wann immer du willst«, sagte sie. Als sie grinste, entblößte sie einen roten Schmierfleck auf ihren Schneidezähnen.

»Werd's mir merken«, sagte er.

Sie zwinkerte ihm zu und ging weiter, die Falte zwischen

ihren Pobacken durch das dünne Material ihres Kleides deutlich sichtbar. Hank ließ ein Taschenmesser aufschnappen und begann sich die Nägel zu reinigen.

»Möchtest du was sagen?« fragte er mich.

»Nein, Sir.«

»Diese Frau da ist eine Nutte. Weißt du, was eine Nutte ist, Davy?«

»Nein.« Der Khakistoff seiner Hose glänzte über dem Oberschenkel. Ich roch Schweiß, Seife und Wärme, die seinem Hemd entströmten.

»Bedeutet, daß es sich nicht schickt, daß sie mit deiner Mutter an einem Tisch sitzt«, sagte er. »Deshalb will ich nicht, daß du über das sprichst, was du gerade gehört hast. Wenn doch, dann läßt du dich lieber nicht blicken, wenn ich zu euch komme.«

Drei Tage später standen meine Tante und ich auf dem Bahnsteig und sahen zu, wie meine Mutter und Hank den Sunset Limited bestiegen. Sie verschwanden im Waggon, dann kam sie zurück, um mich noch einmal zu umarmen.

»Davy, is ja nicht für lange. Dort droben haben sie den Ozean, Filmstars und massenweise Palmen. Wird dir gefallen, wirst sehen«, sagte sie. Dann zog Hank sie an der Hand weg, und die beiden gingen in den Aussichtswaggon, die Gesichter jetzt wie hinter einem Schleier, und sie wirkten wie Menschen, die ihrem eigentlichen Leben entrückt waren. Hinter dem Kopf meiner Mutter sah ich Wandmalereien von Tafelbergen und glühenden Sonnenuntergängen.

Doch sie ließ mich nicht nachkommen, und sie schrieb auch nicht oder telefonierte. Drei Monate später rief ein Priester per R-Gespräch aus Indio, Kalifornien, an und fragte meinen Vater, ob er telegraphisch Geld für die Busfahrkarte meiner Mutter zurück nach New Iberia anweisen könne.

Jahrelang träumte ich von Mondlandschaften und kahlen Bäumen entlang einer Bahnlinie, wo weiße Wölfe mit roten Mäulern in den Ästen hausten. Wenn der Sunset Limited pfeifend über die Gleise raste, liefen die Wölfe nicht davon. Sie fraßen ihre Jungen. Ich habe nie mit jemandem über diesen Traum gesprochen.

26

Ein Psychologe würde vermutlich zustimmen, daß übertriebene Schuldgefühle einen Menschen, es sei denn, er ist ein Soziopath, bis zu einem Grad mit neurotischen Ängsten erfüllen können, die in ihrer Brutalität mit dem Warten des zum Tode Verurteilten auf den Henker vergleichbar sind.

Ich wußte nicht, ob Alex Guidry ein Soziopath war, aber am Montag begannen Helen und ich ihm allmählich die Daumenschrauben anzuziehen.

Wir parkten den Streifenwagen vor der Abzweigung zu seinem Haus und beobachteten, wie er von seinem bunkerartigen Backsteinhaus zur Garage ging, die Garagentür öffnete und dabei automatisch in unsere Richtung sah. Er fuhr die lange Auffahrt hinunter zur Gemeindestraße, bremste bei der Einbiegung auf der Höhe des Streifenwagens und ließ sein Fenster herunter. Helen und ich unterhielten uns jedoch weiter, ohne ihn zu beachten. Dann wendeten wir und folgten ihm zu der Kreditgesellschaft, die die Familie seiner Frau in der Stadt unterhielt, und registrierten, daß er uns beständig im Rückspiegel beobachtete.

Es war Jahrzehnte her, daß sein Schwiegervater jeden Samstagmorgen seine Runde durch die Plantagen gemacht und die

Raten auf die Versicherungspolicen kassiert hatte, die die Farbigen manchmal sogar in Naturalien oder durch Prostitution bezahlten, um die Versicherung nicht verfallen zu lassen. Die Särge, die sie sich damit für ihr Begräbnis sicherten, waren aus Sperrholz, Karton und Kreppapier, in gefärbte Gaze gewickelt und mit riesigen Satinschleifen geschmückt. Die Grabstätten befanden sich allesamt auf Schwarzenfriedhöfen, und die Grabbeschriftung hatte die Qualität von Glückwunschkarten. Und trotz aller grellen, billigen und trostlosen Buntheit markierten die ausgehobenen Gruben in der Erde, die Plastikblumen und die Satinbänder, die die Grabhügel zierten, nicht den Übergang in eine andere Welt, sondern repräsentierten nur das, was der Verstorbene im Diesseits erreicht hatte.

Die Sterbeversicherung für Schwarze war mittlerweile Geschichte, die Plantagenbaracken waren verlassen, aber dieselben Leute kamen jetzt mit schöner Regelmäßigkeit zu der Kreditgesellschaft der Familie und unterschrieben Dokumente, die sie nicht lesen konnten, und leisteten jahrelang sich ständig steigernde Zinszahlungen, ohne daß sich die Kreditsumme je verringert hätte. Im Nachbargebäude befand sich eine Pfandleihe, die ebenfalls derselben Familie gehörte. Anders als die meisten Geschäftsleute machten Guidry und seine angeheiratete Verwandschaft während der Rezession glänzende Geschäfte.

Wir hielten hinter seinem Wagen an und beobachteten, wie er auf dem Bürgersteig stehenblieb, uns kurz anstarrte und dann hineinging.

Einen Moment später hielt ein brauner Honda mit einem großgewachsenen Mann im grauen Anzug am Steuer am Straßenrand an und parkte Stoßstange an Stoßstange vor Guidrys Auto. Der Fahrer, ein Agent von der Drogenfahndung namens Minos Dautrieve, stieg aus und gesellte sich vor der Glastür der Kreditgesellschaft zu uns. Sein kurzes blondes Haar war mittlerweile von Silberfäden durchzogen, doch er war noch immer die sportliche, gutaussehende Erscheinung, die Sportfotografen so gern abgelichtet hatten, als er noch Stürmer für die LSU gewesen war und den Spitznamen »Dr. Dunkenstein« getragen hatte, weil er häufig den Ball so heftig in den Korb versenkt hatte, daß das Metallschild dahinter wie bei einem Erdbeben gezittert hatte.

»Was machen deine Fische?« fragte er.

»Tragen deinen Namen auf jeder Rückenflosse«, sagte ich.

»Ich komm heute abend vermutlich noch raus. Wie geht's, Helen?«

»Prima. Schöner Tag heute, was?« erwiderte sie.

»Haben wir die ungeteilte Aufmerksamkeit unseres Freundes?« erkundigte er sich mit dem Rücken zur Glastür.

»Yep«, sagte ich.

Er zückte ein Notizbuch und studierte die erste Seite. »Also, ich muß noch ein paar Sachen für meine Frau erledigen, dann treffe ich sie und ihre Mutter in Lafayette. Wir sehen uns«, sagte er. Er steckte das Notizbuch wieder ein, ging zum Eingang der Kreditgesellschaft und spähte durch das getönte Glas.

Nachdem er weggefahren war, trat Alex Guidry heraus auf den Bürgersteig.

»Was wollt ihr eigentlich hier?« fragte er.

»Sie sind ein Ex-Cop. Raten Sie mal«, antwortete Helen.

»Der Mann ist irgendein Bundespolizist«, sagte Guidry.

»Sie meinen den, der gerade weggefahren ist? Ist ein ehemaliger Sportler. Bei der LSU. Landesweit ausgezeichnet und verehrt. Tatsache«, sagte ich.

»Was soll das alles?« sagte Guidry.

»Sie sitzen in der Scheiße, Mr. Guidry. Das soll's«, sagte Helen.

»Das ist Schikane, und ich lasse mir das nicht gefallen«, erwiderte er.

»Sie sind reichlich naiv, Sir. Wir ermitteln in einer Mordsache gegen Sie. Und Sie stehen mit Harpo Scruggs in Verbindung. Scruggs hat Immunität beantragt. Wissen Sie, was das für seine Freunde bedeutet? Ich würd mir einen Fallschirm besorgen«, meinte ich.

»Leck mich«, sagte er und ging wieder rein.

Dabei blieb er mit dem Hemdsärmel an der Klinke hängen. Er zerrte daran, der Stoff riß, und er stieß einer matronenhaften weißen Frau dabei versehentlich den Ellbogen zwischen die Schulterblätter.

Zwei Stunden später rief Guidry bei mir im Büro an.

»Scruggs kriegt Immunität wofür?« fragte er.

»Ich hab nie behauptet, daß er irgendwas ›kriegt‹.«

Ich hörte am anderen Ende seinen schweren Atem.

»Tun Sie ihr Schlechtestes. Zumindest habe ich meine Karriere nicht ins Klo gespült, weil ich nicht von der Flasche loskommen konnte«, sagte er.

»Ida Broussard war mit Ihrem Kind schwanger, als Sie sie umgebracht haben, Mr. Guidry.«

Er knallte den Hörer auf die Gabel.

Drei Tage später, in der Abendkühle, kamen Lila Terrebonne und Geraldine Holtzner in Clete Purcels lindgrünem Cadillac mit offenem Verdeck die unbefestigte Straße herunter und bogen in die Auffahrt ein. Alafair und ich rechten Blätter und verbrannten sie am Straßenrand. Die Blätter waren feucht und schwarz verfärbt, und der Rauch von unserem Feuer kringelte sich in dicken gelben Schwaden empor, die nach Marihuana rochen, das auf einem nassen Feld verbrannt wird. Lila und Geraldine schienen fasziniert von der rosaroten und grauen Schönheit des Abends, von unserer Gartenarbeit, von sich selbst und dem Universum an sich.

»Was habt ihr denn vor?« fragte ich.

»Wir gehen zu einem Treffen. Wollen Sie mitkommen?« sagte Geraldine, die am Steuer saß.

»Keine schlechte Idee. Was macht ihr mit Cletes Wagen?«

»Meiner hat den Geist aufgegeben. Er hat mir seinen geliehen«, sagte Geraldine. »Ich bin wieder zu den Anonymen Drogenabhängigen gegangen, falls Sie sich wundern. Aber manchmal lasse ich mich auch bei den Anonymen Alkoholikern blicken«.

Lila lächelte, ein melancholisches Leuchten in den Augen. »Steigen Sie ein, Hübscher«, sagte sie.

»Habt ihr irgendwo aufgetankt, bevor ihr hergekommen seid?« fragte ich.

»Dave, ich wette, Sie haben schon in der Grundschule auf die Heizung gepißt«, sagte Lila.

»Vielleicht sehen wir uns später. Seid vorsichtig mit Cletes Wagen«, sagte ich.

»Ein schönes Auto. Man setzt sich rein, und plötzlich fühlt man sich ins Jahr 1965 zurückversetzt. Wunderbare Zeiten sind das gewesen, bevor alles anders wurde«, sagte sie.

»Wer sollte dem widersprechen, Lila?« erwiderte ich.

Es sei denn, man hatte schwarze Haut oder hat 1965 in Vietnam verbracht, dachte ich, während sie davonfuhren.

Das Treffen der Anonymen Alkoholiker fand an jenem Abend in einem Raum im obersten Stockwerk einer alten Backsteinkirche an der West Main Street statt. Die Konföderierten hatten die Kirche als Krankenhaus benutzt, während sie versucht hatten, die Bundestruppen am Teche im Süden der Stadt aufzuhalten; dann, nachdem die Stadt eingenommen und geplündert und das Gerichtsgebäude in Brand gesteckt worden war, drehten die Bundestruppen die Hälfte der Kirchenbänke um und füllten sie mit Heu für ihre Pferde. Doch den meisten Leuten im oberen Stockwerk war die Geschichte des Gebäudes gleichgültig. Gegenstand des Treffens war die Fünfte Stufe in der Therapie der Anonymen Alkoholiker, in der man seine Vergangenheit offenlegte und versuchte sie zu verarbeiten.

Es gibt Augenblicke bei Treffen der Fünften Stufe, die die Zuhörer veranlassen, den Blick zu Boden zu senken, jeden Ausdruck aus ihren Mienen zu verbannen, die Hände im Schoß zu Fäusten zu ballen und innerlich aufzuschreien bei der Erkenntnis, daß die Bar, die man vor so langer Zeit betreten hatte, nur einen Ausgang hatte, und der führte in den moralischen Irrsinn.

Lila Terrebonne hörte normalerweise zu und redete nie selbst bei diesen Treffen. An diesem Abend war das anders. Sie saß steif auf einem Stuhl beim Fenster, der Baum in ihrem Rücken im Sonnenuntergang flammend ausgeleuchtet. Die Haut ihres Gesichts hatte die polierte, porzellanartige Struktur eines Menschen, der gerade einem Unwetter entflohen war. Ihre Hände waren in dramatischer Geste ineinander verkrampft.

»Ich glaube, ich habe mit meinem Therapeuten einen Durchbruch geschafft«, sagte sie. »Ich hatte immer diese komischen Gefühle, diese Schuldgefühle. Ich meine eine Fixiertheit auf Kreuze.« Sie lachte verächtlich, den Blick gesenkt, die Augenwimpern steif wie Draht. »Es hat mit einer Sache zu tun, die ich als Kind gesehen habe. Aber es hatte eigentlich nichts mit mir zu tun. Ich meine, ist nicht Teil des Programms, die Last anderer zu tragen. Ich muß mir nur Sorgen um das machen, was ich getan habe. Vor der eigenen Tür kehren, wie man so schön sagt. Wer bin ich schon, zu richten, besonders wenn ich den historischen Zusammenhang gar nicht begreife?«

Niemand hatte die geringste Ahnung, wovon sie redete. Sie erzählte weiter, spielte auf ihren Therapeuten an, benutzte Ausdrücke, die die meisten einfachen Leute im Raum nicht verstanden.

»Die Mediziner sagen psychoneurotische Angstzustände dazu. Ich bin deshalb zur Alkoholikerin geworden. Aber das Schlimmste habe ich jetzt wohl überstanden«, sagte sie. »Jedenfalls habe ich heute nirgendwo mein Höschen gelassen. Ist nämlich alles, was ich habe.«

Nach dem Treffen fing ich sie vor Cletes Wagen ab. Er stand unter einer Eiche, deren Blätterdach voller Glühwürmchen war. Es lastete ein feuchter Geruch in der Luft.

»Lila, ist das erste Mal, daß ich das zu einem anderen AA-Mitglied sage, aber was Sie da drinnen verzapft haben, war ausgemachter Blödsinn.«

Sie fixierte mich mit ihren seltsamen Augen, klimperte verschämt mit den Wimpern und schwieg.

»Davon abgesehen sind Sie völlig stoned«, sagte ich.

»Ich kriege das Zeug auf Rezept. Hat manchmal eine komische Wirkung. Und jetzt hören Sie auf, auf mir rumzuhacken«, sagte sie und richtete mit einer Hand meinen Hemdkragen.

»Sie wissen, wer Jack Flynn ermordet hat. Sie wissen, wer die beiden Brüder im Sumpf erledigt hat. Und Sie können uns diese Informationen nicht vorenthalten und unbehelligt weiterleben.«

»Heiraten Sie mich in unserem nächsten Leben«, sagte sie und zwickte mich in den Bauch. Dann gurrte sie sinnlich und sagte: »Hm, nicht schlecht für dein Alter, Großer.«

Damit glitt sie auf den Beifahrersitz, betrachtete sich im Spiegel an der Sonnenblende und wartete, daß sich Geraldine

Holtzner hinters Steuer setzte. Dann fuhren die beiden eine ge-
zielte Nebenstraße entlang, lachten, während der Wind sich
in ihrem Haar verfing, und gebärdeten sich wie zwei Teenager,
die in eine unschuldige und unkomplizierte Welt entflohen.

Zwei Tage vergingen, dann erhielt ich wieder einen Anruf von
Alex Guidry. Diesmal erreichte er mich im Köderladen. Seine
Stimme klang rauh. Offenbar hielt er die Sprechmuschel dicht
an den Mund.

»Was für einen Deal können Sie mir anbieten?« fragte er.

»Kommt darauf an, womit Sie rüberkommen.«

»Ich gehe nicht in den Knast.«

»Würd ich mich nicht drauf verlassen.«

»Ihnen geht's doch gar nicht um eine schwarze Frau oder
zwei Hosenscheißer, die sich draußen im Basin haben umnieten
lassen. Sie wollen die Leute, die Jack Flynn gekreuzigt haben.«

»Geben Sie mir eine Nummer, ich rufe Sie zurück.«

»Sie rufen mich zurück?«

»Ja. Ich bin im Moment beschäftigt. Mein Bedarf an idioti-
schem Gequatsche ist für heute gedeckt.«

»Ich kann Ihnen Harpo Scruggs hübsch verpackt auf dem
Tablett servieren«, sagte er.

Ich hörte, wie er durch die Nase atmete. Es klang, als stri-
chen die Barthaare einer Katze über die Oberfläche der
Sprechmuschel. Dann wurde mir klar, was ihm Angst machte.

»Sie haben mit Scruggs gesprochen, stimmt's?« sagte ich.

»Sie haben ihn angerufen, weil Sie sich vergewissern wollten, ob er wirklich Straffreiheit kriegt. Und damit weiß er jetzt,
daß Sie mit uns in Verbindung stehen. Sie haben sich selbst ans
Messer geliefert … Hallo?«

»Er ist wieder da. Ich hab ihn heute morgen gesehen«, sagte er.

300

»Sie sehen Gespenster.«

»Er hat einen inoperablen Gehirntumor. Der Mann ist der wandelnde Tod. Das ist sein Vorteil.«

»Schauen Sie lieber mal persönlich bei mir vorbei, Mr. Guidry.«

»Ich mache keine Aussage, bevor er nicht hinter Gittern sitzt. Und ich will eine hundertprozentige Zusage. Vom Sheriff persönlich.«

»Keine Chance.«

»Eines Tages büßen Sie mir dafür, das verspreche ich.« Am anderen Ende ertönte ein Klicken. Er hatte aufgelegt.

Am Montag morgen klopfte Adrien Glazier an meine Bürotür. Sie trug Bluejeans, Wanderschuhe, eine Khakibluse und eine braune Stofftasche mit mexikanischer Stickerei über der Schulter. Die Spitzen ihres aschblonden Haars wirkten unter der Schicht Haarspray wie statisch aufgeladen.

»Willie Broussard ist wie vom Erdboden verschwunden«, eröffnete sie mir.

»Haben Sie's mal im Fischcamp seines Vaters probiert?«

»Warum glauben Sie, laufe ich in diesem Aufzug rum?«

»Cool Breeze schickt mir kein tägliches Bulletin über sein Befinden, Miss Glazier.«

»Darf ich mich setzen?«

Unsere Blicke trafen sich. Wir musterten uns prüfend, und mir wurde klar, daß sich ihr Ton und ihr Benehmen geändert hatten. Es war fast so, als habe sich am Ende eines langen, flirrend heißen Tages allmählich wohltuende Kühle eingestellt.

»Ein Informant hat uns erzählt, daß gewisse Leute in Hongkong zwei Typen nach Louisiana geschickt haben, um ein oder zwei unliebsame Niednägel kosmetisch zu entfernen«, sagte sie. »Keine Ahnung, ob Willie Broussard oder Ricky Scarlotti oder ein paar Filmproduzenten damit gemeint sind. Möglich, daß es alle zusammen betrifft.«

»Ich tippe auf Scarlotti. Er ist der einzige, der Veranlassung hätte, ihre Drogenschiene preiszugeben.«

»Wenn sie Willie Broussard umbringen, tun sie Scarlotti einen Gefallen. Egal, ich erzähle Ihnen nur, was wir wissen.«

Ich wollte das Gespräch schon erneut auf Harpo Scruggs und die Vermutung lenken, daß er für die Regierung gearbeitet habe, ließ dann jedoch davon ab.

Sie legte eine Akte auf meinen Tisch. Sie bestand aus zwei Kopien eines Berichts der Polizei von New Mexico, an den die grobkörnige Vergrößerung eines Fotos geheftet war. Es zeigte einen Markt unter freiem Himmel. Der Mann auf dem Foto stand vor einem Laden und schlürfte eine Auster.

»Er heißt Rubén Esteban. Ist einer der Männer, von denen wir glauben, daß Hongkong sie geschickt hat.«

»Sieht wie ein Zwerg aus.«

»Ist auch einer. Hat für die Junta in Argentinien gearbeitet. Angeblich hat er ganz besondere Verhörmethoden ... er beißt seinen Opfern gern die Genitalien ab.«

»Wie bitte?«

»Die Triaden haben von jeher Terror verbreitet, um ihre Macht zu sichern. Die Leute, die sie engagieren, erteilen Lektionen am lebenden Objekt. Folter und Verstümmelung sind an der Tagesordnung. Fragen Sie Amnesty International in Chicago, was die über Esteban zu sagen haben.«

Ich griff nach dem Foto und betrachtete es erneut. »Wo ist das Material über seinen Komplizen?«

»Über seine Identität ist uns nichts bekannt. Mr. Robicheaux, tut mir leid, wenn ich Ihnen in einem unserer früheren Gespräche zu nahe getreten sein sollte.«

»Ich werd's überleben.« Ich versuchte zu lächeln.

302

»Mein Vater ist in Korea gefallen, während Leute wie Jack Flynn für die Kommunisten gearbeitet haben.«

»Flynn war kein kommunistischer Agitator. Er war Gewerkschaftler.«

»Wollen Sie mir einen Bären aufbinden? Er hatte Glück, daß ihn die Regierung nicht nach Rußland deportiert hat.«

Dann merkte sie, daß sie bereits zuviel gesagt hatte, daß sie zugab, sich seine Akte angesehen zu haben, daß sie vermutlich ewig dazu verdammt war, sich für Menschen einzusetzen, deren Taten nicht zu rechtfertigen waren.

»Haben Sie sich je in Ruhe mit Megan unterhalten? Vielleicht stehen Sie beide auf derselben Seite«, sagte ich.

»Jetzt werden Sie zu persönlich, Sir.«

Ich erhob entschuldigend die Hände.

Sie lächelte flüchtig, nahm ihre Unhängetasche von der Schulter, ging aus meinem Büro, bereits ein neues Ziel im Blick, so als verdränge sie alle widersprüchlichen Gedanken, die wie Reißzwecken an ihren Brauen hefteten.

Um acht Uhr dreißig an jenem Abend wuschen Bootsie und ich Geschirr in der Küche, als das Telefon klingelte.

»Gratuliere, Arschloch. Mein Ruf ist ruiniert. Meinen Job bin ich los. Meine Frau hat mich verlassen. Noch mehr gefällig?« sagte die Stimme.

»Guidry?«

»Es geht das Gerücht um, ich sei der Vater einer behinderten Mulattin, die ich an einen Puff in Morgan City verkauft hätte. Der Typ, der's mir erzählt hat, sagt, er hat's von Ihrem Kumpel Clete Purcel.«

»Entweder Sie sind in ner Bar versackt oder durchgedreht. Aber was auch immer, rufen Sie mich ja nie wieder zu Hause an.«

»Ich hab einen Vorschlag. Ich liefere Ihnen die Beweise für den Mord an Flynn. Und ich sagte *Beweise*, nicht bloß Informationen. Sie kriegen die Namen der Schützen, die die beiden Brüder liquidiert haben, und die der Kerle, die Megan Flynn beinahe ersäuft hätten, und den von dem Typ, der die Schecks ausstellt. Was bieten Sie mir dafür?«

»Die Staatsanwaltschaft von New Iberia beschränkt sich in der Anklage auf Beihilfe. Wir kooperieren mit dem Bezirk St. Mary. Ist ein guter Deal. Sie sollten nach dem Strohhalm greifen.«

Er schwieg lange. Draußen blitzte Wetterleuchten wie pures Silber in den Bäumen auf.

»Sind Sie noch da?« fragte ich.

»Scruggs hat gedroht, mich umzubringen. Sie müssen den Kerl hinter Schloß und Riegel bringen.«

»Geben Sie uns die entsprechenden Beweise.«

»Es hat die ganze Zeit vor Ihrer Nase gelegen, und Sie haben es nicht gemerkt, Sie arroganter Scheißer.«

Ich wartete schweigend. Der Hörer fühlte sich warm und feucht in meiner Hand an.

»Kommen Sie zu der Scheune, wo Flynn gestorben ist. Ich bin in fünfundvierzig Minuten dort. Lassen Sie die Ritzenleckerin zu Hause«, sagte er.

»Die Regeln mach ich, Guidry. Und noch was … wenn Sie sie noch mal so nennen, pissen Sie nie wieder jemandem ans Bein.«

Ich legte auf und wählte Helens Privatnummer.

»Solltest du nicht vorher mit dem Sheriff von St. Mary sprechen?« fragte sie.

»Die kommen uns nur in die Quere. Wie sieht's aus? Stehst du das cool durch?«

»Wie ist das zu verstehen?«

»Wir nehmen Guidry sauber hoch. Ohne den geringsten Kratzer.«

»Du meinst den Typ, der mich aus meinem Grab buddeln und mir in den Mund pissen will? Ich würde den Fiesling nicht mal mit dem Stöckchen anlangen, wenn ich ehrlich sein soll. Aber vielleicht suchst du dir in diesem Fall lieber einen anderen Partner, Bwana.«

»Wir treffen uns in zwanzig Minuten am Ende der East Main«, sagte ich.

Ich ging ins Schlafzimmer, holte mein Halfter mit dem 45er Armeerevolver, Baujahr 1911, aus der Kommodenschublade und befestigte es am Gürtel. Unbewußt wischte ich mir die Handflächen an meiner Khakihose ab. Durch das Fliegengitterfenster schienen die Pecanbäume und Eichen im Wetterleuchten zu erzittern, das zwischen den Wolken zuckte.

»Streak?« sagte Bootsie.

»Ja?«

»Ich habe das Gespräch mitgehört. Mach dir wegen Helen keine Sorgen. Du bist es, den die Leute hassen«, sagte sie.

Helen und ich fuhren auf der Durchgangsstraße durch Jeanerette und bogen in eine von Eichen gesäumte Zufahrtsstraße ein, die an der Scheune mit dem eingefallenen Dach und den windschiefen Bretterwänden vorbeiführte, wo Jack Flynn gestorben war. Der Mond war hinter einer Gewitterwolkenbank abgetaucht, und die Landschaft lag im Dunkeln, die Brombeerbüsche auf der Weide hoben sich wie Kamelhöcker gegen den Lichtschein eines Hauses auf der anderen Seite des Bayou ab. Die Blätter der Eichen am Straßenrand blinkten im Wetterleuchten, und die Luft roch nach Regen und Staub.

»Guidry muß doch sitzen, stimmt's?« sagte Helen.

»Zumindest eine Zeitlang.«

»Ich hatte einen Uniformierten in New Orleans als Partner, den sie nach Angola geschickt haben. In seiner ersten Woche hat ihm ein Obermacker die Fresse poliert. Er hat sich in ne Einzelzelle einschließen lassen, und jeden Morgen haben ihn die schwarzen Jungs auf dem Weg zum Frühstück angespuckt.«

»Ja und?«

»Bin gespannt, wie viele Zöglinge aus dem Bezirksgefängnis in Guidrys Zellenblock sein werden.«

Helen lenkte den Streifenwagen von der Straße und fuhr an den Wassereichen vorbei durch das Gras und seitlich an den Schuppen heran. Der Wind hatte aufgefrischt, und die Bananenstauden rieben sich knisternd an der Holzwand. Im Scheinwerferlicht sahen wir die roten Blütendolden in den Raintrees und Staubwolken, die der Wind über das festgebackene Erdreich wirbelte.

»Wo ist er?« fragte Helen. Bevor ich antworten konnte, zeigte sie auf die fahl schimmernden Reifenspuren im Gras, wo ein Wagen über die Weide gefahren war. Dann sagte sie: »Ich hab kein gutes Gefühl, Streak.«

»Keine Panik«, erwiderte ich.

»Was ist, wenn Scruggs dahintersteckt? Er bringt seit vierzig Jahren Leute um. Habe keinen Bock, blind in den großen Showdown zu taumeln und den Abgang zu machen.« Sie löschte die Scheinwerfer und entsicherte ihre Beretta, Kaliber Neun-Millimeter.

»Gehen wir generalstabsmäßig vor. Du wendest dich nach links, ich geh nach rechts ... Helen?«

»*Was?*«

»Vergiß es. Scruggs und Guidry sind Arschlöcher. Wenn du dich in Gefahr fühlst, gib ihnen den Blattschuß.«

Wir stiegen aus dem Wagen und gingen dreißig Meter getrennt über die Weide, die Waffen gezückt. Dann tauchte der Mond über einem Wolkenrand auf, und wir konnten die Stoßstange und den Kotflügel eines Autos erkennen, das hinter einem Brombeerdickicht parkte. Ich umkreiste das Gestrüpp von rechts und schlich zum Heck des Wagens, dann erkannte ich an den getönten Scheiben und den weichen hellen Ledersitzen Alex Guidrys Cadillac. Die Tür zum Fahrersitz stand halb offen, und ein graues Hosenbein und ein schwarzer Schnürschuh ragten über das Trittbrett ins Gras. Ich knipste die Taschenlampe in meiner Linken an.

»Legen Sie beide Hände auf den Fensterrahmen und keine Bewegung! Anderenfalls kann ich für nichts garantieren. Verstanden?« fragte ich.

Helen huschte an einem Raintree vorbei und stand im rechten Winkel zur Motorhaube des Cadillac, die Arme ausgestreckt, die Beretta in beiden Händen.

Guidry hievte sich aus dem Lederpolster, zog sich in die Senkrechte, indem er einen Arm über das offene Fenster hakte. In seiner Rechten erkannte ich die stumpfe Nickeloberfläche eines Revolvers.

»Lassen Sie die Waffe fallen!« brüllte ich. »Sofort! Keine Faxen! Guidry, werfen Sie die Waffe weg!«

Dann zuckte ein Blitz über den Himmel, und aus den Augenwinkeln sah er wohl Helen, die am Stamm des Raintree in Schußposition stand. Vielleicht versuchte er ja, den Revolver in die Luft zu halten und aus dem Wagen zu steigen, damit sie ihn in voller Größe sehen konnte, doch dabei stolperte er, torkelte auf die Weide zu, den rechten Arm gegen die Wunde in seiner Seite gepreßt. Sein weißes Hemd war blutgetränkt.

Helen jedoch, die in das grelle Licht meiner Taschenlampe blinzelte, sah nur, daß Guidry bewaffnet war.

Ich schrie laut auf oder glaubte zumindestens, eine Warnung

ausgestoßen zu haben: »*Er ist getroffen*«, aber es war zu spät. Helen drückte zweimal ab. *Plop, plop.* Das Mündungsfeuer durchschnitt die Dunkelheit. Die erste Kugel traf ihn in die Brust, die zweite in den Mund.

Aber Guidrys Nacht in Gethsemane war noch nicht vorüber. Er wankte in Richtung Scheune, seine untere Gesichtshälfte zerfetzt wie eine geplatzte Frucht. Dabei schwenkte er seinen Revolver in Helens Richtung und drückte ab. Die Kugel zischte weit über den Bayou und schlug irgendwo mit einem dumpfen Geräusch in Holz.

Helen feuerte eine Kugel nach der anderen ab, und das Magazin warf unaufhörlich Patronenhülsen aus, die gegen den Baumstamm prallten, bis ich hinter ihr war und meine Hände auf ihre muskulösen Arme legte.

»Er ist tot. Es ist vorbei«, sagte ich.

»Nein, er ist da. Er hat noch geschossen. Ich habe den Blitz gesehen«, sagte sie, die Augen wild, die Sehnen in ihren Armen zuckend, als sei ihr kalt.

»Nein, Helen.«

Sie schluckte, atmete geräuschvoll durch den Mund und wischte sich den Schweiß auf der Oberlippe an der Schulter ab, ohne den beidhändigen Griff um die Beretta zu lockern. Ich ließ den Schein der Taschenlampe zur Nordseite der Scheune schweifen.

»Oh, Scheiße«, sagte sie, und es klang beinahe wie ein Flehen.

»Ruf die Zentrale an.«

»Dave, er liegt genauso da, ich meine wie … seine Arme sind ausgestreckt wie …«

»Setz die Meldung ab. Das ist alles, was ich von dir verlange. Du brauchst nichts von dem bereuen, was hier heute nacht passiert ist.«

308

»Dave, er liegt auf der linken Scheunenseite, genau dort, wo Flynn gestorben ist. Ich pack das nicht. Ich hatte keine Ahnung, daß der Typ schon verwundet war. Warum hast du mich nicht gewarnt?«

»Hab ich doch. Jedenfalls denke ich, daß ich's getan habe. Vielleicht auch nicht. Er hätte die Waffe wegwerfen sollen.«

So standen wir in den Wind- und Staubböen, und die Regentropfen trafen wie Murmeln unsere Gesichter, das Himmelsgewölbe über uns erfüllt vom Bersten des Donners.

27

Der Zwerg aus Argentinien, der sich Rubén Esteban nannte, hätte, was sein Hotel betraf, keine unglücklichere Wahl treffen können.

Jahre zuvor, in Lafayette, zwanzig Meilen von New Iberia entfernt, hatte ein Körperbehinderter namens Chatlin Ardoin sein Geld als Zeitungsausträger verdient, Geschäftsleute der Innenstadt mit Zeitungen beliefert oder diese an Zugpassagiere vor dem Büro der Southern Pacific verkauft. Seine Stimme klang wie ein Rostklumpen in einem Abwasserrohr; seine Arme und Beine waren Stümpfe an seinem Torso; sein Gesicht hatte den Ausdruck von gebackenem Maisbrot unter einem formlosen Hut. Straßenkinder aus den Vierteln im Norden hänselten ihn; ein Werbetexter, der Neffe eines Zeitungsherausgebers, der ihn mit wachsender Begeisterung stets »Castro« nannte, trieb ihn damit zur Weißglut.

In dem zweistöckigen Hotel mit der Schindelfassade um die Ecke des Zeitungsgebäudes befand sich im Erdgeschoß eine Bar, in der sich die Zeitungsleute nach Redaktionsschluß einen

Drink genehmigten. Außerdem wurde sie von Nutten bevölkert, die ihrem Gewerbe am späten Nachmittag und Abend nachgingen, mit Ausnahme des Freitags, wenn die Hotelbesitzerin, Norma Jean, gratis gekochte Shrimps an Familien aus der Nachbarschaft ausgab. Jeden Nachmittag brachte Chatlin Norma Jean eine Gratis-Zeitung, und jeden Nachmittag gab sie ihm ein eisgekühltes große Glas Faßbier und ein hartgekochtes Ei. Er saß dann am Ende der Theke unter dem Schacht der Klimaanlage, seine Stofftasche mit den Zeitungen auf dem Barhocker neben sich, und schälte und aß das Ei und trank sein Bier und verfolgte die Seifenopern im Fernsehen mit einer Konzentration, die vermuten ließ, daß er mehr Verstand hatte, als man annehmen wollte. Norma Jean war von Grund auf korrupt und erlaubte ihren Mädels keine Freiheiten, wenn es darum ging, die Wünsche ihrer Freier zu erfüllen, aber wie die meisten ungebildeten und schlichten Leute fühlte sie intuitiv, ohne den Grund zu kennen, daß die Behinderten und Verrückten dieser Welt dazu da waren, von denen versorgt zu werden, deren Seelen anderenfalls verloren gewesen wären.

Ein Bier und ein hartgekochtes Ei waren kein schlechter Preis für ein bißchen Menschlichkeit.

Vor fünfzehn Jahren, während eines Hurrikans, war Chatlin auf dem Highway von einem Lastwagen überfahren worden. Die Zeitungsredaktion war umgezogen; das Büro der Southern Pacific gegenüber dem Hotel wurde abgerissen und durch den Neubau eines Postamtes ersetzt; und Norma Jeans Quasi-Puff wurde ein normales Hotel mit einer düsteren, freudlosen Bar für nächtliche Zecher.

Normal ging es dort zu, bis Rubén Esteban in das Hotel eincheckte und um Mitternacht unten in der Bar erschien, die Oberfläche seiner Gesichtshaut glühend wie Maisbrot unter der Neonbeleuchtung. Esteban kletterte auf einen Barhocker,

310

seinen Panamahut auf dem Kopf. Norma Jean warf einen Blick auf ihn und begann zu schreien, Chatlin Ardoin sei seinem Grab entstiegen.

Früh am Mittwoch morgen waren Helen und ich im Gemeindegefängnis von Lafayette. Draußen goß es in Strömen, und die Korridore waren mit nassen Schuhabdrücken gepflastert. Der Beamte vom Morddezernat namens Daigle fuhr mit uns im Lift hinauf. Sein Gesicht war unregelmäßig vernarbt, und sein schwarzes Haar war über der Schädeldecke kurz geschnitten. Sein Hemdkragen saß viel zu eng, und er versuchte ihn ständig mit zwei Fingern zu lockern, als habe er Hautausschlag.

»Sie haben einen Kerl umgenietet und sind nicht im Innendienst?« sagte er zu Helen.

»Betreffender Kerl hatte bereits ein beträchtliches Loch im Leib«, sagte ich. »Außerdem hat er einen Polizisten erschossen.«

»Wie günstig«, bemerkte Daigle.

Helen sah mich an.

»Wie lautete die Anklage gegen Esteban?« fragte ich.

»Hausfriedensbruch, Widerstand gegen die Staatsgewalt. Jemand hat ihn versehentlich von seinem Barhocker gestoßen, als Norma Jean ihren hysterischen Anfall gekriegt hat, weil sie glaubte, Gespenster zu sehen. Daraufhin ist der Zwerg dem Gast an die Eier gegangen. Der Streifenpolizist hätte ihn beinahe freigelassen, hat sich jedoch an euren Bericht erinnert. Er sagt, dem Typ Handschellen anzulegen sei fast so schwierig gewesen, wie einen Skorpion zu fangen«, erwiderte Daigle. »Weshalb interessiert ihr euch eigentlich für ihn?«

»Er hat Häftlinge der argentinischen Junta sexuell verstümmelt. Jack the Ripper war nichts gegen ihn.«

»Jack wer?«

Rubén Esteban saß allein auf der Bank hinten in einer Arrestzelle. Der Rand seines Panamahuts ruhte auf seinen abstehenden Ohren. Sein Gesicht war schmutzverschmiert, sein Teint gelblich stumpf, die Augen standen in ungewöhnlich schrägem Winkel zu seiner Nase.

»Na, was machen Sie denn hier in der Gegend, Kumpel?«

»Ich bin Koch. Bin hier, um die lokale Küche zu studieren«, antwortete er mit metallischer Stimme, die klang, als käme sie aus einem Resonator in seiner Kehle.

»Sie haben drei verschiedene Pässe«, sagte ich.

»Sind für meine Cousins. Wir sind … wie heißt das? … ein Team. Wir kochen überall in der Welt«, antwortete Esteban.

»Wir wissen, wer Sie sind. Verschwinden Sie aus dem Bezirk Iberia«, sagte Helen.

»Warum?« fragte er.

»Für Giftzwerge ist hier der Zutritt gesetzlich verboten«, erwiderte Helen.

Seine Miene war hölzern, undurchsichtig, die Augen verschleiert unter der Hutkrempe. Er berührte einen Schneidezahn und betrachtete die Speichelspur auf seiner Fingerkuppe.

»In der Vergangenheit haben Regierungen die Hand über Sie gehalten. Das wird hier nicht passieren. Habe ich mich verständlich gemacht, Mr. Esteban?«

»*Me cago en la puta de tu madre*«, antwortete er, den Blick auf seinen Handrücken fixiert, die Lippen über die Zähne geschoben wie zu einem verächtlichen Grinsen, wodurch sich sein Gesicht zu einer Fratze verzerrte.

»Was hat er gesagt?« fragte Daigle.

»Ihm fehlt offenbar jedes Verständnis für den Muttertag«, sagte ich.

»Dem fehlt noch viel mehr. Er hat nen Pinsel in der Hose. Was n Penis is, weiß der gar nicht«, sagte Daigle und begann zu kichern.

Draußen goß es noch immer in Strömen, als Helen und ich in unseren Streifenwagen stiegen.

»Was hat Daigle eigentlich gemacht, bevor er ein Cop geworden ist?« fragte Helen.

»War Rausschmeißer, glaube ich.«

»Darauf wäre ich nie gekommen«, sagte sie.

Rubén Esteban bezahlte noch am Nachmittag seine Geldstrafe und wurde freigelassen.

An jenem Abend saß ich in dem kleinen Büro, das ich mir in einem Lagerraum hinter dem Köderladen eingerichtet hatte. Auf meinem Schreibtisch lagen die Kopien des Ermittlungsberichtes über die Schießerei und den Tod von Alex Guidry, der Bericht des Gerichtsmediziners und die Tatortfotos vor der Scheune. Der Gerichtsmediziner bestätigte, daß Guidry bereits von einer Magnum-Patrone in die Brust getroffen worden war, bevor Helen überhaupt hatte abdrücken können. Die inneren Verletzungen wären vermutlich auch dann tödlich gewesen, wenn Helen mit ihrer Beretta kein Sieb aus ihm gemacht hätte.

Ein Foto zeigte das blutige Innere von Guidrys Cadillac, ein Einschußloch in der Stereoanlage und eines in der Beifahrertür, zusammen mit einem Blutspritzer an der Lederverkleidung der Tür, was darauf schließen ließ, daß der Schütze zumindest zweimal geschossen hatte und die tödliche Kugel Guidry getroffen haben mußte, als er am Steuer gesessen hatte.

Ein weiteres Foto zeigte Reifenspuren im Gras, die nicht vom Cadillac stammten.

Zwei Schüsse waren aus Guidrys 38er abgegeben worden, einer auf Helen, der andere vermutlich auf den unbekannten Täter.

Das Foto von Guidry war, wie die meisten Tatortaufnahmen,

kraß in seinem Schwarzweißkontrast. Er lag mit dem Rücken gegen die Scheunenwand gelehnt, sein Rückgrat zu Bretterwand und Boden gekrümmt. Seine Hände und die Unterschenkel waren blutgetränkt, sein zerschossener Mund war offen, und sein verkürztes Gesicht wirkte wie das einer der gequälten Kreaturen auf einem Gemälde von Goya.

Draußen vor dem Köderladen brannte die Außenbeleuchtung, und der Wind trieb Regenschlieren über den Bayou. Das Wasser war über die Ufer getreten, und die Äste der Weiden schleiften in der Strömung. Ein totes Opossum trieb unter dem Fenster vorbei, der Bauch gelb und aufgedunsen im grellen Schein der Lampen, blaue Einsiedlerkrebse festgekrallt in seinem Fell. Ich dachte immer wieder an Guidrys Worte während unseres letzten Telefongesprächs: *Es hat die ganze Zeit vor Ihrer Nase gelegen, und Sie haben es nicht gemerkt.*

Was hatte vor meiner Nase gelegen? Und wo? Neben der Scheune? Draußen im Feld, wo Guidry von der Magnum getroffen worden war?

Dann sah ich Megan Flynns Wagen an der Bootsrampe anhalten, und kurz darauf rannte Megan unter einem Schirm über den Bootsanleger auf den Köderladen zu.

Sie kam herein und schüttelte atemlos Wasser aus ihrem Haar. Unbewußt schweifte mein Blick die Böschung zwischen den Bäumen hinauf zur beleuchteten Veranda und zum Wohnzimmer meines Hauses.

»Kein Wetter für einen nächtlichen Ausflug«, sagte ich.

Sie setzte sich an die Theke und trocknete sich das Gesicht mit einer Papierserviette ab.

»Adrien Glazier hat mich angerufen. Sie hat mir von diesem Rubén Esteban erzählt«, sagte sie.

Nicht schlecht für den Anfang, Adrien, dachte ich.

»Das Vorstrafenregister von dem Kerl ist kein Witz, Dave.

Ich habe von ihm während meiner Reportage über den Falklandkrieg gehört«, sagte sie.

»Er ist heute morgen wegen eines minderen Delikts in Lafayette verhaftet worden. Kaum zu übersehen, der Typ.«

»Meinst du, das beruhigt uns? Warum, glaubst du, haben die Triaden eine Horrorshow auf zwei Beinen hergeschickt?«

Megan war nicht der Typ, der sich leicht einlullen ließ.

»Wir wissen nicht, wer sein Partner ist. Während wir Esteban beschatten, könnte der andere genausogut einen Eiswagen die Main Street entlangschieben«, sagte ich.

»Na prima«, entgegnete sie und trocknete sich mit einer frischen Serviette den Nacken. Ihre Haut wirkte blasser, Mund und Haare eine Nuance röter unter der Deckenbeleuchtung. Ich wich ihrem Blick aus.

»Du und Cisco, wollt ihr, daß wir einen Streifenwagen vor eurem Haus abstellen?« fragte ich.

»Ich habe ein ungutes Gefühl wegen Clete. Werd's einfach nicht los«, sagte sie.

»Clete?«

»Geri Holtzner fährt überall in der Stadt mit seinem Wagen rum. Und an Billy Holtzner vergreift sich so schnell niemand. Man bringt nicht Leute um, die einem Geld schulden. Man tut denen weh, die sich in deren Umfeld bewegen. Diese Leute stecken Bomben in Autos.«

»Ich red mal mit ihm darüber.«

»Hab ich schon getan. Er will nicht hören. Ich hasse mich, weil ich ihn da reingezogen habe«, sagte sie.

»Ich hab meinen Beichttalar oben im Haus gelassen, Megan.«

»Glatt vergessen. Die tollen Typen reden mit tiefen Stimmen und entschuldigen sich nie für ihre Fehler.«

»Wie kommt es nur, daß du immer den Spieß umdrehst?«

Sie reckte ihr Kinn und neigte den Kopf leicht zur Seite. Ihr Mund erinnerte mich an eine rote Blüte, die sich dem Licht zuwendet.

Bootsie öffnete die Fliegengittertür und kam mit einem Regenmantel über dem Kopf herein.

»Oh, Entschuldigung. Ich wollte eure Zweisamkeit nicht stören«, sagte sie. Sie schüttelte den Regenmantel und wischte mit einer Hand das Wasser von seiner Oberfläche. »Mann, was für eine Sauerei.«

Am nächsten Nachmittag erhielten wir den Durchsuchungsbefehl für das Grundstück, auf dem Alex Guidry gestorben war. Dicke graue und metallisch blaue Wolken überzogen den Himmel, und die Luft roch nach Regen und dem Rauch eines Laubfeuers.

Thurston Meaux, der Kriminalbeamte vom Bezirk St. Mary, kam mit einem Rechen in der Hand aus der Scheune.

»Hab zwei benutzte Gummis, vier Limoflaschen, ein Hufeisen und eine tote Schlange gefunden. Is das ne Hilfe?« sagte er.

»Klugscheißer«, erwiderte ich.

»Vielleicht hat Alex Guidry Sie nur verarscht, Kumpel. Vielleicht hattet ihr Glück, daß ihm ein anderer schon vorher ein Loch in den Wanst gebrannt hat. Vielleicht war hier nie was«, schloß Meaux.

»Sagen Sie, Thurston, warum will kein Mensch über den Mord an Jack Flynn reden?«

»Waren andere Zeiten. Mein Großvater hat da ein paar Sachen mit dem Klan gemacht, oben in Nord-Louisiana. Ist jetzt ein alter Mann. Macht's die Vergangenheit ungeschehen, wenn man ihn jetzt bestraft?«

Anstatt zu antworten, ging ich davon. War einfach für mich, auf Kosten anderer selbstgerecht zu sein. Das eigentliche Problem war, daß ich keine Ahnung hatte, wonach wir überhaupt suchten. Das gelbe Band der Tatortabsperrung formte ein Dreieck von der Scheune bis zu dem Punkt, wo Guidrys Cadillac gestanden hatte. Innerhalb des Dreiecks fanden wir ein altes Schrotgewehr und 22er Schrotkugeln, Schweineknochen, eine Pflugschar, die das Grundwasser zerfressen hatte, den Zementboden von einem alten Dreschplatz, der von Unkraut überwuchert war. Ein Deputy Sheriff schwenkte seinen Metalldetektor über einen ausgetrockneten Eichenstumpf, und das Gerät schlug an. Wir hackten den Stumpf in zwei Teile und fanden eine Axtspitze, handgeschmiedet, in der Mitte.

Um vier Uhr machten die Deputys in Uniform Schluß. Die Sonne kam heraus, und ich beobachtete, wie sich Thurston Meaux an der windgeschützten Seite der Scheune auf eine Kiste setzte, ein Sandwich aß, das Pergamentpapier vom Wind verwehen ließ, eine Mineralwasserdose öffnete und sie anschließend auf die Erde warf.

»Sie verschmutzen den Tatort«, sagte ich.

»Falsch.«

»Wieso?«

»Weil wir keine Zeit mehr für den Mist hier verschwenden. Sie haben da ne fixe Idee Robicheaux.« Er klopfte sich die Krümel von der Kleidung und ging zu seinem Wagen.

Helen sagte lange Zeit nichts. Dann schob sie eine Haarsträhne aus ihrem Auge. »Dave, wir haben jeden Zentimeter auf diesem Feld abgesucht, den Boden in der Scheune und ihrer Umgebung gerecht. Wenn du noch mal von vorn anfangen willst, bin ich dabei, aber ...«

»Guidry hat gesagt: *Es lag die ganze Zeit vor Ihrer Nase, Sie arroganter Scheißer.* Worüber er auch geredet hat, es gibt da etwas. Vielleicht sind wir einfach drübergegangen – es muß etwas sein, das er aufheben und mir unter die Nase halten konnte.«

»Wir könnten einen Caterpillar mieten und hier alles umgraben.«

»Nein. Dann zerstören wir vielleicht, was immer hier ist.«

Sie atmete geräuschvoll aus und begann mit einer Hacke eine Rille um den festgebackenen Boden zu ziehen.

»Du bist eine loyale Freundin, Helen«, sagte ich.

»Bwana hat die Schlüssel zum Streifenwagen«, erwiderte sie.

Ich stand vor der Scheunenwand und starrte auf das verwitterte Holz, die rote Farbe, die in Streifen herunterging wie Nagellack, die vom Staub gefüllten Löcher, dort, wo Jack Flynns Handgelenke angenagelt gewesen waren. Welche Beweisstücke es auch gab, sie waren von Harpo Scruggs und nicht von Alex Guidry zurückgelassen worden, dachte ich. Es war etwas, von dem Scruggs Guidry erzählt haben mußte. Die Frage war nur, warum?

Um jemand anderen hineinzuziehen. So wie er Boxleiter an diesem Ort gekreuzigt hatte, um eine Verbindung zwischen Boxleiters und Jack Flynns Tod herzustellen.

»Helen, wenn hier was ist, dann direkt an der Stelle, wo Flynn gestorben ist«, sagte ich.

Sie lehnte die Hacke an ihr Bein und wischte sich mit dem Ärmel einen Schlammspritzer vom Gesicht.

»Wenn du meinst.«

»Langer Tag, was?«

»Hatte letzte Nacht einen Traum. War so, als würde ich in die Vergangenheit zurückgezogen, in Sachen, mit denen ich nichts zu tun haben wollte.«

»Du hast selbst gesagt, daß wir die Guten sind.«

»Auch als ich sinnlos auf Guidry geballert habe? Er war schon halb tot. Ich konnte nur einfach nicht aufhören. Ich hatte mir eingeredet, noch ein Mündungsfeuer an seiner Waffe gesehen zu haben. Dabei hätte ich's besser wissen müssen.«

»Er hat's nicht besser verdient«, sagte ich.

»Ach ja? Und warum fühle ich mich dann so miserabel?«

»Weil du Menschlichkeit besitzt.Weil du einfach die beste bist.«

»Ich würde diesen Fall am liebsten ad acta legen, Dave. Wirklich.«

Sie legte die Hacke beiseite, und wir begannen die festgebackene Erde um die Scheunenwand aufzugraben. Die Erde darunter war schwarz und glänzend und voller weißer Würmer. Dann sah ich ein kupfernes Schimmern, und eine glatte Glasfläche ragte aus dem Matsch, während Helen mit ihrer Gabel in Wurzelwerk stieß.

»Warte mal!« sagte ich.

»Was gibt's?«

»Da ist ein Glas. Beweg die Gabel nicht.«

Ich griff hinunter und hob ein großes Einmachglas aus Schlamm und Wasser. Es war mit einem Gummidichtungsring und einem Schraubdeckel aus Metall verschlossen. Ich kniete mich hin, schöpfte Wasser aus einer Mulde und spülte den Schlamm von der Glasoberfläche.

»Ein Umschlag und ein Zeitungsausschnitt? Was wollte Scruggs denn damit? Sollte das ne Botschaft für die Außerirdischen werden?« fragte Helen.

Wir gingen zum Streifenwagen und reinigten das Glas mit Papierhandtüchern. Dann stellten wir es auf die Motorhaube und schraubten den Deckel auf. Ich hob den Zeitungsausschnitt mit zwei Fingern heraus und breitete ihn auf der Motorhaube aus. Die Person, die ihn aus der *Times-Picayune* geschnitten hatte, hatte sorgfältig darauf geachtet, das Erscheinungsdatum nicht abzuschneiden. Es war der 8. August 1956. Die Schlagzeile lautete: GEWERKSCHAFTSFÜHRER GEKREUZIGT AUFGEFUNDEN.

Helen drehte das Glas auf den Kopf und zog den Umschlag aus der Öffnung. Der Klebestreifen des Kuverts war noch intakt. Ich schlitzte es mit meinem Taschenmesser auf und schüttelte drei Schwarzweißfotos aus der Hülle.

Auf zwei Bildern lebte Jack Flynn noch. Auf dem einen war er auf Händen und Knien, während Männer mit schwarzen Kapuzen verschwommen abgebildete Ketten auf seinen Rücken schlugen; auf dem anderen packte ihn eine Hand im Haar und hielt sein Gesicht in die Kamera, um sein zerstörtes Gesicht abzulichten. Aber auf dem dritten Foto war seine Qual zu Ende. Sein Kopf lag auf seiner Schulter, die Augen waren nach oben weggerollt, seine mit Nägeln durchbohrten Arme auf der Scheunenwand ausgebreitet. Drei Männer mit Kapuzen sahen über die Schulter zurück in die Kamera, einer deutete auf Flynn, als wolle er dem Zuschauer eine Lektion erteilen.

»Damit können wir wirklich gar nix anfangen«, sagte Helen.

»Der Mann in der Mitte. Schau dir den Ringfinger der linken Hand an – er fehlt. Direkt über dem Handwurzelknochen abgeschnitten«, sagte ich.

»Kennst du den?«

»Es ist Archer Terrebonne. Seine Familie hat den Mord nicht einfach nur in Auftrag gegeben. Er hat geholfen, ihn zu vollstrecken.«

»Dave, wir haben kein Gesicht zu dieser Hand. Ist kein Schwerverbrechen, wenn einem ein Finger fehlt. Sieh mich an. Eins nach dem anderen, war doch immer unsere Devise, ja? Hörst du mir überhaupt zu, Streak?«

28

Es war eine Stunde später. Terrebonne war nicht zu Hause gewesen, aber ein Hausmädchen hatte uns gesagt, wo wir ihn finden konnten. Ich parkte den Streifenwagen unter den Eichen vor dem Restaurant am Highway und machte den Motor aus. Wasser triefte aus dem Bäumen und strömte über die Motorhaube.

»Dave, tu's nicht«, sagte Helen.

»Jetzt ist er im Bezirk Iberia. Geht mir verdammt gegen den Strich, diese Fotos in einem Aktenschrank in St. Mary verrotten zu sehen.«

»Wir machen Kopien davon, und dann sehen wir weiter. Alles der Reihe nach.«

»Dann geht er uns durch die Lappen.«

»Kennst du viele reiche Jungs, die Sojabohnen in Angola anbauen? Ist der Gang der Dinge.«

»Nicht in diesem Fall.«

Ich ging ins Foyer, wo Gäste in Ledersesseln auf einen freien Tisch warteten, und hielt einem Maître de mein Dienstabzeichen unter die Nase.

»Archer Terrebonne ist mit einer Gesellschaft hier«, sagte ich.

Der Maître de sah mich durchdringend an, dann schweifte sein Blick zu Helen, die hinter mir stand.

»Gibt es da ein Problem?« fragte er.

»Noch nicht«, erwiderte ich.

»Verstehe. Bitte folgen Sie mir.«

Wir gingen durch den großen Speisesaal zu einer langen Tafel am hinteren Ende, wo Terrebonne mit einem Dutzend Leuten hofhielt. Die Ober hatten gerade die Shrimpcocktails ab-

geräumt und servierten Gumbo von einem mit Leinen eingedeckten Teewagen.

Terrebonne wischte sich mit einer Serviette den Mund ab
und wartete, bis eine Dame in Blau an seiner Seite zu sprechen
aufhörte, bevor sein Blick zu mir schweifte.

»Na, was haben Sie denn heute so Wichtiges auf dem Herzen, Mr. Robicheaux?« fragte er.

»Harpo Scruggs hat Ihnen ans Bein gepinkelt«, sagte ich.

»Sir, würden Sie sich bitte …«, sagte der Maître de.

»Sie haben jetzt Sendepause. Verduften Sie«, sagte Helen.

Ich legte die drei Fotos auf das weiße Tischtuch.

»Das in der Mitte sind Sie, Terrebonne. Sie haben Jack Flynn
mit Ketten geschlagen, ihn an Hand- und Fußgelenken an die
Scheunenwand genagelt und die Last der Schuld Ihrer Tochter
aufgebürdet. Sie kotzen mich an, Sir«, sagte ich.

»Ihr Benehmen ist inakzeptabel!«

»Stehen Sie auf!« befahl ich.

»Was?«

»Tun Sie lieber, was er sagt«, meldete sich Helen hinter mir.

Terrebonne wandte sich an einen Herrn mit silbergrauer
Mähne zu seiner Rechten. »John, würden Sie bitte den Bürgermeister zu Hause anrufen?«

»Sie sind verhaftet, Mr. Terrebonne. Der Bürgermeister wird
Ihnen auch nicht helfen«, sagte ich.

»Mit Ihnen, Sir, gehe ich nirgendwohin. Wenn Sie mich noch
einmal anfassen, verklag ich Sie wegen Körperverletzung«,
sagte er und unterhielt sich seelenruhig weiter mit der Dame in
Blau zu seiner Linken.

Vielleicht war es der lange Tag oder die Tatsache, daß die Fotos mir das Leiden von Jack Flynn so drastisch vor Augen geführt hatten, ein Leiden, das im Lauf der Zeit regelrecht abstrakt
geworden war, oder vielleicht hegte ich einfach einen lange un-

terdrückten Groll gegen Archer Terrebonne und die herrische, selbstgerechte Arroganz, die er und seine Kaste repräsentierten. Dabei hatte ich vor langer Zeit gelernt, daß Wut, mein alter Feind, viele Katalysatoren hat, aber letztendlich nur eine Konsequenz, das Feuerwerk aus roten und schwarzen Sternen hinter der Netzhaut, einen alkoholischen Blackout in nüchternem Zustand, dann einen Adrenalinstoß, der mich erzittern und jede Beherrschung verlieren ließ und von einer zerstörerischen Macht besessen machte, die mich später mit Scham erfüllte.

Ich packte ihn hinten am Gürtel, hob ihn vom Stuhl, drückte ihn mit dem Gesicht nach vorn über den Tisch in seinen Teller und legte ihm mit brutaler Gewalt Handschellen an. Dann stieß ich ihn vor mir her ins Foyer und hinaus auf den Parkplatz und zwängte mich an einer Gruppe von Leuten vorbei, die mich mit offenen Mündern anstarrten. Terrebonne versuchte etwas zu sagen, doch ich riß die hintere Tür des Streifenwagens auf und stieß ihn unsanft hinein, wobei er sich den Kopf am Türrahmen anschlug.

Dann knallte ich die Tür zu, drehte mich um und fand mich der Frau in Blau gegenüber.

»So behandeln Sie einen Dreiundsechzigjährigen? Mein Gott, darauf können Sie wirklich stolz sein. Bin entzückt, daß wir noch Polizisten Ihrer Couleur haben, die uns vor uns selbst beschützen.«

Früh am nächsten Morgen rief mich der Sheriff in sein Büro. Er massierte sich die Stirn mit den Fingerspitzen und starrte auf einen Punkt dicht vor seiner Nasenspitze.

»Ich weiß nicht, wo ich anfangen soll«, sagte er.

»Haben Sie Terrebonne wieder rausgelassen?«

»Zwei Stunden nachdem Sie ihn eingelocht hatten. Ich bin mit Anrufen regelrecht bombardiert worden. Unter anderem von einem Richter, drei Politikern und einem Kongreßmitglied. Haben Sie ihn tatsächlich mit einem Transvestiten und einem vollgekotzten Besoffenen in eine Zelle gesperrt?«

»Hab ich gar nicht gemerkt.«

»Hab ich mir schon gedacht. Er will Sie verklagen.«

»Soll er doch. Er hat bei Mordermittlungen gelogen und Beweismaterial unterschlagen. Hat ne Menge Dreck am Stecken, Skipper. Warten Sie ab, was passiert, wenn die Geschworenen seine Tochter im Zeugenstand hören und die Fotos sehen.«

»Sie wollen ihm wirklich an die Eingeweide, was?«

»Finden Sie nicht, daß er's verdient hat?« fragte ich.

»Der Mord ist in St. Mary passiert. Dave, der Mann hatte eine Platzwunde, die genäht werden mußte. Ist Ihnen eigentlich klar, was seine Anwälte daraus machen?«

»Wir waren hinter den Falschen her. Schneid den Kopf der Schlange ab, und der Körper stirbt«, sagte ich.

»Ich habe meinen Versicherungsagenten heute morgen wegen einer Regenversicherung angerufen. Sie wissen schon, die Versicherung, die verhindert, daß man sein ganzes Hab und Gut verliert. Ich gebe Ihnen seine Nummer.«

»Terrebonne geht uns also durch die Lappen?«

Der Sheriff griff nach einem rosaroten Notizblatt und ließ es auf seine Schreibunterlage flattern.

»Sie haben's erfaßt.«

Später an diesem Nachmittag, als die Sonne hinter den Bäumen abtauchte, kam Cisco Flynn den Bootsanleger herunter, wo ich die Grilltonne reinigte, setzte sich auf das Geländer und beobachtete mich bei der Arbeit.

»Megan meint, es gäbe wegen ihr Probleme zwischen Ihnen und Ihrer Frau«, sagte er.

»Wo sie recht hat, hat sie recht«, erwiderte ich.

»Es tut ihr leid.«

»Hören Sie, Cisco. Ich habe diese Erklärungen in jeder Beziehung allmählich satt. Wie heißt es doch so schön? Jedem das Seine?«

»Der Kerl, der aus dem Hotelfenster in San Antonio gefallen ist ... Das war Swede. Aber ich habe Reise und Alibi arrangiert.«

»Warum sagen Sie mir das?«

»Swede ist tot. Er war ein guter Kerl. Ich stehe zu dem, was ich für einen Freund getan habe.«

»Wenn Sie Gewissensbisse wegen des Flugakrobaten haben, stellen Sie sich der Polizei in San Antonio.«

»Und was ist mit Ihnen?«

»Archer Terrebonne, der Mann, der sein Geld in Ihr Filmprojekt gesteckt hat, hat Ihren Vater umgebracht. Kommen Sie in mein Büro, und sehen Sie sich die Fotos an. Ich habe Kopien machen lassen, bevor ich die Originale an die Kollegen von St. Mary weitergeleitet habe. Die Kehrseite der Medaille ist, daß ich an ihn nicht herankomme.«

Seine Miene war ausdruckslos, und seine Lippen bewegten sich stumm. Er blinzelte und schluckte. »Archer Terrebonne? Nein, das kann nicht sein. Er war Gast in meinem Haus. Was sagen Sie da?«

Ich ging in den Köderladen und blieb dort, bis er gegangen war.

In jener Nacht schien kein Mond, und die Blätter wirbelten draußen durch die Dunkelheit, glitten raschelnd an den Stämmen der Eichen und Pecanbäume entlang. Als ich ins Schlafzimmer kam, war das Licht gelöscht, und Bootsie saß in Slip und T-Shirt vor ihrer Kommode und starrte aus dem Fenster in die Finsternis hinaus.

»Hast du Cisco rausgeworfen?« fragte sie.

»Nicht direkt. Ich hatte nur keine Lust mehr, mit ihm zu reden.«

»War's wegen Megan?«

»Immer wenn sie herkommt, gibt's Streit zwischen uns«, sagte ich.

Die Brise bewegte die Ventilatorblätter, und ich hörte, wie Blätter gegen das Fliegengitter wehten.

»Ist nicht ihre Schuld. Ist meine«, sagte Bootsie.

»Wie bitte?«

»Du halst dir die Probleme anderer Leute auf, Dave. So bist du eben. Deshalb habe ich dich wahrscheinlich geheiratet.«

Ich legte meine Hand auf ihre Schulter. Sie sah auf unser Spiegelbild im Kommodenspiegel und stand auf, ohne den Blick vom Spiegel abzuwenden. Ich schlang die Arme unterhalb ihrer Brüste um sie und grub mein Gesicht in ihr Haar. Ihr Körper fühlte sich muskulös und hart an. Ich ließ meine Hand über ihren Bauch gleiten, und sie wölbte sich gegen mich und umschlang mit beiden Händen meinen Nacken. Ihre hart werdenden Brustspitzen, die sanfte Wölbung ihres Bauchs und die Rundung ihrer Hüften, die festen Schenkel, die Sehnen in ihrem Rücken, die Kraft ihrer Oberarme ... als ich all das mit Haut, Kopf und Auge berührte, war es, als beobachtete ich mich selbst, wie ich eins wurde mit einer Alabasterskulptur, die von der pulsierenden Wärme einer frisch erblühten Rose belebt wurde.

Dann war ich zwischen ihren Schenkeln auf dem Laken, und in meinen Schläfen ertönte ein Rauschen wie Wind in einer Schneckenmuschel, und ich fühlte, wie sie mich tiefer in sich hineinzog, so tauchten wir tiefer und tiefer in eine Meereshöhle, und in diesem Moment war mir klar, daß die Sorge über die verschlungenen Wege der Götter, die Veränderlichkeit und den Tod keinen Platz unter den Lebenden haben sollte, auch wenn der Herbst sanft an das Fliegengitter klopfte.

In Vietnam quälte mich die Angst vor Minen und Sprengfallen, eine Angst, die sich mir wie ein eiserner Ring um die Schläfen legte und die Äderchen in meinem Gehirn weitete, so daß ich in den wachen Stunden einen permanenten Druck im Kopf spürte, so als trüge ich einen Hut. Aber der Gast, der noch lange nach dem Krieg durch meine Alpträume geisterte, war eine vietnamesische Wühlmaus namens Bedcheck Charlie.

Bedcheck Charlie konnte Reisfelder durchqueren, ohne die geringste Bewegung in der Wasseroberfläche zu verursachen, sich durch spanische Reiter robben oder unter Drahthindernissen hindurchbuddeln, wenn es sein mußte. Er hatte die Franzosen eher mit Willenskraft als mit der Waffe besiegt. Dabei stand außer Frage, was er mit einer Schnellfeuerwaffe anrichten konnte, die er einem toten deutschen oder sudanesischen Legionär abgenommen hatte. Er wartete auf das Aufflackern eines Zippo, das an eine Zigarette gehalten wurde, oder auf die kleine blaue Flamme unter einer Büchse mit der Tagesration, um dann aus einer Entfernung von dreihundert Metern abzudrücken und eine schlüssellochgroße Wunde in das Gesicht eines Mannes zu schießen.

Ich möchte allerdings bezweifeln, daß Ricky Scarlotti je Gedanken an den Vietcong verschwendet hat. Er hatte bestimmt andere Sorgen an jenem Samstag morgen, als er draußen vor dem Reitstall saß, wo er gelegentlich Polo spielte, ein Glas Burgunder trank, in Olivenöl getunktes Brot aß und seiner neuen Freundin Angela in die Rippen stieß, wann immer er einen Punkt machte. Es würde sich alles einrenken. Er hatte diesen Hillbilly Harpo Scruggs wieder auf den Auftrag angesetzt. Scruggs war in der Lage, diesen Verräter in New Iberia auszuschalten, diesen Komiker mit dem komischen Namen, der dem Mob zuerst die eigenen Videogeräte geklaut und anschließend wieder verkauft hatte; Broussard hieß er, und dem sollte er ein für allemal einen Denkzettel verpassen und den Druck von ihm, Ricky, nehmen, damit er dieser FBI-Tante sagen konnte, sie solle sich ihre Triadenscheiße mit Stäbchen in den Hintern schieben.

Er und Angela und die beiden Bodyguards hatten nämlich Tickets für die Sonntagmorgenmaschine nach Miami. Morgen bereits würde er am Strand hinter dem Doral-Hotel sitzen, mit einem tropischen Drink in der Hand, später vielleicht zur Trab- oder zur Hunderennbahn rausfahren, o Mann, eine Hochseeyacht chartern, einen Marlin fangen und ihn ausstopfen lassen. Dann würde er ein paar Jungs in Hallandale anrufen, die er für jede Minute bezahlte, in der sie den Fettarsch Purcel bettelnd auf Video aufnahmen. Ricky leckte sich die Lippen, als er darüber nachdachte.

Ein Süßigkeitenverkäufer kam mit seinem Transporter die kurvenreiche schmale Straße durch den Park herauf, der an den Reitclub grenzte. Ricky nahm seine Pilotensonnenbrille ab, polierte sie mit einem Kleenex und setzte sie wieder auf. Was machte ein Süßigkeitenverkäufer im Park, wenn weit und breit keine Kinder zu sehen waren? Der Transporter hielt unter den Eichen an, der Fahrer stieg aus, beobachtete die Enten auf dem Teich und verschwand hinter seinem Fahrzeug.

»Geh und schau nach, was der Typ da verloren hat«, sagte Ricky zu einem seiner Leibwächter.

»Der liegt im Schatten und macht ein Nickerchen«, antwortete der Leibwächter.

»Sag ihm, daß das hier kein Sanatorium ist. Er soll seinen Gesundheitsschlaf woanders halten.«

Der Bodyguard ging über die Straße, zwischen den Bäumen

hindurch und sprach mit dem Mann, der sich auf dem Boden ausgestreckt hatte. Der Mann setzte sich auf, gähnte, sah in Rickys Richtung, während der Leibwächter auf ihn einredete, setzte sich in seinen Kleintransporter und fuhr davon.

»Wer war das?« fragte Ricky den Leibwächter.

»Ein Typ, der Süßigkeiten verkauft.«

»Wer *war* das?«

»Hat sich mir nicht vorgestellt, Ricky. Soll ich hinter ihm herfahren?«

»Vergiß es. Wir haben nichts mehr zu trinken. Hol den Ober her!«

Eine Stunde später waren Rickys Augen vom Alkohol blutunterlaufen, seine Haut glänzte verschwitzt vom Reiten in der Sonne. Ein alter grüner Milchlaster mit Magnetbuchstaben an der Seite fuhr die schmale Straße durch den Park entlang, bog auf die Hauptverkehrsstraße ein, nahm erneut eine Abkürzung durch den Park und hielt unter den Bäumen am Ententeich an.

Benny Grogan, der zweite Leibwächter, stand von Rickys Tisch auf. Er trug einen Strohhut mit einem buntgemusterten Band auf seinem platinblonden Kopf.

»Wo gehst du hin?« fragte Ricky.

»Will den Kerl da überprüfen.«

»Ist ein Scherenschleifer. Ich hab den Laster schon überall in der Gegend gesehen«, sagte Ricky.

»Ich dachte, du willst nicht, daß hier jemand rumlungert, Ricky«, sagte Benny.

»Ist ja ein Zwerg, der Typ. Wie kommt der überhaupt an die Pedale? Fahr den Wagen vor. Angela, bist du auch reif für ne Dusche?« fragte Ricky.

Der Milchwagen parkte im Schatten der Lebenseichen. Die Ladeklappen flogen auf, und dahinter tauchte ein Mann in einem gelben T-Shirt und dunklen Bluejeans auf. Seine lange Gestalt lag ausgestreckt hinter einem Sandsack, er hatte das Lederband eines Gewehrs mit Zielfernrohr um das rechte Handgelenk gewickelt, die rechte Wange gegen den Gewehrkolben gepreßt.

Die Kugel traf Ricky Scarlotti mitten in die Kehle. Ein purpurroter Schwall Burgunder floß ihm aus beiden Mundwinkeln, dann begann er zu husten, wie ein Mann, der an einem Hühnerknochen zu ersticken droht, während Blut aus seiner Wunde pulsierte und seine Brust und die weiße Polohose benetzte. Seine Augen starrten blicklos in das Gesicht seiner Freundin. Diese sprang vom Tisch zurück, die Hände abwehrend vor sich ausgestreckt, die Knie eng aneinander gepreßt, wie jemand, der nicht vom Spritzwasser eines vorbeifahrenden Autos beschmutzt werden will.

Der Schütze knallte die Ladetür des Milchlasters wieder zu, und der Fahrer lenkte den Laster durch die Bäume, über den Straßenrand und auf die breite Durchgangsstraße. Benny Grogan rannte die Straße hinunter, seine 38er in der Hand, während die Autos um ihn herum laut zu hupen begannen.

Es war Montag, als Adrien Glazier mir von Scarlottis Tod detailliert am Telefon berichtete.

»Das New Orleans Police Department hat den Laster am Lake Pontchartrain gefunden. Er war sauber«, sagte sie.

»Irgendwas über den Schützen bekannt?«

»Nichts. Sieht so aus, als hätten wir unseren besten Zeugen gegen die Jungs aus Hongkong gerade verloren«, seufzte sie.

»Ich fürchte, in New Orleans wird das keiner betrauern«, sagte ich.

»Kann man nie wissen. Der Leichenschmaus für einen Spaghetti ist immer ein Ereignis.«

»Empfehlen Sie der Kapelle, ›My Funny Valentine‹ zu spielen«, sagte ich.

29

An diesem Abend fuhr ich zu Cletes Cottage außerhalb von Jeanerette. Er wusch seinen Wagen auf dem Hof und bearbeitete gerade seine Motorhaube mit einem schaumigen Schwamm.

»Ich glaube, ich laß ihn mal restaurieren und fahr ihn dann wie eine Antiquität und nicht wie eine Rostlaube«, sagte er. Er trug Gummistiefel und eine Badehose, und das Haar auf seinem Bauch klebte feucht an seiner Haut.

»Megan meint, die Jungs, die Ricky Scar erledigt haben, könnten versuchen, Holtzner aufs Korn zu nehmen, indem sie sich seine Tochter greifen. Sie findet, du solltest sie nicht in deinem Wagen rumkutschieren lassen«, sagte ich.

»Wenn diese Jungs jemandem weh tun wollen, dann nicht mit ner Autobombe. Die machen es Mann gegen Mann, wie bei Ricky Scar.«

»Hast du schon jemals in deinem Leben auf mich gehört?«

»Hundertprozentig, damals in Hialeah. Hab dreihundert Piepen verloren.«

»Archer Terrebonne hat Cisco Flynns Vater umgebracht. Ich hab es Cisco gesagt.«

»Ja, ich weiß. Angeblich glaubt er dir nicht.« Clete bewegte den Schwamm langsam kreisend über die Motorhaube, die Gedanken hinter seiner Stirn unlesbar.

»Was hast du?« fragte ich.

»Terrebonne ist der Hauptgeldgeber bei Ciscos Filmprojekt. Wenn Cisco aussteigt, ist seine Karriere keinen Pfifferling mehr wert. Ich dachte nur, er hätte vielleicht mehr Courage. Aber ich habe schon oft auf das falsche Pferd gesetzt.«

Er schüttete einen Eimer Seifenwasser in einen Abwassergraben. Die Sonne leuchtete wie ein Schwelfeuer durch die Bäume.

»Warum rückst du nicht endlich damit raus, was dich wirklich bedrückt?« fragte ich.

»Ich dachte, Megan und ich ... wir könnten unsere Beziehung noch mal kitten. Deshalb bin ich Ricky Scar an die Eier gegangen; wollte ganz groß rauskommen. So einfach ist das. Megan ist in der ganzen Welt zu Hause. Ich meine, der ganze Mist hier ist doch nur ein kleiner Fleck in ihrer Karriere.« Er schnaubte. »Ich muß mit dem Saufen aufhören. Hab ein Summen wie ein großes Neonschild im Kopf.«

»Gehen wir angeln«, schlug ich vor.

»Dave, diese Fotos, die Harpo Scruggs in der Erde vergraben hatte ... Dieser Arsch muß irgendwo noch mehr Beweismaterial haben. Irgendwas, das Terrebonne Kopf und Kragen kosten kann.«

»Schon, aber ich kann Scruggs nicht finden. Der Kerl scheint ne Tarnkappe zu haben.«

»Weißt du noch, was dieser pensionierte Texas Ranger aus El Paso zu dir gesagt hat? Du solltest in Puffs und bei Tontaubenschießständen und Hundekämpfen nach ihm suchen.«

Seine Haut leuchtete rosig im schwindenden Licht, das Haar auf seinen Schultern bewegte sich im Wind.

»Hundekämpfe? Nein, das war was anderes«, sagte ich.

Die Hahnenkämpfe fanden im Bezirk St. Landry in einem riesigen, heruntergekommenen Holzgebäude statt, in dem sich ein Nachtclub befand. Das Haus war grellgelb gestrichen und lag von der Straße zurückgesetzt vor einer Reihe grüner Hartriegelbäume. Der mit Muschelschalen aufgeschüttete Parkplatz bot Raum für Hunderte von Autos und Pickups, und die Kunden (Arbeiter, Collegestudenten, Anwälte, Berufsspieler), die kamen, um zu sehen, wie sich die Vögel mit ihren messerscharfen Metallsporen blendeten und töteten, taten dies mit freudigem und anscheinend unschuldigem Herzen.

Die viereckige Kampfarena war von einem Holzgeländer umgeben, mit Hühnerdraht gesichert, der festgestampfte Lehmfußboden mit Sägespänen bestreut. Dicht am Geländer, dort wo man den besten Blick hatte, standen ständig Wetter, und Tausende von Dollar wechselten ohne jeden Ausdruck von Emotionen den Besitzer, so als sei die Fluktuation des Geldes von dem weiter unten stattfindenden blutigen Sport völlig unabhängig.

Alles war legal. In Louisiana fallen Kampfhähne unter den Rechtsbegriff »Geflügel« und sind daher keinem Tierschutzgesetz unterworfen. Im Schein der Neonröhren, unter Schwaden von Zigarettenrauch, in ohrenbetäubender Geräuschkulisse und bei klappernden Fenstern konnte man den beißenden Geruch von Blut, Kot und Testosteron, getrocknetem Schweiß und Alkoholdunst riechen, der sich, wie ich vermutete, kaum von jener Geruchsmischung unterschied, die einst an heißen Tagen von römischen Arenen aufgestiegen war.

Clete und ich saßen am Ende der Bar. Der Barkeeper, ein Veteran des Koreakriegs namens Harold, der eine schwarze Hose und ein kurzärmliges Hemd trug und die wenigen verbliebenen schwarzen Haarsträhnen sorgfältig quer über den Schädel gekämmt hatte, servierte Clete einen Wodka Collins und mir ein Dr. Pepper auf Eis. Harold beugte sich zu mir herüber und schob eine Serviette unter mein Glas.

»Vielleicht hat er sich einfach verspätet. Normalerweise war er immer um halb acht da«, sagte er.

»Keine Sorge, Harold«, sagte ich.

»Wird das ein öffentliches Ereignis?« fragte Harold.

»Auf keinen Fall«, antwortete Clete.

Wir mußten nicht lange warten. Harpo Scruggs kam durch die Seitentür vom Parkplatz und trat ans Geländer des Hahnenkampfplatzes. Er trug eine marineblaue Hose im Westernstil mit Cowboystiefeln, Hut und einem silbernen Hemd, das er figurbetont in einen mit Perlen bestickten indianischen Gürtel gesteckt hatte. Er plazierte seine Wette bei einem bekannten Hahnenkämpfer aus Lafayette, einem Mann, der in jungen Jahren sowohl Lude als auch ein berühmter Bar-Tänzer gewesen war.

Die Hähne flatterten auf, schnitten sich mit ihren Sporensicheln Federn und Fleisch aus den Leibern, daß das Blut spritzte, während der Aufschrei der Menge zur Decke schwappte. Wenige Minuten später war einer der Hähne tot, und Scruggs zog lässig ein Bündel Hundertdollarscheine aus den Fingern des Ex-Luden, mit dem er gewettet hatte.

»Ich glaube, ich habe das Delayed-Stress-Syndrom. Da war ein Ort wie dieser in Saigon. Die Barmädels waren Vietcong-Nutten«, sagte Clete.

»Hat er uns gesehen?« fragte ich.

»Glaube schon. Er ist nicht leicht aus der Fassung zu bringen, was? Ah, da kommt er ja.«

Scruggs legte eine Hand auf die Bar und stellte den Fuß auf die Messingstange, keinen Meter von uns entfernt.

»Hat der Wurm schon mit dir gesprochen?« fragte er Harold.

»Er wartet nur auf dich«, sagte Harold, zog eine braune Flasche Mescal unter der Theke hervor und stellte sie zusammen mit einem Schnapsglas, einem Teller Hühnerflügel und einer Flasche Tabasco vor Scruggs ab.

Scruggs zog einen Zwanzigdollarschein aus einer handgearbeiteten Brieftasche, legte ihn unter den Teller, schenkte sich ein und trank. Sein Blick traf uns nie direkt, aber er registrierte unsere Anwesenheit mit der trägen Ausdruckslosigkeit eines Leguans.

»Sie haben vielleicht Nerven«, sagte ich.

»Nicht wirklich. Wenn man bedenkt, daß ihr beide Pisse aus einem Stiefel nur mit Gebrauchsanweisung trinken könnt«, erwiderte er. Er entkorkte die Flasche Mescal und schenkte sich erneut ein.

»Ein paar Auftragskiller von außerhalb haben Ricky Scar ins Jenseits befördert. Das bedeutet, daß Ihr Auftrag in bezug auf Willie Broussard in die Binsen gegangen ist und Sie die Vorauszahlung behalten können«, sagte ich.

»Ich bin ein alter Mann. Kaufe Reitpferde und transportiere sie nach Deming. Warum laßt ihr mich nicht endlich in Ruhe?« sagte er.

»Nehmen Sie Essig?« fragte Clete.

Diesmal sah Scruggs ihn an. »Sagen Sie das noch mal.«

»Muß in Ihren Klamotten gehangen haben. Ich meine, als Sie die Pulverrückstände abgewaschen haben, nachdem Sie Alex Guidry umgenietet hatten. Diese großen Magnumpatronen hinterlassen Pulverrückstände, als hätte man mit der Hand in Scheiße gelangt«, sagte Clete.

Scruggs lachte in sich hinein, zündete eine Zigarette an und rauchte sie, den Rücken durchgedrückt, den Blick auf sein Spiegelbild im Barspiegel fixiert. Ein Mann trat zu ihm, schloß eine Wette ab und ging wieder.

»Wir haben die Fotos gefunden, die Sie in dem Glas vergraben haben. Wir wollen den Rest«, sagte ich.

»Keine Veranlassung, einen Deal mit euch zu machen. Nicht jetzt.«

»Irgendwann machen wir den Sack zu, Scruggs. Wie ich

höre, wachsen Radieschen in Ihrem Kopf. Möchten Sie Ihre letzten Tage im Gefängniskrankenhaus verbringen?«

Er leerte die Flasche Mescal und schüttelte den Wurm vom Boden in den Flaschenhals. Er war dick, grünlich weiß, die Haut hart und ledrig. Er nahm ihn zwischen die Lippen und saugte ihn in den Mund. »Stimmt es, daß die Schwestern im Gefängniskrankenhaus dir einen für fünf Dollar blasen?« fragte er.

Clete und ich gingen auf den Parkplatz hinaus. Die Luft war kühl und roch nach feuchter Erde, und auf der gegenüberliegenden Straßenseite bog sich das Zuckerrohr im Wind. Ich nickte Helen Soileau und dem Detective aus St. Landry zu, die in einem unauffälligen Funkwagen saßen.

Eine Stunde später rief Helen mich im Köderladen an, wo ich Batist beim Aufräumen half, während Clete ein Stück Pastete an der Theke verdrückte. Scruggs hatte ein Haus in der Kleinstadt Broussard gemietet.

»Warum treibt er sich noch hier rum?« fragte ich Clete.

»Ein gieriger Scheißer wie der? Er wird Archer Terrebonne mit einem Strohhalm anzapfen.«

Am Mittwoch nachmittag verließ ich früh das Büro und kehrte mit Alafair den Hof. Die Sonne schien golden in den Bäumen, und rote Blätter schwebten von den Zweigen in den Bayou. Wir stellten die Bewässerungsschläuche in den Blumenbeeten an, jäteten das Gras, das durch die Ziegeleinfassung wuchs, und die für die Jahreszeit ungewöhnlich kühle Luft duftete mehr nach Sommer, gemähtem Rasen und frisch umgegrabener Erde als nach Herbst und kürzer werdenden Tagen.

Lila Terrebonne parkte ein schwarzes Oldsmobile mit dunkel getönten Scheiben an der Bootsrampe, kurbelte das Fenster herunter und winkte uns zu. Auf dem Beifahrersitz saß eine Person, die ich nicht erkennen konnte. Die Heckklappe war geöffnet, und der Kofferraum darunter steckte voller Kartons mit Chrysanthemen. Sie stieg aus dem Oldsmobile, überquerte die Straße und ging zu den Pecanbäumen, wo Alafair und ich Pecanschalen und Blätter zusammenrechten, die vom Regen schwarz geworden waren.

Lila trug ein hellblaues Kleid, weiße Pumps und einen Strohhut, der mich an Megans Hut erinnerte. Zum ersten Mal seit Jahren hatten ihre Augen einen klaren, sorglosen, ja sogar glücklichen Ausdruck.

»Ich gebe morgen abend eine Party. Möchten Sie kommen?« fragte sie.

»Ich passe lieber, Lila.«

»Ich habe die Fünfte Stufe gemacht, das Haus bestellt ... Sie wissen schon. Mit einer Ex-Nutte, ist das zu fassen? Hat drei Stunden gedauert. Ich glaube, als es vorbei war, hätte sie gern einen getrunken.«

»Prima. Freut mich für Sie.«

Lila sah Alafair an und wartete, als sei ich ihr etwas schuldig geblieben.

»Oh, entschuldigt mich. Ich gehe schon rein. Muß telefonieren. Dope bestellen«, sagte Alafair.

»Du mußt nicht gehen, Alf«, entgegnete ich.

»Bye-bye«, sagte sie und winkte uns zu.

»Ich habe meinen Frieden mit meinem Vater gemacht, Dave«, sagte Lila und sah Alafair nach, die die Treppe zur Veranda hinaufstieg. Dann: »Finden Sie, daß Ihre Tochter so mit Erwachsenen reden sollte?«

»Wenn ihr danach ist.«

Ihr Blick schweifte über die Bäume. »Also... mein Vater sitzt im Wagen. Er möchte sich mit Ihnen versöhnen«, sagte sie.

»Sie haben Ihren ...«

»Dave, ich habe ihm die Fehler vergeben, die er vor Jahren

gemacht hat. Jack Flynn war in der kommunistischen Partei. Seine Freunde waren Gewerkschaftler und Agitatoren. Haben Sie nicht auch im Krieg Dinge getan, die Sie bereuen?«

»*Sie* haben ihm vergeben? Auf Wiedersehen, Lila.«

»Nein, so nicht. Er war sich nicht zu schade, hier rauszukommen. Also fechten Sie das jetzt mit ihm aus.«

Ich lehnte meinen Rechen gegen den Baumstamm, griff nach zwei Plastiktüten mit Blättern und Pecanschalen und trug sie zur Straße hinunter. Ich hoffte, daß Lila mit ihrem Vater einfach verschwinden würde. Statt dessen stieg er aus der Limousine und kam auf mich zu, in weißer Hose und blauem Sportsakko mit Messingknöpfen.

»Ich bin willens, alles zu vergessen und neu anzufangen, Mr. Robicheaux. Und ich tue das aus Dankbarkeit für die Hilfe, die Sie meiner Tochter zuteil werden ließen. Sie hat großen Respekt vor Ihnen«, sagte er.

Er streckte die Hand aus. Sie war sorgfältig maniküriert und schmal, die hell gestreifte Hemdenmanschette sorgfältig über das Handgelenk gezogen. Sie sah nicht wie eine Hand aus, die die Kraft besaß, eine Kette über dem Rücken eines Mannes zu schwingen und Nägel durch seine Knochen zu schlagen.

»Ich biete Ihnen meine Hand, Sir«, sagte er.

Ich stellte die beiden Tüten mit Gartenabfällen an den Straßenrand, wischte mir die Hände an meiner Khakihose ab und trat dann in den Schatten zurück, weg von Terrebonne.

»Scruggs erpreßt Sie. Sie brauchen mich – oder jemanden wie mich –, um ihn festzunageln und ihn aus Ihrem Leben zu entfernen. Aber das wird nicht passieren«, sagte ich.

Er fuhr sich mit der rechten Hand vorsichtig über die Backe, als habe er Zahnschmerzen.

»Ich hab's versucht. Ehrlich. Jetzt lasse ich Sie in Ruhe, Sir«, sagte er.

»Sie und Ihre Familie geben sich den Anschein von Vornehmheit, Mr. Terrebonne. Dabei hat Ihr Vorfahre schwarze Soldaten bei Fort Pillow ermordet und den Tod seiner Zwillingstöchter verursacht. Sie und Ihr Vater haben Farbige wie Willie Broussard und seine Frau uns Unglück gestürzt und jeden umgebracht, der eine Bedrohung für Ihre Macht darstellte. Keiner von euch ist, was er zu sein scheint.«

Er stand in der Mitte der Straße, unbewegt, auch als ein Auto vorbeifuhr und ihn in Staub hüllte, seine Miene auf Worte konzentriert, die vor seinen Augen vorbeizuziehen schienen.

»Ich gratuliere zu Ihrer Nüchternheit, Mr. Robicheaux. Ich vermute, für einen Mann wie Sie war das ein schwieriges Unterfangen«, sagte er, ging zum Oldsmobile zurück, stieg ein und wartete auf seine Tochter.

Ich drehte mich um und wäre beinahe mit Lila zusammengestoßen.

»Ich kann nicht fassen, was Sie gerade getan haben. Wie konnten Sie es wagen?« sagte sie.

»Begreifen Sie nicht, wobei Ihr Vater mitgemacht hat? Er hat einen lebenden Menschen gekreuzigt. Wachen Sie auf, Lila. Er ist der Inbegriff des Bösen.«

Sie schlug mir mitten ins Gesicht.

Blätterstaub wirbelte um mich herum, und ich sah zu, wie ihr Wagen im langen Tunnel der Eichen verschwand.

»Ich hasse sie«, sagte Alafair hinter mir.

»Gib ihnen keine Macht über dich, Alf«, erwiderte ich.

Aber ich fühlte eine große Traurigkeit. In den Jahren ihrer alkoholischen Exzesse war Lila stets für die Unzulänglichkeiten ihres Vaters sensibilisiert gewesen. Jetzt, in ihrer scheinbar klarsichtigen Nüchternheit, war sie moralisch erblindet.

Ich legte meinen Arm um Alafairs Schulter, und wir gingen gemeinsam ins Haus.

30

Cisco Flynn erschien am nächsten Morgen in meinem Büro. Er saß auf einem Stuhl vor meinem Schreibtisch und ballte in seinem Schoß rhythmisch die Hände zu Fäusten.

»Draußen am Bootsanleger, als ich Sie gebeten hatte, sich die Fotos anzusehen, wissen Sie noch? Da war ich wütend«, sagte ich und hielt die Kopien der drei Fotos aus dem Glas hoch.

»Geben Sie sie mir einfach, ja?«

Ich reichte ihm die Bilder über den Schreibtisch. Er betrachtete bedächtig eines nach dem anderen, ohne eine Miene zu verziehen. Nur unter einem Auge zuckte ein Nerv. Er legte die Fotos auf den Tisch zurück und richtete sich auf dem Stuhl auf.

Seine Stimme klang emotionslos. »Sind Sie sicher, daß das Terrebonne ist? Der Typ mit dem fehlenden Finger?«

»Welchen Weg wir auch einschlagen, er führt zu seiner Haustür«, sagte ich.

»Und dieser Scruggs war auch dabei?«

»Da können Sie drauf wetten.«

Er starrte aus dem Fenster auf die Palmwedel, die sich im Wind bewegten.

»Wie ich höre, ist er wieder in der Gegend«, sagte Cisco.

»Kommen Sie nicht auf falsche Gedanken, Partner.«

»Ich dachte immer, der Abschaum der Menschheit fände sich in Hollywood. Dabei ist er hier, genau hier.«

»Das Böse definiert sich nicht über Postleitzahlen, Cisco.«

Er griff nach den Fotos und sah sie erneut an. Dann legte er sie beiseite, stützte die Ellbogen auf meinen Schreibtisch und legte die Stirn in die Hände. Ich dachte, er wolle etwas sagen, dann merkte ich, daß er weinte.

Gegen zwölf Uhr war ich auf dem Weg zum Mittagessen. Helen holte mich auf dem Parkplatz ein

»Warte, Streak. Ich habe gerade einen Anruf von einer gewissen Jessie Rideau gekriegt. Sie sagt, sie sei in jener Nacht in dem Hotel in Morgan City gewesen, als Jack Flynn gekidnappt wurde.«

»Warum ruft sie uns jetzt an?«

Wir stiegen beide in meinen Pickup. Ich schaltete den Motor ein. Helen sah stur geradeaus, als versuchte sie ein Problem in den Griff zu bekommen, das für sie nicht faßbar war.

»Sie sagt, sie und eine andere Frau seien Prostituierte gewesen, die unten in der Bar Freier aufgegabelt hätten. Harpo Scruggs hat die andere gehabt, eine gewisse Lavern Viator, und sie hat eine Kassette für ihn aufbewahrt.«

»Eine Kassette? Und wo ist diese Viator?«

»Sie ist bei einer Sekte in Texas gelandet und hat Rideau gebeten, die Kassette für sie aufzubewahren. Rideau glaubt, daß Scruggs die ehemalige Kollegin umgebracht hat. Und jetzt will er die Kassette von ihr.«

»Und warum gibt sie sie ihm nicht?«

»Sie hat Angst, daß er sie umbringt, wenn er sie hat.«

»Sag ihr, sie soll sich bei uns melden.«

»Sie traut uns nicht.«

Ich parkte den Pickup vor der Cafeteria in der Main Street. Die Zugbrücke über den Bayou Teche war hochgezogen, und ein Shrimpfischer fuhr darunter hindurch.

»Reden wir drinnen weiter«, sagte ich.

»Ich krieg jetzt keinen Bissen runter. Bevor Rideau völlig hektisch aufgelegt hat, hat sie mir erzählt, daß die Killer im Nebenzimmer von Jack Flynn gewürfelt hätten, bis er allein gewesen sei, ihn dann über die Hintertreppe gezerrt, ihn an einen Pflock gebunden und mit Ketten geschlagen hätten.

341

Außerdem meint sie, mehr sei eigentlich nicht geplant gewesen. Aber dann habe Scruggs den anderen eingeredet, die Nacht sei noch jung, und hat Viator gezwungen mitzukommen. Sie hat Jack Flynns Kopf angeblich in einem Handtuch auf dem Schoß gehalten, damit kein Blut auf die Sitze kommen konnte.«

Helen preßte zwei Finger gegen ihre Schläfen.

»Was ist los?« fragte ich.

»Rideau behauptet, man könne Flynns Gesichtsabdruck auf dem Handtuch erkennen. Ist doch Quatsch, oder? Außerdem sagt sie, in der Kassette lägen die Ketten, ein Hammer und Handschellen. Hab fast nen Anfall gekriegt bei der Beschreibung, Großer. Das nächste Mal stelle ich die Dame zu dir durch«, sagte sie.

An diesem Abend füllten Clete und ich einen Eimer mit Rötlingen und fuhren mit meinem Außenborder zum Henderson-Sumpf, um Sac-à-lait zu fischen. Die Sonne stand rot im Westen, zerfließend und formlos, als drohe sie in der eigenen Glut zwischen den lavendelfarbenen Wolkenbänken am Horizont zu schmelzen. Wir fuhren über eine weite Bucht, ließen das Boot in der Nähe einer Insel treiben, die dicht mit Weiden und Zypressen bewachsen war. Die Moskitos hingen in dichten Schwärmen im Schatten der Bäume, Brassen sprangen zwischen den Wasserlilienfeldern aus dem Wasser, und ein Geruch wie nach Fischlaich stieg aus dem Wasser.

Ich sah über die Bucht zum Damm hinüber, wo plötzlich ein Haus aus rohem Holz und mit Blechdach stand, das drei Wochen zuvor noch nicht da gewesen war.

»Wie kommt das denn dahin?« fragte ich.

»Billy Holtzner hat's bauen lassen. Gehört zur Filmkulisse«, antwortete Clete.

»Soll das ein Witz sein? Der Kerl ist wie eine Seuche, die sich über die ganze Gegend ausbreitet.«

Ich griff in den Rucksack, in dem ich unsere Sandwiches, die Thermosflasche mit Kaffee und meinen japanischen Feldstecher aus dem Zweiten Weltkrieg verstaut hatte. Ich stellte das Glas ein und sah Billy Holtzner und seine Tochter mit einem halben Dutzend Leuten auf der Veranda palavern.

»Solltest du eigentlich nicht bei denen da drüben sein?« fragte ich Clete.

»Die arbeiten in einer sogenannten Zwölf-Stunden-Schicht. Ich mache um fünf Uhr Schluß. Dann hat er ein paar andere Jungs, die er rumschubsen kann. Sie sind meistens bis ein oder zwei Uhr morgens auf dem Set. Dave, ich erledige natürlich meinen Job, aber dieser Kerl ist so gut wie tot.«

»Warum?«

»Erinnerst du dich an die Jungs in Nam, von denen du wußtest, daß sie sich was einfangen würden? Wandelnde Nieten, die Angst ausdünsteten und sich immer wie Kletten an einen gehängt haben? Holtzner umgibt derselbe Gestank. Hängt in seinem Atem, an seinen Klamotten. Mag ihn nicht mal anschauen.«

Vereinzelte Regentropfen zerstörten die glatte Wasseroberfläche, dann biß der Sac-à-lait an. Anders als Barsche und Brassen tauchen sie mit dem Köder senkrecht in die Tiefe ab und zerren sogar die Pose unter nicht nachlassender Spannung in die Schwärze des Wassers. Sie kämpfen erbittert, entfernen sich vom Boot, bis sie mit einem Mal wieder an die Wasseroberfläche stoßen, sich auf die Seite drehen und aufgeben.

Wir legten unsere Beute auf zerstoßenes Eis in der Kühlbox, nahmen unsere Schinken-Zwiebel-Sandwiches und die Thermosflasche mit Kaffee aus dem Rucksack und breiteten alles auf der Box aus. In der Ferne, beim neu eingerichteten Filmset, sah ich zwei Gestalten in ein Luftkissenboot steigen und über die Bucht auf uns zurasen.

Das Dröhnen der Motoren und Propeller war ohrenbetäubend, das Kielwasser eine lange, flache Spur voller aufgewirbeltem Schlamm. Der Fahrer machte den Motor aus und lenkte das Boot zur Insel. Billy Holtzner saß neben ihm, eine blaue Baseballkappe auf dem Kopf. Er lächelte.

»Seid ihr beiden im Dienst?« sagte er.

»Nein. Wir sind nur beim Angeln«, erwiderte ich.

»Macht, daß ihr wegkommt«, sagte er noch immer lächelnd.

»Wir fischen häufig an dieser Stelle, Billy. Wir haben beide dienstfrei«, sagte Clete.

»Oh.« Holtzners Lächeln erstarb.

»Alles okay?« fragte Clete.

»Klar«, antwortete Holtzner. »Wollt ihr rüberkommen und zuschauen, wie wir ein paar Szenen drehen?«

»Wir sind in ein paar Minuten auf dem Heimweg. Trotzdem danke«, sagte ich.

»Keine Ursache. Meine Tochter ist bei mir«, sagte er, als bestünde eine logische Verbindung zwischen ihrer Gegenwart und seiner Einladung. »Ich meine, vielleicht können wir noch ein spätes Abendessen zusammen einnehmen.«

Weder Clete noch ich reagierten darauf. Holtzner tippte dem Mann am Steuer auf den Arm, und die beiden dröhnten quer über die Bucht zurück. Der Luftsog des Boots ließ Weidenblätter aufs Wasser regnen.

»Was sollte das denn?« fragte ich.

»Der Bursche ist ganz auf sich allein gestellt. Vermutlich das erste Mal in seinem Leben. Muß hart sein, eines Morgens aufzuwachen und zu erkennen, daß man ein feiger Arsch ist, der seine Familie nicht verdient hat«, sagte Clete und biß in sein Sandwich.

Am nächsten Tag mußten zwei uniformierte Streifenpolizisten und ich am Swimmingpool im City Park einen Freigänger aus Alabama festnehmen. Schon in Handschellen, spuckte er den einen Streifenpolizisten an und trat dem anderen in die Lenden. Ich drückte ihn gegen den Streifenwagen und versuchte ihn festzuhalten, bis ich die rückwärtige Tür öffnen konnte. In diesem Moment richtete der Cop, den er angespuckt hatte, die Dose mit Verteidigungsspray auf ihn und traf mich ebenfalls.

Die folgenden zehn Minuten verbrachte ich damit, mir Gesicht und Haare in der Toilette zu waschen. Als ich wieder herauskam, mir den Hals mit einem Papierhandtuch abtrocknete, waren der Freigänger und die beiden Uniformierten auf dem Weg ins Gefängnis, und Adrien Glazier stand neben meinem Pickup. Draußen in der Auffahrt, unter den Eichen, entdeckte ich einen dunkelblauen, glänzend polierten Wagen, neben dem zwei Männer mit Anzügen und Sonnenbrillen standen. Blätter wirbelten um das Auto.

»Der Sheriff hat uns gesagt, daß Sie hier sind. Wie fühlt man sich mit diesem Zeug?« fragte sie.

»Wie wenn dir jemand die Haut mit Streichholz versengt.«

»Wir haben gerade einen Interpolbericht über den Zwerg gekriegt. Er vergnügt sich an der italienischen Riviera.«

»Freut mich für ihn«, sagte ich.

»Könnte also sein, daß auch der Schütze, der Ricky Scar umgenietet hat, mit ihm entwischt ist.«

»Glauben Sie das?«

»Nein. Machen wir einen Spaziergang.«

Sie wartete meine Antwort erst gar nicht ab, sondern drehte sich um und ging langsam unter den Bäumen hindurch zu den kleinen Picknickpavillons am Bayou.

»Was ist los, Miss Glazier?« fragte ich.

»Sagen Sie Adrien zu mir.« Sie lehnte sich gegen einen Picknicktisch und verschränkte die Arme vor der Brust. »Hat Cisco Flynn Ihnen gegenüber seine Beteiligung an einem Mord gestanden?«

»Wie bitte?«

»Der Typ, der aus dem Hotelzimmer in San Antonio gesegelt ist? Soviel mir bekannt ist, hatte sein Kopf eine unangenehme Begegnung mit einem Feuerhydranten. Hat Cisco bei Ihnen im Köderladen um Absolution gebettelt?«

»Mein Gedächtnis ist nicht mehr so gut wie früher. Hört ihr sein Haus oder sein Telefon ab?«

»In dieser Sache lassen wir Ihnen freie Hand. Aber nur, weil ich mich ne Weile wie eine dämliche Zicke benommen habe.«

»Nein, weil Sie wissen, daß Harpo Scruggs als Spitzel für das FBI gearbeitet hat, als er zusammen mit den anderen Jack Flynn gekreuzigt hat.«

Adrien Glazier schlenderte mit wiegenden Hüften in Richtung der beiden Agenten, die auf sie warteten. Ich holte sie ein.

»Was wissen Sie über den Partner des Zwergs?« fragte ich.

»Nichts. Seien Sie verdammt vorsichtig, Mr. Robicheaux.«

»Sagen Sie Dave zu mir.«

»Im Leben nicht«, erwiderte sie. Dann grinste sie und schnalzte zum Abschied mit der Zunge.

In jener Nacht sah ich mir vor dem Schlafengehen die Zehnuhrnachrichten an. Ich betrachtete uninteressiert einen Filmbeitrag über Straßenkontrollen der State Police außerhalb von Jeanerette, bis ich Clete Purcel auf dem Bildschirm erkannte, der einem Trooper seinen Führerschein zeigte und umgehend zu einem Streifenwagen geführt wurde.

Wieder im Schwitzkasten, dachte ich. Vermutlich wegen Verstoßes gegen die begrenzte Fahrerlaubnis, die ihn lediglich zu beruflichen Fahrten berechtigte.

Aber so war Clete, immer in Schwierigkeiten, immer auf Kriegsfuß mit dem Rest der Welt. Ich wußte, daß der Trooper nur seinen Job machte und Clete die Nacht im Knast verdient hatte, trotzdem wunderte ich mich einmal mehr über den vermeintlichen gesellschaftlichen Zusammenhalt, der uns ein gefährliches Sicherheitsgefühl vorgaukelte.

Archer Terrebonne, der mordete, um Gewerkschaften zu zerbrechen, aber einen Film über die Mühsal und die Entbehrungen von Plantagenarbeitern in den vierziger Jahren finanzierte. Die Produktionsgesellschaft, die half, Geld aus dem Verkauf von chinesischem Heroin zu waschen. Das FBI, das seine Hand über Soziopathen wie Harpo Scruggs hielt und seine Opfer die Zeche bezahlen ließ. Harpo Scruggs, der für den Staat Louisiana arbeitete und Häftlinge in Angola ermordete. Die Interessen von Regierung, Verbrechern und respektablen Bürgern waren oft identisch.

In meinem Notizbuch hatte ich ein Foto mit Widmung, das Clete mir gegeben hatte, als wir beide noch in der Uniform des New Orleans Police Department gesteckt hatten. Es war von einem Fotografen von Associated Press nachts auf einem Schnellboot irgendwo oben am Mekong während eines Gefechtseinsatzes geschossen worden. Clete stand hinter einem doppelläufigen MG, den Stahlhelm auf dem Kopf, die Flakweste über dem nackten Oberkörper, das jungenhafte Gesicht vom grellen Schein der Leuchtspurmunition erleuchtet, die auf dem Foto wie Neonwürmer durch die Dunkelheit schwirrte.

Ich konnte ihn beinahe singen hören: »I got a freaky old lady name of Cocaine Katie.«

Ich spielte mit dem Gedanken, das Gefängnis in Jeanerette anzurufen, aber ich wußte, er würde morgen früh wieder draußen sein, unverbesserlich wie immer, noch tiefer in der Schuld eines Kautionsagenten als zuvor, und versuchen, die

Schlangen und Spinnen wieder in die Körbe mit Wodka und Grapefruitsaft zu verbannen.

Dabei mußte ich unwillkürlich an meinen Vater, Aldous, denken, den die Leute auf den Ölfeldern immer Big Al Robicheaux genannt hatten, als wäre das ein zusammenhängender Name. Es waren sieben Polizisten aus Lafayette nötig gewesen, um ihn ins Gefängnis zu bringen. Bei dem vorausgegangenen Kampfgetümmel war die Ausstattung des Pool Rooms vollständig zu Bruch gegangen. Sie hatten mit Schlagstöcken auf ihn eingedroschen, Stühle an seiner Schulter und auf seinem Rücken zerbrochen und schließlich seine Mutter überredet, ihn zur Aufgabe zu bewegen, damit sie ihn nicht umbringen mußten.

Aber Gefängnisse, Armut und schlagstockschwingende Cops hatten seinen Willen niemals brechen können. Das hatte erst die Treulosigkeit meiner Mutter geschafft. Der Amtrak verkehrte noch immer auf den alten Gleisen der Southern Pacific, auf denen schon meine Mutter 1946 nach Hollywood gefahren war, bestand aus denselben Waggons wie der ursprüngliche Sunset Limited, in dem sie gesessen hatte, vielleicht sogar mit denselben Wüstenszenen an den Wänden. Manchmal, wenn ich den Amtrak über winterlich abgebrannte Zuckerrohrfelder fahren sah, fragte ich mich, was meine Mutter wohl gefühlt hatte, als sie dem Zug in Los Angeles entstiegen war, ihren Hut schief auf dem Kopf, die Handtasche fest umklammert. Hatte sie geglaubt, die flirrende Luft, die Orangenbäume und die blaue Silhouette der San Gabriel Mountains seien nur für sie da, damit sie sie exakt in diesem Augenblick entdeckte, in einem Bahnhof, der ein Echo hatte wie eine Kathedrale? War sie in die grünen Wogen des Pazifik gewatet und hatte gefühlt, wie die Wellen ihr Kleid über ihre Schenkel hoben und sie mit einer sexuellen Lust erfüllten, die ihr kein Mann je hatte bereiten können?

Was ist der Punkt? Wo liegt der Sinn?

Hitler und George Orwell haben es bereits gesagt. Geschichtsbücher werden von und über die Terrebonnes dieser Welt geschrieben, nicht über Marines am Mekong oder Leute, die durch Explosionen auf Öltürmen sterben, oder über Cajun-Frauen und Analphabeten, die glauben, daß die Pfeife der Lokomotive des Sunset Limited sie ruft.

31

Adrien Glazier rief am Montag morgen aus New Orleans an.

»Erinnern Sie sich an eine Nutte namens Ruby Gravano?« fragte sie.

»Von ihr haben wir die erste ernstzunehmende Spur zu Harpo Scruggs. Sie hatte einen autistischen Sohn namens Nick«, sagte ich.

»Genau die.«

»Wir haben sie in den Zug nach Houston gesetzt. Wollte ein neues Leben anfangen.«

»Der Karrierewechsel scheint von kurzer Dauer gewesen zu sein. Sie hat Samstag nacht ihre Haut wieder zu Markte getragen.Wir glauben, daß sie dabei an den Schützen geraten ist, der Ricky Scar erschossen hat.«

»Was ist passiert?«

»Ihr Lude ist ein Hinterwäldler namens Beeler Grissum. Kennen Sie ihn?«

»Ja, er ist ein Trickbetrüger, der im Quarter und entlang des Airline Highway arbeitet.«

»Diesmal ist er an den Falschen geraten. Er und Ruby Gravano haben versucht, die Nummer vom streitenden Pärchen abzuziehen. Der Freier hat Grissums Genick mit einem Kara-teschlag geknackt. Ruby hat beim New Orleans Police Depart-ment ausgesagt, sie habe den Freier schon eine Woche früher zusammen mit einem Zwerg gesehen. Daraus hat man ge-schlossen, daß er vielleicht der Schütze beim Scarlotti-Mord gewesen ist, und hat uns eingeschaltet.«

»Wer ist der Freier?«

»Alles, was sie sagen konnte, war, daß er einen kanadischen Paß hatte, blond oder goldblond war und einen rot-grünen Skorpion auf die linke Schulter tätowiert hat. Wir geben euch die Beschreibung durch, aber sie ist reichlich oberflächlich … eierförmige Kopfform, länglicher Augenschnitt, Koteletten, Filzhut mit einer Feder im Band. Allmählich kriege ich den Ein-druck, daß all diese Jungs dieselbe Mutter gehabt haben.«

»Wo ist Ruby jetzt?«

»Im Charity Hospital.«

»Was hat er mit ihr gemacht?«

»Wollen Sie sicher nicht wissen.«

Wenige Minuten später kam die nach Rubys Beschreibung an-gefertigte Fahndungsbeschreibung per Fax bei uns an, und ich nahm sie mit zu Cisco Flynns Haus an der Loreauville Road. Als niemand die Tür öffnete, ging ich ums Haus zur rückwär-tigen Terrasse. Ich hörte Cisco und Billy Holtzner heftig mit-einander streiten.

»Erst bist du auf den Geschmack gekommen, und dann hast du gleich den ganzen Kopf in den Trog gesteckt. Und jetzt schwimmst du mit den Ratten zur rettenden Küste«, sagte Holtzner.

»Du hast sie beschissen, Billy. Ich nehm das nicht auf meine Kappe«, entgegnete Cisco.

»Das schöne Haus hier, dein Traum, ein Gentleman aus dem

Süden zu sein, woher glaubst du, kommt das Geld für all das? Von mir, mein Lieber. Das Geld hast du durch mich gemacht.«

»Soll ich alles aufgeben, nur weil du die falschen Leute beschissen hast? Macht man im Garment District so seine Geschäfte?«

Dann hörte ich Füße über den Boden scharren, Metall kratzte über Ziegel, dann erfolgte ein Klatschen, als habe sich jemand eine schallende Ohrfeige eingefangen, und Ciscos Stimme sagte: »Mach dich zu allem Übel nicht auch noch lächerlich, Billy.«

Einen Moment später kam Holtzner hinter der Hausecke hervor. Er ging schnell, sein Gesicht war erhitzt, der Blick starr und nach innen gekehrt. Ich hielt ihm die Polizeizeichnung unter die Nase.

»Kennen Sie den?« fragte ich.

»Nein.«

»Die vom FBI halten ihn für einen Auftragskiller.«

Holtzners Augen waren geweitet, rot umrändert, die Haut mit einem schillernden Film überzogen; seine Kleider strömten den Körpergeruch eines Mannes aus, dessen Schicksal auf Messers Schneide stand.

»Und Sie kommen damit zu Cisco Flynn? Wer, glauben Sie, ist das Ziel dieser Arschlöcher?« entgegnete er.

»Ich verstehe. Sie sind das.«

»Sie halten mich für einen Feigling. Macht mir nichts aus. Ist mir sowieso egal, was mit mir passiert. Aber meine Tochter hat nie jemandem was getan … nur sich selbst. Alles, was dieser Kleinkrämer dahinten tun muß, ist sein Haus zu verpfänden, und wir könnten eine Anzahlung auf unsere Schulden leisten. Hier geht's um das Leben meiner Tochter. Habe ich mich verständlich gemacht?«

»Sie haben eine ziemlich unschöne Art, mit Ihren Mitmenschen zu sprechen, Mr. Holtzner«, sagte ich.

»Sie können mich mal«, sagte er und ging über den Rasen zu seinem Wagen, den er unter einem Baum geparkt hatte.

Ich folgte ihm und legte beide Hände auf sein geöffnetes Fenster, als er die Zündung einschaltete. Er blickte hastig auf und in mein Gesicht. Seine bleiern schweren Augenlider erinnerten mich an einen Frosch.

»Ist Ihre Tochter bedroht worden? Eindeutig?« fragte ich.

»*Eindeutig?* Sie sind wirklich ein Schnellspanner«, sagte er. Er legte den Rückwärtsgang ein und fuhr in Richtung Zufahrt.

Ich ging zur Veranda zurück und klopfte erneut. Doch statt Cisco öffnete Megan mir die Tür. Sie trat heraus, ohne mich ins Haus zu bitten, eine braune Papiertüte in der Hand.

»Ich gebe dir deine Pistole zurück.«

»Behalt sie noch ne Weile.«

»Warum hast du Cisco die Fotos von meinem Vater gezeigt?«

»Er ist zu mir ins Büro gekommen. Er hat mich darum gebeten.«

»Nimm die Waffe. Sie ist nicht geladen«, sagte sie und drückte mir die Tüte in die Hand.

»Hast du Angst, daß er auf Archer Terrebonne losgeht?«

»Du hättest ihm die Fotos nicht zeigen sollen. Gelegentlich merkst du gar nicht, welchen Einfluß du auf Menschen hast, Dave.«

»Okay, dann sag ich dir was. Ich halt mich soweit wie möglich von dir und Cisco fern. Was hältst du davon?«

Sie trat näher an mich heran, das Gesicht zu mir aufgereckt. Ich fühlte ihren Atem auf meiner Haut. Einen Augenblick dachte ich, sie würde flirten, mich bewußt herausfordern. Dann sah ich den feuchten Glanz in ihren Augen.

»Du hast mich nie richtig eingeschätzt. In keiner Beziehung. Es ist nicht Cisco, der Terrebonne etwas antun könnte«, sagte sie. Sie starrte mich weiter unverwandt an. Das Weiß ihrer Augen war von geplatzten Äderchen durchzogen wie von kleinen roten Fäden.

An diesem Abend sah ich Cletes lindgrünes Cabrio die unbefestigte Straße zum Bootsanleger herunterkommen. Hinter dem Steuer saß Geraldine Holtzner, die mit Kopftuch und Sonnenbrille kaum zu erkennen war. Clete trabte in feuerroten Shorts, einem alten T-Shirt und Tennisschuhen, die an seinen Füßen wie Pfannkuchen aussahen, hinter dem Wagen her.

Geraldine Holtzner hielt vor der Bootsrampe an, und Clete öffnete die Tür zum Beifahrersitz, nahm eine Flasche Pepsi Light aus der Kühlbox und wischte mit der Handfläche das Eis ab. Er atmete durch den Mund. Schweiß floß aus seinem Haaransatz über die Brust.

»Arbeitest du auf einen Herzinfarkt hin?« fragte ich.

»Ich habe seit zwei Tagen keinen Alkohol getrunken und keine Zigarette geraucht. Ich fühl mich großartig. Willst du gebratenes Hähnchen?« sagte er.

»Haben sie deinen Führerschein endgültig eingezogen?« wollte ich wissen.

»Volltreffer.«

»Clete ...«, sagte ich.

»Jetzt kutschieren mich eben schöne Frauen durch die Gegend. Stimmt's, Geri?«

Sie blieb die Antwort schuldig. Statt dessen starrte sie mich durch ihre dunklen Brillengläser an, die Lippen leicht gekräuselt. »Warum setzen Sie meinem Vater so sehr zu?« fragte sie.

Ich sah Clete an, dann die Straße hinunter und zu dem Schatten der Bäume, wo ein Mann in einem gerippten Unterhemd eine Angel und eine Gerätekiste aus seinem Kofferraum lud.

»Ich muß arbeiten«, sagte ich

»Ich dusche hinter dem Köderladen, und wir gehen ins Kino. Was hältst du davon, Geri?« fragte Clete.

»Warum nicht?« sagte sie.

»Ich passe lieber«, sagte ich.

»Ich habe heute einen Anfall von Katzenjammer. Also seien Sie kein Frosch«, sagte Geraldine.

»Kommt später wieder. Wir machen eine Bootsfahrt«, erwiderte ich.

»Ich begreife einfach nicht, was Megan an Ihnen findet«, sagte Geraldine.

Ich ging den Bootsanleger entlang zum Köderladen, drehte mich um und sah Clete nach, der hinter dem Cabrio hertrottete wie ein Tanzbär, Staubwolken unter den Sohlen seiner Tennisschuhe aufwirbelnd.

Wenige Minuten später ging ich zum Haus hinauf und aß mit Alafair und Bootsie in der Küche zu Abend. Das Telefon auf der Anrichte klingelte. Ich hob ab.

»Dave, es hat vermutlich nichts zu bedeuten, aber kurz nachdem du zum Essen raufgegangen bist, hat sich ein Mann bei mir nach Clete erkundigt«, sagte Batist.

»Welcher Mann?«

»Er hat am Ufer geangelt. Dann ist er in den Laden gekommen, hat einen Schokoriegel gekauft und angefangen, französisch zu quatschen. Dann fragte er auf englisch, wem der Kombi gehört, der gerade die Straße runtergefahren is. Ich sag ihm, das einzige Cabrio, was ich gesehen habe, ist das von Clete Purcel gewesen. Dann fragte er, ob die Frau am Steuer was mit dem Film zu schaffen hat. Hab ihm gesagt, ich sei kein Hellseher, hätte also keine Ahnung, wer's gefahren hat. Hat mir einen Dollar Trinkgeld gegeben, ist rausgegangen und in einem blauen Wagen weggefahren.«

354

»Was für ein Französisch hat er geredet?« fragte ich.

»Hab nich drauf geachtet. Klang wie das bei uns.«

»Ich sag es Clete. Mach dir keine Sorgen.«

»Noch was. Er hatte nur ein Unterhemd an, der Typ. Hatte eine rot-grüne Tätowierung an der Schulter. Sah aus wie … na, wie nennt man die Dinger, die sie drunten in Mexico haben … ist kein Krebs… ist ein…«

»Skorpion?« sagte ich.

Ich rief Clete in seinem Cottage außerhalb von Jeanerette an. »Der Scarlotti-Schütze ist vermutlich hinter dir her. Paß auf einen blonden Kerl auf, ist vielleicht Frankokanadier …«, sagte ich.

»Meinst du einen Typ mit einer Tätowierung auf der Schulter in einem blauen Ford?« unterbrach mich Clete.

»Das ist er.«

»Geri und ich haben an einem Lebensmittelladen gehalten, und ich hab gesehen, wie er hinter uns gewendet und unter den Bäumen angehalten hat. Ich bin zu einer Telefonzelle geschlendert, aber er wußte, daß ich ihn entdeckt hatte.«

»Hast du sein Kennzeichen?«

»Nein, war schmutzverschmiert.«

»Kriegst du irgendwie Holtzner zu fassen?« fragte ich.

»Wenn's sein muß, ja. Das Nervenkostüm des Herren wird dünn. Ich hab heute Crack in seinem Wohnwagen gerochen.«

»Wo ist Geraldine?«

»Wo soll sie schon sein? In ihrem eigenen Universum. Dieses Mädchen ist verrückt, Dave. Nachdem ich ihr gesagt hatte, daß uns der Bursche mit der Tätowierung folgt, hat sie mich beschuldigt, sie als Lockvogel zu mißbrauchen. Alle Frauen, die ich kennenlerne, sind entweder nicht zu haben oder verrückt … Na ja, ich versuche jedenfalls, Holtzner für dich zu finden.«

Eine Stunde später rief er zurück.

»Holtzner hat mich gerade gefeuert«, sagte er.

»Warum?«

»Ich hab ihn über sein Handy angerufen und gesagt, daß der Frankokanadier in der Stadt ist. Er hat einen Wutanfall gekriegt. Hat mich gefragt, warum ich den Kerl nicht geschnappt hätte, als ich die Gelegenheit dazu hatte. Ich frage: ›Ihn schnappen? Ihn umnieten, oder was?‹

Er sagt: ›*Was*, ein Ex-Cop, der aus dem Polizeidienst rausgeflogen ist, weil er einen Bundeszeugen umgebracht hat, hat Gewissensbisse?‹

Ich sage: ›Ja, genauso isses.‹

Er sagt: ›Dann stell dir den nächsten Gehaltsscheck gleich selbst aus, Nilpferdarsch.‹

Nilpferdarsch? Wieso habe ich mich nur mit diesen Kerlen eingelassen, Dave?«

Die Ex-Prostituierte namens Jessie Rideau, die behauptete, bei der Entführung von Jack Flynn dabeigewesen zu sein, rief am nächsten Tag Helen Soileau im Büro an. Helen ließ sie zu mir durchstellen.

»Kommen Sie und reden Sie mit uns, Miss Rideau«, sagte ich.

»Geben Sie nen Kaffee im Kittchen aus, oder was?« entgegnete sie.

»Wir wollen Harpo Scruggs hinter Gitter bringen. Helfen Sie uns, dann helfen wir Ihnen.«

»Hallo, wo hab ich das schon mal gehört?« Ich hörte ihren flachen Atem dicht an der Sprechmuschel. Es klang, als blase sie über eine Brandwunde. »Was is, wolln Sie gar nix sagen?«

»Wir können uns auch woanders treffen.«

»St.-Peter-Friedhof in zehn Minuten.«

»Wie erkenne ich Sie?« fragte ich.

»Ich bin die, die noch nicht tot ist«, sagte sie.

Ich parkte meinen Pickup hinter der Kathedrale und ging zum alten Friedhof hinüber, auf dem die Grabmäler aus Ziegelstein und Gips windschief aus der Erde ragten. Sie saß bei offener Tür hinter dem Steuer ihres rostigen Benzinschluckers, die Füße auf dem Randstein, den Kopf der Sonne zugewandt. Sie hatte kupferfarbenes krauses Haar und gebräunte Haut mit Sommersprossen, die sich wahllos wie matte Pennystücke über Gesicht und Hals verteilten. Ihre Schultern waren breit, die Brüste groß wie Wassermelonen unter ihrer Baumwollbluse, die Augen türkisblau und mit einem Ausdruck auf mich gerichtet, als habe sie jeden Widerstand gegen die Welt aufgegeben.

»Miss Rideau?«

Sie antwortete nicht. Ein Feuerwehrwagen fuhr vorbei, ohne daß sie den Blick von mir abgewandt hätte.

»Sagen Sie offiziell über Scruggs aus, daß es für eine Verhaftung ausreicht. Damit sind Sie Ihre Probleme los«, sagte ich.

»Ich brauche Geld, um in den Westen gehen zu können … irgendwohin, wo er mich nicht findet«, antwortete sie.

»Feilschen is nicht. Wenn Sie Beweise gegen einen Verbrecher unterschlagen, machen Sie sich mitschuldig. Je gesessen, Miss Rideau?«

»Sie sind wirklich ein Charmeur.«

Ich sah auf die Uhr.

»Ich kann auch wieder gehen«, sagte ich.

»Harpo Scruggs bringt mich um. Ich habe diese Kassette all die Jahre für ihn verwahrt. Jetzt will er mich deshalb umbringen. Aber die Polizei interessiert das nicht.«

»Und weshalb will er gerade jetzt die Kassette wiederhaben?« fragte ich.

»Er und ich … wir haben lange gemeinsam einen Puff be-

trieben. Vor vier Jahren habe ich erfahren, daß er Lavern Viator in Texas umgebracht hat. Lavern war das andere Mädchen,
das in Morgan City dabei war, als sie den Mann mit Ketten geschlagen haben. Danach habe ich die Kassette an einen anderen Ort geschafft … den er nicht kennt.«

»Jessie, versuchen wir mal bei der Wahrheit zu bleiben. Haben Sie die Kassette nicht vielmehr beiseite geschafft, weil Sie
wußten, daß er jemanden damit erpreßt hat … weil Sie dachten, sie könne wertvoll für Sie werden?«

Regentropfen fielen aus den Sonnenstrahlen. An der Innenseite von Jessie Rideaus Unterarmen waren Herzen und Wür-
fel eintätowiert. Sie starrte auf die Grabmäler auf dem Friedhof, der Blick verschleiert und mit der Miene einer Frau, die
sich klar darüber war, daß sie immer nur das Werkzeug anderer sein würde.

»Ich werd auch bald bei den Toten liegen«, sagte sie.

»Wo haben Sie gesessen?«

»Ein Jahr in St. John the Baptist. Und zwei Jahre in St. Gabriel.«

»Wir möchten Ihnen helfen.«

»Zu spät.« Sie zog die Wagentür zu und ließ den Motor an.
Der Auspuff war verrostet, und Rauch qualmte in allen Richtungen unter der Karosserie hervor.

»Warum will er die Kassette ausgerechnet jetzt?« fragte ich.

Sie zeigte mir den Mittelfinger, der Wagen machte einen
Satz und schoß auf die Straße, daß das Heulen des Motors
durch die Reihen der Grabmäler hallte.

Es gibt Tage, die sind anders. Nicht für die Mitmenschen, aber
an einem gewissen Morgen wacht man auf und weiß mit absoluter Sicherheit, daß man aus unerfindlichen Gründen zum
Mitspieler in einem historischen Stück bestimmt wurde und

daß man trotz aller Bemühungen nicht würde ändern können, was längst ins Drehbuch geschrieben wurde.

Am Mittwoch graute der Morgen fahl, wie ein ausgeblichener Knochen, wie an jenem Tag, als Megan nach New Iberia zurückgekehrt war; die Luft war prickelnd, die Holztäfelung unseres Hauses knackte in der Morgenkühle. Dann polterten Hagelkörner auf das Blechdach und durch das Geäst der Bäume und kullerten die leichte Böschung auf die unbefestigte Straße hinunter. Als die Sonne über dem Horizont aufging, flimmerte in den Wolken am östlichen Himmel ein Glühen, wie die Spiegelung eines fernen Waldbrands. Als ich zum Bootsanleger hinunterging, war die Luft noch kühl und schwirrte vor Rotkehlchen, wie ich es seit Jahren nicht gesehen hatte. Ich begann, die gefrorene Asche aus der halbierten Tonne zu kratzen, die wir als Grill benutzten, und wusch mir die Hände in einem Eichenholzeimer, der sich in der Nacht zuvor mit Regenwasser gefüllt hatte. Aber Batist hatte darin eine Nutria enthäutet, um sie als Köder zu benutzen, und als ich das Wasser auskippte, war es blutrot.

Vom Büro aus rief ich Adrien Glazier in New Orleans an.

»Was neues über den Scarlotti-Killer?« fragte ich.

»Sie haben rausgekriegt, daß er Frankokanadier ist. Da sind Sie uns voraus. Was gibt's denn?«

»Was es gibt? Er wird jemanden umbringen.«

»Wenn es Sie beruhigt, ich habe Billy Holtzner bereits angerufen und ihm Zeugenschutz angeboten. Wissen Sie, was er gesagt hat: ›Wo denn? Auf einer Eisscholle am Südpol?‹ Dann hat er aufgelegt.«

»Schicken Sie ein paar Kollegen rüber, Adrien.«

»Holtzner ist aus Hollywood. Er kennt die Spielregeln. Man kriegt, was man will, wenn's einem über den Weg läuft. Sie machen sich zu viele Sorgen.«

Kurz nach Sonnenuntergang begann es zu regnen. Das Licht über dem Sumpf schwand schnell, und die Luft war voller Vögel. Im nächsten Moment trommelte der Regen auf den Bootsanleger und das Blechdach des Köderladens und füllte die Mietboote mit Wasser, die an der Bootsrampe festgemacht waren. Batist schloß die Kasse ab, zog seinen Segeltuchmantel an und setzte seinen Hut auf.

»Megans Daddy, der, den sie an die Scheune genagelt haben. Weißt du, wie viele schwarze Männer getötet wurden, ohne daß man je jemand dafür belangt hätte?« fragte er.

»Dadurch wird's auch nicht richtiger«, sagte ich.

»Dadurch wird's, wie es eben ist«, entgegnete er.

Nachdem er gegangen war, löschte ich die Außenbeleuchtung, um späte Kunden abzuhalten, und begann den Fußboden aufzuwischen. Das Trommeln des Regens auf dem Dach war ohrenbetäubend, so daß ich gar nicht hörte, wie die Tür hinter mir aufging. Ich fühlte plötzlich einen kühlen Luftzug in meinem Rücken.

»Legen Sie Ihren Mob weg. Ich habe andere Arbeit für Sie«, sagte die Stimme.

Ich richtete mich auf und sah in das zerfurchte, regennasse Gesicht von Harpo Scruggs.

32

Sein Gesicht war blutleer, schrumplig wie eine Dörrpflaume, glitzernd unter der durchnäßten Hutkrempe. Von seinem Regenmantel triefte Wasser auf den Boden. Er hielt einen blauschwarzen 22er Ruger-Revolver mit Elfenbeingriff, den Hahn gespannt, in der rechten Hand.

»Ich habe eine Magnumpatrone in der Kammer. Das Ding durchschlägt Ihren Schädel von einer Seite zur anderen«, sagte er.

»Was wollen Sie, Scruggs?«

»Machen Sie mir einen Kaffee mit Milch in einem Glas von da drüben.« Er deutete mit dem Finger darauf. »Und geben Sie ungefähr vier Löffel Honig rein.«

»Sind Sie verrückt?«

Er stützte sich mit dem Handballen auf der Theke ab. Dabei zuckte sein Mund, und er atmete geräuschvoll aus. Sein Atem wehte mich an wie der faulige Geruch aus einem lecken Abflußrohr.

»Sie haben ja Schlagseite«, meinte ich.

»Machen Sie den Kaffee, wie ich gesagt habe.«

Kurz darauf griff er mit der Linken nach dem Glas und trank in zügigen Schlucken, bis es leer war. Dann stellte er das Glas auf die Theke und wischte sich den Mund mit dem Handrücken ab. Dabei kratzten seine Barthaare hörbar über die Haut.

»Wir fahren nach Opelousas. Sie setzen sich ans Steuer. Wenn Sie auf mich losgehen, sind Sie ein toter Mann. Anschließend komme ich hierher zurück und töte Ihre Frau und Ihr Kind. Einer wie ich hat nichts zu verlieren.«

»Warum ausgerechnet ich, Scruggs?«

»Weil Sie besessen sind von dem Gekreuzigten an der Scheunenwand. Sie sind immer im Recht, egal, wen Sie dabei in die Pfanne hauen.«

Wir nahmen seinen Pickup und fuhren die Schnellstraße in Richtung Norden nach Lafayette und Opelousas. Er schnallte sich auf dem Beifahrersitz nicht an, sondern saß leicht seitwärts gelehnt, das rechte Bein vor sich ausgestreckt. Sein Regenmantel war nicht zugeknöpft, und ich konnte darunter ein dunkles Frotteehandtuch erkennen, das er sich mit einer Schnur um den Leib gebunden hatte.

»Hat Sie's schwer erwischt?« fragte ich.

»Hoffe nicht. Aber bevor ich ins Gras beiße, jage ich Ihnen noch eine Kugel in die Hühnerbrust.«

»Das Problem bin nicht ich. Das wissen wir beide.«

Mit seiner Linken nahm er einen Schokoriegel aus dem Handschuhfach, riß die Verpackung mit den Zähnen auf und begann zu essen oder vielmehr zu schlingen, als habe er seit Tagen nichts mehr zu beißen gehabt. Er hielt den Revolver in der anderen Hand, Lauf und Trommel quer über dem Oberschenkel direkt auf meine Nierengegend gerichtet.

Der Regen klatschte in Schwaden gegen die Windschutzscheibe. Wir ließen Nord-Lafayette hinter uns, die kleinen Holzhäuser mit ihren Veranden rechts und links der Straße verschwammen im Regen. Außerhalb der Stadt war das Land dunkelgrün und triefend naß, und dichte Hartriegelbüsche säumten die Straße. An der Ausfahrt Grand Coteau sah ich die Blinklichter mehrerer Rettungswagen auf der Straße. Ein State Trooper stand neben einem umgekippten Sattelschlepper und winkte die Autos mit seiner Taschenlampe an der Unfallstelle vorbei.

»Waren Sie je bei der Verkehrspolizei?« fragte Scruggs.

»New Orleans Police Department«, sagte ich.

»Ich war bewaffneter Wärter in Angola, City Cop, Fahrer für Straßengangs. Ich hab alles gemacht. Hab keinen Haß gegen Sie, Robicheaux.«

»Sie wollen, daß ich Archer Terrebonne festnagle, stimmt's?«

»Als ich Wärter in Angola gewesen bin … War damals zu den Zeiten, als wir noch den heißen Stuhl hatten. Die Lichter gingen aus im ganzen Komplex, und das Ding stand unter Strom, daß Flammen aus ihrem Schwanz schlugen. Da war dieser weiße Junge aus Mississippi, der mal eine Glasscherbe in mein Essen getan hat. Ein Jahr später hat er zwei andere Häftlinge abgestochen, weil sie ein Kartenspiel aus seiner Zelle gestohlen hatten. Raten Sie mal, wer ihn auf den Stuhl geschnallt hat?

Blitz und Donner haben die ganze Nacht gewütet, damals, und mit der Stromversorgung war was nicht in Ordnung. Der Junge hat zwei Minuten lang in den Gurten gezappelt. Der Gestank war so übel, daß sich die Reporter Taschentücher vor die Nase gehalten haben. Haben sich fast gegenseitig über den Haufen gerannt, nur um nach draußen zu kommen. Ich hab mich vor Lachen geschüttelt, bis ich fast nicht mehr stehen konnte.«

»Wo ist da die Pointe?«

»Ich kriege Archer Terrebonnes Kopf noch. Sie sind der Mann, der ihn mir bringt.«

Er richtete seinen mächtigen Oberkörper im Regenmantel auf, das Gesicht vor Anstrengung gezeichnet. Er merkte, daß ich ihn beobachtete, und hob leicht den Lauf der Ruger, so daß die Mündung auf meine Achselhöhle gerichtet war. Er legte die Hand kurz auf das Handtuch um seinen Leib, betrachtete die Handfläche und wischte sie an der Hose ab.

»Terrebonne hat meinen Partner bezahlt, damit er mir die Leber aus dem Leib schießt. Hätte nie gedacht, daß er sich mal gegen mich wenden würde. Kannst keinem mehr trauen heutzutage.«

»Meinen Sie den Mann, der Ihnen geholfen hat, die beiden Brüder im Atchafalaya-Sumpf umzulegen?«

»Genau der isses. Oder vielmehr war es. Ich würd für ne Weile keine Schweine essen, die hier in der Gegend geschlachtet wurden ... Nehmen Sie die nächste Ausfahrt.«

Wir fuhren drei Meilen durch Farmland, folgten einer unbefestigten Straße durch ein Pinienwäldchen, an einem Teich vorbei, der grün schillerte und mit abgestorbenen Wasserhyazinthen bedeckt war, bis zu einem zweistöckigen Farmhaus mit einem Garten voller toter Pecanbäume. Die Fenster waren mit Brettern vernagelt, auf der Veranda lagen verrottete Heuballen.

»Erkennen Sie's?« fragte er.

»War mal ein Bordell«, sagte ich.

»Der Gouverneur von Louisiana hat sich hier flachlegen lassen. Gehen Sie voraus.«

Wir überquerten den Hof hinter dem Haus, kamen an einem eingefallenen Klohäuschen und einer Zisterne mit bröckelndem Ziegelfundament vorbei. Die Scheune hatte noch ein intaktes Dach, und durch den Regen konnte ich drinnen Schweine grunzen hören. Ein Blitz zuckte über den Himmel, und Scruggs Kopf zuckte zum Lichtschein, als habe jemand mit Türen geknallt.

Er sah, daß ich ihn beobachtete, und zielte mit dem Revolver auf mein Gesicht

»Hab doch gesagt, Sie sollen vorgehen!« zischte er.

Wir traten durch die Hintertür in eine ausgeräumte Küche, die vom sanften Schein einer Lampe über der Kellertreppe erleuchtet wurde.

»Wo ist Jessie Rideau?« fragte ich.

Der Blitz schlug krachend in ein Kiefernwäldchen hinter dem Grundstück ein.

»Wenn Sie weiter soviel fragen, sorg ich dafür, daß Sie einige Zeit mit ihr verbringen«, sagte er und deutete mit dem Revolverlauf auf die Kellertreppe.

Ich stieg die Holzstufen in den Keller hinunter, wo eine Coleman-Laterne auf dem Betonboden brannte. Die Luft war feucht und kalt wie in einer Gruft, und es roch nach Wasser, Stein und den Nestern von Kleingetier. Hinter einer alten Kühlkiste aus Holz mit einem Fach für einen Eisblock ragten ein

Frauenschuh und eine nackte Fußsohle hervor. Ich ging hinter die Eiskiste, kniete neben der Frau nieder und fühlte den Puls an ihrer Kehle.

»Sie verdammter Schweinehund«, sagte ich zu Scruggs.

»Ihr Herz war schwach. Sie war alt. War nicht mein Fehler«, sagte Scruggs. Dann setzte er sich auf einen Holzstuhl, als sei plötzlich alle Kraft aus seinen Beinen gewichen. Er starrte mich stumpf unter dem Rand seines Hutes an, befeuchtete die Lippen und schluckte.

»Da drüben ist das, was Sie so dringend haben wollen«, sagte er.

In der Ecke, zwischen aus der Wand gestemmten Ziegelsteinen, Mörtelbruch und Verputzplacken, lag eine Stahlkassette, in der man früher vermutlich Dynamitstangen gelagert hatte. Der Deckel war silbern gestrichen und wog schwer in meiner Hand, als ich ihn aufklappte. In der Kassette lagen ein Paar Handschellen, zwei Ketten, ein Badehandtuch in einer Plastiktüte und ein großer Hammer, dessen Griff so blank war, als habe man ihn mit Fett poliert.

»Terrebonnes Fingerabdrücke finden sich auf dem Hammer. Blut hält Abdrücke so gut wie Tinte. Laborfachleute haben mir das gesagt«, erklärte Scruggs.

»Sie hatten Ihre Finger auch überall dran. Genau wie die beiden Frauen«, erwiderte ich.

»Das Handtuch ist mit Flynns Blut getränkt. Und es klebt überall an den Ketten. Suchen Sie sich den richtigen Laborspezialisten, und Sie haben Terrebonnes Abdrücke.«

Seine Stimme drang von unten und träge aus der Kehle, seine Zunge berührte dick und pelzig die Zähne. Er straffte immer wieder die Schultern, als wolle er einem unsichtbaren Gewicht widerstehen, das ihn vornüber zu drücken drohte.

Ich nahm das Handtuch aus der Plastiktüte und faltete es

auseinander. Es war starr und verkrustet, die Fasern spitz und steif wie junge Dornen. Ich starrte auf den Abdruck eines Gesichts in der Mitte des Handtuchs, auf die schwarzen Linien und Schmierflecken, die eine Augenbraue gewesen sein könnten, ein Kinn, Kiefernknochen, Augenhöhlen, ja sogar Haar, das blutgetränkt gewesen war.

»Wissen Sie überhaupt, wozu Sie sich da hergegeben haben? Begreift eigentlich keiner von euch, was ihr getan habt?« sagte ich ihm.

»Flynn hat sie alle aufgehetzt. Ich weiß, was ich getan hab. Ich habe einen Job erledigt. So war das eben damals.«

»Was sehen Sie auf den Handtuch, Scruggs?«

»Getrocknetes Blut. Hab ich doch längst gesagt. Tragen Sie alles in ein Labor. Machen Sie das?«

Er atmete hörbar durch den Mund, die Augen scheinbar auf ein Insekt auf seinem Nasenrücken fixiert. Ein schrecklicher Gestank ging von ihm aus.

»Ich rufe jetzt einen Krankenwagen«, sagte ich.

»Eine 45er-Kugel ist mir in die Eingeweide gedrungen. Ich will nicht an Geräte angeschlossen überleben. Sagen Sie Terrebonne, daß ich erwarte, ihn bald wiederzusehen. Sagen Sie ihm, in der Hölle sprudeln keine Limoquellen.«

Er steckte den Lauf der Ruger in den Mund und drückte ab.

Die Kugel trat aus der Schädeldecke wieder aus und hinterließ einen einzelnen roten Strich an der weißgetünchten Kellerdecke. Sein Kopf sackte nach hinten, die Augen starrten blicklos zur Decke. Ein Rauchwölkchen entwich, einer schmutzigen Feder gleich, seinem Mund.

33

Zwei Tage später war der Himmel draußen vor meinem Büro blau, ein angenehmer Wind knatterte in den Palmen auf dem Rasen. Clete stand am Fenster, seinen Porkpie-Hut auf dem Kopf, die Hände in die Hüften gestemmt, und starrte auf die Straße. Er drehte sich um, stützte seine schweren Arme auf meinen Schreibtisch und sah auf mich herab.

»Schreib's in den Wind. Fingerabdrücke hin oder her, reiche Typen gehen nicht in den Knast«, sagte er.

»Ich will, daß dieser Hammer in einem FBI-Labor untersucht wird«, entgegnete ich.

»Vergiß es. Wenn's den Typen aus St. Landry nicht gelungen ist, Abdrücke sicherzustellen, dann kann's auch kein anderer. Du hast doch Scruggs sogar gesagt, daß das Theaterdonner ist.«

»Hör mal, Clete. Du meinst es gut, aber ...«

»Die Abdrücke sind's gar nicht, die dir Sorgen machen. Ist das verdammte Handtuch.«

»Ich hab das Gesicht darauf gesehen. Die Cops in Opelousas haben so getan, als sei ich besoffen. Genau wie der Skipper am Ende des Korridors.«

»Die können dich mal«, sagte Clete.

»Ich muß weiterarbeiten. Wo ist dein Wagen?«

»Dave, du hast das Gesicht auf dem Handtuch gesehen, weil du daran glaubst. Erwartest du, daß Typen mit Gehirnerweichung begreifen, wovon du redest?«

»Wo ist dein Wagen, Clete?«

»Ich verkauf ihn«, sagte er. Er saß auf meiner Schreibtischkante, die Oberarme voller getrockneter Sonnenbrandblasen. Ich roch Salzwasser und Sonnenmilch auf seiner Haut. »Laß

Terrebonne in Ruhe. Die Seilschaften dieses Mannes reichen bis nach Washington. An den kommst du nie ran.«

»Er geht dafür in den Knast.«

»Nicht durch uns. Niemals.« Er pochte mit den Fingerknöcheln auf die Tischplatte. »Das ist meine Meinung.«

Durchs Fenster sah ich sein Cabrio am Straßenrand anhalten. Eine Frau mit Kopftuch und Sonnenbrille saß hinter dem Steuer.

»Wer fährt deinen Wagen?« fragte ich.

»Lila Terrebonne. Ich ruf dich später an.«

Zur Mittagszeit traf ich Bootsie im City Park zum Essen. Wir breiteten ein kariertes Tischtuch auf einem Tisch mit Blechdach am Bayou aus und stellten Salz und Pfeffer, Thermosflaschen mit Eistee und eine Platte mit Aufschnitt und gefüllten Eiern in die Mitte. Die Kamelien begannen zu blühen, und über dem Bayou konnten wir den Bambus, die Blumen und die Lebenseichen im Garten der alten Plantagenvilla sehen.

Ich hätte die Ereignisse der letzten Tage beinahe vergessen.

Bis ich Megan Flynn sah, die ihren Wagen am Rand der Straße parkte, die sich durch den Park wand, sich daneben stellte und in unsere Richtung sah.

Bootsie hatte sie ebenfalls entdeckt.

»Keine Ahnung, was sie hier will«, sagte ich.

»Lad Sie zu uns ein und find's raus«, sagte Bootsie.

»Dafür habe ich Bürozeiten.«

»Soll ich's tun?«

Ich stellte den Stapel Plastiktassen ab, den ich gerade ausgepackt hatte, und ging über den Rasen zu der ausladenden Eiche, unter der Megan stand.

»Ich wußte nicht, daß du nicht allein hier bist. Ich wollte dir für alles danken und auf Wiedersehen sagen«, sagte sie.

368

»Wohin gehst du?«

»Paris. Rivages, mein Verlag in Frankreich, möchte, daß ich einen Fotoband über die Spanier mache, die nach dem Bürgerkrieg nach Frankreich geflohen sind. Vielleicht interessiert es dich übrigens, daß Cisco aus dem Filmprojekt ausgestiegen ist. Damit kann er vermutlich Konkurs anmelden.«

»Cisco ist ein Stehaufmännchen.«

»Billy Holtzner hat nicht das Talent, den Film allein fertig zu drehen. Seine Geldgeber werden verdammt ins Schwitzen kommen.«

»Die Fahndungsbeschreibung, die ich dir von dem Frankokanadier, diesem Auftragskiller, gegeben habe … Habt ihr, Cisco und du, eine Ahnung, wer das sein könnte?«

»Nein, sonst hätten wir's dir gesagt.«

Wir sahen uns schweigend an. Laub wirbelte über die Straße durch den Park. Ihr Blick schweifte flüchtig zu Bootsie, die mit dem Rücken zu uns an dem Picknicktisch saß.

»Ich fliege morgen. Zusammen mit Freunden. Schätze, ich sehe dich länger nicht mehr«, sagte sie und streckte die Hand aus. Sie fühlte sich klein und kühl in meinen Fingern an.

Ich sah zu, wie sie in ihren Wagen stieg, ihre langen Beine in den üblichen Khakihosen und die nackten Füße in Sandalen, ihr Haar voll und tiefrot im Nacken.

Mußte alles so enden, dachte ich. Megan geht wieder nach Europa, Clete stopft sich gegen seine Kater mit Aspirin voll und rackert sich durch die schweißtreibenden Mühlen des Gerichtssystems, um seinen Führerschein wiederzubekommen, die Gemeinde beerdigt Harpo Scruggs auf dem Armenfriedhof, und Archer Terrebonne mixt sich den nächsten Drink und spielt Tennis mit seiner Tochter.

Ich ging zu dem kleinen Pavillontisch zurück und setzte mich neben Bootsie.

»Sie wollte sich verabschieden«, sagte ich.

»Deshalb ist sie ja auch nicht an den Tisch gekommen«, erwiderte sie.

An jenem Abend, es war Freitag, war der Himmel purpurrot, und die Wolken im Westen waren gesprenkelt vom letzten orangeroten Sonnenlicht. Ich rechte Treibholz aus dem Entwässerungsgraben und trug es in einem Waschzuber zum Komposthaufen, dann fütterte ich Tripod, unseren dreibeinigen Waschbären, und goß frisches Wasser in seine Schüssel. Das Zuckerrohr meines Nachbarn wogte dick und grün auf dem Feld, und Schwärme von Enten zogen in langen Formationen an der untergehenden Sonne vorbei.

Im Haus klingelte das Telefon, und Bootsie brachte mir das tragbare Gerät in den Garten hinaus.

»Wir haben den Kanadier identifiziert. Er heißt Jacques Poitier, ein Stück Scheiße, wie es im Buche steht«, sagte Adrien Glazier. »Interpol meldet, daß er mindestens ein Dutzend Morde auf dem Kerbholz hat, ohne daß er je überführt werden konnte. Er hat im Nahen Osten, in Europa und in Lateinamerika gearbeitet. Hat sogar Israelis umgebracht, ohne je dafür belangt zu werden.«

»Gegen solche Kaliber haben wir keine Chance. Wir brauchen eure Hilfe«, sagte ich.

»Ich werde am Montag mal sehen, was ich tun kann«, antwortete sie.

»Seit wann richten sich Auftragskiller nach unseren Bürozeiten?«

»Warum, glauben Sie, rufe ich Sie an?« fragte sie.

Um kein schlechtes Gewissen zu haben, dachte ich. Aber ich sprach es nicht aus.

An diesem Abend fand ich keine Ruhe. Nur wußte ich nicht, was mich umtrieb.

Clete Purcel? Sein verbeultes, lindgrünes Cabrio? Lila Terrebonne?

Ich rief in Cletes Cottage an.

»Wo ist dein Caddy?« fragte ich.

»Lila hat ihn. Montag machen wir den Kaufvertrag. Warum?«

»Geraldine Holtzner ist damit in der ganzen Gegend rumgefahren.«

»Streak, die Terrebonnes tun vielleicht sich selbst was, aber andere tun ihnen nichts. Warum geht das einfach nicht in deinen Schädel?«

»Der kanadische Schütze ist ein Kerl namens Jacques Poitier. Je von ihm gehört?«

»Nein. Und falls er mich nur ein bißchen ärgert, steck ich ihm eine 38er in die Hose und blas ihm die Eier weg. Und jetzt laß mich schlafen.«

»Hat Megan dir gesagt, daß sie nach Frankreich geht?«

Am anderen Ende war es so still, daß ich dachte, die Verbindung sei tot. Dann sagte er: »Sie muß angerufen haben, als ich nicht zu Hause war. Wann fliegt sie?«

Der Set, den sie auf dem Damm des Henderson-Sumpfs aufgebaut hatten, war mit der schattenlosen Helligkeit eines Phosphorfeuers erleuchtet, als Lila Terrebonne Cletes Cabrio über die Fahrspur auf dem Damm fuhr, entlang der windzerzausten Buchten und Weideninseln, deren Laub sich der Jahreszeit entsprechend bereits gelb verfärbte. Der Abend war kühl, und sie hatte einen Pullover um die Schultern geschlungen und ein schwarzes, mit Rosen besticktes Tuch um den Kopf gebunden. Sie fand ihren Vater in Begleitung von Billy Holtzner vor, und die drei aßen am Kartentisch unten am Wasser zu Abend und tranken eine Flasche alkoholfreien Champagner.

Als sie sich verabschiedete, bat sie einen der Bühnenarbeiter, ihr beim Schließen des Verdecks von ihrem Wagen zu helfen. Dieser Mann war der einzige, der den blauen Ford bemerkte, der aus dem Fischercamp weiter unten am Damm bog und ihr in Richtung Highway folgte. Er hielt dies nicht für wichtig und behielt seine Beobachtung für sich ... vorerst.

Der Mann im blauen Ford folgte Lila Terrebonne durch St. Martinville und die Loreauville Road entlang bis zu Cisco Flynns Haus. Als sie in Ciscos Auffahrt einbog, war dort auf dem Rasen eine Gartenparty im Gang, und der Mann im Ford parkte am Straßenrand, öffnete die Motorhaube und gab arglosen Beobachtern den Anschein, ein Motorproblem zu haben.

Auf der Terrasse hinter dem Haus beschimpfte Lila Terrebonne Cisco Flynn als einen hinterhältigen Arschkriecher und Emporkömmling, griff sich ein Glas mit einem Pfefferminzdrink und schüttete ihm die Flüssigkeit ins Gesicht.

Auf dem Podium im Rasen vor dem Haus spielte eine Jazz-Combo, und die Gäste lustwandelten zwischen Zitronenbäumen, Eichen und Tischen, bei Getränken und einer Musik, die die rosarote Milde des Abends einzufangen schien. Megan trug ihren komischen Strohhut zu einem Abendkleid, das ihren Körper wie Eiswasser umschloß, und unterhielt sich gerade mit Freunden aus New York und Übersee, als sie den Mann entdeckte, der, über den Motor seines Wagens gebeugt, am Straßenrand stand.

Sie blieb zwischen zwei Myrtenbüschen hinter dem Straßengraben stehen und wartete, bis er ihren Blick in seinem Rücken zu spüren schien. Er richtete sich auf und lächelte krampfartig, so als müsse er sich immer wieder aufs neue dazu zwingen.

Er trug ein enganliegendes, langärmliges Goldlaméhemd und Bluejeans, die so knalleng saßen, daß sie wie auf die Haut gemalt wirkten. Ein Filzhut mit schmaler Krempe, eine rote Feder im Hutband, lag auf dem Kotflügel des Fords. Sein Haar hatte die Farbe seines Hemds, war gewellt, lang und an einer Seite gescheitelt, so daß es über ein Ohr fiel.

»Habe ein Überbrückungskabel dabei«, sagte er. »In ein paar Minuten läuft er wieder«, sagte er mit leicht französischem Akzent.

Sie starrte ihn schweigend an, das Glas Champagner in beiden Händen. Ihre Brust hob und senkte sich rhythmisch.

»Ich bin ein großer Fan von amerikanischen Filmen. Habe eine Lady hier abbiegen sehen. War das nicht die Tochter eines berühmten Hollywood-Regisseurs?«

»Bin nicht sicher, wen Sie da meinen«, sagte Megan.

»Sie hat einen Cadillac gefahren. Ein Cabrio«, antwortete er und wartete. Dann lächelte er und wischte sich die Hände an einem Taschentuch ab. »Ah, ich hab also recht, was? Ihr Vater ist doch William Holtzner? Ich liebe seine Filme. Er ist fantastisch«, sagte der Mann.

Sie machte einen, zwei, drei Schritte zurück, die Zweige der Myrten streiften ihre nackten Arme, dann stand sie wieder schweigend bei ihren Freunden. Sie sah sich erst wieder nach dem Mann mit dem goldenen Haar um, als dieser seinen Wagen bereits gestartet hatte und die Straße hinuntergefahren war. Fünf Minuten später fuhr Lila Terrebonne den Cadillac rückwärts aus der Ausfahrt, walzte mit einem Rad über die frisch gesprengte Blumenrabatte, schaltete auf der Straße in den ersten Gang und fuhr in Richtung New Iberia. Rock'n' Roll-Musik aus den Sechzigern plärrte aus dem Autoradio, ihr von dem schwarzen Kopftuch mit Rosenmuster eingerahmtes Gesicht wirkte entschlossen und selbstzufrieden.

Der Mann namens Jacques Poitier holte sie auf der Durchgangsstraße am Bayou Teche ein, nur eine Meile von ihrem Zuhause entfernt. Zeugen sagten aus, sie habe versucht, ihn abzuhängen, sei in Schlangenlinien auf dem Highway gefahren, habe gehupt und verzweifelt einer Gruppe von Schwarzen am Straßenrand zugewunken. Andere sagten aus, er habe sie überholt, und sie hätten einen Schuß gehört. Davon allerdings haben wir keine Spur gefunden. Wir konnten lediglich einen abgefahrenen Reifen sicherstellen, der den Randstein berührt haben mußte und geplatzt war, bevor der Cadillac seitlich ausgebrochen und funkensprühend über den Asphalt frontal in einen entgegenkommenden Müllaster gerast war, dessen Ladung aus zu entsorgendem Asbest bestand.

34

Falls es am Tatort später zu dramatischen Szenen gekommen sein sollte, dann jedenfalls nicht während unserer Beweissicherung, ja nicht einmal während der Bergung von Lilas Leichnam, den das Cadillac-Wrack unter sich begraben hatte. Archer Terrebonne erreichte die Unfallstelle zwanzig Minuten nach dem Unfall, und Billy Holtzner gesellte sich wenige Minuten später zu ihm. Terrebonne übernahm augenblicklich das Kommando, so als verleihe ihm allein sein Erscheinen in Stiefeletten, rotem Flanellhemd, mit handgewebter Jagdweste und Schildmütze jene Autorität, die keiner der Feuerwehrmänner, Sanitäter oder Polizisten besaß.

Alle hörten auf sein Kommando, suchten seine Zustimmung oder gaben ihm zumindestens für alles, was sie taten, eine Erklärung. Es war eine merkwürdige Szene. Sein Anwalt und der

Hausarzt der Familie waren da, wie auch ein Kongreßabgeordneter und ein sehr bekannter Filmschauspieler. Terrebonne trug seine Trauer wie ein Patrizier, der ein Volkstribun geworden war. Ein zentnerschwerer Deputy aus dem Bezirk St. Mary, den Mund voller Kautabak, stand neben mir, den Blick bewundernd auf Terrebonne geheftet.

»Der alte Junge ist doch ein verdammt tapferer Kerl, was?« sagte er.

Die Sanitäter bedeckten Lilas Leiche mit einem Tuch und schoben sie auf die Bahre in einen Krankenwagen, während die Objektive mehrerer Fernsehkameras ihr folgten und über Terrebonnes und Holtzners stoische Gesichter glitten.

Helen Soileau und ich gingen durch die Menge, bis wir nur noch wenige Meter von Terrebonne entfernt waren. Rote Blinklichter zuckten am Straßenrand und über den Bayou, und an den Eichenzweigen am Ufer hing der Nebel. Die Luft war kalt, aber mein Gesicht brannte heiß und feucht. Seine Augen registrierten unsere Gegenwart mit keinem Blick, so als wären wir Motten, die das in einem Glaszylinder geschützte Licht umschwirrten.

»Der Tod Ihrer Tochter geht auf Ihre Rechnung, Terrebonne. Sie wollten nicht, daß es dazu kommt, aber Sie sind mitschuldig daran, daß die Leute hergekommen sind, die sie umgebracht haben«, sagte ich.

Ein Frau schnappte nach Luft; die Unterhaltung um uns herum erstarb.

»Sie hoffen, daß mir das endgültig den Rest gibt, stimmt's?« erwiderte er.

»Ich soll Ihnen von Harpo Scruggs ausrichten, daß er erwartet, Sie bald wiederzusehen. Ich glaube, er wußte, wovon er sprach.«

»Was fällt Ihnen ein, so mit ihm zu reden«, sagte Holtzner,

375

wippte auf den Fußballen, sein Gesicht verzerrt in dem Bewußtsein der Gelegenheit, die sich ihm bot. »Und ich sage Ihnen noch was. Ich und mein neuer Co-Produzent beenden den Film. Und er wird Lila Terrebonne gewidmet sein. Halten Sie also gefälligst Ihre schmutzige Fresse!«

Helen machte einen Schritt auf ihn zu, den Finger auf sein Gesicht gerichtet.

»Er ist ein Gentleman. Ich nicht. Noch so ne beschissene Bemerkung, und es passiert was.«

Wir marschierten zu unserem Streifenwagen, an Cletes umgekipptem, schrottreifem Cadillac vorbei, begleitet von den Blicken von Reportern, Polizisten und Zuschauern.

Ich hörte eine mir unbekannte Stimme hinter mir sagen: »Sie sind der letzte Dreck, Robicheaux!«

Die anderen applaudierten.

Früh am nächsten Morgen begannen Helen und ich Lila Terrebonnes Odyssee von dem Set am Damm, wo sie mit ihrem Vater und Billy Holtzner zu Abend gegessen hatte, bis zu dem Augenblick zu rekonstruieren, da sie die Gefahr erkannt haben und versucht haben mußte, dem Auftragskiller Jacques Poitier zu entkommen. Wir vernahmen den Bühnenarbeiter, der gesehen hatte, wie der blaue Ford aus dem Fischercamp gekommen und ihrem Cadillac über den Damm gefolgt war; einen Mann an der Tankstelle in St. Martinsville, wo sie getankt hatte; und sämtliche Gäste von Flynns Gartenparty, die wir ausfindig machen konnten.

Megans Freunde aus New York und Übersee und Cisco waren kooperativ und geradezu redselig, größtenteils, weil sie die logische Folgerung aus dem nicht begriffen, was sie uns erzählten. Nachdem ich mit drei Gästen der Gartenparty gesprochen hatte, hatte ich keinen Zweifel mehr daran, was während der Begegnung zwischen Megan und dem Frankokanadier namens Poitier geschehen war.

Helen und ich beendeten die letzte Vernehmung in einer Pension gegenüber dem Shadows um drei Uhr nachmittags. Es war warm, und die Bäume waren mit Flecken von Sonnenlicht überzogen, und ein paar Regentropfen fielen auf die Bambussträucher vor dem Shadows und verdampften, sobald sie die Bürgersteige berührten.

»Megans Maschine startet um halb vier vom Acadiana-Regional-Flughafen. Sieh zu, daß du dir Richter Mouton in seinem Club schnappst«, sagte ich.

»Du willst einen Haftbefehl? Da stehen wir auf verlorenem Posten. Es muß ihr schließlich Absicht nachgewiesen werden können, richtig?«

»Megan hat nichts in ihrem Leben je ohne Absicht getan«, sagte ich.

Unser kleiner Inlandsflughafen war auf dem Gelände der alten Militärbasis außerhalb der Stadt entstanden. Als ich unter einem fleckenweise blauen Himmel, der sich mit Regenwolken zu beziehen schien, auf die Hangars und das Gewirr von Start- und Landebahnen zufuhr, schlug mein Herz auf eine nicht zulässige Art und Weise, und meine Hände hinterließen feuchte Abdrücke auf dem Steuerrad.

Als ich sie sah, stand sie mit drei anderen Personen neben einem Hangar, das Gepäck zu ihren Füßen, und wartete auf einen Learjet, der gerade um die Ecke des Helikopterlandeplatzes rollte. Sie trug ihren Strohhut und ein rosarotes Trägerkleid mit Spitzenbordüre, und als der auffrischende Wind sie erfaßte, hielt sie mit einer Hand ihren Hut in einer Weise, die mich an ein burschikoses Mädchen aus den zwanziger Jahren erinnerte.

Sie entdeckte mich und sah mir entgegen, wie jemandem,

den man aus einem Traum erkannte, dann trafen sich unsere Blicke, das Lächeln wich aus ihrem Gesicht, und sie sah flüchtig zum Horizont, als ob der Wind und die wehenden Baumwipfel eine Botschaft für sie bereithielten.

Ich warf einen Blick auf die Uhr. Es war 15 Uhr 25. Die Tür des Learjets ging auf, und ein Mann mit weißem Jackett und dunkelblauer Hose klappte die kleine Gangway herunter. Ihre Freunde griffen nach ihrem Gepäck, schlenderten in Richtung Flugzeug und sahen diskret und leicht verunsichert in ihre Richtung.

»Jacques Poitier hat mit seinem Wagen am Straßenrand vor eurem Haus angehalten. Deine Gäste haben gehört, wie du mit ihm gesprochen hast«, sagte ich.

»Er hat behauptet, sein Wagen habe eine Panne. Er hat daran gearbeitet«, antwortete sie.

»Er hat dich gefragt, ob die Frau, die Cletes Cadillac fuhr, Holtzners Tochter sei.«

Sie schwieg. Ihr Haar wehte im Wind. Sie sah auf die offene Tür des Flugzeugs und den Steward, der auf sie wartete.

»Du hast ihn in dem Glauben gelassen, sie sei Geraldine Holtzner«, sagte ich.

»Ich habe ihm kein Wort gesagt, Dave.«

»Du hast gewußt, wer er war. Ich hatte dir eine genaue Personenbeschreibung gegeben.«

»Sie warten auf mich.«

»Warum hast du das getan, Meg?«

»Tut mir leid um Lila Terrebonne. Nicht um ihren Vater.«

»Sie hatte das nicht verdient.«

»Mein Vater auch nicht. Ich gehe jetzt … es sei denn, du hast einen Haftbefehl. Aber das glaube ich nicht. Wenn ich etwas Falsches getan habe, dann war es eine Unterlassungssünde. Und das ist kein Verbrechen.«

»Du hast also schon mit einem Anwalt gesprochen«, sagte ich beinahe erstaunt.

Sie bückte sich und hob ihren Koffer und ihre Umhängetasche auf. Dabei blies der Wind ihr den Hut vom Kopf, der flatternd über die Rollbahn hüpfte. Ich rannte wie ein eifriger Schüler hinterher, dann ging ich zu ihr zurück, klopfte den Staub vom Hut und drückte ihn ihr in die Hand.

»Ich laß nicht locker. Du hast den Tod einer Unschuldigen mit verschuldet. Genau wie bei dem Schwarzen, der vor Jahren vor deinem Kameraobjektiv umgekommen ist. Jemand hat wieder einmal deine Rechnung bezahlt. Komm nie wieder nach New Iberia, Meg«, sagte ich.

Ihre Augen hielten meinem Blick stand, und ich sah unendliche Trauer in ihren Zügen. Es war die Trauer eines Kindes, das mit ansehen muß, wie sich ein Luftballon losreißt und plötzlich im Wind davonschwebt.

Epilog

An diesem Nachmittag legte sich der Wind, und es war ein roter Schimmer wie Farbe in den Wolken, das Wasser stand hoch und braun im Bayou, und die Zypressen und Weiden schwirrten vor Rotkehlchen. Es hätte ein guter Nachmittag fürs Geschäft im Köderladen und am Bootsanleger sein müssen, aber das Gegenteil war der Fall. Der Parkplatz war leer, auf dem Wasser heulte kein Motor, und der Klang meiner Schritte auf den Planken am Anleger hallte hohl über den Bayou, als laufe ich unter einer Glasglocke über den Steg.

Ein Betrunkener, der Batist schon zuvor belästigt hatte, hatte das Geländer am Anleger durchbrochen und war auf die Bootsrampe gestürzt. Ich holte Holz und Werkzeug und eine Elektrosäge aus dem Werkzeugschuppen hinter dem Haus, um das Loch im Geländer zu reparieren, und Alafair nahm Tripod an die Leine und begleitete mich zum Anleger. Ich hörte die Fliegengittertür hinter uns aufgehen, drehte mich um und sah Bootsie auf der Veranda. Sie winkte und ging dann zu einem Blumenbeet und begann auf den Knien zu jäten.

»Wo sind denn alle?« fragte Alafair draußen auf dem Bootsanleger.

»Schätze, viele sind heute zum Spiel der USL gegangen«, erwiderte ich.

»Aber alles ist so still. Mir platzt fast das Trommelfell.«

»Was hältst du davon, wenn wir ein paar Dosen Dr. Pepper köpfen?« fragte ich.

Sie ging in den Köderladen, kam jedoch nicht gleich zurück. Ich hörte, wie die Kassenschublade geöffnet wurde, und wußte, daß das Tarnmanöver begann, mit dem sie ihre Großzügigkeit zu verdecken suchte. Sie bezahlte für den Pie, den sie von der Theke genommen hatte, um ihn an Tripod zu verfüttern, ob dieser ihn wollte oder nicht, während er seinen dicken, gekringelten Schwanz in die Luft schnalzen ließ wie eine Feder.

Ich versuchte mich auf die Reparatur des Geländers zu konzentrieren und die Gedanken nicht zu sehen, die grell wie Glassplitter vor meinem geistigen Auge standen. Ich berührte ständig Stirn und Schläfen mit dem Arm, als müsse ich Schweiß wegwischen, doch mein Problem lag woanders. Ich fühlte ein eisernes Band um meinen Schädel, wie damals auf den Dschungelpfaden in Vietnam oder wenn sich der Vietcong durch unseren Drahtverhau schnitt.

Was bedrückte mich so sehr? Die Gegenwart von Männern wie Archer Terrebonne in unserer Mitte? Aber warum sollte ich mir über seine Sorte Sorgen machen? Sie waren immer unter uns gewesen, hatten ihre Ränke geschmiedet, unsere Führer gekauft, die Massen betrogen. Nein, es war Megan und immer wieder Megan und ihr Verrat an allem, wofür ich dachte, daß sie stehen würde: Joe Hill, die Streikenden, die in Ludlow gestorben waren, Woody Guthrie, Dorothy Day, all jene gesichtslosen Arbeiter, die die Historiker, Akademiker und Liberalen gemeinsam mit Gleichgültigkeit straften.

Ich sägte ein Brett durch, traf auf einen Nagel, und das Holz schien praktisch zu zerspringen; die Säge fiel mir aus der Hand, Splitter gruben sich wie Nadeln in meine Haut. Ich machte einen Satz rückwärts, weg von der noch immer laufenden Säge, und riß dann das Kabel aus dem Stecker an der Wand des Köderladens.

»Alles in Ordnung, Dave?« fragte Alafair durch die Fliegengittertür.

»Ja, nichts passiert«, sagte ich und hielt mir den rechten Handrücken.

Durch die Bäume am Bayou sah ich einen schlammverspritzten Lastwagen voller Chrysanthemen die Straße herunterkommen. Er hielt vor dem Bootsanleger an, und Mout' Broussard und eine zierliche Hmong-Frau mit spitzem Strohhut und einem Gesicht wie ein runzeliger Apfel stiegen aus. Mout' legte einen langen Stock über die Schultern, die Frau hängte einen Korb voller Blumen an jedes Ende, dann griff sie selbst nach einem Korb und folgte ihm zum Anleger.

»Wenn Sie die für uns verkaufen, geben wir Ihnen die Hälfte«, sagte Mout'.

»Scheint hier heute nicht viel los zu sein, Mout'« erwiderte ich.

»Die Saison ist fast vorbei. Bald kann ich sie sowieso nur noch verschenken.«

»Stell sie unter die Plane. Wir versuchen's.«

Er und die Frau lehnten die gelben und purpurroten Sträuße an die Wand des Köderladens. Mout' trug ein Jackett über seinem Overall und schwitzte. Er wischte sich das Gesicht mit einem roten Taschentuch ab.

»Alles in Ordnung?« fragte er mich.

»Klar doch«, antwortete ich.

»Das ist gut. Sollte auch so sein«, sagte er. Er legte den langen Stock wieder über die Schultern, schlang die Arme darüber und ging mit der Hmong-Frau im Sonnenschein, der sich in den Bäumen brach, zum Lastwagen zurück.

Warum in die Ferne schweifen, sieh, das Gute liegt so nah, dachte ich. Man mußte den Blick nicht weit schweifen lassen, um es zu sehen ... in einem alten Schwarzen, der stolz darauf

382

war, Huey Long und Harry James die Schuhe geputzt zu haben, oder in einer weisen Hmong-Frau fern der Heimat, die in Laos für die Franzosen und den CIA gegen die Kommunisten gekämpft hatte und jetzt Blumen für die Cajuns in Louisiana züchtete. Die Geschichte ging weiter, die Protagonisten wechselten nur den Namen. Ich glaube, Jack Flynn hatte das verstanden und hätte vermutlich seinen Kindern vergeben, als diese es nicht taten.

Ich saß auf einer Bank beim Wasserhahn und versuchte, die Holzsplitter aus meiner Haut zu ziehen. Der Wind frischte wieder auf, und die Rotkehlchen erfüllten die Luft mit einem beinahe ohrenbetäubenden Schwirren der Flügel. Ihre Federbrüste hatten die Farbe von getrocknetem Blut.

»Gehen wir wirklich noch zur Wochenend-Show heute abend?« fragte Alafair.

»Darauf kannst du Gift nehmen«, sagte ich und zwinkerte ihr zu.

Sie setzte Tripod wie einen Sack Mehl auf ihre Schulter, und zu dritt gingen wir die Böschung hinauf zu Bootsie.

Ich möchte den folgenden Anwälten für all die juristischen Informationen danken, mit denen sie mich über die Jahre beim Schreiben meiner Bücher versorgt haben: meinem Sohn James L. Burke, Jr., meiner Tochter Alafair Burke und meinen Cousins Dracos Burke und Porteus Burke.

Außerdem möchte ich zum wiederholten Male meiner Frau Pearl, meiner Lektorin Patricia Mulcahy und meinem Agenten Philip Spitzer für die vielen Jahre danken, in denen sie mir die Stange gehalten haben.

Des weiteren gilt mein Dank meinen Töchtern Pamela McDavid und Andree Walsh, die ich praktisch in allen Belangen um Rat bitte.